La distancia
que nos separa

Papel certificado por el Forest Stewardship Council®

MIXTO
Papel procedente de
fuentes responsables
FSC® C117695

Penguin
Random House
Grupo Editorial

Primera edición: junio de 2021

© Renato Cisneros, 2015
Publicado de acuerdo con Casanovas & Lynch Literary Agency
© 2020, Penguin Random House Grupo Editorial S. A.
Avenida Ricardo Palma 341, Oficina 504, Miraflores, Lima, Perú
© 2021, Penguin Random House Grupo Editorial, S.A.U.
Travessera de Gràcia, 47-49. 08021 Barcelona

© Diseño: Penguin Random House Grupo Editorial, inspirado en un diseño original de Enric Satué

Printed in Spain – Impreso en España

ISBN: 978-84-204-5605-8
Depósito legal: B-6611-2021

Impreso en Unigraf, Móstoles (Madrid)

AL56058

Nota del autor

Hace cinco años, a fines de julio de 2015, un día después del lanzamiento de *La distancia que nos separa* en la Feria del Libro de Lima, dejé el Perú para venir a vivir a España. Fue casualidad que ambos eventos ocurrieran prácticamente en simultáneo. Hoy, sin embargo, no imagino una coincidencia más simbólica; después de todo, publicar esta novela ha sido, en más de un sentido, una especie de viaje, mudanza y exilio.

Muchas cosas cambiaron a partir de su aparición: la relación con el recuerdo de mi padre, el trato con mi familia, la conciencia de mi vocación, el vínculo con los lectores.

Escribí esta novela como una larga cuenta pendiente conmigo mismo, azuzado por la urgencia de reconstruir un pasado que de pronto sentí diluirse, y tratando de entender —a través de la enigmática figura de mi padre— cómo la violencia y el silencio se volvieron parte fundamental de nuestra herencia generacional.

Quienes estuvieron cerca de mí por esos días saben que no tenía expectativas de ningún tipo respecto del recibimiento de *La distancia;* quizá por eso no deja de impresionarme la generosidad con la que el libro continúa leyéndose, discutiéndose y recomendándose, tanto dentro como fuera del Perú.

Quiero agradecer con sinceridad a Alfaguara por esta hermosa edición que, además de acercar la novela a posibles nuevos lectores, marca mi regreso a la casa donde empecé a publicar narrativa.

Madrid, 5 de agosto de 2020

A mis hermanos, que tuvieron un padre que se llamaba como el mío

Soy hombre de tristes palabras. ¿De qué tenía yo tanta, tanta culpa? Si mi padre siempre ponía ausencia: y el río ponía perpetuidad.

La tercera orilla del río

JOÃO GUIMARÃES ROSA

Prólogo

Alfredo Bryce Echenique

Decía Julio Cortázar que el prólogo de un libro es algo que se escribe después, se pone antes, y no se lee ni antes ni después. Pero yo creo en las excepciones más que en las reglas y por eso me he sentado esta tarde a escribir unas líneas sobre un joven novelista peruano llamado Renato Cisneros, a quien le ha bastado esta novela para entusiasmar a los lectores y hacerlos disfrutar con una historia íntima y muy personal que nos conmueve desde un principio. Y es que Cisneros pone un orden novelesco en el desorden inherente a toda vida humana, mientras va en busca del tiempo perdido y del padre añorado.

Su padre, Luis Federico Cisneros Vizquerra, apodado el Gaucho por sus años bonaerenses —y nacido, en efecto, en Buenos Aires, en 1926—, fue un general muy importante en la historia del Perú y en la vida de todos los peruanos hace unas décadas. Pero a este hombre no solamente lo veremos aquí como un niño, un joven enamorado en Argentina y un padre de familia, sino también apreciaremos su larga trayectoria vital como militar y ministro en los gobiernos de Francisco Morales Bermúdez y Fernando Belaúnde Terry.

Renato Cisneros recorre muy detalladamente los caminos de la vida de su padre en esta novela que no pretende ser histórica, aunque sí que lo es, como es también un documental que a la larga hace de estas páginas algo tan biográfico como autobiográfico. El escritor intenta, creo que inútilmente, quedarse al borde mismo del camino, por no decir fuera de él, cuando narra a este padre que entre sus más íntimos familiares será tan temido como admirado, cosa que también sucede en su vida civil y de soldado, pues se trata de un hombre público y poderoso que los lectores llegarán a amar o a detestar.

De esta manera, o sea, como sin quererlo, la novela avanza por un camino bien documentado, pero no desprovisto de emoción y revelación, pues el autor demuestra una emotividad cargada de vida, de observación, de contemplación y hasta de nostalgia por un tiempo pasado. Y convendría, como pocas veces antes, creo yo, volver a aquello que es el tiempo perdido, pero que al final de cuentas se convierte en tiempo recuperado. Y digo esto pensando en Marcel Proust, cómo no, pero también en esta novela, donde la imaginación y la vida del escritor corren entrelazadas hasta convertirse en un hilo bicolor cuya longitud va en diversas direcciones.

Solo me queda remitir al público a una lectura que sin duda alguna lo conmoverá. El lector tiene entre manos una novela notable por la inteligencia de su factura, la ciencia de su lenguaje y la mezcla sutil de nostalgia, ternura y realismo. Escrita, además, por un joven matador que entra al ruedo con una espada fina y un corazón grande como el Perú.

1

No voy a contar aquí la historia de la mujer que tuvo siete hijos con un sacerdote. Basta con decir que se llamaba Nicolasa Cisneros y era mi tatarabuela. El cura del que se enamoró, Gregorio Cartagena, fue un importante obispo de Huánuco, en la Sierra del Perú, en los años previos y posteriores a la independencia. Durante las cuatro décadas que duró la relación, ambos hicieron lo posible por evitar las repercusiones del escándalo. Como Gregorio no podía o no quería reconocer legalmente a sus descendientes, se hizo pasar por un pariente lejano, un amigo de la familia, para mantenerse cerca y verlos crecer. Nicolasa reforzó la mentira rellenando las actas de bautizo con información falsa; así fue como inventó a Roberto Benjamín, su supuesto marido, un fantasma que fungió de esposo y padre legal, aunque ficticio. El día que los hijos se dieron cuenta de que el tal Roberto nunca había existido y de que el cura Gregorio era su padre biológico, quisieron romper con su pasado, con su origen bastardo, y adoptaron el apellido materno como único. En adelante, Benjamín sería solo su segundo nombre.

Tampoco diré nada del último de esos hijos ilegítimos, Luis Benjamín Cisneros, mi bisabuelo. Nada salvo que sus amigos del colegio lo apodaban el Poeta. Y que era tan vehemente que a los diecisiete años se empecinó en conquistar a Carolina Colichón, la amante del presidente Ramón Castilla. Lo logró, por cierto. A los veintiuno, ya tenía con ella tres hijas naturales. Los cinco vivían escondidos en un cuartucho del centro de Lima por temor a las represalias. Una madrugada, persuadido por su madre, que descubrió de golpe la vida atormentada que llevaba, Luis Benjamín abandonó el Perú y se embarcó para viajar a París, donde se dedicaría a escribir novelas románticas y cartas culposas. Dos décadas más tarde, de regreso a Lima, convertido en diplomático, se casó con una jovencita de catorce años y volvió a ser padre. Tuvo cinco hijos más. El penúltimo, Fernán, fue mi abuelo.

Fernán se hizo periodista y a los veintitrés fue contratado como redactor de *La Prensa*. Solo dos años después asumió la conducción del periódico luego de que la dictadura de Augusto Leguía encarcelara a todos los miembros del directorio. Él mismo sufrió el acoso del régimen y en 1921 fue desterrado a Panamá, aunque acabó exiliándose en Buenos Aires. Para entonces, ya tenía cinco hijos con su esposa, Hermelinda Diez Canseco, y uno, recién nacido, con su amante, Esperanza Vizquerra, mi abuela. Ambas mujeres lo siguieron hasta la Argentina, donde Fernán se las ingenió para mantener a las dos familias, evitando todo contacto entre ellas.

Pero esta novela tampoco trata sobre él. O tal vez sí, pero no es la intención. Esta novela es acerca de mi padre, el general de División del Ejército del Perú, Luis Federico Cisneros Vizquerra, el Gaucho Cisneros, el tercer hijo de Fernán y Esperanza, nacido en Buenos Aires el 23 de enero de 1926, muerto en Lima el 15 de julio de 1995 a causa de un cáncer de próstata. Es una novela acerca de él o de alguien muy parecido a él, escrita por mí o por alguien muy parecido a mí. Una novela no biográfica. No histórica. No documental. Una novela consciente de que la realidad ocurre una sola vez y que cualquier reproducción que se haga de ella está condenada a la adulteración, a la distorsión, al simulacro.

He intentado varias veces encaminar este libro sin éxito. Todo lo escrito ha sido inevitablemente arrastrado a la papelera. No sabía cómo darle textura al cuantioso material recopilado durante años. Tampoco es que ahora lo sepa con claridad, pero expectorar estos primeros párrafos me ancla, me engancha, me da una firmeza inesperada. Las dudas no han sido despejadas, pero noto como si en el fondo tintineara la luz granulada de una convicción. De lo único que ahora estoy seguro es de que no escribiré una novela sobre la vida de mi padre, sino más bien sobre la muerte de mi padre: sobre lo que esa muerte desencadenó y puso en evidencia.

Para eso tengo que volver a abril del año 2006.

A lo que estaba pasando conmigo durante esos días. Llevaba meses rehuyéndole al psicoanálisis. La disolución de mi noviazgo con Pierina Arbulú, tras cinco años de relación, dos de convivencia, me tenía devastado. Me costaba admitir que la depresión demandaba un tratamiento. Iba y venía del periódico en el que trabajaba. Entraba y salía del departamento. Me levantaba, pensaba, dormía. Sobre todo, pensaba. Y casi no comía.

Un amigo me contactó con Elías Colmenares, un psicoanalista que atendía en una casa de dos pisos ubicada en el paseo de la Fuente, calle transversal a 28 de Julio, en Miraflores. Viviendo a solo tres cuadras de allí, acepté buscarlo por razones puramente geográficas. O esa fue mi excusa. El día que lo vi por primera vez, Elías acababa de cumplir cincuenta años. Un hombre de pómulos anchos y rosados. Sobre su nariz, bajo el negro derrotero de las cejas, sobresalían unos ojos vivaces de color azulino como de enjuague bucal. Pasamos a un cuarto, cerró la puerta, nos sentamos.

Pese a estar lleno de tics hiperactivos, Colmenares transmitía la serenidad de un océano. Su lenguaje, variado y confortable, se parecía a la habitación donde atendía: un retrato de Lacan, un diván de terciopelo amarillo, marionetas de Freud, Warhol y Dalí colgadas del techo, una maceta de gladiolos, un cactus, réplicas de grabados de Picasso, un tablero de ajedrez que enfrentaba a dos ejércitos de gárgolas de madera, un tarro de chupetes, lámparas en miniatura, libros turísticos de Atenas, Praga, Roma, novelas de Kundera y García Márquez, vinilos de Dylan y Van Morrison. Según los detalles que llamaran la atención del paciente, ese lugar podía parecer el santuario de un adulto inquieto o el refugio de un adolescente cohibido. Durante las dos primeras sesiones, fui el único que abrió la boca. Elías me invitó a explicar las razones de mi visita y me sentí en la obligación moral de reseñar la relación con Pierina. Casi no hablé de otra cosa. Ni de mi familia ni de mi soporífero trabajo. Referí brevemente la muerte de mi padre, pero me concentré en Pierina; en el modo en que ella había entrado y salido de mi vida, afectándola, partiéndola en dos, como una bala que atraviesa un cuerpo y destruye a su paso órganos vitales. Desde el sofá de cuero que erigía su trono, Colmenares me miraba, asentía con la cabeza, carraspeaba, completaba con espíritu docente las frases que yo era incapaz de terminar. Recién en la tercera sesión se produjo la primera conversación real. Yo monologaba sobre lo terriblemente celoso que me había vuelto en los últimos meses con Pierina, y me culpaba de haber propiciado el rompimiento con múltiples hostigamientos, controles, persecuciones. Dejé de ser un novio para convertirme en un agente policiaco, reconocía, sin mirar a Colmenares, con la cabeza enterrada entre los dibujos geométricos de la alfombra terracota que cubría el parqué. Mi propia narración me exasperaba, me llevaba a reconstruir las peleas que desgastaron el noviazgo, los silencios que dolían más que los insultos, los insultos que dolían más que los portazos, los portazos que se repetían como campanadas. De pronto, se hizo una quietud que me dio la impresión de durar años. Colmenares la quebró cambiando sorpresivamente el tema.

—Dime algo. Tus padres. ¿Cómo se conocieron? —intervino.

—¿No estábamos hablando de otra cosa? —reaccioné entrelazando los dedos de las manos sobre el regazo.

—Creo que el cambio puede sernos útil —insistió Colmenares, cruzando una pierna por encima de la otra.

—A ver, uf, no sé, déjame pensar —resoplé. Desvié la mirada hacia arriba, como rebuscando en el aire información que debía encontrarse en mi memoria—. Se conocieron en el Ministerio de Economía cuando todavía se llamaba Ministerio de Hacienda.

—¿Podrías ser más específico? ¿En qué condiciones? ¿Quién los presentó?

—Mi mamá era secretaria del despacho del ministro Morales Bermúdez. Mi papá era su viceministro o asesor. Supongo que fue Morales quien los presentó. En ese tiempo mi papá todavía estaba casado con su primera esposa.

—¿Cómo se llama ella?

—Se llamaba Lucila. Lucila Mendiola.

—¿Se llamaba? ¿Acaso ya murió?

—Sí, hace unos años.

—¿La conociste?

—Casi nada. La vi dos veces: en el velorio de mi abuela paterna, Esperanza, y en el velorio de mi papá.

—¿Recuerdas cómo era?

—Una mujer de temperamento difícil. Venía de una familia muy influyente de Sullana. Allá conoció a mi papá. Dicen que cuando cayó enfermo por una apendicitis, ella lo cuidó con mucha dedicación y él se sintió tan agradecido que se casó con ella por una mezcla de amor y sentido del deber. No sé bien. Se casaron y tuvieron tres hijos. Mis tres hermanos mayores.

—¿Quiénes dicen eso?

—Mi mamá, mis tíos.

—Continúa.

—Con los años comenzaron sus problemas. Cuando mi madre apareció en la vida de mi papá, su matrimonio con Lucila ya estaba deshecho. Sin embargo, ella se negó a firmar el divorcio las innumerables veces que mi padre se lo pidió. Mis papás optaron por casarse fuera del Perú, en Estados Unidos, en un juzgado de San Francisco.

—¿Y por qué Lucila no querría haberle dado el divorcio?

—Rencor, despecho, orgullo, algo de eso, imagino. Al ver que su esposo estaba enamorado de otra mujer, una más joven, debe haberse sentido, no sé, humillada o burlada. Estoy especulando. Lo cierto es que no dio su brazo a torcer. Para nosotros se convirtió en la villana, la bruja de la historia. A lo mejor pensó que podía retener a mi papá si no firmaba la separación, pero se equivocó. Lucila nunca le perdonó que se fuera de su casa, que la dejara, que dejara a sus hijos. Creo que subestimó lo que él sentía por mi mamá; quizá creyó que se trataba de una aventura más, un capricho de milico mujeriego. No calculó que se atrevería a marcharse, menos aún que volvería a casarse y tendría tres hijos más.

—Si no firmaron el divorcio, eso quiere decir que Lucila murió siendo la esposa oficial…

—La esposa legal, digamos.

—Y entonces, ¿cómo así tus padres pudieron casarse? ¿Por qué en San Francisco?

—No sé. Lo único que tengo claro es que un pariente embajador les facilitó el asunto. Fue un tema de oportunidad. Pudo haber sido Canadá, Panamá o cualquier país. Igual fue una ceremonia muy chica, rápida, ejecutiva. Cero invitados.

—¿Y testigos?

—También cero. No sé. No estoy seguro.

—¿Alguna vez has visto una foto de ese matrimonio?

—Nunca.

—Pero ¿sabes si existen fotos de ese día?

—Hasta donde sé, no. No hay fotos.

—¿Y el acta?

—¡¿El acta?! No tengo ni la menor idea. Nunca se me ocurrió pedirles a mis papás su acta matrimonial. ¿La gente hace eso?

—Quiero decir, ¿no hay ningún registro de ese casamiento?

—Qué más quieres que te diga, Elías. Jamás vi una foto. Ni siquiera había pensado en eso.

Elías Colmenares descruzó la pierna e inclinó el cuerpo para sentarse en el filo del sofá.

—Ahí hay un nexo. ¿Ubicas? —preguntó.

—¿Cuál nexo?

—Revisa: eres producto de un matrimonio que nació en medio de la inseguridad, que se formalizó a trompicones, lejos, bajo las leyes de otro país, quizá hasta en otro idioma, sin testigos, sin anuncios, casi a escondidas. El perfecto matrimonio que tendrían dos prófugos. Un matrimonio sin evidencias. No hay archivos, fotos, nada que acredite lo que ocurrió en ese juzgado. Lo que intento decirte es que el matrimonio de tus papás tiene la apariencia de un mito. Eres hijo de un mito. En buena cuenta todos lo somos. Eso que has contado seguramente sucedió, pero no hay constancia. Producto de ello, en tu inconsciente hay algo así como una raíz de incertidumbre. ¿No era eso, incertidumbre, lo que dices que sentías cada vez que revisabas el correo electrónico de Pierina?

—Déjame ver si entendí. ¿O sea que fui celoso porque nunca vi una foto del matrimonio de mis papás? ¿Ese es tu punto? —pregunté.

—No. El punto es que hay una conexión, simbólica si quieres, entre lo que le ocurrió a tu padre y lo que sientes que te está pasando.

—¿Por qué a mi padre y no a mi madre? Ella también estuvo ahí, también participó, aceptó cosas.

—Pero fue tu padre, no tu madre, quien tomó la decisión de construir un segundo matrimonio sobre arenas movedizas. Fíjate, aun cuando el sujeto surge en el mundo por el deseo materno, se estructura a sí mismo a partir de la identificación y la transferencia con la figura paterna. Es el padre el que determina su identidad. Del vientre de la madre se incorpora a la cultura gracias al padre. Es el padre quien lo encamina, quien lo dota de lenguaje. La madre genera en el sujeto el amor, la confianza, pero el padre le da las herramientas para ocupar un lugar en el mundo. ¿Ubicas?

Por momentos me molestaba que Colmenares hablara de mis padres como si los conociera más que yo, pero su lógica me pareció contundente. Me hizo pasar de escéptico a anonadado. Era como si de repente me hubiese revelado un conocimiento que estaba alojado en mi interior sin que yo lo supiera. En ese momento no fui consciente de todo lo que estaba erosionándose y agrupándose en mi mente, solo recuerdo que me sentí fatigado, harto. Tuve algo parecido a un cólico mental. Lo que acababa de escuchar me suscitó una descarga, un remezón que —presentía— se convertiría en un punto de quiebre. Concluida la sesión, ya en la calle, demorando mi regreso al departamento, repasé la tesis de Elías y pensé cuántos otros nexos existirían entre mi vida y la vida no explorada de mi padre. Sentí pánico. Lo que me tranquilizó fue notar que el recuerdo aprensivo de Pierina súbitamente dejaba de estrangularme. El fantasma de mi exnovia no había sido fumigado, pero sí desplazado por el tamaño de esta nueva tarea. Porque eso fue lo que sentí a continuación: que tenía una tarea. No sabía en qué consistía, pero estaba dispuesto a averiguarlo.

2

Un mediodía de 1929, durante el recreo del colegio San Marón de Buenos Aires, Juvenal Cisneros, nueve años, derrota a un compañero en una trivia de preguntas y respuestas de matemáticas. El otro muchacho lo acusa de hacer trampa y le da un empujón. Juvenal reacciona, rápidamente se van a las manos. Es una tontería que pronto deja de serlo. Alguien los separa y, en medio del altercado, el muchacho, amargo por haber perdido, se aleja gritando: «¡Por lo menos yo no comparto a mi papá como tú!». Minutos más tarde, cuando los ánimos se han apaciguado y todos los chiquillos regresan a las aulas, Juvenal sigue oyendo esas palabras. De hecho, las seguiría oyendo el resto de su vida. «Por lo menos yo no comparto a mi papá como tú.» A la mañana siguiente, se levanta y decide seguir a su padre. Los cachuelos como profesor y su trabajo de periodista en *La Nación* le han permitido a Fernán conseguir una casa más decente. Atrás quedaron los hotelitos y casuchas de los primeros años del exilio: el departamentito en Suipacha 400; el cuarto con baño común en Cerrito 330; el corralón de Paraguay 2200. Ahora viven en el departamento 20 del número 865 de la calle Esmeralda, en el interior de una antigua quinta color adobe, con un *hall* de ingreso de mayólicas frías y cañerías expuestas. Juvenal le dice a su madre, Esperanza, que tiene que estar antes en el colegio y desciende por las escaleras de mármol cuarteado. Cruza la reja del frontis de la quinta y divisa a su padre en la esquina. Avanza detrás de él a lo largo de una, tres, seis, siete, diez cuadras, tratando de no perderlo. Va por la avenida Córdoba, cruza Maipú, Florida, San

Martín, Reconquista. Pronto se va por Corrientes, en la calle Sarmiento y avanza hasta Rivadavia. No sabe muy bien qué hace allí ni qué quiere encontrar. Le parece insensato y sin embargo urgente echarse a andar detrás de la silueta de ese hombre que ahora se le antoja más misterioso que nunca. ¿Será acaso verdad lo que insinuó ese chico? ¿Con quién más comparto a mi padre? Si él tuviera algún secreto, ¿acaso no me lo diría? Claro que sí, se responde Juvenal, mientras apura el paso a espaldas de esa mancha azul que se desplaza por la acera sin prisa. Juvenal lo ve detenerse delante del vidrio de un comercio, acaso contemplando un posible regalo para él o sus hermanos, y entonces se siente un tonto por desconfiar, por ceder al rumor de un niño vengativo. Pero por más que quiere convencerse de que aquella persecución es una estupidez, una fuerza superior lo hace persistir en el juego detectivesco. Al doblar la penúltima esquina, Juvenal renuncia. ¿Qué estoy haciendo aquí? ¿Qué pensarán de mí en el colegio? ¿Habrán llamado ya a mi casa?, divaga, sin desviar la mirada de su objetivo pero reduciendo lentamente la velocidad. Dos cuadras más y me largo, se promete, ya con vergüenza, con ganas de correr hacia su padre solo para abrazarlo y pedirle perdón por poner en duda la exclusividad de su amor. Entonces deja que Fernán se adelante y comienza a sentirse fuera de peligro. Pero al dar vuelta a la siguiente esquina, en Tacuarí con Moreno, Juvenal ve lo que tanto temía, o lo que en el fondo deseaba descubrir. Jamás podría borrar esa escena de su memoria. Allá, al otro lado de la avenida Belgrano, sobre la vereda, su padre ingresa a una casa tomando a dos chicos de las manos. Un niño y una niña más grandes que él. El chico tiene unos catorce, ella, quince o dieciséis. Juvenal, estático detrás de un quiosco de periódicos, ve a esos extraños besar y abrazar a su padre de la misma manera impetuosa y festiva con que él lo besa y abraza cada vez que llega durante las noches a la quinta de la calle Esmeralda, y siente claramente que algo estalla y se desmorona en su interior. El cuadro es revelador. Quizá demasiado. La puerta de la casa se cierra de golpe y recién entonces Juvenal repara en que esa casa es dos veces más grande que la suya, y acumula una rabia que no corresponde a su edad, y por más que intenta no puede contener las lágrimas, el bochorno, el dolor. «¿Pibe, te sentís bien?», le pregunta el hombre del quiosco. Pero el pibe está demasiado tocado como para responder y sale corriendo sin brújula, hacia ningún punto o hacia todos, y se culpa por no haber ido directamente al colegio esa mañana, y mientras corre, mientras siente cómo la cara se le desencaja y las lágrimas resbalan sin parar, se pregunta quiénes son esos muchachos. No sabe que se llaman Mincho y Rosario. No sabe que hay otros tres allá adentro, Fernando, Moruno y María Jesús. Todos hijos de su padre con Hermelinda Diez Canseco. No sabe que él es, en realidad, el primero de los siete hijos naturales de una relación hermosa pero impura. Sin embargo, algo entiende, algo asocia, y de repente, sin detenerse, piensa en Lima, en el cuarto donde nació, ubicado en un solar al lado de la fantasmal casa Matusita, en el cruce de la avenida del Sol con España, un dormitorio en el que su madre siempre estaba sola, y ahora, en las calles de Buenos Aires, esa antigua soledad cobra todo el sentido del mundo. Juvenal sigue corriendo sin saber adónde, claramente no al colegio, y entonces se pregunta desde cuándo su padre acude a esa casa grande, cuya imagen quisiera abolir de su cabeza pero no puede.

Juvenal no dijo nada de lo que vio sino hasta mucho más tarde, ya mayor. Se lo guardó y solo él supo cuánto lo modificó aquel descubrimiento que mantuvo en secreto.

Cuando su hermano Gustavo, a los sesenta años, descubrió la correspondencia guardada de su padre, y por ende la secuela de verdades que esas cartas traían consigo —la existencia del cura Cartagena, la bastardía de Luis Benjamín, el adulterio de Fernán—, le propuso escribir un libro juntos. Tenía sentido: Juvenal era el mayor, el único que había estudiado Letras, además, ya se había convertido en un intelectual querido y respetado en el Perú. Si había alguien en la familia llamado a iluminar esos siglos de penumbra, era él. Sin embargo, desde un primer momento Juvenal recibió las investigaciones y hallazgos de su hermano menor con profundo desinterés. No quería saber nada del pasado. Gustavo no se dio por vencido y le insistió para trabajar ese proyecto a cuatro manos, hasta que un día Juvenal se negó con una frase seca que solo entendería después: «Para mí, nuestro padre no era más que un hombre que entraba a la casa a la medianoche y se iba a las seis de la mañana».

* * *

Desde la primera vez que mi tío Gustavo me contó la historia de la persecución en Buenos Aires, quedé impactado. No dejaba de pensar en mi tío Juvenal, en sus reticencias para referirse a ciertos pormenores de su infancia. La idea del hijo avanzando de incógnito por la gran ciudad y asomándose a la vida encubierta del padre me produjo una sensación de asombro y vacío. Por las cartas que Gustavo me confió luego pude reconstruir esos años en que Fernán, mi abuelo, por miedo, por no hablar claro, persistió en ese extenuante método de sobrevivencia conyugal: dormía con mi abuela Esperanza, salía muy temprano de la quinta de la calle Esmeralda, pasaba el día con su esposa, Hermelinda, y sus hijos mayores aprovechando que los menores estaban en el colegio, iba a trabajar a las oficinas de *La Nación* y regresaba con su amante y los niños de ambos bien entrada la noche. A esos mismos hijos pequeños, esos hijos ocultos, mi abuelo los educó hablándoles del Perú hasta la saciedad. Les recordaba siempre que ellos, aun habiendo nacido en la Argentina, eran peruanos, y ponía énfasis en que la misión de la familia era volver a Lima algún día. Ellos entendían que a su padre lo habían sacado del país a la fuerza, que eran extranjeros, y crecieron esperando que cayera el dictador Leguía para vengar el destierro y conocer su país. Mientras tanto, debían hablar como peruanos. Esperanza les trituraba las orejas cada vez que los oía diciendo «che» o «vos», y les advertía a los varones que no se enamorasen para que no sufrieran el día que tuvieran que marcharse. Mi padre, el Gaucho, desatendería ese último consejo.

De Esmeralda se mudaron al 3104 de Avellaneda y dos años después pasaron a un piso alto en Boyacá 611, una casa con dos ventanales enormes.

Mi abuelo había empleado a Fernando, el mayor de sus hijos «oficiales», como secretario personal después de que el Gobierno peruano le confiara un cargo diplomático en la Argentina. Todas las noches, Fernando acompañaba a su padre hasta la intersección de Boyacá con Méndez de Andes. Solía dejarlo en esa esquina y seguir su camino. Una noche de 1936 cambió de opinión.

—¿Podemos seguir hasta la puerta de tu casa? —le dijo Fernando sin tener muy claro cuál sería su siguiente movimiento.

—Claro —contestó Fernán con naturalidad. No presagiaba lo que vendría.

Avanzaron en silencio unos metros más hasta colocarse delante de la puerta principal, en el 611 de Boyacá. Fernán se acercó a su hijo de veintinueve años para darle un beso de despedida. Fernando se replegó.

—¿Ahora puedo subir, papá? —preguntó. Su voz partió la noche.

—¿Para qué? —indagó Fernán, la quijada tensa, los ojos incrédulos.

—¿Acaso crees que no me he dado cuenta?

—¿Para qué quieres subir? —insistió Fernán porfiado, tratando de postergar la verdad, la mirada ahora clavada en el manojo de llaves que sus manos movían con torpeza.

—¡Quiero conocer a mis hermanos! —alzó la voz Fernando y apretó el botón del timbre.

Esperanza observaba la escena desde uno de los ventanales y cuando abrió la puerta un minuto después los encontró abrazados, en medio de un llanto convulso que no parecía tener cuándo parar. Mi tío Gustavo recuerda el momento que siguió como si se tratara de una película. Fernando, el hermano mayor, al que los niños Cisneros Vizquerra nunca han visto, sube las escaleras. Desde la sala se escucha el ruido seco de los pasos sobre los peldaños de madera. Suenan como disparos. Esperanza, nerviosa, secándose las manos con un trapo, lo recibe al final de la escalera y estira los brazos en señal de bienvenida. Detrás de ella, escondidos tras sus faldas como duendes tímidos, Carlota, Luis Federico y Gustavo abren los ojos como claraboyas. Más allá, acomodado en el brazo de un sillón, Juvenal observa, disimulando su interés con unos libros de historietas. En otra habitación, Reynaldo duerme en una cuna. Todos miran al advenedizo con una mezcla de espanto y curiosidad. Los niños no saben quién es ese señor, pero sienten que lo conocen o que deberían conocerlo. Los ojos de Fernando relucen húmedos bajo la luz baja, casi anaranjada del único foco que domina la estancia. Algo dice Fernán, algo dice Esperanza. Todo es rápido y rígido. De pronto el visitante mueve los labios dirigiéndose a sus hermanos. Sus palabras, aunque torpes e inexactas, tienen la contundencia de un temblor.

* * *

Un año después de ese encuentro —luego de que Hermelinda Diez Canseco falleciera y varios de sus hijos se instalaran en Perú—, Fernán y Esperanza se sintieron en libertad para casarse en Buenos Aires. Mi tía Carlota y mi tío Gustavo hicieron de monaguillos en la iglesia donde se celebró la ceremonia. Hay solo una foto de ese día de 1937, una foto donde mi abuela Esperanza sonríe con la benevolencia de quien recibe una recompensa que debió llegar antes. A los lados, como testigos, dos parejas de amigos, los Arriola y los Pancorvo. El padre López, un cura franciscano que vivía en la Argentina, completa el grupo. No se sabe la fecha con exactitud, pero era verano, el atroz verano de 1937, cuando Buenos Aires sufrió una plaga de langostas que llegaban desde las pampas después de asolar los cultivos agrícolas y se precipitaban sobre la ciudad oscureciendo el cielo y causando pánico entre los transeúntes. El enjambre de esos insectos voraces y aguerridos permaneció durante días en las calles del centro de la capital. El día de la boda, Fernán tuvo que sacar varias veces su bastón para espantar a las langostas que lo cegaban.

Los años que siguen al casamiento son quizá los más memorables del destierro. Ya sin nada que esconder, Fernán se dedica íntegramente a sus hijos. Los educa, los acompaña a la escuela, los lleva a caminar por las calles o los campos. Y los hijos retienen para siempre la imagen del padre que entraba a los almacenes, subía a los tranvías, redactaba documentos para La Conferencia del Chaco, se afeitaba delante del espejo con sus calzoncillos largos y envolvía en brazos al menor de todos, Adrián, recién nacido. Fernán les recita a poetas franceses y españoles, les enseña a peinarse con raya al costado y compone versos instructivos que luego cuelga en cuadritos en la puerta del baño; rimas que años después mi padre y sus hermanos repetirán siempre, de memoria, en todos los almuerzos, como una manera de gratitud hacia esa época llena de descubrimientos y agitaciones.

Si la Cisneros bonita,
y los muchachos Cisneros,
a diario y de mañanita
no se lavan bien los cueros,
ni ella será señorita,
ni ellos serán caballeros.

35

Por esos días, Fernán compró una radio de onda corta para escuchar la señal de Radio Nacional del Perú y seguir las incidencias del Gobierno del general Benavides. El aparato se convirtió para la familia en una especie de mascota. Todos lo cuidaban, se turnaban para manipular sus varios botones y perillas, se aseguraban de que no sufriera golpes ni desperfectos. Los niños Cisneros Vizquerra pasaron horas enteras alrededor de la radio, como si fuese un oráculo o una fogata. Las noticias los transportaban a países fáciles de identificar en el globo terráqueo que daba vueltas sobre un eje metálico desde una esquina del escritorio del padre. En el aparato escucharon también las informaciones de la Guerra Civil española y las siguieron atentos, aunque sesgados por las opiniones políticas de Fernán, quien desconfiaba de los comunistas y admiraba a Francisco Franco y al coronel José Moscardó, quien prefirió sacrificar a su hijo antes que rendir el Alcázar de Toledo, una historia que mi padre me relatará cincuenta años más tarde con lágrimas en los ojos sobre la mesa del comedor de nuestra casa de Monterrico; y que a mí me parecerá tan conmovedora que sentiré repentino aprecio por el coronel Moscardó y lástima por su hijo, Luis, que al otro lado del teléfono le dice al padre que no se preocupe por él, que sabe que va a ser fusilado pero que el Alcázar no se rinde, y entonces el coronel le pide encomendar su alma a Dios, dar vivas a España, y le promete que será un héroe nacional mientras se despide diciéndole adiós, hijo mío, toma un beso.

* * *

Mi abuelo Fernán regresa al Perú el 12 de agosto de 1951, durante el Gobierno del general Odría, treinta años después de haber sido embarcado a la fuerza a Panamá. Regresa con setenta años encima, treinta de los cuales los ha pasado en el exilio. Vuelve siendo diplomático, pero sigue

36

sintiéndose periodista y poeta. Vive con sus hijos Cisneros Vizquerra en una quinta en Pardo. Desde allí, camina todos los días hasta el centro de Lima, donde recorre el Jirón de la Unión y pasa frente a la calle Baquíjano, donde funciona *La Prensa,* y atraviesa las calles donde se erige una tienda comercial en lugar del viejo Palais Concert, y cruza la esquina de Mercaderes y Plateros, frente a la casa Welsch, donde mi abuela Esperanza había trabajado de joven.

Fernán se muda con todos cerca de la quebrada de Armendáriz, frente al mar, a la casa de la calle La Paz, donde varias décadas después yo viviría con mis padres y hermanos. Allí Fernán retoma la escritura de conferencias y ensayos que quedarán inéditos. Al inicio de 1953, al volver de uno de sus paseos, siente cansancio, mareos. Son los síntomas de un enfisema pulmonar que lo obligará a guardar reposo y a depender de un balón de oxígeno del color y tamaño de una bala de barco de guerra. Su hijo, el Gaucho, lo ve llegar esa tarde y ve en la cara de Fernán algo que no le gusta, un gesto de miedo o aturdimiento. El mismo gesto que veré yo en su cara mucho después, en 1995, luego del primer ataque.

En marzo de 1954, el día 17, Fernán acude al llamado de Pedro Beltrán, director de *La Prensa,* quien lo convoca a una cita en su casa, frente a la iglesia de San Marcelo. Apurado, mi abuelo deja a medias un artículo del que solo quedará legible el título —«Ahora sí, la crisis»— y le pide a su hijo Mincho que lo acompañe. Beltrán los recibe, les sirve una copa de coñac y en medio de la charla invita formalmente a Fernán a que vuelva a escribir una columna en el periódico. Fernán se alegra. No sabe que dentro de algunos pocos minutos esa felicidad lo matará.

Ahí está, barajando ideas sobre los posibles nombres que pudiera tener su nuevo espacio —«La Lima que se va», «Peruanos notables», «Limeñas famosas», «Paisajes»—, discutiendo con don Pedro la frecuencia y extensión de la columna, cuando sufre un ahogo seguido de un punzón. Es su corazón que ha empezado a reventarse. Beltrán lo recuesta en el suelo y al notar el brazo izquierdo rígido corre a buscar a un médico vecino, quien llegará solo para confirmar lo violento del infarto. Al lado, Mincho ve la pierna de su padre sacudiéndose en un espasmo y solo atina a santiguarse.

Tengo a mi lado un álbum con las portadas del día siguiente, el jueves 18 de marzo de 1954. «Falleció ayer Fernán Cisneros. Su vida fue ejemplo de civismo», *La Prensa.* «Ha muerto Fernán Cisneros», *El Comercio.* «Ha muerto el poeta de las nobles causas», *Última Hora.* «Dejó de existir ayer Fernán Cisneros», *La Nación.* «Hondo sentimiento de pesar por fallecimiento de Cisneros», *La Crónica.* Los titulares continúan en otros recortes: «El periodismo nacional está de duelo». «Cuando volvía a escribir se fue Cisneros.» «Súbitamente dejó de existir exdirector de *La Prensa.*» «Una vida consagrada al Perú.» Hay cables de diarios uruguayos, mexicanos y argentinos que informan de su muerte, y otra serie de noticias del velatorio realizado en el despacho de la dirección de *La Prensa* y del entierro en el cementerio Presbítero Maestro.

También cuento con fotos de las ceremonias que, por el centenario de su nacimiento, se hicieron en noviembre de 1982 en la Academia Diplomática y en el parque de Miraflores que lleva su nombre. Parque Fernán Cisneros. En algunas aparezco yo, siete años, al lado de mi padre, hermanos, primos. No es difícil recordar ese día de sol en el parque y el develamiento de aquella placa recordatoria clavada en un busto que definía a Fernán como «Poeta, periodista y diplomático», y más abajo ese verso que repetiríamos tantas veces en cientos de desayunos y almuerzos: «Nacer, vivir, morir, no es lo peor. Lo trágico es pasar sin sonreír. Todo se hace belleza en el amor. Nacer, vivir, morir». Un verso melódico y triste que encubre posibles epitafios más ciertos: lo peor no es morir, sino ignorar; lo trágico no es dejar de sonreír, sino callarse.

Es precisamente por las cosas que Fernán dejó de hacer o decir, mucho más que por las que hizo y dijo, que me reconozco nieto suyo e hijo de ese otro hombre callado que fue el Gaucho, quien admiró y quiso a su padre como yo lo quise a él, con ese mismo amor atravesado de misterio y lejanía, que es la única manera como se puede querer a un hombre de más de cincuenta años que te da la vida sin vigor o sin ganas de ser tu cómplice, y luego se presenta como el rector de tu mundo, el arquitecto de todo lo que tocas, lo que dices, lo que ves, aunque no de todo lo que sientes; y es precisamente porque puedo sentir algo que él no estuvo en capacidad de enseñarme que soporto las miles de preguntas que nacen por fuera de los flancos del mundo que él diseñó para mí, preguntas que provienen de esa región de negruras que jamás supo cómo explorar, quizá porque había recibido lo mismo de su propio padre: disciplina y distancia; protocolo y ausencia; conciencia del deber, de la fuerza de voluntad, de la conducta; visión responsable del porvenir, y debajo de todo eso un amor fallido o torpe, hecho de cartas y dedicatorias, de versos y canciones, de palabras ampulosas y retóricas, pero vacío de abrazos, de proximidad, de un calor que pudiera dejar rastros visibles un siglo más tarde.

3

México, 14 de julio de 1940

Amor mío:

Empiezo ahora reclamando la carta del Gaucho, a ver si así me hace caso. Y dile que no quiero una carta cualquiera, sino una exposición de todo lo que piensa, quiere y hace. Creo que ha llegado la hora en que el padre debe darse cuenta del espíritu del hijo.

En nuestro lindo hijo, por causa de la enfermedad nerviosa de sus primeros años, hay un explicable y doloroso complejo de inferioridad que es preciso arrancarle del espíritu. Mi impresión es que él ha tenido muchas veces propósitos ciertos de formalizarse y estudiar, pero el convencimiento de que le cuesta mucho trabajo y de que avanza poco lo entristece, lo molesta, lo humilla, lo hace reaccionar. Es un caso corriente. Como tiene orgullo, no lo confiesa, y como no lo quiere confesar, su incomodidad espiritual llega a producirle desazón. No estudia porque no le gusta, y no le gusta porque cree que no puede. Entonces no va a la escuela y nos engaña a todos. Pero si el no ir a la escuela puede ser inocente hoy, mañana puede transformarse en un camino de perdición. En consecuencia, me parece bien que lo vuelvas a poner interno, por disposición mía, pero, amor mío, dale a escoger a él el internado. O hazle creer en alguna forma que lo escoge. Háganle gran ambiente al colegio militar, por ejemplo. Que no sospeche que se trata de corregirlo o castigarlo. Que pueda entrar en el colegio con la frente levantada. Claro que ese es el colegio que me gusta más porque sacará de él amor a la disciplina, al método y al trabajo. Pero que Dios te ilumine, alma mía, para que sea tu

43

corazón y no tu severidad el que le procure ese bien. Para que mi vejez no empiece a sentirse desdichada es indispensable que todos nos concertemos para salvar a ese niño, pero con la conciencia de que no se trata hasta ahora sino de un tímido y de un desorientado. Tú creerás probablemente que sus reacciones violentas no son timidez. Lo son, amor mío. A fuerza de tímido, calla y calla lo que piensa, y a fuerza de callar, estalla sin saber por qué. Escríbeme, amor, sin silencios, que me duele mucho la vida. Besa sin cesar a mis hijos y quédate con mi corazón.

Cuando descubrí esta carta que mi abuelo Fernán le envió a mi abuela Esperanza hablando de mi padre, él, mi padre, el Gaucho, llevaba catorce años convertido en cadáver. Pero en 1940 tenía catorce años de vida y una serie de rasgos y características que jamás habrían calzado con la forma de ser que yo le conocí o le adjudicaba.

Fue una sorpresa enterarme, por ejemplo, de que de niño mi padre había sufrido una enfermedad nerviosa de la que ni yo ni mis hermanos ni mi madre jamás supimos nada. Curiosamente, durante mi adolescencia —fatigada por crisis de nervios, alergias y agudos episodios de asma que acababan con agotadoras sesiones de nebulización en una sala fría del hospital militar— nadie entendía de dónde podía haber heredado yo semejantes debilidades. Los antecedentes existían, habían existido siempre, pero nadie estaba al tanto de ellos como para establecer una asociación pertinente.

Mi abuelo sostenía que esa enfermedad producía en mi padre inseguridad. Leer aquello fue como descubrir un continente. Desde donde yo podía mirarlo, mi padre era la persona más infranqueable que podía existir en la Tierra. Un muro. Una fortaleza. Un búnker. Vivía seguro de sus palabras, seguro de sus actos, seguro de su moral, de su identidad, de sus decisiones, seguro de no equivocarse nunca. El miedo y la duda eran figuras de niebla que se pasaban de largo.

Sin embargo, en la radiografía que hace el abuelo Fernán mientras escribe esa carta, el Gaucho es un niño inferior, desorientado, tímido y violento. Lo increíble de esa descripción es que coincide con la del muchacho de catorce años que yo era o creía ser: que recelaba de las sobremesas familiares, que se sentía lejano e impotente por no poder comunicarse con su padre.

Mi abuelo refiere en el texto la necesidad de que todos sumen esfuerzos para «salvar a ese niño» que era mi padre. Me pregunto si mi padre alguna vez leyó esa carta. Pero más importante que eso: me pregunto si alguna vez llegó a sentirse a salvo de sus tormentos infantiles, tan parecidos a los míos, de los que nunca supimos hablar.

Otra carta de mi abuelo —dirigida a mi padre ese mismo año— demuestra el amor conflictuado de que estaba hecha esa relación y el tono afectivo, pero sutilmente manipulador del que se valía Fernán para tratar de conquistar a su hijo.

Es necesario que me cuentes reflexivamente todo lo que quieres, todo lo que sientes, todo lo que piensas con la franqueza con que lo dicen los hombres buenos y con la esperanza de que tu padre tiene que encontrar lo que necesitas: ayuda, aliento, remedio, o premio. Te llevo en el corazón como una dulce carga, hijo mío, y quiero que la carga se transforme cuanto antes en alegría. Te beso entrañablemente.

Una dulce carga. Eso era mi padre para el suyo. ¿Habré sido yo también una dulce carga para él? Si fue así, nunca lo dijo. ¿O lo dijo y no estuve atento? ¿Por qué he perdido las cartas que mi padre me escribió? ¿Cómo es posible que se hayan extraviado? Recuerdo dos en las que me hablaba con una delicadeza y un afecto tan desconocidos que tuve que revisar varias veces si era él quien las firmaba y si la firma no estaba adulterada. Pienso en esas cartas —su caligrafía prolija, la textura de los relieves en el dorso, producto de la presión al escribir— y capto que mi padre solo podía comunicarse conmigo de esa manera.

45

Hay personas que solo pueden expresar sus sentimientos por escrito. Mi padre era de ese conjunto de personas: para él las palabras eran el lugar del afecto, la región donde los sentimientos anulados en el día a día aparecían y cobraban forma. En esas cartas era él de verdad, o así lo veía yo. Escribía lo que no me decía, lo que no podía decirme delante del resto, en el comedor o en la sala. En la privacidad de esas cartas era mi amigo, en público no tanto. Casi como un amigo imaginario que existía por ratos, no en el mundo real, sino en el mundo de la escritura. Fuera de ella imponía su dureza y dejaba asomar el témpano de su autocracia. No estoy seguro de que él fuera consciente de quién era en sus cartas, pero en todo este tiempo he aprendido a querer al hombre que las escribía mucho más que al hombre que vivía fuera de ellas. En esas cartas —aunque fueran dos o tres— dejaba de ser el Gaucho Cisneros y volvía a ser el chico lleno de grietas y rajaduras que preocupaba a mi abuelo. Fuera de la escritura su amor era callado y por lo tanto confuso, doloroso; una reproducción del amor que su padre depositó en él, un amor árido en el que era preciso excavar hondo para encontrar el diamante de unas pocas palabras que pudieran ser estudiadas en la superficie.

Tampoco sabía yo que mi padre había sido internado en la escuela militar. La que yo siempre había entendido como una vocación definida en realidad resultó ser una vocación impuesta. Lo ingresaron a la fuerza. No lo dejaron optar porque era un descarriado —de niño, mi abuela lo ataba a una pata de la cama cada vez que tenía que salir sola de casa—, y porque se evadía constantemente del colegio. En vez de ir a clases en la escuela británica donde había sido matriculado, se desviaba rumbo al puerto de Buenos Aires a contemplar desde los muelles cómo los buques y vapores cargaban y descargaban esos contenedores naranjas que parecían ladrillos gigantes.

Fue precisamente una trastada suya la que hizo que a los once años le cayera el apodo que lo acompañaría hasta el final. Una mañana reunió a sus hermanos y amigos del barrio en el patio amplio de la casa de Avellaneda 3104. Por esa época era fanático de la magia, soñaba con ser mago.

«¡Silencio! —exigió al correoso auditorio de chiquillos, imponiendo a su alrededor un aura de falso misterio—, han sido convocados aquí para ser testigos del último y más sorprendente truco de Mandrake el Mago.» «¿Y cómo se llama el truco?», preguntó una desconfiada voz pituda. «¡La mano muerta!», respondió mi padre, o el niño que era mi padre, y a continuación extrajo un afilado cuchillo dc cocina con mango de madera que llevaba escondido en el cinto, lo tomó con la mano izquierda, lo dirigió lentamente hacia la palma de su mano derecha, lo dejó allí unos segundos, provocando tensión entre ese público de pantalones cortos, medias caídas y zapatos sucios, enseguida emitió un alarido teatral y se abrió un tajo de arriba abajo ante el horror de los niños, que comenzaron a gritar de la impresión mientras el chorro de sangre manaba ornamentalmente de esa mano que no era falsa ni de utilería, sino muy real y permanecía estática en el aire. Mi padre, los ojos desorbitados, el cuchillo ensangrentado en ristre, sonreía de dolor. Esperanza, mi abuela, entró en escena hecha una fiera desde el interior de la casa y, al percatarse del estropicio que había provocado, lo arrastró de los cabellos a la asistencia pública más cercana para que lo atendieran de urgencia. El médico quedó sorprendido con el comportamiento de mi padre, que mantenía esa sonrisa morbosa en la cara y recibía sin quejarse cada una de las quince puntadas de hilo sin anestesia que fueron necesarias para coserle la mano abierta y dejarle esa cicatriz larga que yo siempre confundí con la línea de la vida.

«Señora, su hijo sí que es un gaucho», sentenció el doctor al finalizar su intervención, sin saber que en ese momento no solo colocaba al niño un apelativo que sería memorable, sino que le daba nombre a una manera de ser que ya había empezado a configurarse. El gaucho —ese

Renato Cisneros

La distancia
que nos separa

ALFAGUARA

vaquero dieciochesco forjado en las pampas del sur del continente— era el hombre recio que soportaba el frío de la Patagonia, el jinete que se hacía fuerte en la soledad de los campos baldíos, el nómada que se refugiaba en las estancias y se aclimataba a las fronteras. En ese último sentido, mi padre fue un gaucho indiscutible. Se aclimató siempre a las fronteras. Se aclimató al exilio paterno, que obligó a la familia a mudarse repetidas veces, y también a su propio exilio, cuando debió dejar la Argentina y empezar otra vez en un país que desconocía y que le habían asegurado que era el suyo. Y se aclimató desde luego al ambiente inflexible del colegio militar, donde conoció el rigor y se acostumbró lentamente a ser algo que otros habían elegido por él.

Quizá, pienso ahora, si hubiese dependido solo de su voluntad, habría escogido ser otra cosa. Algo más artístico, por qué no. Tal vez mago como Mandrake. O quizá bailarín. ¿No contaba acaso la tía Carlota, su hermana mayor, que mi padre la acompañaba a sus clases de ballet, primero para cuidarla de un pretendiente que la hostigaba a la salida de la academia; después, para enamorar a Mirtha, la hija de la actriz Libertad Lamarque, y finalmente, a espaldas de su padre, para bailar, fascinado ya con esos pasos elásticos en puntas de pie, con esos giros sobre el propio eje, con esa armonía del cuerpo que exigía concentración y fuerza en las piernas? ¿No era después de todo un eximio bailarín de tango capaz de la coreografía más difícil que vi nunca: bailar con Carlota, la frente de uno apoyada sobre la del otro, las manos en la espalda, cruzando las piernas como espadas en un bosque? Quizá él mismo descreyó de sus posibilidades o no quiso darse alas o se reprimió, o alguien lo convenció de que era cosa de mujeres, y acabó siendo militar de puro testarudo, para que nadie lo mirase con condescendencia, empecinado en demostrar a quien dudara de sus aptitudes que él era capaz de ejecutar eficientemente incluso aquello que no lo estimulaba en absoluto. Si sus padres creían que su indisciplina no tenía arreglo y que rehusaría ingresar a la escuela militar, entonces él les enseñaría cuán equivocados estaban. Cuando su padre supo la noticia de su ingreso en abril de 1941, le escribió desde México: «Por muy feliz que te sientas, no lo estarás tanto como tu padre ausente».

Mi padre no eligió ser militar, pero una vez dentro del Ejército encontró que esa vida sintonizaba con algo que siempre había demandado del mundo familiar durante el destierro de mi abuelo Fernán: orden. Un orden que aplacara el caos. Un orden que restituyera la autoridad. Abrazó ese estilo de vida con una entrega indesmayable porque necesitaba que alguien ordenara su cabeza y su vida. Sin embargo, en los cuarteles se las ingenió para no abandonar al artista que llevaba metido en el cuerpo y abrió para él un poro a través del cual poder respirar: el arma de caballería. Tenía sentido. El caballo, después de todo, exige a sus jinetes lo mismo que el ballet a sus aprendices: postura correcta, pantorrillas musculosas, equilibrio, sentido del espacio y serenidad. Un bailarín sereno jamás extravía el ritmo. Un jinete sereno logra controlar no tanto al bruto que monta, sino al animal desbocado que lleva dentro. Y mi padre era eso: un animal desbocado. Su naturaleza lo impelía a escapar, huir y desaparecer entre los campos como un gaucho desposeído que se aleja hasta no ser más que un errático punto de luz en la llanura.

* * *

Después de su tercer año en el Liceo Militar de Buenos Aires, en setiembre de 1943 recibe desde México otra carta de su padre, la última que encontré en los archivos de mi tío Gustavo.

Te has puesto a andar serena y fuertemente por donde el destino te llama, y yo, que te seguiré siempre de cerca con el corazón puesto en tus pasos, ahora te acompaño a la distancia

49

con una emoción muy honda que viene del cariño que te tengo y de mi celosa responsabilidad. Estoy seguro de que nos vamos a seguir queriendo y entendiendo en la vida no solo como padre e hijo, sino como los mejores amigos, preocupados ambos de continuar la tradición de probidad, de seriedad y de patriotismo de nuestro nombre.

El padre confiesa al hijo su cariño responsable y le promete su amistad. Pero es una amistad basada en nuestras más probas tradiciones familiares, es decir, una amistad retórica, herida de distancia geográfica. La carta consigna, además, una expresión clave: «Te has puesto a andar por donde el destino te llama».

En 1943 faltan solo cuatro años para que mi padre deje la Argentina y siga ese llamado. Desde chicos, él y sus hermanos habían hecho suyo ese mandato: volver al país donde habían nacido sus padres y del que su padre había sido expulsado. Y lo decían así, usando ese verbo, «volver», aunque hablaran de volver a un país desconocido. ¿Cómo se vuelve a un lugar en el que nunca se ha estado? Ellos no sentían el peso de esa contradicción porque asumían que vivían en una especie de Perú imaginado, una burbuja hecha de los millones de referencias que daban sus padres; de los versos de su abuelo Luis Benjamín; de las páginas de los libros de historia que llegaban a sus manos; de las postales remitidas desde Lima por distintos parientes a quienes nunca habían visto; de la voz de los tíos o primos que pasaban por Buenos Aires para conocerlos y contarles las muchas cosas que verían en el Perú.

En 1947, uno a uno, los hermanos Cisneros Vizquerra empezaron su regreso a un Perú que pronto dejaría de ser solo mental o figurado. Una vez instalados en Lima, aunque mantuvieron la fraternidad y solidaridad familiar, cada uno empezó a dedicarse a asuntos muy diferentes entre sí. Juvenal estudió Medicina y Lingüística; Carlota, Psicología; mi padre continuó en el Ejército; Gustavo se hizo ingeniero industrial; Adrián, ingeniero civil, y Reynaldo, ¡ah, Reynaldo!, el tío Reynaldo, el tío bala perdida, el que estudió Turismo, se convirtió en el rey de las relaciones públicas, en diseñador frustrado, y acabó siendo un *bon vivant* dispuesto a pasárselo en grande, aunque no tuviese un mango en el bolsillo. Todo lo que los hermanos parecían haber tenido en común durante su infancia argentina se transformó durante su adultez peruana. Mientras vivieron en Buenos Aires, los unía el futuro. El Perú era una meta común. Una vez juntos, lo más parecido que llegarían a tener sería su pasado.

* * *

El Gaucho tenía veintiún años cuando tuvo que irse de Argentina. Cómo le costó dejar atrás Buenos Aires. No solo porque se alejaba de sus amigos de infancia, Pepe Breide, Tito Arenas, el Chino Falsía, o porque interrumpía su formación en el Ejército argentino, sino porque irse significaba abrir un peligroso paréntesis con Beatriz. Beatriz Abdulá.

Ese es un nombre que yo oí en mi casa desde muy chico; un nombre casi mítico, aun cuando solo se tratara —como sostenía papá— de «una enamoradita que tuve en Argentina», una versión que mis tíos suscribían en coro cuando, movido por la curiosidad que me suscitaba la idea de mi padre enamorado por primera vez, les preguntaba por ella. Incluso mi madre hablaba de Beatriz con familiaridad, sin celos, casi con simpatía. Pero nadie daba muchos detalles. Ese laconismo, lejos de aplacar mis ganas de saber, las fomentaba. ¿Cómo sería Beatriz? ¿Cómo había sido esa relación? ¿Por qué terminó? ¿Quién rompió con quién? El Gaucho decía que solo era una noviecita, pero el vacío en sus ojos al decirlo lo contradecía. Su versión no me inspiraba confianza, como todo cuanto decía sobre los sentimientos que marcaron su infancia y juventud. Siempre editaba los hechos, los cortaba y pegaba, para que sus hijos no viéramos lo que se ocultaba detrás del montaje. No le gustaba perder ni en la vida ni en el relato que hacía de la vida, de modo que mientras él vivió Beatriz Abdulá fue eso, un amor de juventud, un amor sin importancia, un recuerdo estéril que no valía la pena remover ni penetrar.

Hace un año accedí al Archivo General Permanente del Ejército, ubicado en un pabellón del cuartel general conocido como el Pentagonito de San Borja. Allí me recibió un coronel alto, moreno y bigotudo que, después de triturarme los huesos de la mano con su saludo y de hacerme varias preguntas que no venían al caso y remarcar lo mucho que admiraba a ese hombre fantástico y ejemplar que era el general Cisneros Vizquerra, me dejó revisar el expediente personal de mi padre. Antes de abandonar su oficina de vidrios ahumados, me advirtió desde la silla detrás de su escritorio que debía guardar absoluta confidencialidad respecto del material reservado que estaba por ver.

—Esto es propiedad intelectual de las Fuerzas Armadas. Si alguien se entera de que has estado aquí, yo soy el que se jode.

—No se preocupe, coronel. No diré nada —dije corriendo un cierre imaginario sobre mis labios.

—Eso siempre dicen los periodistas, y después nos cagan —ahora el coronel se reía.

—Tranquilo, no estoy aquí como periodista.

—…

—Más bien, gracias por las facilidades.

—Una cosa más, Cisneros. Como tu padre ha sido ministro de Estado y jefe del Comando Conjunto, su legajo está en un estante especial del que no puede salir salvo por orden superior. Yo estoy obviando esa orden, ¿entiendes?

—Lo tengo claro. Solo quiero ver los papeles, eventualmente sacar unas copias.

—¿Unas copias? ¡De ninguna manera! A mí me dijeron que solo querías revisar.

—Está bien, está bien, no dije nada. Solo revisaré el legajo.

—No me haga trampa, Cisneros —advirtió. Las aletas de la nariz se le hincharon, los extremos de sus bigotes se elevaron brevemente.

En una mesilla habilitada especialmente en una sala contigua me esperaba la gruesa carpeta que contenía una serie de documentos clasificados sobre la trayectoria de mi padre. Al lado de la mesa, de pie, un suboficial de inteligencia, Paulo Pazos, me dio los buenos días. Le habían encargado vigilarme para que cumpliera con las recomendaciones del coronel y no me excediera del tiempo permitido. Tiene dos horas, me informó Pazos. Mierda, pensé, dos horas para revisar documentos que resumen los treinta y dos años, cuatro meses y veinticuatro días de servicio que mi viejo prestó al Ejército.

La sala era húmeda y fría como una cocina de madrugada. Estábamos solos el suboficial y yo. Para mi suerte, él era sensible al tema del periodismo —había querido ser reportero desde muy chico, pero su familia no tenía dinero para meterlo en la universidad o en el instituto—, así que cuando le dije que podía conseguirle una credencial del periódico en que trabajaba para que pudiera camuflarse en sus misiones de inteligencia, me dijo en voz baja: «No puedes usar la fotocopiadora pero puedes tomar fotos a los papeles con tu celular; eso sí: yo nunca te vi». Procedí entonces a revisar y fotografiar documentos inéditos durante largos minutos. Allí estaban, por ejemplo, las libretas de calificaciones de mi padre en la Argentina, tanto las del Liceo Militar San Martín como las del Colegio Militar de la Nación, donde estudió entre 1942 y 1947. Era muy bueno en Matemáticas y Castellano, regular nomás en Historia, malo en Geografía, pésimo en Idiomas. Me sorprendió que su rendimiento fuese excelente en Música, Dibujo y Canto. No recuerdo haber visto nunca un dibujo hecho por él ni oído una canción que saliera completa de su boca. Mascullaba boleros, tangos, rancheras, algunos valses, pero no los cantaba, o los cantaba a coro con sus hermanos o con sus viejos amigos del Ejército. Lo que sí le gustaba era silbar. Silbaba siempre. En la casa, el auto, la oficina, las veredas. Recuerdo que su silbido cruzaba las ventanas como un insecto volador, que atravesaba los dormitorios las mañanas de cada fin de semana. Por su silbido podíamos saber si estaba de buen o mal humor. Mi madre y él tenían un silbido especial para llamarse y reconocerse basado en la tonada de *La canción del olvido*, una de las zarzuelas favoritas de mi abuelo.

Su promedio académico general era de 6,35 sobre 10. Un puntaje normal, ligeramente por encima de la media. En todas sus libretas, sin embargo, siempre había notas desaprobatorias. Dos o tres rojos. Ya me hubiese gustado tenerlas a mano años después para cotejarlas con las mías y hacerme fuerte ante los castigos que mi padre me imponía, exigiéndome el rendimiento sobresaliente que él no había tenido. Cuando le llevaba un examen para que lo firmara, inmediatamente cerraba el puño y me daba tantos coscorrones como puntos le faltaran a mi nota para llegar a 20. No importaba la materia. Si sacaba un 13 en Química o Inglés, me golpeaba siete veces con los nudillos en la cabeza. Si obtenía 15 en Literatura o Ciencias, cinco golpes. Si jalaba un examen de Historia o Cívica, además de los golpes de rigor, me prohibía salir a la calle durante un mes. No contento con eso me asignaba tareas domésticas que iban desde lavar los autos hasta lustrar sus veinte pares de zapatos.

Tanta angustia me producían sus posibles reacciones que en una oportunidad robé del salón el examen de un muchacho que había sacado 20 en Química. Yo había desaprobado con 07. Cuando me entregaron el examen me puse a temblar. Lo siguiente no lo pensé: sonó el timbre del recreo, esperé a que el salón se vaciara, fingí adelantar una tarea, me aseguré de estar solo y fui hasta la carpeta de Gustavo Verástegui para extraer su examen de la mochila.

Era el mejor alumno, el más chancón, y teníamos una caligrafía muy parecida, o yo se la copiaba, no recuerdo bien. Verástegui siempre sacaba 20. Ya debe estar harto de sacarse veintes, pensé. Trataba de darle algo de nobleza al delito, quería creer que ese 20 haría más por mí que por él. Por la tarde, en mi casa, borré cuidadosamente el nombre de Gustavo, coloqué el mío y corrí a donde mi padre para enrostrarle la nota en la cara. Sin ver el papel me recibió con un cocacho seco en la crisma. «¿Y ahora por qué me pegas si saqué un 20?», le recriminé. «Mis hijos no se sacan 20, se sacan 21», me gruñó con cara de perro.

$$* * *$$

Mi padre tampoco hacía concesiones al impartir disciplina. Entre los diez y los catorce años, me castigaba mandándome a escribir las mismas frases cientos de veces. Recuerdo especialmente dos: «No debo contestarle mal a mi madre» y «No debo pelear con mis hermanos». Trescientas veces cada oración en hojas rayadas de cuaderno. Solo podía salir a ver a los amigos si acababa con ese trabajo forzado, cuyo objetivo era, según él, que lo pensara dos veces la próxima vez que estuviera tentado de incurrir en esas faltas caseras. Pero en lugar de regenerarme, yo me quedaba con la sangre en el ojo, con infinitas ganas de reincidir en esas faltas solo por verlo fatigarse y montar en cólera. Apenas mi padre dictaba la penitencia, me encerraba enfurecido en mi habitación a escribir la misma línea una y otra vez, como Jack Torrance en *El resplandor*. Casi siempre terminaba el trabajo, pero algunas veces, ya sea porque la muñeca se me adormecía o por una simple rebelión de mi autoestima, lo dejaba a medias. Entonces iba a buscar a mi padre para humillarme y pedirle un indulto, pero no conseguía conmoverlo. «Salir depende de ti», me decía falazmente, sin quitar la mirada del periódico que leía, y yo volvía a encerrarme con los ojos rojos de impotencia, resignado a seguir dibujando mi caligrafía en el papel, a llenar páginas y páginas con promesas que quebraría siempre. Quizá fue entonces que germinó en mí un convencimiento que hasta hoy me acompaña y que indirectamente se lo debo a él: mi libertad depende de que escriba. Mientras más escriba, más cerca de la libertad estaré.

Jamás pude enfrentar a mi padre. No tenía las agallas para hacerlo. Sus gritos, su mirada (por Dios, su mirada) me desarticulaban automáticamente. Solo tengo registro de una vez que me empeciné en responderle. Ocurrió en la casa de la calle La Paz en Miraflores. Entonces no tendría más de ocho años. Algo que dije no le gustó y se puso a perseguirme para darme una tunda. Me persiguió por el cuarto, la sala, el comedor. Cuando ya me quedaba sin salida, me escurrí en la cocina y no vi mejor escondite que la alacena, un pequeño armario cuya puerta, no lo noté en ese momento, carecía de pestillo. Desde adentro, sudando, empuñé la chapa con las dos manos. Él hizo lo mismo desde fuera y empezamos a forcejear. Jalé con todos y cada uno de los músculos de mi cuerpo. Jalé para salvarme. Pero él también jalaba. Me puse a sollozar sabiendo que no había escapatoria, que no había forma de vencerlo. Si esfuerzo la memoria, puedo sentir el desgaste en los antebrazos, el ardor en las muñecas, las zapatillas cediendo, rechinando en las losetas del piso. En ese instante mi padre dijo algo que tengo metido en el subconsciente. Una frase elogiosa pero hiriente. O solamente hiriente. «Tenía fuerza esta cucaracha.» Eso dijo. Y me desarmó.

Lo irónico o injusto era que él sancionaba mis indisciplinas sin mirarse en el espejo hecho añicos de su juventud revoltosa. Él no solo faltaba al colegio para ir a ver los barcos al puerto de Buenos Aires, sino que se escapaba de clases para ver bailar a la hija de Libertad Lamarque en el teatro, hasta donde mi abuela Esperanza lo iba a buscar para sacarlo de las patillas y llevarlo de regreso al liceo.

Era rebelde e incluso sedicioso. La mañana que pasé en el Pentagonito encontré en su expediente una comunicación de 1946 cursada a mi abuela por parte del director del Colegio Militar de la Nación Argentina.

Comunico a usted que por Orden del Día n.º 229, a los dieciocho días del mes de octubre del año en curso, esta dirección ha impuesto a su hijo, el cadete LUIS FEDERICO CISNEROS, la sanción disciplinaria de 45 días de arresto exterior y destitución por: Reunirse para considerar el incumplimiento de órdenes de un cadete de año superior por considerarlas arbitrarias, sin recurrir —como debió y pudo hacerlo— a las formas y procedimientos reglamentarios, y decidir en esa reunión cometer una desobediencia en forma colectiva y negarse posteriormente a cumplir dicha orden, con el atenuante de que la orden importaba un castigo no reglamentario.

Atentamente,

Juan Carlos Ruda. Director

Esa no sería, ni por asomo, la última vez que mi padre se sublevaría para conspirar contra un superior por considerar que el superior hacía lo incorrecto. Lo repetiría sistemáticamente a lo largo de su carrera e incluso después. Muchas de las noches de su retiro militar se las pasó en su escritorio con generales tan o más jubilados que él, todos arrugados y con alguna enfermedad en evolución, conspirando seriamente contra los Gobiernos de Alan García o de Alberto Fujimori. Noches enteras en ese cuarto, que acababa apestando a tabaco y licor, madurando el sueño de derrocar al presidente de turno, tomar el Palacio de Gobierno y reconducir el país por los cauces de una última y necesaria fase de la ya extinguida revolución militar. Noches largas en las que formaban tentativos gabinetes, se repartían los Ministerios entre ellos, rellenaban a mano decenas de hojas A4 con las líneas maestras de un plan de gobierno. A mi padre eso lo excitaba de veras.

No le importaba amotinarse ante un jefe ni vulnerar las jerarquías siempre que se lo demandasen sus ideas y esa oscura convicción de estar predestinado a ser el líder de un ciclo político histórico, el militar todopoderoso, el caudillo omnipotente, el mandamás de la República con uniforme, capaz de imponer orden donde hiciese falta y de meter presos a los traidores y desleales al régimen, de mandarlos callar o, si era necesario, enviarlos al destierro.

Esa arraigada teoría acerca de la justicia, sin embargo, contrastaba con su tiranía casera. Él podía defender sus ideas ante cualquier auditorio, pero no me permitía exponer las mías ni discutir sus decisiones tajantes. Menospreciaba mis argumentos y me obligaba persistentemente a reconocerlo como autoridad máxima, desarrollando una rara ortodoxia de castigos ejemplares. Lo que más me confundía o enojaba o deprimía era ver y sentir que su implacable drasticidad estaba dirigida únicamente a mí, no a mis hermanos. A Valentina, su favorita, jamás la corrigió de aquel modo tosco, coercitivo y psicológico que por momentos rozaba la agresividad; y con Facundo, el último, que nació cuando él ya tenía cincuenta y seis años, mantuvo el trato cordial y benevolente que un abuelo depara a sus nietos. Tampoco mis hermanos mayores, Melania, Estrella y Fermín, hijos de su primer matrimonio con Lucila Mendiola, pasaron por el cepo de su autoridad cuando fueron chicos. Aunque el caso de ellos es distinto. El padre que les tocó era un capitán del Ejército de treinta y pico años que fue progresivamente ascendiendo a mayor, teniente coronel y coronel. Un hombre que se arropó de ideas, conocimientos y aplomo para despejar las inseguridades de su centro. Aquel era un militar cuyo uniforme adquiría año a año nuevos distintivos; un buen cuadro castrense que aún no conocía su techo y que vivía de un salario que se caracterizaba por su magrura. Un gaucho que no se parecía al Gaucho que yo tuve como padre: un hombre ya en sus cincuenta, cuajado, duro, difícil de penetrar. Un hombre sin ambages que no solo estaba en el pico de su carrera, sino que vivía convencido de llevar más pantalones que cualquiera y de representar un tipo específico de poder en un país que, para él, requería de gente con un carácter como el suyo. No es lo mismo ser criado por un teniente coronel que por un general de división. No es igual tener por padre a un oficial subordinado con justas aspiraciones profesionales que a un ministro de Estado con claras ambiciones políticas. El padre de mis hermanos mayores no fue mi padre. Se llamaba igual solamente. Pero aun cuando el joven teniente coronel Cisneros Vizquerra hubiese sido con Melania, Estrella y Fermín todo lo severo y aplastante que fue conmigo, no podría haberse ganado el respeto de sus primeros hijos. Y si lo ganó, acabó perdiéndolo por completo el día que se fue de la casa donde vivía con ellos y Lucila Mendiola: el chalct 69 de la Villa de Chorrillos. Los hijos tenían diecisiete, dieciséis y trece años. Cómo haces a esa edad —o a cualquier edad— para respetar a un padre que se marcha al lado de otra mujer con la que más tarde, no tan tarde, construirá otra familia. Cómo haces para respetar a esa otra familia que te ha sido impuesta. Cómo debían entender mis hermanos mayores ese comportamiento sino como una pantomima moral que de pronto quedaba desmantelada por los hechos.

Quizá, pienso ahora, la obsesión de mi padre por formar mi carácter profiriendo gritos tan estruendosos que a veces obligaban a mi madre a espetarle cosas como «La casa no es tu cuartel» o «Mi hijo no es tu cachaco», esa obsesión, digo, quizá nacía de la necesidad de probarse a sí mismo y probar a los demás que podía ponerle márgenes siquiera a alguno de sus seis hijos, y que podía inspirar respeto en alguno de los más chicos después de fracasar con los más grandes. Yo fui el hijo varón que sacó el boleto ganador en esa discutible lotería. Y aunque mi padre consiguió a la larga que lo respetara —o le temiera—, su necesidad de dominar agrietó nuestro vínculo.

Mi reacción ante eso no fue más inteligente tampoco: me volví poco comunicativo, huraño, e hice que mi familia pagara los platos rotos de mi insignificancia. En cuanto a mi padre, mi manera tonta de castigarlo era robándome sus gorras militares de campaña: me las encasquetaba al revés, con la visera en la nuca, me ponía los *jeans* más viejos y holgados y deshilachados que tenía, *jeans* rotosos que él odiaba que yo luciera, y salía a las calles así, convertido en un soldado zarrapastroso. Fue por esa época que se me dio por escribirle a mi padre cartas llenas de preguntas furiosas que quedarían sin respuesta en un cajón, y que luego, durante la primera mudanza posterior a su muerte, encontré y deshice llorando con unas insoportables ganas de engullirlas y de morirme atragantado por ellas.

* * *

Cuando era cadete, mi padre sufrió un accidente a caballo. Ocurrió en un descampado de entrenamiento, cerca de la ciudad de El Palomar, donde aún está asentada la Escuela Militar de la Argentina. Luego de forzar una maniobra, resbaló de la montura. Al caer, una de sus botas quedó enganchada en el estribo. El caballo se asustó con la sacudida, se encabritó y empezó a relinchar y a correr, arrastrando a mi padre durante varios minutos a lo largo de un trayecto rocoso, lo que le ocasionó lesiones que le durarían por siempre.

Pasó poco más de un mes en la enfermería del Colegio Militar con la cadera fracturada y todos los dientes rotos. Y mientras escribo esto no puedo dejar de pensar en las eternas dolencias de cintura que le arrancaban quejidos de dolor que él trataba de amortiguar, ni en su dentadura postiza depositada en el fondo de un vaso con agua en el baño. Al estirar los labios de costado para sonreír, sus dientes no quedaban del todo visibles, apenas asomaba una línea blanca. La única manera de apreciar la forma, tamaño y color de su dentadura era cuando la prótesis flotaba en las noches dentro del vaso. Desde ese recipiente de cristal mi padre sonreía.

Como consecuencia de la aparatosa caída, se le hizo muy difícil alcanzar un nivel apto para ser instructor de equitación. En un parte de julio de 1947, el jefe de la Escuela de Caballería del Colegio Militar de la Nación sostiene: «A causa de un accidente de equitación que lo tuvo alejado de la instrucción durante la mayor parte del año militar, el aprovechamiento de aquella actividad ha sido prácticamente nulo por parte del cadete Cisneros. Por ello, sus condiciones como instructor apenas satisfacen». Y en un informe académico de 1953, cuando ya era teniente, se consigna esta observación: «Necesita dedicarse más a los deportes, sobre todo a la equitación, pues es un jinete sin recursos».

Ser tildado de mediocre debe haberle ocasionado una oleada de frustración acompañada de un deseo obsesivo por recuperarse. Porque eso producían los reveses en mi padre. Se alimentaba de ellos, redoblaban su energía. En vez de derribarlo, lo motivaban a seguir, a persistir en su objetivo con una vehemencia que no menguaba. No era una característica de nacimiento: había aprendido a ser así, a convertir en búmeran el proyectil enemigo, a devolver con una sola estocada los espadazos de su oponente. Lo suyo era eso: la esgrima más depurada, el contraataque cerebral.

Los caballos le dieron esa elegancia brutal para salir airoso, ese aire como de permanente reflexión callada. «Los hombres de caballería estamos habituados a salvar la monotonía, y como tenemos algo de aventura en la sangre vivimos llenos de evocaciones. Para cada dolor hay en nosotros un resto de alegría; para cada rencor, cordialidad; para cada deslealtad, afecto. El caballo evita que te confundas en la masa insensata de gente que se mueve en torno a ti.» Así hablaba mi padre sobre los jinetes. Así lo dijo en una revista. Y a pesar de que adoraba a los caballos, y de que tenía dos potros metidos en algún establo soleado, Coraje y Enfadoso, a los que únicamente recuerdo haber visto en fotos, nunca se interesó en enseñarnos a sus hijos a montar con regularidad. Solo mi hermana Valentina, a sus espaldas, con la complicidad de mi madre, aprendió a cabalgar en serio y acabó participando en concursos de salto de obstáculos de hasta un metro de altura. Cuando mi padre se enteró, se puso furioso. Tal vez no quería acordarse de que él había hecho lo mismo con su padre cuando era niño: engañarlo con ayuda de su madre para tomar clases de ballet. Al final, se resignó a la idea de que Valentina fuera amazona e incluso la acompañó y alentó en los torneos en el picadero del Club Hípico Militar o del Club de Huachipa. Una vez él mismo se acercó al podio de ganadores para entregarle el gallardete del primer premio de una prueba de debutantes. Ese día, sin saberlo, los dos o, mejor dicho, los tres, mi padre, Valentina y el caballo alazán que ella montaba, vengaron al jinete desdentado que caminaba durante las noches a horcajadas con la cadera rota, oyendo relinchos.

* * *

Pero aquella mañana en el Pentagonito no fueron las libretas de calificaciones de mi padre ni las observaciones de sus jefes lo que más me desconcertó, sino una carta suya del 30 de octubre de 1947, un mes y medio después de que llegara al Perú. Cuando terminé de leerla tuve que repantigarme en la silla para respirar con comodidad. Era y es una carta con el membrete del Ejército en la esquina superior izquierda y manchas amarillas de humedad en los bordes, escrita a máquina y dirigida al general de brigada José del Carmen Marín, ministro de Guerra de ese momento, en la que le pedía permiso para ir a Buenos Aires a casarse con Beatriz Abdulá.

—¿Qué pasa? —me preguntó el suboficial Pazos al verme palidecer: el cuello tenso, los ojos que iban del papel a la cornisa del techo y de la cornisa al papel para repasar esas líneas detrás de las cuales podía imaginar a mi padre, más de sesenta años atrás, un cigarro metido en la boca, golpeando con ilusión, desengaño y esperanza las pesadas teclas negras de una máquina que seguramente no era suya.

—Acabo de descubrir algo.

—¿De tu viejito?

—Sí. Quiso casarse con su novia argentina cuando recién llegó al Perú —dije. Mi voz era un hilo que se deshacía en el aire.

—¿En serio? ¿Y no sabías nada?

—Nada.

—Qué loco.

—Demasiado loco.

—¿Y por qué no se casó con la hembrita?

—Eso es lo que estoy tratando de averiguar. Por aquí debe estar la contestación del ministro.

—Que no te sorprenda si también descubres un hermano por ahí.

El suboficial Pazos se perdió en un soliloquio en el que mezcló avinagradas historias de viudas tristes que, cuando iban a cobrar la pensión de su marido muerto, se daban con la sorpresa de que este tenía otros hijos, otras mujeres, otras familias, otras casas, algunos incluso otros nombres, y entonces se volvían locas y armaban unos escándalos esperpénticos, y lanzaban aullidos de rabia que se multiplicaban en la acústica de los pasadizos del cuartel general. Pazos hablaba, pero mis oídos ya no eran sensibles a sus palabras, que me llegaban como una sinfonía deformada y monótona. Mis sentidos ahora estaban pendientes del nombre que no dejaba de prenderse y apagarse en mi cabeza como el título de una película en las marquesinas de un cinema abandonado en el que todavía se anuncia una última proyección. Beatriz. Beatriz. Beatriz. Beatriz Susana

Abdulá. Ahora estaba claro que ella no era, como yo había creído, una simple enamorada de mi padre refundida en el olvido, sino la mujer con la que él se comprometió para casarse, ante la cual empeñó «el prestigio de su honor» y su «buen nombre», como había escrito en la carta. ¿Qué había ocurrido exactamente? ¿Por qué no se había celebrado el matrimonio? El expediente me daría la respuesta minutos después.

* * *

El Gaucho y Beatriz habían coincidido de niños en un cumpleaños infantil en Buenos Aires, pero ninguno lo recordó la mañana del verano de 1945 en que se vieron conscientemente por primera vez en la playa de Mar del Plata. Él tenía diecinueve años, ella quince. Esa mañana el sol se precipitaba sobre la orilla como una gran campana de fuego.

El Gaucho arrastraba los pies en la arena grumosa al lado de dos amigos, Tito Arenas y el Chino Falsía. Tres cuerpos sin angustias ni musculatura, los trajes de baño diminutos, las piernas como lápices, recién salidos del mar, aún con restos de espuma brillante en los hombros, el vientre, las rodillas. A unos doscientos metros, bajo una sombrilla bicolor, Beatriz no se ponía de acuerdo con su hermana Ema sobre dónde extender una gran toalla roja que parecía la bandera de Marruecos. Los muchachos se acercaron. No se sabe cuál de los tres empezó a hablar primero. Seguramente fue el Chino Falsía, que con las mujeres, al revés que con los estudios, no perdía una milésima de tiempo. O quizá fue Tito Arenas, cuya sonrisa, pícara antes que sensual, despertaba entre las chicas una ternura que él encontraba odiosa y deprimente. El que sin duda tardó en abrir la boca fue el Gaucho, pero le bastó detenerse en la mirada de Beatriz para enamorarse de un mazazo. Jamás se recuperaría de la visión de esas dos pupilas oscuras como grutas en cuyo fondo resplandecía sin intermitencias la luz precursora de un faro. La mirada, los perfectos semicírculos de las cejas, la puntiaguda nariz de roedor. Allí estaba paralizado el cadete Cisneros Vizquerra, hecho flecos por esa niña envuelta por la claridad del día que ahora decía llamarse Betty y hablaba desde el centro de la bandera africana con graciosos ademanes. La vio tan expansiva, quebradiza y orgullosa que de pronto sintió ganas de adorarla hasta que fuera anciana.

Durante ese verano se les hizo costumbre a los tres visitar la sombrilla de Beatriz. Entre todos la llevaban a bailar al salón del Casino, a tomar helados en las confiterías del malecón, a seguir las competencias de regatas desde los altillos del club, a pasear por los confines de las playas menos turísticas del balneario, donde el mar reventaba con más fuerza, a ver los estrenos en el cine Ambassador o el Sacoa, de donde Beatriz salía siempre llorosa y descontenta, segura de que ella hubiese interpretado el papel principal mejor que la actriz protagónica. Alguna de esas tardes el Gaucho debió por fin abrir la boca para enamorarla, hacerse su novio y besarla contra los muros, los peñascos, las columnas, las puertas giratorias, los árboles, las barcazas volteadas en la orilla, y decirle que deseaba que la vida se congelara ahí mismo porque lo que viniera después, aun cuando fuese bueno para ambos, sería siempre inferior solo por carecer de la rutilancia de aquel verano. A Beatriz —que a los quince años nunca había extrañado la atención de los hombres— ese afecto primitivo e incondicional se le reveló desconocido o distinto. Acostumbrada a que su belleza determine otro tipo de acercamientos y al influjo de una serie de frivolidades, que a veces ella misma cultivaba, no se había detenido a considerar que era capaz de inspirar un amor como ese, que rayaba en la adoración religiosa. El Gaucho le decía: «Una mujer como tú no debería dormir en una habitación, sino en un sagrario», y algunas noches, en la oscuridad del dormitorio que compartía con su hermana Ema, Beatriz sonreía imaginando que ese habitáculo era en efecto una urna o un estuche o una caja de música, y llegaba más rápidamente al sueño imaginándose a sí misma como la bailarina en miniatura que se ponía de pie, levantaba los brazos, recogía un muslo y lo elevaba en el aire para girar frente al mar enjoyado del espejo.

La relación del Gaucho y Betty continuó una vez que regresaron a Buenos Aires. La familia Abdulá vivía en Villa Devoto, un distrito cerca de El Palomar, la sede de la escuela militar. El Gaucho la visitaba allí los fines de semana en que salía de franco. Tomaba el primer tranvía de los sábados y luego de cuarenta minutos —en un trayecto que incluía las estaciones de Caseros, Santos Lugares y Sáenz Peña— llegaba a Villa Devoto, donde se quedaba hasta la semipenumbra de las siete. Juvenal y Gustavo, los únicos hermanos que sabían de la existencia de Beatriz, lo cubrían cada vez que la madre, Esperanza, preguntaba en voz alta por qué demonios el Gaucho todavía no se aparecía. El padre, Fernán —entonces embajador en México y poco después en Brasil por encargo del presidente Bustamante y Rivero, ocupado en coordinar una conferencia donde los países americanos establecerían la postura continental ante la derrota de Alemania e Italia en la Segunda Guerra Mundial—, permanecía completamente ajeno a los pequeños acontecimientos que iban marcando la vida interior de sus hijos en Buenos Aires.

A sus amigos del Ejército el Gaucho les había hablado no solo de Betty, sino también de la familia Abdulá; sobre todo del padre, un hombre sirio-libanés que era muy estricto o que fingía serlo para espantar a los pretendientes de su hija mayor. Cualquier alusión a la cultura o simbología árabe que se hiciera en las clases de la escuela militar era ocasión perfecta para que los cadetes fastidiasen al peruano con su novia. «Tiene sangre peruana, alma criolla, pilcha de paisano y corazón de turco», decían de él. En una reseña aparecida en la edición de 1947 de *Centauro,* la revista anual de la escuela, se lee:

> El baile predilecto del Peruano es *Arabian Boogie** y su amor lo ha encontrado en la tierra donde Dios es Dios y Mahoma, el profeta. Nos cuentan que la primera vez que fue a tomar el té, su futuro suegro le preguntó: «¿Qué se sirve, Luisito?». A lo que él, por resultar más simpático, respondió: «Medias lunas, señor, medias lunas».

En la primera versión que recogí de la ruptura del Gaucho y Beatriz, el señor Abdulá se oponía a que su hija mantuviese un amorío con un joven militar que, para colmo de males, era hijo de un par de peruanos despatriados. La desaprobación familiar y la tortura de no poder seguir con Betty habrían precipitado el viaje del Gaucho al Perú.

Ahora sé que esa versión distorsionó los hechos originales. Después de dos años y medio, el Gaucho y Beatriz decidieron casarse. Se tomaron las cosas muy en serio, conscientes de que si a ellos les faltaba firmeza, si se doblegaban un poquito, el resto intentaría convencerlos de que casarse era una locura. Y quizá lo era, pero estaban empecinados en defender su derecho a cometerla.

El plan era el siguiente: el Gaucho vendría al Perú, esperaría uno o dos meses para informar la decisión a su familia, pediría permiso a sus superiores, regresaría a Buenos Aires para hablar con los padres de Betty y, tras la ceremonia religiosa, viajarían a Lima para establecerse. El plan, sin embargo, no calculaba un detalle. A poco de llegar al Perú, el Gaucho se enteró de la existencia de una norma del Ejército según la cual ningún oficial podía variar su estado civil durante los primeros cinco años de servicio. Cinco larguísimos años. Sesenta meses. Doscientas sesenta semanas.

---

* Un tema de jazz compuesto en 1947 por el estadounidense Bulee *Slim* Gaillard. *(N. del A.)*

Mil ochocientos sesenta y cinco días. Ya no calculemos las horas ni los minutos. Por muy enamorados que estuviesen Betty y él, sería una espera demasiado larga. La distancia, o la ausencia física del otro, o las presiones paternas para desechar el compromiso los harían flaquear tarde o temprano. Por eso, el Gaucho escribe al ministro de Guerra lo siguiente:

Yo, Luis Federico Cisneros Vizquerra, alférez de caballería, egresado del Colegio Militar de la Nación Argentina el 22 de julio pasado, en cuyo instituto me incorporé como cadete al primer año de estudios el 25 de febrero de 1944, habiendo llegado al Perú el 2 de setiembre del año en curso y destacado actualmente como oficial de suplemento de la Escuela Militar de Chorrillos, ante Ud., con el debido respeto y por conducto regular me presento y digo:

Que habiendo formalizado mi compromiso matrimonial el 30 de agosto último en la República Argentina, por no haber sido notificado hasta esa fecha por ninguno de los Señores Oficiales Superiores que desempeñaron el cargo de agregados militares ante nuestra embajada de la existencia de la ley que prohíbe el matrimonio a todos los oficiales de las Fuerzas Armadas de la Nación durante los primeros cinco años de servicio, ruego a Ud. se digne disponer se me conceda la autorización necesaria para contraer enlace por entender que solo así quedará salvado el prestigio de mi honor y mi buen nombre empeñados. Es gracia que espero alcanzar de su digno despacho por ser de justicia.

Alfz. Luis Federico Cisneros V.

Bajo su solemnidad, la carta escondía un pedido de auxilio. Mi padre necesitaba volver pronto a Buenos Aires, casarse y acabar de una vez con esa opresión que no lo dejaba estudiar ni dormir. Solicitudes como la suya, sin embargo, no eran resueltas directamente en el Ministerio de Guerra, sino en la instancia previa, la Inspectoría. Enterado de eso, corrió a pedir la intervención del director de la Escuela de Oficiales, quien le prometió llamar al inspector general para que considere especialmente su pedido. Mientras tanto, las cartas con Betty iban y venían de Lima a Buenos Aires: salían de la casa de paseo Colón donde el Gaucho era hospedado por unos tíos, y llegaban seis o siete días después a la puerta de los Abdulá en la florida Villa Devoto para luego iniciar el camino de vuelta.

El Gaucho también les escribía a sus hermanos Juvenal y Gustavo, a quienes les rogaba que cuidaran a Beatriz en Buenos Aires, que la distrajeran, que la invitaran a comer o la llevaran a oír a Leo Marini cantar *Dos almas,* el tema favorito de ambos, y que le hablaran de él mientras todo se arreglaba. Pero no hubo solución. La respuesta del Ejército tardó un mes y llegó mediante una circular, casi un telegrama, donde el inspector general del Ejército comunicaba lo siguiente:

> Se declara sin lugar la solicitud presentada por el alférez Luis Federico Cisneros Vizquerra, de la Escuela Militar de Chorrillos. Pase este documento a la dirección de caballería para que se agregue a los antecedentes personales del mencionado oficial.

El día del Pentagonito, sesenta años más tarde, el mensaje mantenía intacta su sequedad; su rudeza no había envejecido. La revelación desató en mí una tormenta de especulaciones. ¿Mi padre entonces renunció a Betty ante la imposibilidad de dejar la carrera? ¿O fue ella la que dio por terminado el noviazgo al enterarse de la respuesta del Ejército? ¿Acaso intentaron seguir juntos? ¿Se prometieron algo? ¿Dónde estaban esas cartas? ¿Intervino la familia en algún sentido? ¿Hasta cuándo se mantuvieron en contacto? ¿Se volvieron a ver? ¿Cuál de los dos fue el primero en rehacer su vida?

Sentía que me asomaba a una zanja de noche con los ojos vendados. Terminé de fotografiar algunas páginas más del expediente, intercambié números con el suboficial Pazos y abandoné el cuartel lo más rápido que pude. Decidí regresar a mi casa caminando. Supongo que había autos y gente en las calles, pero la verdad es que no los recuerdo. Alcanzo a verme avanzando por las calles estrechas y arboladas que se abren en paralelo a la avenida Angamos, y luego cruzando por debajo del puente Primavera, doblando en la esquina de la avenida El Polo, pensando en lo azaroso de esa historia, en el modo directo en que su desenlace repercutía en mi existencia. ¿Qué hubiera ocurrido si el inspector general ese día de 1947 se hubiera levantado de mejor humor y, persuadido por el director de la Escuela de Oficiales, le hubiera dado a mi padre luz verde para casarse? ¿Se hubiese concretado el plan con Beatriz? ¿Se hubiesen casado? ¿Habrían tenido tantos hijos como los que al final tuvieron con otras personas? ¿Quién sería yo? ¿En cuál de esos hijos figurados me habría encarnado? ¿Se habrían divorciado o habrían envejecido juntos, mirando de vez en cuando las fotos de su verano en Mar del Plata? ¿Habría acaso fotos de su verano en Mar del Plata?

Mientras acumulaba preguntas en la cabeza, de pronto sentí algo de pena por la frustración de ese matrimonio, y algo de vergüenza o enojo por enterarme así, fisgoneando, de las razones por las cuales no se llevó a cabo. También sentí que había algo de traición en todas esas pesquisas, movidas y averiguaciones, aunque no tenía muy claro a quién estaba traicionando. Desde el momento en que abandoné el cuartel me obsesioné con Beatriz Abdulá. Antes de tocar el timbre de la casa de mi madre, Cecilia Zaldívar, donde ella me esperaba para almorzar, tuve aliento suficiente para soltar hacia dentro una última perturbadora ráfaga de preguntas. ¿Vivirá Betty todavía? ¿Estará en Buenos Aires? ¿Quizá en Villa Devoto? ¿Y si la busco? ¿Y si le escribo? ¿Y si me contesta?

4

Pueden pasar veinte años desde que enterraste a tu padre sin que te preguntes nada específico respecto de los estragos de su ausencia. Pero cuando más familiarizado crees estar con esa desaparición, cuando más convencido te sientes de haberla superado, un fastidio empieza a carcomerte. El fastidio activa tu curiosidad, la curiosidad te lleva a hacer preguntas, a buscar información. Poco a poco captas que eso que te han dicho durante tantos años respecto de la biografía de tu padre no te convence más. O peor: captas que lo que tu propio padre decía sobre su biografía ha dejado de parecerte confiable. Las mismas versiones que siempre sonaron certeras, suficientes, se vuelven confusas, contradictorias, no encajan, colisionan estrepitosamente con las ideas que la muerte de tu padre ha ido fraguando en tu interior en el transcurso del tiempo, y que una vez puestas de manifiesto son como un sólido islote que tiene en ti a su único náufrago.

Lo que te desespera de pronto es no saber. No estar seguro, sospechar tanto. La ignorancia es desamparo y el desamparo, intemperie: por eso irrita, aturde, da frío. Por eso desentierras. Para saber si conociste a fondo a tu padre o solo lo viste pasar. Para saber cuán inexactos o deformados son los recuerdos esparcidos en la sobremesa de los almuerzos familiares; qué esconden esas repetitivas anécdotas que, contadas como parábolas, grafican muy bien la superficie de una vida, pero nunca revelan su intimidad; qué recortada verdad se oculta detrás de esas fábulas domésticas cuya única finalidad es labrar una mitología de la que ya te aburriste, que ya no te hace falta porque además no te alcanza para responder las calladas, monumentales e inhóspitas preguntas que ahora estrujan tu cerebro.

¿Dónde están los auténticos relatos y fotografías de los pasajes desgarradores y aberrantes que no forman parte de la historia autorizada de tu padre, pero que son tan o más importantes en la edificación de su identidad que los momentos gloriosos o triunfales? ¿Dónde está el álbum de negativos, de hechos velados, vergonzosos o infames que también sucedieron pero que nadie se molesta en describir? Cuando eres chico, los familiares te mienten para protegerte de una decepción. Cuando eres adulto, ya no te interesa preguntar, acostumbrado como estás a lo que pregona la familia. Tú mismo circulas, repites y defiendes sucesos de la vida de tu padre que jamás viviste ni estudiaste ni pudiste comprobar. Solo la muerte —inflamando tu inquietud, incrementando tus dudas— te ayuda a corregir las mentiras que escuchaste desde siempre, a canjearlas, no por verdades, sino por otras mentiras, pero mentiras más tuyas, más privadas, más portátiles. La muerte puede ser muy triste, pero provee destellos de una sabiduría que, en las mentes correctas, resulta luminosa, temible, anárquica. La muerte tiene más vida que la propia vida porque la penetra, la invade, la ocupa, la opaca, la somete, la estudia, la pone en tela de juicio, la ridiculiza. Hay preguntas que provoca la muerte que no pueden contestarse desde la vida. La vida no tiene palabras para referirse a la muerte porque la muerte se las ha tragado todas. Y mientras la muerte conoce mucho de la vida, ella no sabe absolutamente nada de la muerte.

* * *

Sé que si no escribo esta novela viviré intranquilo. ¿Cómo sé que lo que mi padre me transfirió no le fue transferido? ¿Su hosquedad y hermetismo eran propios o le fueron implantados antes de que naciera? ¿Su melancolía era realmente suya o era el rastro de algo superior y anterior a él? ¿De qué subsuelo ancestral salía su coraje? ¿De dónde provenía su arrogancia? A menudo culpamos a nuestros padres por defectos que creemos suyos sin pensar que quizá sean fallas geológicas, fallas de origen: úlceras que han atravesado siglos y generaciones sin que nadie haya hecho nada por extirparlas o curarlas; podridas estrellas de mar que llevan centurias adheridas a una peña, que no pueden divisarse, pero que están ahí, en algún fondo, reclamando nuestro tacto.

Si quiero entender a mi padre, debo identificar nuestros puntos de intersección, iluminar las zonas oscuras, buscar el contraste, resolver los acertijos que con el tiempo fui abandonando. Si consigo entender quién fue él antes de que yo naciera, quizá podré entender quién soy ahora que está muerto. Es en esas dos titánicas preguntas en las que se sostiene el enigma que me obsesiona. Quién era él antes de mí. Quién soy yo después de él. Ese es mi objetivo sumario: reunir a esos hombres intermedios.

Pero debo explorar también la relación que él tuvo con su padre, del que casi no hablaba o del que hablaba llorando. ¿Qué rara electricidad viajaba entre ellos que rescindía su afecto y deformaba su espontaneidad? Tengo que retroceder en ese barranco ciego y lodoso hasta que algo empiece a encajar. ¿Cuánto han hecho los hijos Cisneros por saber algo, algo real, del padre que les tocó? ¿Cuántas cosas vivieron de niños que no perdonaron de adultos? ¿Cuántas cosas vieron siendo hijos que no metabolizaron bien y que no contaron cuando les tocó ser padres? ¿Cuántos de ellos se han muerto rumiando sospechas amargas sin confirmarlas o desbaratarlas, sin poder atribuírselas a nadie ni a nada concreto?

Tengo que desenterrar esos cadáveres amontonados, sacarlos a la luz, diseccionarlos, practicarles una autopsia general. No para saber qué los mató, sino para entender qué diablos los hizo vivir.

* * *

El lunes 9 de julio de 2007 estuvo marcado por una sucesión de eventos descontrolados que parecían haber sido dispuestos o amañados por alguna suerte de jerarquía cósmica universal. Llevaba unos días visitando Buenos Aires por primera vez, como parte de mi todavía incipiente investigación familiar. Había viajado con un amigo, Rafael Palacios, quien tampoco conocía la ciudad. Durante la semana previa toda la Argentina había experimentado un descenso brutal en la temperatura. Según los informes del Servicio Meteorológico Nacional, el frío —que también venía refrigerando zonas de Uruguay, Paraguay y Brasil— descendió a niveles polares. Ese lunes, Día de la Independencia además, no fue la excepción: estábamos a cero grados centígrados. Arropados como si nos dirigiéramos a explorar los alrededores del Himalaya, salimos de un hostal en la calle Maipú y, orientados por un mapa desplegable de bolsillo, buscamos la dirección que yo tenía anotada en una libreta: Esmeralda 865, interior 20. La casa donde nació mi padre.

Atravesamos Sarmiento hasta encontrar Esmeralda y luego subimos por Corrientes, Tucumán, Viamonte y Córdoba a esa velocidad de crucero con que avanzan los porteños incluso en los feriados. Si hablábamos, lo hacíamos debajo de las bufandas, sin mirarnos, concentrados en evadir la multitud que caminaba en dirección opuesta. De repente la cuadra ocho de Esmeralda se abrió ante nosotros como una gran rajadura. Tomamos un café en Saint Moritz, la confitería de la esquina. Eran las tres de la tarde con quince.

Caminamos hasta el número 865. Para mi sorpresa, la quinta donde mi padre había nacido más de ochenta años atrás se mantenía inalterada. Había visto la fachada en fotos, así que la reconocí de inmediato, aunque al mirar hacia dentro me pareció un solar más que una quinta. Era la única construcción vetusta en esa calle colmada de oficinas, restaurantes, librerías y negocios de abarrotes, el

76

trozo de un pasado que me concernía en medio de aquella modernidad ajena. Al oír la voz del encargado a través del intercomunicador, comencé a tartamudear. Se debe haber aburrido de escucharme porque la reja exterior se abrió electrónicamente cuando aún estaba dándole las razones de mi visita.

Internarme por el pasadizo principal fue como ser arrojado al túnel del tiempo. Todo era sepia, húmedo, descascarado: las losetas desdibujadas del piso, las mayólicas sin relieve de los muros, los tragaluces, los tubos con remaches, las llaves de la grifería, las precarias instalaciones eléctricas, el óxido de las ventanas superiores de los departamentos, los marcos de unas puertas que no había necesidad de abrir ni cerrar para saber que rechinaban como ataúdes. En lo alto de los corredores se mecían unos faroles de hierro cuyas lámparas colgaban como cabezas decapitadas. Los departamentos estaban distribuidos en dos edificios de cuatro pisos. A cada edificio correspondía un patio y a cada patio una palmera. En la corteza de ambos árboles podía distinguirse el rastro de breves hendiduras que años atrás tal vez fueran inscripciones de vecinos que posiblemente ahora ya estuvieran muertos. Todo era viejo. Hasta el triciclo estacionado en un descanso. ¿Quién sería su dueño?

Mientras contemplaba la escenografía, me iba desenrollando la bufanda y quitando las capas de abrigo: el gorro de lana, los lentes, los guantes, la chalina, la primera de las dos casacas que llevaba encima. Rafael captaba fotos desde cada rincón, como si más tarde fuera a componer una reproducción del lugar para dibujar un modelo o hacer una maqueta.

Pronto se escucharon unos pasos lentos. Era un anciano que al vernos levantó su boina saludando. Me acerqué a preguntarle cuántos años llevaba viviendo allí. Toda mi vida, contestó. Su aliento olía a avena podrida. Le dije si acaso no recordaba a una numerosa familia de peruanos que había vivido allí hacía ocho décadas aproximadamente.

Los Cisneros Vizquerra, precisé. Los esposos eran Fernán y Esperanza, y los hijos se llamaban Juvenal, Carlota, el Gaucho, Gustavo, Pepe, Reynaldo y Adrián. Después de unos segundos de permanecer en blanco como tratando de hacer encajar esos nombres en los diversos rostros que desfilaban por el visor de su memoria, el anciano aseguró que sí, que los recordaba muy bien, pero se disculpó de dar detalles arguyendo que estaba apurado y no quería perder el metro de las cuatro. ¿Me puede dar su teléfono, caballero?, le pregunté. No tengo, fueron sus últimas palabras antes de diluirse en el frío.

Decidí entonces acercarme al pabellón donde se encontraba el departamento 20. Trepé los mismos sesenta escalones de mármol que mi padre de niño debió cansarse de subir y bajar. Una vez ante la puerta blanca pegué el oído y pulsé el botón del timbre, animado por un ruido de platos y cubiertos que venía desde dentro. Nadie respondió. El tintineo de objetos persistía, ahora acompañado del chasquido de unas voces adultas que modulaban palabras ininteligibles. Toqué la puerta con los nudillos y me dediqué unos segundos a admirar el número 20 que distinguía la vivienda: dos dígitos de tinta negra que resplandecían al lado del gran ventanal que dominaba el descanso entre el tercer y el cuarto piso. La caja del extinguidor estaba vacía. Nadie contestó. Estuve por tocar una vez más cuando fui consciente de lo inverosímil que sonaría mi discurso de presentación y, en general, de lo absurdo de mi propósito.

¿Qué era lo que pretendía exactamente? ¿Entrar y reconocer en un departamento que seguramente había sufrido remodelaciones el ambiente de estrecheces en que había nacido y crecido mi padre? ¿Respirar el aire magro de los días del destierro de mi abuelo? ¿Ver la cocina e imaginar a mi abuela Esperanza que preparaba la comida para sus hijos y, de paso, para la familia legal de su marido? Sentí una repentina incomodidad que se me atascó en la garganta como una nuez. Entendí que estaba forzando la experiencia para hacerla, qué sé yo, más literaria, más digna de ser contada, cuando estaba visto que ese lugar ya no representaba nada. No era más que un viejo apartamento dentro de un solar que se caía a pedazos. No había nada romántico ni quijotesco ni valioso en aquella irrupción. Los fantasmas que alguna vez albergó esa quinta ya no estaban allí.

Le dije a Rafael que era momento de irnos. Al cerrar la reja y alcanzar la calle, entramos a la librería anticuaria de al lado. Poema 20 era su nombre. Rafael quería comprar un regalo para su hermano. Lo dejé conversando con el hombre del mostrador y extendí una mano instintiva en el primer anaquel ante el que me detuve sin razón alguna. No quiero decir que el libro que saqué fuera una señal, pero, sí, de algún modo lo era. O así lo quiero recordar: una sincronía subliminal. El libro —portada en blanco y rojo, editorial Escorpio— era de Andrés M. Carretero y se titulaba *El Gaucho. Mito y símbolo tergiversados.* Se lo mostré de lejos a Rafael, que cruzó toda la librería para darme un abrazo. La escena debió desconcertar al anticuario, a quien di un billete por toda explicación. Minutos después, cuando ya eran las cuatro en punto, al poner un pie en la vereda —no los dos, sino uno, quizá el izquierdo— sentí un helado y débil brochazo en la cara, una sustancia mezcla de algodón y escupitajo que venía de arriba. Enseguida vi que el negro asfalto de la calle se cubría paulatinamente de una espuma blanca. Me tomó unos segundos entender que esas suaves cuchillas de viento congelado eran gajos de una nieve milagrosa que caía sobre la ciudad. Nos entreveramos con el gentío que corría hacia el Obelisco para admirar y celebrar ya no solo la Independencia, sino ese fenómeno natural que —tal como confirmarían los noticieros nocturnos— se repetía después de ochenta y nueve años en la capital federal. Los sobrevivientes de la antigua nevada contemplaban el espectáculo detrás del vidrio de sus casas. El resto, consciente de lo inusual de esas precipitaciones, desocupó sus inmuebles de inmediato, y se volcó a las anchas y heladas avenidas que lentamente comenzaban a parecer estepas siberianas. En medio de la euforia los peatones intentaban capturar racimos de nieve en el aire. Los hombres mayores, más toscos, se la restregaban en la cara o se la tragaban directamente como si fuese un maná o un elixir. Las mujeres la tomaban con delicadeza entre las manos, a la par que inventaban canciones y rondas de agradecimiento. Algunos jóvenes filmaban con sus celulares; otros saltaban semidesnudos, llevando a sus espaldas la camiseta de su club de fútbol favorito. Los niños, entre tanto, soportaban el frío componiendo, muy serios, rechonchos muñecos navideños fuera de temporada. Rafael se quedó en el Obelisco disparando su cámara de fotos hasta la madrugada.

Para entonces yo ya no estaba allí. Había abandonado la fiesta de la nieve para ir a conocer al poeta Fabián Casas, con quien había tomado contacto vía correo electrónico desde Lima antes del viaje. El poeta me recibió con un sombrero de cosaco en la cabeza y un whisky puro en la mano. Intercambiamos libros y, mientras hablábamos de quiénes éramos y de lo que nos gustaba hacer, consentí que su perra Rita montara mi pierna debajo de la mesa de la cocina. Al despedirme tres horas después, era de noche pero aún nevaba en la calle vacía. Minutos más tarde, parapetado bajo un paradero de buses a la espera de un taxi, me sentí escritor. Más escritor que nunca. Como si los tragos y la charla compartidos con Fabián en combinación con la nieve que caía pareja sobre Buenos Aires después de un siglo hubiesen propiciado una circunstancia claramente poética de la que yo merecía formar parte, de la que ya estaba siendo parte, aunque a esa hora no hubiese un miserable transeúnte en la avenida que lo atestiguara. Entonces me apoyé en el panel luminoso del paradero para revisar el poemario que Fabián acababa de regalarme. Abrí una página cualquiera y leí.

No todos podemos zafar de la agonía de la época
y así, en este momento,
a los pies de la cama de mi viejo
yo también prefiero morir antes que envejecer.

Voluminosos trozos de nieve que caían en diagonal cubrieron de pronto mis zapatos. Tuve ganas de dejarme enterrar por la nieve allí mismo, de amanecer convertido en uno de esos muñecos inexpresivos que los niños habían armado más temprano alrededor del Obelisco; quizá desde ese nuevo compartimento, pensé, podría comprender mejor algo de lo que había sucedido aquel día fabuloso que ya agonizaba, que ya coleteaba como un pez sobre la tierra húmeda. Entonces pensé en el verso de Fabián Casas, en el hombre tergiversado que fue mi padre, en que no había, en que nunca habría forma de zafarme de él aunque los años pasaran raudos como pasaba la nieve hasta quedar convertida en costra, hasta diluirse. Y cuando ya empezaba a hundirme en el hueco de esa pena que aún hoy rebrota, aparecieron las luces salvadoras de un taxi amarillo cuyos parabrisas combatían incansables la película de fango detrás de la cual se insinuaba el rostro soñoliento de un conductor.

* * *

Ahora es 2014 y estoy en el bus rumbo a Mar del Plata para encontrarme con Ema Abdulá, la hermana menor de Beatriz.

Los extraños recuerdos de ese viaje de hace siete años se proyectan como un cortometraje en el fondo negro de la ventana. Al otro lado del vidrio no sé si hay casuchas, sembríos o precipicios. Recién cuando amanece advierto que la carretera estuvo toda la noche vigilada por árboles de diversos tamaños. En el cielo distingo una constelación de nubes compactas que ruedan igual que las bolas de heno en los *westerns*.

Hace dos meses me puse a rastrear a Beatriz, la primera novia de mi padre. No sabía por dónde empezar, así que les escribí a través del Facebook a por lo menos cuarenta Abdulá. Ni uno me contestó. Pedí recomendaciones de páginas de internet dedicadas a la búsqueda de personas y navegué mañanas enteras en aquellas que se veían más serias y profesionales, pero al final pedían dinero para culminar la investigación sin ninguna garantía de éxito ni promesa de reembolso en caso de que no se concretara nada. Incluso me puse en contacto con una amiga argentina, una periodista reconocida, Cristina Wargon, para que iniciara una cruzada local en busca de Beatriz Abdulá.

Una tarde, durante un almuerzo, mi tío Reynaldo aseguró haber oído a mi padre decir alguna vez que Betty se había casado en Buenos Aires con un señor que tenía un apellido de origen vasco, un apellido difícil que ahí mismo no recordaba. Días después lo recordó. «¡Etcheberría! ¡Etcheberría! Así se apellida el esposo de Betty», me dijo triunfal en el teléfono antes de deletrearme ese nombre que más parecía un estornudo.

A continuación le encargué a un amigo que reside en Buenos Aires que me enviara la relación de nombres completos y teléfonos de todos los Etcheberría que vivían en la capital federal que encontrara en las Páginas Blancas. No le tomó mucho: eran dieciséis. Comencé a hacer llamados de larga distancia. Alguno me tiene que dar una pista de Beatriz, pensaba. Al cabo de dos semanas ya me había comunicado con Ana, María, Tadeo, Alfredo, Mariana, Celia, Fernanda, Corina, Carlos, Máximo, Nélida, Alberto, Mercedes, Teresa, Carmen y Bernardo Etcheberría. Ninguno me supo dar referencias exactas de Betty. Algunos habían oído hablar de los Abdulá en el pasado, pero creían que ya no quedaba ninguno en Argentina. Otros decían tener un pariente más o menos cercano en Córdoba o Santa Fe que conocía a una mujer árabe que, si no les fallaba la memoria, quizá podría llamarse Beatriz. Ninguna respuesta fue esperanzadora. Una de las mujeres con quien hablé, Celia, era una anciana enferma que apenas podía modular. Mientras hacía el esfuerzo de decirme algo, una señorita que estaba a su cuidado le arranchó el teléfono y me dijo que no podía ayudarme, limitándose a anotar mis datos o a decir que los estaba anotando.

Por esos días yo acababa de renunciar al programa de radio que conducía durante las mañanas. No fue sencillo, pues me entretenía hacerlo, pero las cuatro horas diarias que me demandaba las necesitaba para escribir. Después de formalizar mi salida ante el gerente continué yendo una semana más.

La mañana en que me tocó despedirme al aire me nublé de dudas. Anuncié que ese era mi último programa, pero las palabras salían forzadas, como negándose a ser vocalizadas. Había que empujarlas como se empuja a un niño a ir al dentista. Aproveché una seguidilla de canciones para salir de la cabina y encerrarme en un cubículo del baño del quinto piso y preguntarme a boca de jarro, con los ojos inundados, si acaso valía la pena dejar la radio, a la gente magnífica que trabajaba conmigo, la paga segura, el reconocimiento en las calles, la fama provinciana, todo a cambio de una novela incierta, una novela que posiblemente no le fuera a interesar a nadie más que a mí, una novela que me traería problemas con mi familia, con la que se me acusaría de ingrato, injusto, malagradecido o traidor. Quizá, pensé, había llegado el momento de dejar tranquilo a mi padre, de admitir que mi apuesta por contar su pasado y su muerte era una apuesta perdida.

Volví a la mesa de conducción dispuesto a retractarme. No me iba a ir a ninguna parte. Si minutos atrás había anunciado mi despedida con bombos y platillos, ahora anunciaría mi continuidad y pediría disculpas por el exabrupto a los miles de oyentes que nos seguían. Diría algo así como «No sabía en qué demonios estaba pensando cuando dije que renunciaba porque necesitaba escribir una novela, qué novela ni qué carajos». Sí, eso diría. Después de todo, la radio era real, lo otro no, lo otro era una idea chapucera que jamás se concretaría. Solo debía esperar que se encendiera la bombilla roja de una vez; que Cindy Lauper finiquitara *Time After Time;* que el operador me diera el pase para gritar que, tras un golpe de clarividencia, había decidido que todo seguiría igual. Habría aplausos grabados, algún efecto de sonido y listo. Nada habría pasado.

Fue en ese instante cuando advertí un mensaje en mi teléfono: un nuevo correo electrónico había entrado en mi bandeja. Mientras lo abría, Cindy daba sus últimos alaridos.

*If you're lost you can look and you will find
me, time after time.
If you fall I will catch you I'll be waiting,
time after time.*

Hola. Soy Ema Abdulá, hermana de Beatriz, novia de tu papá. Te escribo estas líneas simplemente porque sé que llamaste a casa de Celia Etcheberría buscando pistas de mi linda hermana. Te cuento algo. Yo conocí a tu papá. Cuando él volvió al Perú, ella lo extrañaba mucho. Quería casarse con él. Mucho discutió mi hermana con mamá por el casamiento, pero no hubo caso. Mucho me contó y yo también lloré con ella. Pero eran otras épocas, no podías hacer lo que querías.

Años después, veinticinco aproximadamente, tu padre vino a visitar a Beatriz a Buenos Aires. Se encontraron, salieron, fueron a cenar y tu papá, como siempre enamoradizo, le dio a mi hermana su bastón de mando militar. Quedaron en la posibilidad de verse nuevamente, pero no se pudo. Cuando nos enteramos de la muerte del Gaucho nos dio mucha pena. Y mira qué casualidad: yo ahora estoy escribiéndote para decirte que mi hermana, mi Beatriz querida, falleció de cáncer hace un mes. Te deseo que tengas mucha suerte en tu búsqueda. Si puedo ayudarte en algo más, no dudes en escribirme.

Cariños,

Ema

—¡Ya estamos al aire!

El operador de consola, al que llamábamos Pechito por la prominencia de su tórax, comenzó a darme indicaciones detrás del vidrio macizo que separaba su ambiente del mío. Su voz me llegaba ralamente a través de los audífonos. Reconocía perfectamente el sentido de sus gestos, pero era incapaz de decir nada. En la pantalla del celular el correo de Ema seguía abierto.

—…

—¡Al aire, habla! —repitió Pechito.

—…

—Huevón, ¿qué te pasa? ¿Estás bien? —ahora sonaba preocupado.

—…

—¿No puedes hablar? ¿Qué hago? ¿Me voy a tanda?

—…

—¡Manda una canción, carajo, manda una canción!

—…

—¡Manda *Creep* de Radiohead! ¡Aquí la tengo! ¡Rápido! ¡Mándala!

—…

Esa misma noche me puse en contacto con Ema. Su voz se me hizo tan cálida: fue como hablar con alguien a quien quería desde hacía mucho. A través de Ema contacté a Gabriela, la hija mayor de Beatriz, cuyo primer correo fue otro batacazo. Ahí me contaba que hacía pocos días, vaciando los cajones de su madre muerta, encontró unas fotos del reencuentro de Betty y el Gaucho en 1979 que llevaban en el reverso dedicatorias de mi padre. Ella había estado presente, había visto con sus propios ojos algo que yo apenas podía imaginar: mi padre —ya era mi padre en 1979— visitaba a la mujer que pudo convertirse en su primera esposa, la mujer de la que quizá no se había olvidado jamás, de la que se separó contra su voluntad, a quien sin embargo se acostumbró a nombrar como si se tratara de una presencia menor en su biografía, guardándose para sí los temblores que seguramente lo sacudían cada vez que ese nombre llegaba por algún motivo a sus labios. Gabriela también había encontrado entre las pertenencias de Beatriz el bastón de mando que mi padre le obsequió en ese mismo reencuentro y que ella colgó en una pared de su sala hasta el final, como una reliquia sentimental que despertaba la curiosidad de los invitados. Durante dos semanas intercambié correos intensísimos y llamadas telefónicas con ambas y comprendí lo clave que resultaba la reciente muerte de Beatriz en esa repentina escalada de afecto, confianza y colaboración. Era porque ella acababa de morir por lo que Ema y Gabriela me dejaban aproximarme al delicado territorio de su intimidad y mostraban una disposición generosa que quizá en otra coyuntura no hubiese sido tal. Les parecía inverosímil pero también mágico que, ni bien ocurrido el fallecimiento de Betty, de pronto, literalmente de la nada, yo, el hijo del Gaucho, un hombre al que ella había amado alguna vez, apareciese como un espectro amable dispuesto a reclamarles detalles de una historia común que constituía un patrimonio sagrado. Yo, me aseguraron, era un milagro para ellas. Se equivocaban. Ellas eran un milagro para mí.

Pasadas unas semanas, arreglé un viaje —este viaje— para verlas en Argentina, conocerlas y entrevistarlas. Y ahora que al fin llegué, que he bajado del bus en la estación de Mar del Plata, que tomo un taxi a la casa de Ema y que reviso que las pilas de mi grabadora funcionen correctamente, ahora, digo, advierto una potencia extraña que me hace consciente del entusiasmo ansioso que emana de mí. Por algún motivo me dedico unos segundos a contemplar un conjunto de aves planeando, estableciendo un recorrido sobre el imperio de las aguas del Atlántico. Y mientras el taxi serpentea para cubrir el borde del malecón de Playa Chica y se interna en la zona arbolada de Los Troncos para luego bajar la velocidad y detenerse en las últimas cuadras de la calle Rodríguez Peña, me enorgullece haber llegado hasta aquí, haber forzado los cerrojos de un capítulo de la vida de mi padre que gritaba esperando ser contado. Ahora sé que lo que va a decirme esa mujer de ochenta años que me espera allí adentro modificará para siempre al Gaucho que hasta ahora conozco, y sé que voy en busca de ese relato para acabar con mi padre de una vez por todas, para sacármelo del espinazo, del centro de la angustia visceral que me persigue y colocarlo en un lugar inmaterial donde pueda aprender a amarlo nuevamente.

* * *

Lo que Ema me contó aquel mediodía, sumado a lo que me diría dos días después Gabriela en Buenos Aires —en un café de la calle Libertad desde cuya ventana lateral podía apreciarse la marquesina de hierro forjado del frontis del teatro Colón—, me permitió completar los vacíos de la historia. A medida que hablaban de su hermana y de su madre, Ema y Gabriela fueron dándose cuenta de que ellas también necesitaban dar nombre a ciertas circunstancias que habían sido silenciadas por pudor, por miedo o por respeto a Beatriz; y que era vital destapar compuertas y válvulas selladas para irrigar cierta memoria desértica que había permanecido años en abandono, y que se cubría de abrojos y maleza. Las charlas dieron pie a repentinos monólogos que ellas alargaban en tanto los juzgaban útiles para sí mismas, y fue durante esos minutos cuando el relato que yo había ido a buscar empezó a componerse ante mis ojos como un dibujo sin vacíos.

* * *

Un día de 1947, Beatriz llegó a su casa, se sentó en un mueble delante de sus padres y tragó saliva antes de comunicarles que se había comprometido con el Gaucho. Luego del matrimonio, arreglaremos las cosas para irnos juntos a vivir al Perú, completó. Ella, que nunca hablaba, que tenía por costumbre mantener ocultos sus sentimientos tanto como los eventos que los provocaban, de pronto abría la boca para dar semejante ultimátum.

Desde su cuarto, Ema oía las voces y percibía cómo la firmeza de su hermana abría lentamente una rajadura de silencio en medio de la sala. En cosa de segundos la casa se vino abajo. La señora Abdulá, espantada, el rostro enterrado en ambas manos, lloraba como si el hipotético avión en el que Beatriz se iría al Perú estuviese ya por despegar. El padre, aterrorizado ante la resolución con que hablaba su hija, se puso de pie para contraatacar y negarle el permiso, no solo porque era demasiado joven para casarse, sino porque representaba una chifladura marcharse a un país del que ninguno de ellos tenía mayores referencias. Las peleas, truenos y llantos continuaron durante días. Según Ema, la restricción paterna, en lugar de amilanar a Beatriz, le daba a su locura una capa poética más gruesa.

El plan de los novios continuó. Antes de volver al Perú, el Gaucho le confió a Ema unas tarjetas para que las escondiese debajo de la almohada de su hermana mayor. Una por noche. «Lo que escribía tu padre era poesía pura. Durante cien noches tuve que poner debajo de la almohada de Beatriz esas tarjetitas románticas que olían a él», me dice ahora Ema, mientras sorbe una cucharada de sopa bajo la luz raleada del sol marplatense, y yo la oigo segurísimo de que mi padre se apropió de algunos poemas de su padre o de su abuelo para rellenar esas tarjetas. Y ya retrotrayéndome en la historia, pienso en lo irónico que resulta que en 1869 los padres de Cristina Bustamante dejaran gustosos que mi bisabuelo Luis Benjamín desposara a su hija de solo catorce años siendo él no solo mucho mayor, sino además padre de tres niñas ilegítimas; pero que, en 1947, casi ochenta años después, los padres de Beatriz Abdulá rechazaran a mi padre, a pesar de haberse formado en la más impecable rectitud militar. Luis Benjamín quebró las reglas, pero aun así lo respaldaron. Mi padre no tuvo la misma suerte. A un distinguido diplomático que ha vivido en Europa se le disculpan los extravíos morales en cualquier siglo, en cambio a un joven militar sin mundo, dinero ni prestigio, no se le perdonan sus sentimientos.

Beatriz se mantuvo ilusionada incluso hasta después de saber que el Ejército le negó al Gaucho el permiso para volver a Buenos Aires y casarse con ella. Paliaba la ausencia de su novio mirando las fotos que tenían juntos, reparando recién en que eran muy pocas, apenas tres: la que se sacaron en una fiesta de Año Nuevo, al lado de otras dos parejas, todos chiquillos vestidos de adultos, al borde de una mesa en cuyo centro descansa una hielera con una botella de champán ya descorchada; o esa otra en una recepción o agasajo, ella metida dentro de un abrigo de pieles, los ojos vivaces, la sonrisa de castor, el Gaucho con uniforme de gala, los labios apretados; o la última, la más cinematográfica, los dos sentados en un peñasco una tarde de playa, de espaldas a un mar que rompe al contacto con las piedras, los cabellos de ambos revueltos por el viento salino, Betty tiene chompa y un pantalón que deja ver un par de escuálidas pantorrillas, el Gaucho una camisa de verano y esas orejas notables, prominentes, al contraste con la espuma blanca de una ola muerta.

Ahora ya no estaban dentro sino fuera de las fotos, muy fuera, y lo suficientemente lejos como para preguntarse si esos retratos no serían imágenes de una vida descontinuada. Durante un mes y medio la correspondencia entre ambos fluyó puntual, sostenida casi exclusivamente en la esperanza de que algo favorable ocurriría de un momento a otro.

Pero nada favorable sucedió. La comunicación lentamente se llenó de interferencias, las misivas comenzaron a escasear. De repente Betty dejó de escribir. Al cansancio ante lo que parecía ser a todas luces una espera infructuosa se sumó una campaña de desprestigio contra el Gaucho perpetrada ni más ni menos que por uno de sus viejos amigos bonaerenses, José Breide, Pepe, quien, interesado en Beatriz desde hacía mucho, se dedicó a llenarle la cabeza de falsedades, buscando convencerla de que el Gaucho jamás volvería de Lima, difamándolo de traidor, asegurando que su ingratitud y olvido eran tales que ya se había ennoviado con otra.

«Pepe apareció por casa al poco tiempo de que tu padre se fuera. Mi hermana no lo quería, pero se sintió sola. Breide era muy constante: seguía a Beatriz de Buenos Aires a Mar del Plata todos los veranos. Le ofrecía el oro y el moro, y como tenía una buena situación económica y era parte de la colonia árabe, mi madre lo apoyó. Al final fue ella, mi madre, la que consiguió que se comprometieran», me revela Ema con la voz un poco ahogada, cumpliendo mi pedido de no ahorrarse detalles por muy incómodos que sean.

La última carta que recibe el Gaucho de Betty es la carta de la ruptura. Tres hojas escritas a mano sobre un papel resbaladizo cuyo colofón es un bolero, *Nosotros,* ese himno de los amores devastados, cuya letra pinta bien la ardorosa batalla que debía estar librándose dentro de Beatriz en los meses de 1947.

> *Atiéndeme, quiero decirte algo*
> *que tú quizá no esperes,*
> *doloroso tal vez.*
> *Escúchame, que aunque me duela el alma*
> *yo necesito hablarte*
> *y así lo haré.*
> *Nosotros,*
> *que fuimos tan sinceros,*
> *que desde que nos vimos*
> *amándonos estamos.*
> *Nosotros,*
> *que del amor hicimos*
> *un sol maravilloso,*
> *romance tan divino.*

Nosotros,
que nos queremos tanto,
debemos separarnos,
no me preguntes más.
No es falta de cariño,
te quiero con el alma,
te juro que te adoro
y en nombre de este amor
y por tu bien te digo adiós.

Esa carta desgarró al Gaucho. Un desgarro que volvería todos los días del futuro en que ese bolero sonó en la radio o el tocadiscos, ya sea con la voz de Los Panchos, Sarita Montiel o Daniel Santos. No bien distinguía la tonada introductoria, mi padre se suspendía de la conversación en que se hallaba, se ponía a fumar mirando hacia los techos interiores, calaba un cigarro tras otro y se abandonaba a unas memorias contaminadas de dolor.

Mi padre no encajó bien la despedida de Betty. Se abandonó, se emborrachó, perdió los papeles. Aunque en esa época no bebía, una tarde se encerró durante horas en un bar de la bajada de los Baños de Chorrillos. Cuando no hubo más clientela, el dueño le avisó que estaban por cerrar, que hiciera el favor de pagar la cuenta y retirarse. Mi padre no respondió. Diez minutos después el hombre insistió en su pedido. Mi padre volvió a ignorarlo. De la parte posterior del mostrador salió un mastodonte que avanzó hasta la ubicación del Gaucho y lo conminó enérgicamente a que pagase y abandonara el lugar. Un último whisky, ordenó mi padre, sin mirarlo. El sujeto negó con la mano y le lanzó una feroz advertencia para que se largara. Puedo ver la escena ahora mismo. Mi padre, la voz deformada, el tono desafiante, la frente clavada en la pared, le dice que es alférez del Ejército, que puede provocar un desastre si no lo atienden. El otro, más alto, más corpulento, más en sus cabales, lo coge del cuello y lo saca a empellones del establecimiento. Mi padre, un muñeco en el aire, agita brazos y piernas inútilmente. Una vez en la calle, de rodillas en la vereda, escucha los candados cerrarse y se vuelve loco. Está fuera de control y saca del cinto la pistola que no había querido mostrar y desata el desastre prometido. Cuatro balazos perforan la puerta, que enseguida se abre sola como en las casas poseídas por espíritus. El dueño, temblando, se deja ver con las manos en alto. Ahora habla sumisamente. El matón, un fierro en la mano, espera nervioso. ¡Un último whisky, mierda!, ordena mi padre balbuceando, los ojos llenos de lágrimas y de ira.

Algunas semanas después de ese evento, que le debe haber costado más de una amonestación en el cuartel, mi padre se entera de que Beatriz tiene un nuevo pretendiente. Aún no sabe que ha sido traicionado. La noticia lo hunde tanto que pide a sus superiores su inmediato traslado a cualquier provincia del país sin importar cuál. Me da lo mismo el lugar, dice con desaliento cuando le preguntan si tiene preferencias. Lo único que quiere el Gaucho es irse de Lima, donde su abatimiento lo expone diariamente a las preguntas intrusas de la familia y los amigos. Ya no soporta ese acoso.

Necesita cambiar de aires, batallar contra sí mismo. Necesita trabajo duro, retiro, campo, distancia, soledad. Lo envían al norte del país, al calor y la luz de Sullana, como jefe de pelotón del regimiento de caballería n.º 7.

Durante las más de quince horas de traslado —que alternan sus pensamientos con las vistas de las siluetas planas y plomizas de ciudades costeras, como Chimbote, Chiclayo, Piura—, el Gaucho decide revocar a Beatriz, remover su recuerdo como si fuese un enorme montículo de tierra que obstruyera la única ventana de su casa, impidiendo la claridad. El despecho de saberla con otro le facilita en algo la tarea. Se plantea el reto así, sin melodramas, con pura combustión cerebral, como cuando en la escuela enfrentaba con soltura las operaciones aritméticas. Pero como también adolecía de orgullo y soberbia, se planteó un desafío adicional: buscar una sustituta, alguien con quien cubrir el forado que había dejado Betty. ¿Acaso ella no había hecho lo mismo? No sería tan complicado, total, las mujeres sobraban, siempre estaban dando vueltas alrededor de los militares, se excitaban con las botas y las charreteras del uniforme, y en provincia mucho más, pensaba el Gaucho. Fue durante el último tramo del viaje a Sullana cuando se convenció de eso, de que debía buscar una mujer. No imaginó que la encontraría tan pronto.

* * *

Lucila Mendiola cumplía con la condición básica que mi padre buscaba en las mujeres: era difícil de conquistar. Una jovencita aristócrata, creyente, hija de Idelfonso Mendiola, dos veces alcalde de la ciudad. Una muchacha que no salía con cualquiera. Apenas la vio en su primer paseo por la plaza de Armas, entró en estado de perplejidad: los ojos de todos los colores marinos posibles, la falda gitana, los collares pesados se balanceaban contra su pecho huesudo. Si mi padre hubiera leído la poesía de García Lorca, habría tenido la impresión de que esa mujer había escapado de allí.

—¿Quién es la flaquita de ojos verdes? —le preguntó al hombre que caminaba a su costado, el capitán Miranda.

—Ni la mires —contestó Miranda en seco—. Es la hija del alcalde.

—¿Y?

—No te hará caso. Además, está comprometida.

—¿Hace cuánto?

—Dos semanas.

—En dos semanas más estará conmigo.

Al final no fueron dos sino siete las semanas que le tomó cumplir su amenaza. Lo último que necesitaba el Gaucho era una mujer comprometida, pero se enterció con Lucila Mendiola e hizo todo lo que estuvo a su alcance para que ella rompiera su noviazgo con el hacendado de un pueblo vecino. Incluso sedujo con engaños a una amiga de los novios, la pequeña Brígida Garrido, tan pequeña que de lejos parecía un gorrión.

Fingir interés por Brígida le garantizaba acceso directo al círculo de Lucila. Así fue como empezó a hablarle a la joven Mendiola, a confundirla con su acento porteño, a piropearla con la poesía que tomaba prestada de los libros escritos por su padre. Cuando finalmente consiguió la atención de Lucila y empezó a pasearse con ella por el centro, la pobre Brígida Garrido entendió el triste papel que había jugado y se encerró en un convento del que no saldría nunca más.

Con los meses, ya calmada su obsesión por emparejarse, el Gaucho aprendió a querer a Lucila y a su familia. Los Mendiola lo acogieron en Sullana como no habían hecho los Abdulá en Buenos Aires. Lo hicieron sentirse bienvenido, apreciado, se ocuparon incluso de hacer más confortable su recuperación luego de una operación de apendicitis.

Y eso que don Idelfonso, el alcalde, odiaba a los militares desde que un teniente de apellido Lizárraga dejara plantada en el altar a Norma, su hija mayor. Con el alférez Cisneros, ese prejuicio se relajó. Tal valoración, tal afecto doméstico, en medio de aquel ambiente pastoril, cundieron en el Gaucho y fortalecieron los sentimientos inicialmente precarios hacia Lucila.

Tengo pequeñas tarjetas de mi padre en las que le escribe a Lucila mensajes cargados de una retórica desbordada.

> Que sean muchos los treinta que podamos conmemorar, amor mío. Tuyo, Lucho. 30 de julio de 1948.
> Quiera Dios que pueda llegar a valer algo en la vida para poder ofrecértelo a tus pies como mi mayor prueba de adoración e idolatría. Tuyo, Lucho. Setiembre, 1948.

Solo te pido, amor mío, que no me quites la dicha de poder adorarte toda la vida. Octubre, 1948.

Para mi Lucila adorada, mi amor, mi vida, mi esperanza, mi realidad, mi obsesión. Todo lo eres tú para mí, pero antes que nada eres mía. Febrero, 1949.

Por esos mismos días, sin embargo, el incorrupto nombre de Beatriz todavía le suscitaba escalofríos.

* * *

Hay una fotografía que alguien nos tomó en Piura en 1981. Hace tiempo la saqué de un álbum familiar. Me gusta mirarla. Estás al pie de la piscina de la enorme casa en que vivimos ese año. Llevas un traje de baño de cuadros azules y blancos (recuerdo la textura de ese traje húmedo en el colgador del jardín). Las piernas lampiñas, el pelo mojado, el bigote borroso, las tetillas pixeladas. El sol proyecta latigazos de luz sobre tu piel lechosa. En tus músculos hay residuos de la solidez del jinete que fuiste. Empinado sobre tus hombros como un niño acróbata sobre un gigante, aparezco precipitándome hacia las aguas quietas de la piscina. Los brazos extendidos, los ojos clavados en las losetas. El fondo verde desteñido reproduce nuestra sombra. En el agua nuestra sombra tiembla. Tengo cinco o seis años. Mi traje de baño azul lleva una pretina roja y un pez del mismo color bordado sobre el lado izquierdo. El salto ornamental está por concretarse. Después que mi cuerpo atraviese las aguas, con la alteración mínima de su calma, tú te lanzarás provocando un divertido tsunami y, sin emerger a la superficie, como un lento submarino o un manso tiburón, trazarás un recorrido de un extremo al otro. Cuánto disfrutábamos hacer ese número con público a nuestro alrededor. Me sentía tan bien allá arriba, tan indispensable, tan protagónico, tan valiente. Ese era nuestro rito, acaso el único de aquellos años. Trepaba por tu espalda como por una empinada escalera de vértebras y, una vez arriba, sobre la ancha plataforma de tus omóplatos, cogido de tus manos, sintiendo tu pelo mojado entre mis tobillos, me alistaba para aventurarme recto a la pileta. ¡Clic! Tú me secundabas. Debajo del agua oíamos el eco deformado del aplauso de las visitas.

Ese año, 1981, el Ejército te comisionó para hacer un recorrido por varias ciudades del norte como comandante general de la Primera Región Militar. Nos establecimos en Piura. Tu oficina quedaba al costado de la casa, de modo que eras vecino de ti mismo. Ir a trabajar era caminar diez pasos. Si volviera a esa casa quizá la encontraría encogida, pero entonces me parecía inmensa. Tenía dos pisos unidos por una escalera balaustrada de madera, cuyos primeros peldaños eran tablones amplísimos. Siempre había gente allí dentro: choferes, mayordomos, empleados. En la foto se ven las mamparas de vidrio que separaban la terraza del interior de la residencia, las sillas del comedor de diario, las ventanas con mosquitero. Todo lleva el tono percudido de los ochenta. En segundo plano, una maceta con plantas seguramente colocada allí por Cecilia Zaldívar, mi madre. Creo que ya dije que me gusta esa foto. Es una radiografía de nuestra complicidad. Mi cuerpo parece una prolongación del tuyo. Un apéndice que se sale. Tu cuerpo semidesnudo es un motor autónomo, la máquina que me ensambla, me sostiene y luego me expulsa hacia el exterior. El salto parabólico solo es posible por la fuerza y voluntad con que me acoges. No queda claro si eres tú el que se desprende de mí o soy yo el que se independiza del organismo que conformamos. En todo caso, hay armonía en la estructura y belleza en la maniobra. Hace años que esa foto está en un estante de mi biblioteca, reclinada sobre unos libros. Es como una pequeña postal que congela un instante que tiene el deber de ser inolvidable.

Una tarde de 2006, mientras leía *La invención de la soledad,* de Paul Auster, reparé en la foto. Estaba allí, dentro de la órbita de mi mirada. En dos pasajes de la novela —volúmenes siete y ocho de la sección «Libro de la memoria»—, Auster relata las proezas marinas de dos personajes que llevan a cabo una íntima búsqueda del padre: Jonás y Pinocho. Uno bíblico, otro literario. A ambos ya les guardaba una simpatía anterior: aplaudía que se rebelaran contra su naturaleza, que aspiraran a ser más de lo que estaban llamados a ser. Jonás no quería convertirse en un profeta cualquiera. A Pinocho no le bastaba con encarnar a un muñeco solamente. Jonás reniega de la misión que Dios le encomienda —ir a predicar entre los paganos de Nínive— y huye de su presencia embarcándose en una nave. En medio de la travesía se desata una gran tormenta. Jonás sabe que la tempestad es cosa de Dios y pide a los marineros que lo arrojen al mar para que cese la crispación de las aguas. Así lo hacen. La tormenta se detiene y Jonás se hunde, yendo a parar al vientre de una ballena, donde permanece tres días. En medio de los ecos ululantes de esa soledad, Jonás reza por su vida. Dios oye sus oraciones, perdona su desobediencia y ordena que el pez lo vomite en una playa. Se salva. Otro tanto ocurre con Pinocho. En la novela de Carlo Collodi, la barca de Gepetto es volcada por una ola enorme. Casi ahogado, el viejo carpintero es arrastrado por la corriente en dirección a un gran tiburón asmático que lo traga «como un fideo». El valiente Pinocho busca a Gepetto sin desmayo. Una vez que lo encuentra, lo carga sobre sus hombros y espera a que el tiburón abra la boca para escapar nadando en medio de la oscuridad de la noche. Jonás es rescatado de las aguas por su padre. Pinocho rescata a su padre de las aguas. Auster se pregunta o yo me pregunto: ¿Es verdad que uno debe sumergirse en las profundidades y salvar a su padre para convertirse en un hombre real? Desde que leí *La invención de la soledad*, la foto de Piura ya no es solo la foto de Piura. Es una foto fetiche, de esas que son tomadas en una época, pero cuyo verdadero significado nos llega mucho después. Ahora comprendo mejor el ritual de ese niño de cinco o seis años que se sumergía de aquel modo extraordinario. Cada vez que observo la foto, ese niño me ordena la misma misión ineludible: Lánzate al agua. Busca a tu padre.

Sullana, 26 de abril de 1949

Hermanos míos:

He tenido que ser yo el que escriba esta vez en vista del silencio en que me tienen. Pero como yo tomo muy rara vez la pluma para delinear cuatro garabatos y enviárselos en prueba de mi cariño, lo hago ahora para darles cuenta detallada de mi existencia.

Recién hace dos días he salido del hospital de Piura, después de haber dejado mi apéndice en un frasco. Si algún día, en un futuro no muy lejano, llego a ser presidente de la República, ese apéndice diminuto podrá exhibirse como una pieza de museo. Fue algo tan rápido y violento que aún no me acostumbro a pensar que me he quedado sin él. Me vino el ataque en la madrugada del 18, el primero que sufría en toda mi perra vida, y el último también. Seis horas después estaba desfilando al patíbulo de la sala de operaciones, donde una mano asesina me esperaba. Me quedé dormido de golpe. Después de la operación practicada por el comandante Núñez Banda, dormí dieciocho horas.

Me pasó todo esto y ya estoy de nuevo en el cuartel con treinta días de descanso. Por suerte tenía mis ahorritos, los que ya se han quedado por el suelo. Fuera de ello, la vida se sigue desarrollando con la misma monotonía de siempre. Me escribió el coronel Gómez, jefe de la escolta, al que ya contesté. También recibí una carta de mamá. Y me estoy escribiendo seguido con el Chino Falsía, hemos prometido mantener la correspondencia.

En cuanto a mi Betty, me contestó, pero qué distinto de todo lo que yo esperaba. Me dice que hago mal en echarle la culpa a su madre por la pérdida de mis cartas, que es verdad que hay otro hombre en su vida, aunque no se anima a decirme quién es, y que por favor le devuelva todas sus cartas.

Y yo, que sigo tan enamorado de ella como hace cuatro años, le he contestado con una carta con la que creo que ya estoy llegando al triste papel de lo ridículo. No sé qué hacer. Pueden pasar tantas cosas hasta fin de año…

Todavía no me ha llegado la casaca de cuero ni la camisa. Cuando me las manden, envíenme también unas sábanas y nada más.

Recuerdos para toda la familia. Si me pongo a detallar a todos, necesitaría cuatro hojas más y eso ya sería un sacrilegio. Un abrazo fuerte, muy fuerte. Todo mi corazón está con ustedes.

Desengañado, el Gaucho adelanta su propuesta de matrimonio a Lucila. De repente quiere casarse cuanto antes y se abraza ferozmente a una ilusión viciada por silentes contradicciones. El 28 de enero de 1950, día de su compromiso, le escribe a Lucila diciéndole:

Hoy empieza a convertirse en realidad uno de mis más grandes anhelos. Quiero que sepas, virgen mía, que no he de escatimar esfuerzos hasta ver realizado mi mayor sueño.

Los primeros en felicitarlo por el compromiso son sus amigos de Sullana, los capitanes Miranda y Ritz, ambos casados con primas de Lucila. Con ellos cabalgaba los fines de semana y compartía los pequeños éxitos y las aprehensiones de la carrera, siempre sujeta a los acontecimientos políticos.

Sus hermanos Juvenal y Carlota viajan hasta Sullana a conocer a su futura cuñada y hacen migas con la nueva familia política.

Desde Río de Janeiro, donde sigue siendo embajador, Fernán Cisneros cruza cablegramas con los Mendiola para pedir formalmente la mano de Lucila en nombre de su hijo. Días más tarde le escribe al Gaucho diciéndole: «Hijo, los párrafos de una carta de tu novia nos han dado el convencimiento de que se trata de una muchacha buena, consciente y capaz de compartir seriamente tu destino». El abuelo adjunta a esas líneas otras ceremoniosas reflexiones sobre la vida matrimonial, que por venir de un hombre que mantuvo dos hogares paralelos en secreto, durante un par de décadas, suenan ridículas.

La boda religiosa del Gaucho y Lucila ocurre a las once de la mañana del sábado 21 de junio de 1952 en la iglesia Virgen del Pilar de San Isidro, en Lima. Hay un álbum con por lo menos cincuenta fotos de ese día. Mi padre luce su uniforme de gala y Lucila un vestido de color perla. Se los ve felices saliendo del túnel formado por el cruce de espadas.

Yo había oído que la mañana de su matrimonio mi padre estaba sombrío, apagado, y que mi abuelo Fernán había dicho «Mi hijo no se casa feliz» luego de verlo atarse los cordones de sus zapatos con una tristeza que no se correspondía con la unión que estaba por celebrarse. Sin embargo, las fotos de ese día son contundentes e irradian una dicha que entonces prometía ser duradera. Allí aparecen los Cisneros y los Mendiola entrelazados, rodeados de amigos de Sullana y del Ejército. La felicidad está en los rostros de los asistentes, delicada y firme como un pájaro que derrama sus colores en un cerco vivo.

Solo una persona se mantiene ajena al regocijo. Una mujer espigada, elegante, ceñuda. Una mujer con un sombrero de alas grandes vueltas hacia arriba, de un gris que hacía juego con la gargantilla y los aretes. Es mi abuela Esperanza, quien desde la altura de su rostro cumple con hacer muecas gentiles que no ocultan fastidio ni incomodidad. Si hay alguien que no bendice ese matrimonio, es ella.

Meses antes del casamiento de Lucila y el Gaucho, Beatriz Abdulá se ha comprometido en Buenos Aires con José Breide. ¿Llegó a saber esto mi padre? ¿Las decisiones que Beatriz tomaba en la Argentina influyeron en las que el Gaucho tomaba en el Perú? ¿O quizá era ella quien se las ingeniaba para mantenerse al tanto de la vida sentimental de su exnovio peruano y daba pasos sobre la base de la información que iba recabando? ¿Habría habido entre ellos una pulseada de orgullo a distancia? ¿Un torneo de egos? ¿Un desafío silencioso del tipo si tú puedes casarte allá, yo puedo hacerlo aquí; si tú puedes ser feliz con otra persona, por qué yo no?

* * *

Lo que me cuenta Gabriela en este caluroso café de la calle Libertad es que su madre abandonó a Breide poco antes del matrimonio y que luego de romper unilateralmente el noviazgo —haciendo temblar a la conservadora colonia sirio-libanesa de Buenos Aires— se casó de un momento a otro con un señor llamado Federico Etcheberría, padre de Gabriela.

A Betty, me dice su hija, no le gustaba mucho Breide. No estaba muy entusiasmada con él. «Se puso de novia dejándose llevar por la marea, pero no fue una gran historia de amor, eso lo tengo clarísimo; es más, conoció a Federico, mi padre, y terminó con Breide, a pesar de estar ya comprometida.»

Mientras Gabriela se deshace en detalles que la grabadora registra, yo hundo la trompa en el capuchino y me quedo pensando en la actuación de Beatriz en el transcurrir del tiempo. Y de repente tengo la sensación o quiero tenerla de que todo lo que ella hizo después de que mi padre se marchara de la Argentina fue reactivo a ese adiós, y que trató de estar cerca del Gaucho con los medios que tuvo a la mano. Quizá, pienso, comprometerse con uno de sus mejores amigos fue, en algún sentido retorcido o delirante, una manera alegórica de estar cerca de él o del espacio impregnado por él mientras vivió en Buenos Aires. Y dejar después a Breide para convertirse en la mujer de un tal Federico —un homónimo de mi padre— tal vez fue otro acto de nostalgia inconsciente, un deseo irracional de apropiarse de un nombre que en el pasado había significado tanto para ella. Y cuando ese segundo Federico murió años después en un accidente automovilístico, ¿qué fue lo que hizo Beatriz? Se casó a escondidas con el hermano de su marido difunto. ¿No era ese acto-reflejo una repetición exacta de lo sucedido años atrás con Breide? ¿Dejarse querer por el amigo del novio que se ha ido no era igual a dejarse querer por el hermano del esposo que se ha muerto?

¿Es casual que, en ambas situaciones, ante un desamparo abrupto, Beatriz se haya precipitado a los brazos del personaje más inconveniente? Como si traicionar al ausente fuese la única manera posible de rendirle homenaje.

Muchos años después el Gaucho y Beatriz volverían a verse las caras. El reencuentro se produjo en Buenos Aires. Octubre de 1979. Él tenía cincuenta y tres, era general de división y jefe del Estado Mayor del Comando Conjunto de las Fuerzas Armadas. Ya no estaba casado con Lucila Mendiola. Mantenía una distancia afectuosa con sus hijos mayores y llevaba casi una década al lado de Cecilia Zaldívar Berríos, con quien ya tenía dos hijos.

Viajó a Buenos Aires para asistir al aniversario de la creación del Ejército argentino, participar en una serie de congresos militares y recibir un agasajo por parte de los compañeros con quienes había estudiado en El Palomar. Se quedó once días en total.

Beatriz tenía cuarenta y ocho años. Llevaba pocos meses de viuda. Una mañana recibió la llamada más inesperada de todas. Era el Gaucho, su Gaucho, quien recién después de unos minutos de saludos y risas nerviosas le contó que se encontraba en la ciudad. Antes de colgar quedaron en verse en el hotel donde se alojaba, el Plaza, al lado del Círculo Militar, frente a la plaza de San Martín.

Gabriela me cuenta que su madre acudió contenta al reencuentro con mi padre. Sus ganas de verlo, sin embargo, estaban neutralizadas por ese autocontrol con que ciertas mujeres se defienden del pasado. Ella fue la única que asumió con realismo los nuevos roles. El Gaucho, en cambio, debajo de su indumentaria de generalote, era el mismo chiquillo vehemente que la había besado con ansia en la puerta de su casa de Villa Devoto hacía treinta años, en 1947, antes de irse al terminal aéreo para viajar y descubrir el Perú.

Después de que se arruinara su matrimonio con Lucila Mendiola, el Gaucho se había enamorado de Cecilia Zaldívar, una joven de veintidós años en quien creyó ver una reproducción física y espiritual de Beatriz. A sus ojos, Cecilia era Beatriz reencarnada. Si los amores posteriores de Betty habían sido una especie de refracción deformada de su amor por el Gaucho, los del Gaucho se habían establecido teniéndola a ella en la mira: sea para sepultarla o resucitarla. Había querido mucho a Lucila Mendiola y amaba a Cecilia Zaldívar —«dos mujeres buenas que no merecen que les haga daño», diría alguna vez—, pero a Beatriz, o a lo que ella había sido y ahora representaba, le tenía un amor cuya pureza, peso y vigencia eran directamente proporcionales a su mistificación.

Apenas la vio llegar al *lobby* del hotel Plaza, el comportamiento de mi padre fue el de un adolescente. Había en su actuación un ritmo descompaginado, como si no comprendiera que había envejecido, que tenía cinco hijos, que ya no era el novio cadete de esa muchacha que, a diferencia de él, ahora se conducía únicamente con afecto, un afecto melancólico en el mejor de los casos, delimitando en todo momento las fronteras que el destino había trazado entre sus vidas. Mi padre no reconoció la brecha. Él funcionaba como su bisabuelo, el sacerdote Gregorio Cartagena, que había amado a Nicolasa tantísimos años atrás contraviniendo a la Iglesia; o como su abuelo, Luis Benjamín, que había engatusado a la mujer del presidente Castilla; o como Fernán, su padre, que había enamorado a Esperanza en las tardes del centro de Lima pasando por alto a su esposa legítima. Era un accionar de siglos. Un accionar imprudente, egoísta, aunque seguramente encantador. A mi padre, como a aquellos tres, no le importaron las consecuencias. Había cortejado a Lucila Mendiola olvidándose de Brígida Garrido. Había cortejado a Cecilia Zaldívar olvidándose de Lucila Mendiola. Y ahora cortejaba a Betty por segunda vez olvidándose de Cecilia Zaldívar. Su corazón era un círculo vicioso. Su impulsiva conciencia romántica estaba habitada por un depredador machista: una vez que el objetivo estaba identificado y el territorio de operaciones demarcado, no cabían dudas morales. Se actuaba nomás.

Gabriela hace un alto en la conversación para extraer un sobre de su cartera. Son fotos de ese octubre de 1979. Mientras ella abre el envoltorio con sutileza, advierto un debate en mi interior. Ganas de observar esas imágenes versus ganas de no verlas. Entonces las fotos empiezan a pasar de sus manos a las mías y cada una es un estruendo que solo yo puedo escuchar. Cuatro fotos bomba. Tres fueron tomadas en casa de Beatriz, la otra fue captada durante un *show* de Susana Rinaldi en San Telmo. En ambas ocasiones Gabriela estuvo presente. «La noche del *show* —narra ella de un modo organizado y limpio— tu padre estaba gestualmente muy prendado de mi mamá. A mí me impactó ver cómo se le caían las lágrimas. Estaba conmovido, como si se hubiera quedado cristalizado en el pasado».

Lo primero que me conmociona es el rostro de mi padre: las típicas facciones duras han sido reemplazadas por dos pequeños ojos melancólicos, un gesto laxo de placidez y una sonrisa tan dilatada que forma pliegues en su cara: dos o tres surcos que se extienden como ondas sonoras dibujadas desde las comisuras de la boca hasta las orejas. Los dientes, que no se le notaban casi nunca, aquí se ven con claridad.

Nunca había visto fotos donde mi padre apareciese tan entregado y vulnerable, tan fascinado y dichoso. Las veo una y otra vez, y luego me detengo unos segundos a contemplar a las parejas de clientes del café y me pregunto si en alguna mesa se estarán confesando secretos que pudieran competir con las revelaciones que me hace Gabriela. Siento por eso satisfacción y vacío; la misma sensación de orgullo y pena que me asaltó al visitar a Ema en Mar del Plata, la sensación de que con cada nuevo relato y fotografía obtenidos asesino al hombre que fue mi padre y compongo una versión suya en la que por primera vez puedo mirarme. Y antes de que pudiera siquiera establecer una sola conclusión sobre estas imágenes antiguas que hierven en mis manos como pistolas, Gabriela me dice: «Dales la vuelta, están dedicadas».

Entonces ya no es solo el Gaucho sonriendo de un modo efusivo y nuevo, sino su letra, su perfecta caligrafía de zurdo, la caligrafía que yo imitaba de chico para parecerme en algo a él, esa letra aparece componiendo unas frases acaso más elocuentes que las mismas fotos. En una escribe: «Para Gabriela, con el cariño sincero de toda la vida». En otra se lee: «Con la nostalgia de un cuadro familiar que me acompañará siempre». La tercera dice: «Para mi Beatriz de ayer, hoy y siempre. Tuyo, el Gaucho». Y en la última, donde aparecen solo los dos en medio del *show* del tango de San Telmo, mi padre escribió: «Sin palabras».

Son justamente esas palabras, las que esa noche él no encontró para describir aquello que vivía, las que se vuelcan ahora sobre la pantalla de mi computador; todo el lenguaje que se le escurrió a mi padre en su intento de dar nombre a esa circunstancia puntual viene ahora hasta mí desarticulado pero frondoso. Y aquí están esas palabras, ese lenguaje, para decir lo que él evitó decir porque quizá resultaba muy obvio o inadecuado o atemporal: que Beatriz Abdulá fue el gran amor de su vida; un amor cuyas raíces determinaron la forma en que él se conduciría en adelante con todas las otras mujeres que amó o intentó amar; un histórico amor trunco que él buscó reproducir desesperadamente en otros cuerpos, otros nombres, otras identidades.

Quizá si se hubiesen casado y convivido, la ilusión se hubiera desgastado, pero eso no lo sabremos nunca, dice ahora Gabriela, consciente de que si aquello hubiese prosperado nosotros no estaríamos aquí. Porque, visto desde cierto ángulo, Gabriela y yo somos el fruto de una historia que se frustró. Somos los hijos que el Gaucho y Beatriz hubieran querido tener juntos y que acabaron engendrando con otras personas a las que también amaron, pero que ahora mismo estorban nuestra reconstrucción de los hechos. Los dos, ella y yo, no sus hermanos carnales ni los míos, sino los dos, por el puro hecho de estar en este café, metidos en una circunstancia provocada por mí y aceptada por ella, en una escena que es simbólica y al mismo tiempo excitante, haciéndonos estas preguntas, por ese puro hecho, tenemos derecho a especular con que nuestros padres se han reproducido a través de nosotros y que tenemos la misión de decirnos todo esto porque es el último reencuentro que a ellos les hubiese importado tener. Estoy seguro de que a Gabriela le aterra considerar el mismo pensamiento que ahora deambula por mi cabeza: nuestros padres habrían sido muy felices juntos, acaso más felices de lo que fueron después con su padre y mi madre. Esa felicidad hipotética, puedo confirmarlo en los ojos azules y hundidos de Gabriela, nos alegra pero a la vez nos hiere. Somos lo que somos porque ellos dejaron de ser lo que eran. Su separación fue nuestro soplo vital. Nos hermana la ausencia, lo que no fue, lo que falló. Somos los orgullosos hijos muertos de un matrimonio que jamás llegó a realizarse.

En aquel reencuentro de 1979, Beatriz encontró algo desproporcionada y melosa la actitud de mi padre, pero toleró sus impulsos porque se sentía protegida, querida, deseada. Mi padre la llamó por teléfono dos días antes de regresar a Lima. Le insinuó que quería pasar la noche con ella. No, no se lo insinuó: se lo dijo. Un general nunca insinúa. Pero Betty, quizá por la muerte reciente de su esposo

106

Federico o porque simplemente estaba en una frecuencia distinta, se negó. La mañana en que volvía al Perú, para evitar que aquella propuesta inoportuna distorsionara la naturaleza de sus sentimientos, el Gaucho se apareció en casa de Betty, le dio un beso en la frente y le obsequió su bastón de mando, su bastón de general de división recién ascendido. Quiero que te lo quedes, le dijo. Y ella lo tomó entre sus manos como un cetro que premiara su belleza o su pasado.

Gabriela recuerda: mi madre tenía ese bastón en el *living,* en un aparador, arriba de un mueble, era un lugar central y muy visible. Y ahora, después de pagar los cafés y jugos y tostadas, me invita a su casa a ver el bastón, que ha logrado recuperar de las pertenencias de su madre muerta. Y aquí estoy entonces, en el *living* de Gabriela, con el bastón de madera de mi padre, pasando los dedos por sobre su empuñadura de oro, donde reconozco el escudo del Perú. Lo miro de cerca, juego a que marcho con él. Mi madre, dice Gabriela de golpe, era muy fantasiosa, adornaba las historias, pero a tu padre lo quiso en serio, lo quiso mucho, siempre me habló de su novio peruano. Asocio esas palabras con las que Ema me ha dicho dos días atrás: que en los últimos días, los días del cáncer más agresivo, Beatriz recordaba a mi padre en *flashes,* y hablaba del noviazgo que no pudo ser y dedicaba varios minutos a mirar las fotos de Mar del Plata. Pienso en esos testimonios y pienso que de niño todo hijo imagina, o confía o desea que la de sus padres sea la relación sentimental más importante o crucial que ambos hayan tenido en sus vidas. Todo hijo desea que ningún hombre haya marcado a su madre más que su padre, y que ninguna mujer haya roto y compuesto el corazón de su padre mejor que su madre.

¿De qué materiales estuvo hecho el amor de mis padres?, pienso en el vuelo de regreso a Lima. Y me distraigo de responder porque no tengo una respuesta inmediata, y elijo aferrarme a la imagen del bastón de mando colocado en medio de la sala de Beatriz, como la vara fundadora de un imperio, como una herencia y a la vez un despojo. Y me arrepiento enseguida de no habérselo pedido a Gabriela. Y me pregunto si acaso me correspondería tenerlo. Y entonces el avión aterriza y al encender mi teléfono encuentro un correo de Gabriela Etcheberría en el que leo:

Supongo que ya estás en vuelo hacia Lima. Quería decirte que fue una gran alegría conocerte y tener la oportunidad de charlar con vos. Me pareció tan válida tu búsqueda, y realmente espero que se te hayan abierto nuevas y fecundas ventanas del pasado como, inevitablemente y sin haberlo buscado, también se me abrieron a mí. Todo esto ha sido revelador. Hoy me puse a pensar, con un poco de rabia por haberlo hecho tan tarde, que te tendría que haber dado el bastón de mando de tu papá para que lo llevaras con vos. Es un objeto muy simbólico. Mucho más tuyo que mío. Si te interesa, te lo tengo en custodia hasta que vuelvas a Buenos Aires a presentar esa novela.

Gabriela

5

Las manecillas del Cartier que Lucila Mendiola arroja contra el Gaucho dejan de moverse apenas el reloj impacta contra una de las paredes de la habitación. El golpe daña el mecanismo. Sus agujas no volverán a marcar otra hora que esta: las siete y doce de la noche del sábado 11 de setiembre de 1971. De cuclillas, el Gaucho recoge la pulsera desparramada como un cadáver metálico y, solo al ver la hora detenida, repara en el tiempo que ambos tienen enfrascados en esa pelea en la que los gritos y sollozos componen una música que acompaña el tránsito aéreo de los objetos que Lucila ha venido lanzándole. Además del Cartier, un candelabro, tres libros, una cigarrera, una cuchara de palo, un matamoscas y por lo menos dos platos hondos de una vajilla antigua que se han quebrado en pedacitos sobre el parqué. Lucila ya no quiere llevar más en la muñeca el costoso reloj que el Gaucho le obsequió en su último cumpleaños y se lo ha tirado a la cara, condimentando su ofensiva con una retahíla de injurias y amenazas de las que no se oyen sino fragmentos iracundos como «Tú no me vas a dejar», «Esa puta mosca muerta», «Quieres matarme de un infarto», «¿Acaso ya no piensas en tus hijos?» o ya solo palabras sueltas, pero asociadas, como «maricón», «borracho», «miserable», «odio», y otra vez «puta» y otra vez «infarto».

Cuando Lucila se queda sin proyectiles ni munición, avanza hacia su esposo —los ojos detrás de una furiosa máscara líquida anuncian un momento cataclísmico, la mano derecha rígida pegada al cuerpo aparenta esconder un cuchillo, la mandíbula cloquea desplazada por los nervios— y entonces eleva el brazo colérico y estampa todos sus dedos en el rostro del Gaucho. Una bofetada seca, violenta, cuyo eco se multiplicará durante días y años. Él se toma la cara para apagar el ardor, mira a Lucila desde la humillación que invade su cuerpo y retrocede con dirección al dormitorio, donde sin pensarlo extrae del clóset una maleta que comienza a rellenar sobre la cama con premura, como si el Ejército le acabase de anunciar que debe abandonar su puesto y trasladarse urgentemente a una zona de emergencia. Lucila trata de detenerlo, pero no puede. Le increpa su falta de hombría, exige que encare sus acciones, que no huya. También intenta castigarlo lanzándole puñetes sueltos en la espalda que no distraen al Gaucho de su cometido. Entonces Lucila llora sus últimas lágrimas y se refugia bajo una andanada de nuevos gritos destemplados que atruenan los oídos de sus hijos, quienes de súbito salen despavoridos de sus cuartos como huyendo de un terremoto y se preguntan qué es lo que pasa. Y lo que pasa es que su padre se marcha. Se va de la casa. Esta vez no es una advertencia ni un número dramático ni un mal sueño. Esta vez el padre tiene un equipaje listo y camina hacia la puerta del chalet 69 con la decisión de desocuparlo quién sabe hasta cuándo. Melania, la mayor, comprende con sus diecisiete años la magnitud de aquello, como si lo hubiese intuido o esperado, y en cuestión de segundos toma partido por su madre, se solidariza con ella, la abraza, llora a su lado y mira con rencor al padre que se va. Es porque lo ama como a nadie que lo detesta con todas sus fuerzas durante esos segundos interminables. Los más chicos, Estrella y Fermín, se lanzan desesperados a las piernas del padre, las cogen convertidos en cadenas o cepos humanos. El Gaucho avanza entre los escombros, ciego, por inercia, como si se hubiese arrancado el corazón, para evitar sentir el dolor a su alrededor, y lo llevara, humeante, latiendo en la mano como un pájaro ensangrentado, pero caliente y vivo. Cuando cruza el umbral, voltea, da una última mirada a ese interior que es un cuadro amargo, una pintura de una tristeza descomunal, y se siente agitado pero sobre todo cruel, indolente, responsable del encono con el que sus hijos lo tratarán en adelante. Sin embargo, no retrocede un solo paso y enseguida desaparece por el corredor que da a una escalera hacia la calle.

Minutos más tarde, mientras maneja por la Costa Verde bajo la noche, con dirección a la casa de su madre, se pregunta de dónde le ha salido esa voluntad titánica para poder dejar a su familia. Y entonces imagina —o lo imagino yo desde esta máquina y le adjudico ese pensamiento— que su padre muerto ha actuado a través de él. O no propiamente su padre, sino el recuerdo de la cobardía de su padre. Porque su padre, Fernán, nunca se atrevió a dejar a su primera mujer, Hermelinda Diez Canseco, para irse con Esperanza Vizquerra, y mantuvo dos hogares en paralelo, acostumbrándose a la rutina demente de dormir en una casa para despertar en la otra, y viceversa, y se sumió lentamente en una pesadilla en la que lo ilegal y clandestino pasaba por natural y atmosférico. Todo por ahorrarse las recriminaciones del entorno, el escándalo social, la vergüenza. Una marca imborrable afloró en la piel o más bien en la mente de los hijos de Fernán y Esperanza cuando descubrieron quiénes eran y qué lugar ocupaban en la vida de su padre. Algunos de ellos con el tiempo pudieron anular el recuerdo, pero la marca de ilegalidad no se evaporó. Mi padre, el Gaucho, no quería heredársela a los hijos que pudiera llegar a tener con Cecilia Zaldívar, que es la mujer de la que está ahora enamorado, la mujer que ignora todos estos eventos mientras duerme en su casa, la casa de sus padres, ubicada en un conjunto residencial mesocrático de Pueblo Libre. El Gaucho quiere que Cecilia sea su esposa públicamente, no quiere ocultarla como su padre ocultó a su madre, quiere enmendar el pasado, y para eso necesita separarse de Lucila Mendiola y tomar distancia de sus hijos, a quienes ha jurado no abandonar jamás. Reconoce sus debilidades como hombre —es mujeriego, pasa largas noches de tragos con amigotes, vive obsesionado con el trabajo—, pero como padre ha sido ejemplar y quiere seguir siéndolo, aunque ahora eso pudiera parecer imposible o al menos lejano. Todo eso se dice a sí mismo en el auto, manejando a lo largo de la Costanera, mientras enciende y apaga Dunhills sin parar, una sola mano en el timón, y atrae a su mente el rostro juvenil, sonriente, moteado de pecas de Cecilia Zaldívar tan solo para que esa imagen atenúe la rabia y la culpa que carcomen su cerebro.

* * *

A Cecilia la conoció dos años antes, en marzo de 1969, cinco meses después del golpe que el general Juan Velasco Alvarado dio contra el presidente Fernando Belaúnde, que marcó el inicio del Gobierno Revolucionario de las Fuerzas Armadas, que era solo el nombre eufemístico de la dictadura militar.

El pretexto que encontró Velasco para derrocar a Belaúnde y sacarlo en pijama del Palacio de Gobierno de madrugada fue el extravío, ciertamente escandaloso, de una página —la misteriosa página once— en el contrato suscrito con una compañía petrolera estadounidense. El documento supuestamente reordenaría las condiciones de explotación de los yacimientos de petróleo, pero al perderse uno de los folios, precisamente aquel que fijaba los nuevos precios, se desataron teorías conspirativas que aseguraban que Belaúnde estaba entregándoles el petróleo a los gringos en la cara de todos los peruanos.

Cuando ocurrió el golpe, octubre de 1968, el Gaucho era teniente coronel y jefe de la unidad 15 del regimiento de caballería que operaba en la provincia de Las Lomas, en Piura. Su jefe, el general Artola, fue quien lo llamó para comunicarle el levantamiento coordinado de las Fuerzas

Armadas y darle las dos noticias que le concernían: lo esperaban en Lima el ascenso a coronel y la dirección del departamento de Investigación y Desarrollo del Ejército.

Cuánto hubiese dado él por permanecer un poco más en el calor del norte, lejos del ruido y de los sinsabores de la capital. El Gaucho odiaba la revolución de Velasco, odiaba la idea de servir a ese Gobierno que había defenestrado a un caballero demócrata como Belaúnde. Sin embargo, en marzo de 1969, cuando su amigo y flamante ministro de Hacienda, el general Francisco Morales Bermúdez, Pancho Morales, lo nombra inspector y asesor de ese portafolio, el Gaucho empieza a mostrarse más condescendiente con la revolución. Y cuando días después conoce a la bellísima secretaria Cecilia Zaldívar y tiene un presentimiento sobre ella, entonces piensa que la suerte está de su lado y que quizá el Chino Velasco no sea un mal tipo después de todo.

Cecilia recuerda bien la mañana en que lo vio entrar por primera vez en el gran salón del despacho ministerial de Hacienda. Estaba vestido de civil: lentes oscuros de marco grueso, chompa caoba, cuello de tortuga bajo un saco de antílope, pantalón marrón de casimir, zapatos en punta recién lustrados, un habano entre los dedos y un aroma de hombre, mezcla de colonia y tabaco, que noqueó a las secretarias que allí concurrían. Parecía un actor. Un doble algo más bajo de Omar Sharif. Hasta el mayor Romero Silva, un tinterillo de Morales Bermúdez, un sujetillo chato, malcriado, que gustaba de mangonear a conserjes y mayordomos, y al que las secretarias encontraban tan feo que llamaban a sus espaldas Cara de Huaco, perdió su acostumbrado gesto sibilino frente a la luz que irradiaba el coronel Cisneros y tardó varios segundos antes de reaccionar, cerrar la boca y ofrecer su perpetua sonrisa lambiscona. Pocos días después, Cecilia, hastiada de Romero Silva, quien la acosaba a ella y a las demás chicas en el baño de los trabajadores del despacho, pidió ser trasladada a otra dependencia. Quería recuperar su trabajo anterior, en el área de Contribuciones, donde estaban sus mejores amigas. Al enterarse de ese traslado, molesto por no haber sido consultado, el Gaucho llamó directamente al jefe de personal y le dijo en un tono suficientemente claro —mordiendo un cigarro o tal vez un puro, golpeteando el escritorio con el índice— que necesitaba a la chica Zaldívar de regreso en el despacho de Hacienda y que más bien al cojudo, inepto y mañoso de Cara de Huaco había que mandarlo a vegetar al Archivo, ese sótano frío donde los empleados se enfermaban por la humedad o enloquecían por el aburrimiento.

A partir de aquel momento la relación entre ambos fue diaria y directa. A veces el Gaucho le pedía almorzar juntos en la oficina mientras despachaban asuntos propios del Ministerio y revisaban borradores de proyectos de ley y resoluciones supremas. Cecilia apuraba esas sesiones para evitar la contrariedad de estar a solas con el coronel, pero él las prolongaba entre bocado y bocado, se iba calculadamente por las ramas, y la sometía a un interrogatorio personal que ella resolvía incómoda, con la cabeza gacha, y se restringía a sus funciones.

«Lo único bueno que le debo a esta revolución es haberte conocido», le diría el Gaucho meses más tarde durante uno de esos almuerzos oficinescos, mirándola desde el otro lado del escritorio, en un intento por vulnerar su timidez y ponerse en evidencia.

Esas miradas deben haber sido una tormenta solar para Cecilia. Ella no le era indiferente, pero sabiéndolo casado y con tres hijos luchaba contra la naturaleza de sus veintiún años y recordaba su educación moral cristiana para hacer oídos sordos a esas palabras agradables y armoniosas que nadie le había dicho nunca. Era imposible esperar un galanteo así de parte de su enamorado, el teniente Marcelino Álvarez, cuyo lenguaje era más bien rudimentario y sus modales alcanzaban altas variedades de chabacanería. Si no fuese por su gracia provinciana y su lealtad incondicional, quizá Cecilia jamás habría aceptado a Marcelino el día que se le declaró con un manojo de claveles muertos en la mano, parpadeando a velocidad, como si trajera arena en los ojos.

Aunque ella no buscaba compararlos, rápidamente notó la distancia sideral que existía entre el joven teniente Álvarez y el maduro coronel Cisneros. El primero era un chiquillo motoso e inseguro que apenas sabía nada de la vida, y que al llegar el fin de semana iba a buscarla hasta Pueblo Libre despidiendo el mismo olor barato a loción de baño, con los mismos pantalones bombachos y la misma casaca desteñida, para ir al mismo cine, pasear en su Volkswagen por las mismas calles de Jesús María, hacer las mismas bromas y detenerse en la misma aburrida carretilla a comer los mismos insípidos sanguchitos. Cecilia lo regañaba cada vez que él cedía a la manía de rebuscarse insistentemente la oreja con el dedo meñique, o cuando tacañeaba ante un engreimiento suyo. El coronel, en cambio, era un dandi de cuarenta y tres, bañado en perfumes Paco Rabanne, Royal Regiment, English Leather, fogueado en el arte de la delicadeza y la conversación, lleno de sapiencia e ideas sobre los asuntos más dispersos, con ese atractivo dejo argentino que resaltaba cuando decía palabras como *sensisho, coshuntura, cabasho, meosho.* Pero estaba casado, y el solo hecho de que llevara un aro matrimonial lo convertía, al menos a ojos de Cecilia, en un hombre vedado. Por eso, ella evitaba hacerle caso cada vez que él ingresaba al despacho del ministro Morales con cualquier pretexto; sabía que iba para verla y eso la sometía a una transpiración nerviosa que la desconcentraba y la hacía pulsar las teclas equivocadas de su Olivetti Valentine. Al Gaucho le gustaba observarla, verla sentada correctamente detrás de esa máquina de escribir roja, contrastada con las figuras rectas del papel mural de la oficina, y confirmar que había algo en ella que lo sobrepasaba. No era solo su apariencia —la caída ondulante del pelo cobrizo, la sonrisa triangular, la constelación de pecas derramadas, las piernas torneadas bajo la minifalda de gamuza—, sino algo que emanaba de ella, algo ingenuo, inocente e incorruptible que reclamaba protección. Él quería darle esa protección y a cambio beber de su juventud, contagiarse de su energía, de su virginidad, y recuperar esa alegría que antes le era consustancial, pero que al lado de Lucila Mendiola había terminado convertida en una árida piedra pómez. Cecilia, además, poseía un halo caritativo que le hacía recordar a Beatriz Abdulá y eso incrementaba el desparpajo del Gaucho y sus deseos de conocerla más, de enamorarla, de aprisionarla, de no dejarla ir.

A medida que él le hablaba, y sobre todo a medida que la escuchaba y se mostraba cercano, Cecilia dejó de verlo como el asesor del ministro de Hacienda y comenzó a considerarlo un amigo del trabajo. Un amigo muy singular. Un amigo muy preocupado. Un amigo que la llamaba a su anexo cada veinte o treinta minutos; que la invitaba a almorzar y a veces a comer dos veces por semana, cada vez a sitios diferentes en busca de platos puntuales y distintos: el lomo saltado del Círculo Militar de Salaverry, la trucha ahumada del señor Hans de la avenida La Marina, la hamburguesa royal del Central Park del pasaje Olaya de Miraflores o el chupe verde de El Molino de Magdalena. Un amigo muy considerado que le abría la puerta del auto, le retiraba la silla en los restaurantes, le tomaba distraídamente la mano hasta que ella, pudorosa, la desaparecía en su regazo. Un amigo que preguntaba demasiados datos sueltos sobre su enamorado, el teniente Marcelino Álvarez, quien un día sorpresivamente fue cambiado de puesto por el Comando para ir a servir en Juanjuí, una provincia de la selva a orillas del río Huallaga, a pesar de que todavía le tocaba permanecer en Lima por lo menos un año más. Un amigo que una vez mandó esconder su Toyota Tiara en el estacionamiento del Ministerio solo para que se le hiciese tarde y lograr que ella —asustada por la misteriosa desaparición de su auto y ante la inminencia de la noche que caía— consintiera que él la llevase hasta la casa de sus padres. Solo cuando a la mañana siguiente encontró su vehículo estacionado en el mismo lugar donde lo había dejado el día anterior, Cecilia entendió que todo había sido un truco más del coronel Cisneros.

Cuando ella le preguntaba por su familia, el Gaucho soltaba mentiras exageradas que goteaban algo de verdad. Hablaba de un hogar destruido, de una esposa gruñona e incomprensiva, de unos hijos que cada día se alejaban más de él. Era solo por ellos —aseguraba— por lo que permanecía al lado de esa mujer malhumorada.

Sin embargo, un domingo en que Cecilia llevaba a su madre, doña Eduviges Berríos, a dar vueltas en su auto por el centro de Lima, al tomar una bajada de la vía Expresa distinguió del otro lado del Zanjón, en el carril opuesto, el inconfundible Malibú verde del coronel y advirtió que en el asiento del copiloto iba sentada una mujer muy parecida a Lucila Mendiola, a quien solo conocía por las fotografías familiares que el coronel tenía en su despacho. «Tuve que hacerle el favor de llevarla donde una de sus hermanas», diría al día siguiente, dando innecesarias explicaciones.

A Cecilia la halagaba el trato diferenciado del Gaucho, pero recelaba de sus intenciones. Sus amigas —a las que se refería siempre en diminutivo: Anita, Carmencita, Martita, Cuchita— le aconsejaban que no se enredara en un juego del que saldría claramente herida y descolocada. Todas ellas se quejaban de que los militares, mientras más galones tenían, más mujeriegos y mentirosos eran. Fue en atención a esos consejos por lo que Cecilia pasó a enfriar el tono cada vez que la voz del coronel se colaba por el auricular, a rechazar elegantemente sus invitaciones. Él le decía para almorzar en los lugares de antes, para ir a tomar unos vodkas con naranja al Ebony o a bailar los boleros del portorriqueño Tito Rodríguez al Sky Room del hotel Crillón, o a oír piano en los sillones del Seniors de la avenida Pardo. Ella se negaba con dudas y el Gaucho percibía su titubeo, reconocía su cautela, olfateaba su miedo, su precaución, y en vez de frenarse y dejarla tranquila, arremetía redoblando la agresividad de su estrategia: llenaba cartas con versos y las colocaba en el parabrisas del Toyota de Cecilia; abandonaba anónimas cajas de chocolates sobre su máquina de escribir; enviaba canastas de flores con distintos remitentes a la casa de Pueblo Libre, lo que provocaba que su padre, Eleuterio Zaldívar, la regañara por darle cabida a tantos pretendientes. Cuando al fin, mareada por el acoso y la insistencia, Cecilia accedió a conversar unos minutos con él fuera del despacho y acudió al cafetín de la estación Desamparados donde la había citado, el Gaucho consiguió conmoverla contándole lo desolado que se sentía con su distanciamiento, y entonces ella cedió y se dejó abrazar y cuando menos se dio cuenta tenía sobre su boca la boca del coronel.

Durante el año 70 y parte del 71, las pocas veces que Cecilia dejó de ir al Ministerio por algún encargo puntual del ministro Morales Bermúdez, el Gaucho se desentendía de sus labores, preguntándose dónde andaría. Las torres de oficios, decretos, memorándums y comunicados que debía revisar se apilaban por montones encima de su mesa sin que hiciera nada por reducirlas. No saber nada de ella lo hundía en una melancolía instantánea que devenía en tensión y mal genio, y lo hacía consumir cigarros con más avidez. Esos días, caminando en su oficina de lado a lado, volvía a reprobar la revolución militar y maldecía a Velasco por llevarla a cabo, pero también se maldecía a sí mismo por ubicarse en un intrincado callejón sentimental sin salida, y experimentaba vergüenza por andar correteando a una chiquilla, y se reía porque se sabía enamorado de ella, porque así se comportaba él cuando se enamoraba, imprudente, sagaz, necio, vehemente, y enseguida pensaba con pena en Lucila Mendiola y a través de ella en sus hijos y en su hogar desmantelado, hasta que la imagen de Cecilia —dónde estará ahora, pensaba botando el humo— volvía a entronarse en su cabeza y junto con ella una vaga pero próxima sensación de esperanza, de liberación y de un sinfín de segundas oportunidades.

Se pusieron de enamorados de esa manera escondida e imprecisa, y los rumores de que andaban juntos no tardaron en propagarse como un virus por ese infiernillo de difamaciones que era Hacienda. Una mañana, Lucila Mendiola hizo una inopinada aparición en el despacho de la mano de sus hijos. Todas las secretarias quedaron paralizadas al verla. Avanzó por el sendero alfombrado, pasó delante de ellas, mirándolas como si estableciera un conjuro maligno para cada una y se encerró en la oficina con el Gaucho cerca de dos horas. Al salir se desvió directamente hacia el lugar de Cecilia, le extendió una mano más calculadora que cortés, se inclinó en su oído y le rumoreó algo así como «Me voy porque veo que usted es una chica correcta». Cecilia se sintió morir. El sonido de las palabras de Lucila continuaría perturbándola durante días.

Esa misma semana decidió hablar con el coronel para acabar la relación y pedirle que se olvidara de ella, que era mejor dejarlo así, que estaba segura de que algo malo ocurriría. Él se opuso férreamente y con un manojo de frases extrañas, entonadas y elocuentes, la apaciguó, la hizo retractarse, la convenció de seguir adelante. Era cierto que ya no soportaba a su mujer y que quería largarse de su casa y rehacer su vida, pero aún era muy pronto. Cecilia lo escuchaba, le creía o le quería creer, pero a la vez acumulaba un razonable escepticismo. Por esos días sus amigas hablaban de sus propios futuros matrimonios con sus novios de años, de posibles ajuares, de tentativas iglesias donde celebrar sus bodas, y se divertían imaginando listas de invitados, arreglos para las fiestas de recepción, destinos para las lunas de miel. Cecilia se deprimía oyéndolas y se preguntaba qué hacía metida en esa historia con un hombre que le doblaba la edad, un cuarentón al que la gente en la calle solía confundir con su padre, a veces hasta con su abuelo, una historia en la que ella ocupaba el lugar de la otra, la suplente, la intrusa, donde jamás tendría la oportunidad de vestirse de blanco y pararse delante de un altar para perpetuar un compromiso. Encima debía soportar ya no solo las murmuraciones en los pasillos de Hacienda, sino también comentarios abiertamente maledicentes, como los de esa supervisora del área de Cuentas Nacionales, una mujer reprimida con aspecto de sargento nazi que una mañana, al verla pasar distraída por las escaleras, le dijo: «Ahora que eres la amiguita de turno del coronel Cisneros te crees la divina pomada». ¿Por qué tenía que huir de esas escenas y esconderse a llorar en los baños, ahogada de humillación y de injusticia? Escuchaba los planes de sus amigas y pensaba en Marcelino Álvarez o en otros chicos de su edad que se le habían declarado tiempo atrás y que ella había rechazado, y se imaginaba casándose con alguno de ellos, y en esas ficciones veía a sus padres y hermanas sonreír de orgullo y le daban ganas de quedarse dentro de esa falsa vida que le daba por soñar.

Pero así como se desalentaba, de repente recibía una señal del coronel —una carta empapada en su perfume, un guante sin par, una margarita arrancada de un macetero, algo que fuese el recordatorio de lo que tenían juntos—, y cobraba impulso, se sentía enamorada y se empecinaba en vencer las contrariedades y convertir ese amor lastrado en un triunfo que todos se vieran en la obligación de reconocer, aceptar y aplaudir.

Así lo hizo, así lo hicieron los dos. Fueron enamorados de un modo cauto y discreto, fingiendo hermetismo delante de terceros para luego darse el alcance en el Malibú, cuchichear como si se reuniesen entre bambalinas y felicitarse por su lograda actuación del día. Todo marchó medianamente bien hasta que los chismes llegaron a oídos del propio ministro Morales Bermúdez. Una tarde los mandó llamar a su oficina. Su cara era la de una momia disecada, en su aliento se adivinaba el trasiego de unos whiskies.

—Coronel Cisneros, señorita Zaldívar, no sé bien de qué se trata este asunto, pero tiene que solucionarse porque se ha vuelto insostenible. Desde hace dos semanas vengo recibiendo quejas por parte de señoras de altos oficiales. A esas viejas ociosas les encanta la comidilla. No quisiera tener que hacerles caso, pero tampoco puedo hacerme el loco. ¿Qué hacemos?

—Solo quiero decirle, mi general —intervino el Gaucho—, que Cecilia es inocente de todo este malentendido. Si es necesario, destáqueme a otro lugar, pero no quiero que ella pierda su trabajo.

—General Morales —interrumpió Cecilia—, no escuche al coronel. Él tiene una carrera, no lo perjudique sacándolo de aquí. Más bien devuélvame a Contribuciones, ese es mi sitio. Aquí en el despacho el ambiente se ha puesto muy pesado. Si los trabajadores del piso van a seguir hablando a nuestras espaldas, prefiero no estar aquí para escucharlos.

—No, mi general, el que debe irse soy yo.

—No, general, por favor, yo soy la que se va.

—No, yo.

—No, yo.

—¡Carajo, cállense los dos! —ladró Morales—. Ninguno se va. Si ustedes tienen algo, es tema suyo. Pero, eso sí, manéjenlo sin escándalos, sin hacerme laberinto.

—No, mi general, no es lo que usted está pensando…

—¡Cisneros, usted es libre de hacer lo que le dé la gana! ¡Solo le pido que no me joda!

Esa misma noche, mientras el Gaucho la llevaba hasta Pueblo Libre, comentaron la actitud de Morales. El ministro estaba de su lado, los apañaba, quizá por el aprecio que sentía hacia el Gaucho, o quizá porque él mismo tenía su propia historieta con Teresa Tamayo, la secretaria más antigua del elenco de Hacienda.

El aroma reinante de tensión y catástrofe en el país alcanzó al Gaucho y Cecilia en los inicios de 1971. Ya Lucila Mendiola estaba al tanto del romance que su esposo mantenía con su secretaria, y aunque al principio decía estar convencida de que era solo una debilidad fugaz —«Una de esas calenturas que le dan a Lucho»—, paulatinamente, al darse cuenta de que lo de ellos no era un *affaire*, sino un enamoramiento que se erguía cada día con más convencimiento, empezó a desarrollar tretas para arruinar una felicidad que conspiraba directamente contra la suya y la de sus hijos. Fue entonces cuando doña Eduviges Berríos empezó a recibir esas llamadas perturbadoras en las que voces desconocidas le advertían que su hija era una robamaridos, una destructora de hogares, y luego tres, cuatro y hasta cinco cartas bajo la puerta donde leía que su Cecilia era una muerta de hambre, una putita que jamás podría casarse con el coronel Cisneros. Doña Eduviges le pedía explicaciones a Cecilia en medio de llantos oceánicos y ella desmentía todo, pero luego le hablaba del Gaucho y le decía quién era y le confesaba que lo amaba y que su mujer era una bruja dolida de la que se podían esperar esos y peores ensañamientos.

En una ocasión llegó a la casa de Pueblo Libre una monja del colegio Belén, enviada por Lucila Mendiola, que se hacía llamar la hermana Margot. Como doña Eduviges era muy piadosa y rezaba todas las tardes el rosario, y gustaba de conversar con los curas en la puerta de una iglesia de Magdalena, no desconfió en absoluto al ver a la religiosa, es más, la hizo pasar creyendo que se trataba de una emisaria de la parroquia del barrio y hasta le sirvió un mate de coca para animar la charla, pero luego, cuando la monja empezó a decirle que tenía que «abrir los ojos ante los pecados inmorales de su hija», doña Eduviges la botó a bastonazos a la calle.

Cecilia reaccionó ante esas intimidaciones llamando al Gaucho al teléfono del chalé de Chorrillos. Apenas escuchaba una voz femenina colgaba con fuerza.

Las hostilidades de Lucila continuarían a lo largo de aquel verano del 71, y en vista de que el Gaucho no hacía nada o no lo suficiente para que su esposa dejara de inquietar a Eduviges, Cecilia rompió con él una mañana en el despacho y le pidió calmadamente —eso fue lo que más asombró al coronel, la serenidad con que le hablaba— que reconstruyera su familia, que se acercara a sus hijos y se olvidara de ella. También le dijo que pediría su traslado fuera de Hacienda. Él se desconoció, empezó a negar con la cabeza y la amenazó con matarse si lo dejaba. Te juro que me suicido, me tiro por la ventana ahora mismo, le advertía con las pupilas sobresaltadas, húmedas, atravesadas por venas minúsculas.

No solo se lo dijo a ella, sino a las poquísimas personas de la oficina que compartían el secreto de su relación. Martita Rodríguez entre ellas. Tienes que hablar con Cecilia, Martita, dice que ya no quiere nada conmigo y si ella me deja me meto un balazo, ¿entiendes?, me disparo ahorita, ¿entiendes?, y Martita entendía porque veía al coronel empuñar su revólver y llevárselo a la sien en un acto desesperado que ella ya no sabía si era de amor, de locura o de manipulación.

La gota que rebalsó el vaso fue la carta que sus hijos, Melania, Estrella y Fermín, azuzados por Lucila Mendiola, le enviaron a Cecilia. Tal vez en el fondo ellos sí querían decirle algo a esa mujer a la que no conocían, aunque no con esas palabrotas que ahora escribían siguiendo los dictados de su madre. Tal vez sí querían reclamarle su intrusión y culparla de algo, pero no necesariamente diciéndole que era «una trepadora a la que solo interesaban los galones y el dinero» de su padre y que «lo mejor para todos sería que desapareciera». Esas eran palabras beligerantes de Lucila, palabras provocadas por la traición que la embargaba y que, presentadas bajo la mascarada de una caligrafía infantil, componían una misiva truculenta.

Cuando el Gaucho se enteró de lo que sus hijos habían hecho, incitados o no, se sentó a meditar largamente en su oficina de Hacienda y a continuación escribió a mano cinco carillas que luego tipeó en la máquina durante horas. Esa madrugada los Dunhills se alternaron en su boca de manera apremiante. Esa madrugada su ventana —un rectángulo vertical del sexto piso— fue la única del armatoste de cemento que permaneció iluminada hasta que el cielo aclaró, disolviendo el poderío nocturno de la luz eléctrica.

Lima, 28 de mayo de 1971

Hijos de mi alma:

Después de muy largo tiempo vengo a romper el silencio en el que me mantuve para que conozcan la verdad. Son varias las razones que me han inducido a tomar este paso. En primer lugar, la tristeza fija que descubro en sus miradas. En segundo lugar, la confusa percepción que tienen del problema que vivo hace algunos meses. Y, por último, la carta que Cecilia ha recibido de parte de ustedes. Todas estas son razones que me inducen a pedirles, más que un perdón, una oportunidad de ser comprendido.

Debo declararles que sí existe otra mujer en mi vida. Es Cecilia. Pero con la misma honestidad con que hoy les confieso este cariño, quiero explicarles cómo se suscitó y cuál es la verdadera relación que nos une. Sé que los tres tienen la madurez suficiente para entenderme y sacar sus propias conclusiones.

Mi matrimonio con su madre nunca ha sido todo lo feliz que ustedes han creído. Para su madre yo nunca fui su compañero ideal. En los primeros años casi siempre estuvieron mis amigos antes que la casa, después fueron los compromisos sociales y los tragos los que me mantuvieron fuera con frecuencia, y ahora es este sentimiento el que provoca mi distanciamiento. Todo esto tiene una causa fundamental. Su madre y yo tenemos distinta formación, distintos puntos de vista sobre la mayoría de los problemas y distintas formas de reaccionar ante ellos. Siempre he admirado en ella su desmedida preocupación por ustedes, su abnegación constante por el hogar y su deseo de darles lo mejor. Pero junto con ello, siempre tuvo hacia mí una permanente desconfianza. Dudaba de mi lealtad y mi fidelidad. Por su cabeza desfilaron innumerables nombres de mujeres que siempre ligó a mí.

Sus reacciones fueron hirientes y ofensivas. No me quiero referir a esas reacciones puesto que ustedes han sido testigos presenciales de ellas, pero pueden estar seguros de que nunca, ni siquiera en esta oportunidad, ella ha tenido razones para increparme una deslealtad que pudiera haberme hecho olvidar mi responsabilidad con ustedes.

Cecilia llegó a mi vida sin percatarse y sin que yo viera en ella una atracción física que despertara mis instintos. Creo que estoy enamorado de ella desde el mismo día que la conocí y a pesar de eso pasé más de un año sin ser capaz de decirle nada. Yo le hablé de esto por primera vez en diciembre del año pasado y aunque ella también confesó quererme no ha aceptado mi cariño precisamente por mi situación de casado. En mil oportunidades ella me ha hecho reflexionar. Es ella la que me hace pensar con mayor claridad en ustedes, en nuestro hogar. Es ella la que está dispuesta a sacrificar su cariño por mí con tal de no hacerles daño. Me ha pedido tantas veces que no insista, y esa es la mejor prueba de que no le interesan ni mi situación actual, ni mi posición en la vida; esto —tienen que reconocerlo— solo lo hace una persona de buenos sentimientos y espíritu noble. No se imaginan el dolor que le ha causado la carta que ustedes le han escrito y enviado. Le duele que, sin tener la culpa, puedan pensar que es una mujer mala, que está tratando de robarles algo que no le pertenece o que está interesada solo en sacar provecho de mis éxitos o de mi futuro profesional. A ella no le interesa la diferencia de años que tenemos como tampoco mi dinero, un dinero que ustedes saben que no tengo.

Cecilia es, permítanme que lo diga, una buena mujer. Viene de un hogar honesto, cuya situación económica no es ni modesta ni sólida. Es una criatura sana porque piensa que todo el mundo actúa de buena intención, y tiene una formación moral que le permite distinguir lo bueno de lo malo, lo correcto de lo torcido. Quizá su formación pueda ser la mejor aliada de ustedes: ella nunca dará un paso que pueda causarles daño.

Como consecuencia de la carta que ha recibido —y que ya mostró a sus padres— quiere dejar de trabajar a mi lado y mudarse lo más lejos posible, solución que yo no comparto. Es más, haré todo lo que esté en mis manos para que no se lleve a cabo.

Yo sé, mejor que nadie, cuánto quiero verlos a ustedes crecer a mi lado, tratando de rodearlos de todo lo que un padre quiere para sus hijos. Me siento orgulloso de ustedes en todos los aspectos, siempre hemos sido amigos y compañeros, y aspiro a que sigamos siéndolo, aunque caminemos por senderos distintos.

Con respecto a Lucila, su madre, quiero decirles que me uní a ella, más que con la seguridad de haber encontrado mi propia felicidad, con el mejor deseo de lograr hacerla feliz. Tengo que reconocer que no lo he conseguido y no quiero echarle la culpa a nadie más que a mí. Ella se mereció una mejor vida y yo no supe dársela. Le di todo lo que pude, nunca escatimé esfuerzos para brindarle mi apoyo y respaldo, pero eso no basta. La base fundamental es el amor y ese amor se ha ido desperdigando en discusiones estériles, en celos irrazonables, en reacciones incomprensibles. De esto, créanme por favor, no tiene culpa Cecilia. Este es el pan nuestro de cada día desde hace muchos años, yo diría más de diez.

No pueden pensar, hijos, que estoy cambiando a una mujer vieja por otra joven, ni que estoy dejando a una mujer que me dio todo por otra que no me ha dado nada, menos aún que abandono a una mujer que no sirve por otra llena de vida. No estoy cambiando un par de zapatos viejos por unos nuevos. Si me he enamorado de Cecilia, si de veras aspiro a poder llegar a unirme a ella legalmente, es porque el alma humana no se resigna a pasar por la vida tratando de dar felicidad a todo el mundo para quedarse solo al final. Tengo derecho a esa felicidad, igual que ustedes y que su madre. Actualmente, yo no constituyo la felicidad de Lucila porque no puedo brindarle con sinceridad y honradez el cariño que ella me reclama. Sería una bajeza de mi parte engañarla con algo que no siento. Pero no piensen que ese cariño que hoy le falta a ella lo disfruta Cecilia. Yo no visito a Cecilia en su casa, ni ella ha aceptado ser mi enamorada. Estoy enamorado de ella y ella me ha confesado que me quiere. Nada más. Lo único cierto es que nadie es feliz así: ni su madre ni Cecilia ni yo ni ustedes.

Ante esta situación, me corresponde tomar una decisión y solo tengo dos opciones. O permanecer en el hogar o alejarme de él. Permanecer supone para ustedes que yo deba alejarme de Cecilia, es decir, separarme físicamente, no verla. Pero ¿acaso consideran ustedes que una separación física puede romper los lazos sentimentales? ¿Creen, acaso, que si yo me alejara del hogar podrían desaparecer los lazos que me unen a ustedes? Decididamente no. Y, por el contrario, ¿creen que mi presencia física en el hogar sería señal suficiente para pensar que su madre y yo estamos unidos sentimentalmente? Tampoco sería cierto. La prueba es lo que vivimos hoy: estoy físicamente allí, en el hogar, pero ¿acaso no es mi ausencia sentimental la que causa todos estos enfrentamientos? ¿Creen que yo no sufro pensando en ustedes?

Esta es mi posición. Este es mi pensamiento. Irme es el camino que considero más honesto. No piensen que alejarme significa que me iré a vivir con Cecilia. Mientras no pueda darle una solución legal, no me sentiría capaz ni de proponérselo a ella ni de insinuárselo a ustedes. Cuando me vaya, porque no queda otro camino, lo haré a casa de mi madre, si es que ella me recibe.

De toda esta conversación solo quiero pedirles una cosa. Si de verdad me quieren y quieren a su madre, para quien les pido todo su cariño y comprensión, no divulguen a nadie el contenido de esta carta ni el nombre que en ella han leído. Las únicas personas a quienes he confiado la verdad de mi vida son ustedes y Cecilia. Por favor, no me defrauden, traten de comprenderme y de ser mis mejores y más leales amigos. No les pido que me apoyen ni se pongan de mi lado, ni menos pretendo ponerlos contra su madre. Lo único que les pido es que me crean, y pongo de testigo a la memoria de mi padre. Con esta verdad en sus manos, cada uno podrá formarse una idea de mi actitud y preguntarme lo que sea.

Los beso con el corazón enternecido, con lágrimas en los ojos, pero con la tranquilidad de haber cumplido un deber de conciencia. Ya no podía vivir así.

Ojalá me comprendan, muchachos. Pero, si así no fuera, no los querré menos y seguiré sintiéndome orgulloso de ser su padre.

L. C. V.

La carta, desde luego, llegó a manos de Lucila y fue en las horas siguientes cuando se produjo esa gresca con objetos voladores que concluiría con la bofetada y la fuga del Gaucho del chalet 69. Los días posteriores fueron los del atrincheramiento en casa de su madre, el diario combate telefónico con Lucila, las cartas cada vez más raleadas con Cecilia, el vértigo de lo incierto tomando posesión de su organismo, instalándose en su núcleo como un cuerpo extraño. A pesar de que Juvenal, su hermano mayor, le pedía ser sensato, calmarse y volver donde su esposa, el Gaucho se empecinaba en no regresar y zanjaba con sequedad esas discusiones fraternales. No te estoy consultando mi decisión, le aclaraba a Juvenal, te la estoy comunicando. A Juvenal le desconcertaba esa tozudez, la asociaba con un sordo primitivismo que operaba en su hermano, y quizá fuera por esos días cuando, para amonestar de algún modo su negligencia, comenzó a aludirlo indirectamente en sus clases de Lengua I en la Universidad Católica, utilizando un ejemplo que se volvería clásico para ilustrar ciertas teorías sobre el signo lingüístico. «Mi madre tiene dos hijos: uno inteligente, otro militar.»

Lo único que el Gaucho quería era recuperar a Cecilia y explicarles a sus hijos, esta vez personalmente, las razones por las que se había marchado de Chorrillos. Si quieres ayudarme, le pidió a Juvenal, organiza un encuentro con ellos en tu casa, a ti te respetan; invítalos, yo aparezco después. No sin antes meditarlo concienzudamente, Juvenal acepta tender la emboscada y convoca a Melania, Estrella y Fermín.

Esa tarde, encerrados los cuatro en el estudio de Juvenal —una habitación alfombrada, atestada de libros—, el Gaucho les pide perdón y les habla de su infelicidad al lado de Lucila, de los sentimientos que ha desarrollado progresivamente por Cecilia, del amor incondicional hacia ellos. Fermín y Estrella quisieran oír con más atención esas excusas que estiman poco convincentes, pero los borbotones de su propio llanto los desconcentran. Melania, en cambio, ni siquiera las escucha. Con posturas y gestos deliberadamente apáticos hace lo posible para que su padre entienda que jamás contará con su anuencia, que esta separación ha hecho más horribles y penosos los días de su aclimatación al final del colegio y al inicio de la universidad. Te largas cuando más te necesito, le dice Melania mirándolo con ese desdeño, esa rabia y esa decepción que se enredan en su interior como un alambre de púas que arropara su esqueleto.

¿Ya terminaste, papá?, le pregunta en el primer descanso que hace el Gaucho de su monólogo. Sí, devuelve él, a la espera de una ronda de preguntas o incriminaciones. Pero no hay ni incriminaciones ni preguntas. Melania se pone de pie, toma a sus hermanos de las manos como si fuesen dos muñecos y sin inmutarse sale de la habitación con ellos y avienta un portazo.

Esos son los días en que Cecilia, puesta al tanto de las novedades, vuelve a creer que hay alguna posibilidad para los dos y logra sentirse integrada por primera vez en la familia del coronel gracias a la intervención de Esperanza, quien no solo contesta sus llamadas con amabilidad, sino que se muestra cercana, dispuesta y preocupada por su situación.

La madre del Gaucho se convierte en la aliada más importante de Cecilia porque ve en ella una reiteración de sí misma. En la época de lo suyo con Fernán, desde aquellas remotas citas en el Palais Concert de Lima hasta los días llenos de sobresaltos en Buenos Aires, durante más de veinte años, ella también conoció la angustia de tener que mantenerse a raya, supo lo que es condicionar el amor a circunstancias ajenas y volátiles, y soportó frustraciones y hostigamientos que la vapulearon y luego la endurecieron. Animar a su hijo a que deje a Lucila y se reinvente al lado de Cecilia es una manera, no tan inconsciente, de aplicar correcciones retrospectivas a la historia que le había tocado vivir con Fernán, como si el presente y el futuro inmediato fuesen una isla de edición del pasado, un inagotable laboratorio donde se improvisan experimentos y se conciben fórmulas para que sean otros quienes mejoren las cosas que antes se hicieron mal.

Como parte de su apoyo declarado a Cecilia, doña Esperanza impone un cerco de incomunicación entre el Gaucho y Lucila, y ordena a las empleadas que nieguen al coronel cuando alguien distinto de la señorita Zaldívar pregunte por él en el teléfono o el intercomunicador. A pesar de esa barrera que Lucila Mendiola encuentra injusta, que el Gaucho viva en casa de su madre representa una especie de mal menor al que ella se resigna. Confía en que allí él va a despejarse antes de retractar su decisión y recomponer lo desarmado. Confía en volver a tener con él, si no lo mismo, algo parecido a lo que vivieron en los primeros años en el norte, allá en Sullana, cuando el matrimonio era o parecía indestructible, cuando no había riesgos ni nada que pudiera anunciar la ruina que les esperaba. Sin embargo, cuando a fines del 72 Lucila se entera de que Cecilia está embarazada y de que se ha mudado con el Gaucho al segundo piso de un edificio de la calle Aljovín, deja de confiar y desata un odio torrencial.

Una mañana va hasta ese edificio y a punta de gritos convierte la calle en un escándalo placero. Cuando el Gaucho aparece en la ventana, Lucila lo rellena de improperios y le lanza una amenaza como si fuese una roca

132

envuelta en lava. ¡Voy a denunciarte por bígamo!, le jura con virulencia, los ojos turbios, la boca palpitante. Y el coronel, en camiseta de dormir, despeinado, legañoso, fuera también de sus casillas, le devuelve los ataques y subraya una sentencia.

¡Anda y denúnciame, que lo único que vas a conseguir es que tus hijos tengan un padre en la cárcel! Adentro, detrás de una cortina esquinada, Cecilia, la barriga de seis meses, las gotas de sudor esparcidas sobre el labio superior, observa el altercado y cruza los dedos para que acabe pronto.

La escena se repetirá dos o tres veces durante el verano del 73. En una de esas ocasiones, Lucila Mendiola toca el timbre del edificio acompañada del pequeño Fermín. El Gaucho baja las escaleras y la recrimina duramente por utilizar al hijo de ambos como método de chantaje.

Fermín no olvidará jamás la palabra «chantaje» ni el hecho escabroso de estar allí contra su voluntad, en una pelea que no era suya, expuesto a las miradas de la gente que pasaba, como un indefenso notario al que le toca acreditar el fin del amor de sus padres. Fermín puede estar de acuerdo con los reclamos de Lucila, puede que por esos días el Gaucho le parezca un imbécil o un desalmado, pero sabe que él no tendría que estar allí, sabe que es un espectador prescindible en esa función para adultos. Y eso le duele. Y ese dolor se le queda metido.

Días después, en un acto despojado de autoestima que es sobre todo un manotazo de ahogado, Lucila Mendiola le escribe al coronel diciéndole que está dispuesta a aceptar su amorío con Cecilia siempre que regrese a vivir a la casa de Chorrillos con ella y sus hijos. La petición no surte efecto. A partir de ahí la sensación de haber sido desplazada es creciente y le infunde una pesadumbre cerval que de a pocos se transforma en una tristeza más bien vengativa. Opta por llamar o juntarse con esposas de otros militares y les comenta que su marido se ha ido a vivir con su secretaria y despotrica contra ambos tratando de bajar los bonos del

Gaucho en el Ejército y de predisponer un ánimo colectivo hostil hacia Cecilia.

La campaña de desprestigio dura años y hasta cierto punto logra su cometido, pues en varias reuniones de la promoción del Gaucho, reuniones que transcurren en el Círculo Militar o en alguna residencia privada, Cecilia percibe un clima intrigante fabricado por un grupo de señoras, siempre las mismas cinco o seis, que la miran mal o le aplican la ley del hielo o cacarean por lo bajo.

—¿Cómo es posible que el Gaucho ascienda a general después de abandonar a su esposa? —le pregunta una mañana desde el baño Gladis Hoffman a su esposo, el general Eduardo Mercado, presidente del consejo de ministros de ese tiempo, uno de los hombres con mayor injerencia en la elaboración de los cuadros de ascensos militares.

—Yo no le hago caso a chismes. A mí lo único que me importa es su hoja de servicios —contesta el general abotonándose el cuello de la camisa del uniforme frente al espejo.

—Pero ¿acaso te parece correcto que haya dejado a su familia?

—¿Por qué hablas así, Gladis? ¿Te consta?

—Ay, por favor, Eduardo, pero si todo el mundo lo sabe.

—Yo no lo sé. Ni me interesa.

—¡Y encima se ha ido con la mosquita muerta de su secretaria!

—¡Por Dios, para! ¡Pareces una de esas arpías que no tienen nada más que hacer que hablar del resto!

—¡No me hables así!

—¡Entonces deja de romperme la pita con ese asunto!

—Es que a mí no me parece que un general…

—¡¿No entiendes que no me importa?! ¡No me vuelvas a dar tu opinión sin que te la pida…!

—O si no ¿qué? ¿También vas a irte de la casa como hizo el Gaucho?

—Yo de esta casa no me voy. Si sigues jodiendo, la que se va eres tú.

* * *

A medida que se acerca el nacimiento de Valentina, el coronel se siente más involucrado con Cecilia y con la formación de una segunda familia. Mientras tanto, crece la distancia con sus hijos mayores; una nebulosa se propaga en medio de ellos como un bosque imprevisto. El Gaucho no quiere perderlos de vista, pero los pierde. Una noche olvida recoger a Fermín para llevarlo a su fiesta de prepromoción como le había prometido, una falta grave que el hijo siempre colocará detrás del que considera el mayor descuido de su padre: haberse ido de la casa de Chorrillos a falta de cuatro días para su cumpleaños número trece. Antes el Gaucho había olvidado acudir a la graduación de secundaria de Melania, a pesar de haberse comprometido a estar en primera fila, en la silla donde finalmente se sentó el tío Juvenal. La desazón de esa ausencia acaba por darle forma al enfado que persigue a Melania desde tiempo atrás y que la acompañará en lo sucesivo. Y aunque logrará amistarse con su padre antes de irse a Francia a estudiar y vivir, en ella quedarán heridas abiertas o mal cosidas que no cerrarán del todo. A Estrella lo que más le sorprende es ver a su padre usar repentinas camisas *hippies, jeans,* corbatas anchas floreadas, botines, un tipo de ropa que antes era impensable encontrar en los cajones de su cómoda, donde solo había prendas aburridas, grises, oscuras. ¿A qué discoteca nos vas a llevar a almorzar?, le pregunta con sarcasmo un día que lo ve llegar vestido así. A Estrella a veces le parece que ese señor que va a recogerla algunos domingos no es su padre, como si las piezas del nuevo vestuario no correspondiesen ni sintonizaran con su antigua personalidad.

Los hijos mayores sienten que el padre ha cambiado mucho, que quiere lucir torpemente joven, que se desembaraza con facilidad del pasado que son ellos y la vida que tuvieron juntos. Por eso apoyan a Lucila cada vez que se niega a acudir donde el abogado a firmar el divorcio y se divierten oyéndola en el teléfono inventar accesos de asma o torceduras de pie —siempre el tobillo derecho— que le impiden levantarse para ir a tratar ese enojoso asunto. Los hijos mayores responsabilizan de todo este caos a Cecilia y sin querer también a Valentina, que acaba de nacer. La consideran una metida de pata, un error de cálculo, un desliz del padre, y recelan de ella porque su nacimiento es la certificación de que una segunda familia existirá para siempre en la vida del Gaucho.

Con los meses, sin embargo, desarrollan una curiosidad por conocerla, un interés sanguíneo por auscultar esa nueva huella de su padre en el mundo. ¿Cómo será Valentina? ¿Qué gestos compartirán? ¿Podrán acostumbrarse a ella? Y a pesar de que se acercan a la niña, de que incluso acuden con ella a campamentos en las montañas organizados por el padre, y pese a que Valentina pega en un álbum fotografías de esas expediciones que luego muestra con orgullo, y a pesar de que crece sintiendo que quiere a esos hermanos y que es querida por ellos, la desaparición del padre muchos años después volverá a colocarla ante los ojos de Melania, Estrella y Fermín en el único lugar que fue verdaderamente suyo: el lugar de la discordia.

6

Mis padres fueron amantes. Nunca se casaron de verdad. Valentina, Facundo yo y somos hijos naturales. Antes no podía decirlo, pero ahora sí encuentro un orgullo y un placer y una revancha en usar esas palabras, en escribirlas sin avergonzarme ni juzgar ni pontificar ni victimizar a nadie. Antes no podía saberlo, pero ahora sí sé que la historia de mis padres, como la de Nicolasa con el cura Gregorio Cartagena, o la de Luis Benjamín con Carolina Colichón, o la de Fernán con Esperanza Vizquerra, es la historia de una pasión que triunfa, una pasión que va en contra de un orden conveniente, y que logra que una familia de palabras moral y culturalmente sucias como «infidelidad-adulterio-bigamia-ilegitimidad» se vuelvan, al menos para mí, amigables y limpias y dignas y sensibles y humanas. Me dan ganas de abrazar esas palabras, de acogerlas como si fuesen mendigos o perros de la calle; de nombrarlas y reivindicarlas por cada vez que alguien las rechazó, por cada vez que alguien prefirió dejarlas ocultas en el sótano de su biografía para regodearse con términos y sustantivos más aceptados. Esas palabras ninguneadas, evitadas como si fuesen sinónimos del insulto más procaz, la sarna más contagiosa o el pecado más abominable, esas palabras con falso aspecto de alimañas, esas palabras que millones de bocas y manos han sorteado por el estúpido temor de verse contaminadas con su hipotética perversidad, esas palabras, digo, son mi abolengo, son parte de mi patrimonio o son mi patrimonio directamente, porque nombran aquello que me toca, que está en mí sin que yo lo haya elegido, aquello de lo que no puedo escapar ni desentenderme porque ha nutrido y elaborado mi presencia en el mundo.

Hablemos de mi presencia en el mundo. Tan accidental por una parte, tan buscada por otra, tan casual y felizmente ubicada al medio de un tridente de hermanos. Ser el segundo hijo me salvó la vida, aunque tal vez me haya estropeado la infancia. El segundo de tres, el del medio, suele ser el hijo introvertido, el callado, el enfermizo, el chuncho. El mentiroso, el curioso, el desadaptado, el lector. El memorioso, el resentido, el egoísta, el lacónico, el vigilante, el dramático, el verdugo. En tanto fui del medio no me interesaron los extremos, sino los matices, las ambigüedades donde residía la luz de las personas. Jamás me sentí atraído por los absolutismos morales de mi padre ni por la practicidad ejecutora de mi madre. Algo debía haber en el medio de esas dos visiones del universo y fuese lo que fuese yo quería asirlo, rodearlo, hacerlo mío, porque yo estaba en el medio, yo era de ahí, y el que está en el medio, para no desintegrarse en el viaje pendular de no ser nadie, de no saberse nada, para no balancearse al infinito sin tener de dónde cogerse, tiene que ahondar en aquello que constituye su marca, su herida de nacimiento. Tiene que hurgar en lo inmaterial de su centro porque algo ocurre en el centro: en el centro de la mente, en el centro del organismo y en el centro de la voluntad. Algo sucede allí y desde siempre he necesitado saber qué es.

Si de chico despreciaba ese lugar, si veía con envidia o engreimiento cómo mis padres encontraban en Valentina y Facundo caracteres más simpáticos o más merecedores de afecto o de cuidado, ahora celebro que haya sido así. Es porque estuve en el medio, entre dos fuegos intensos, y vi las cosas desde una órbita oscilante, y sentí aquella punzante lejanía sin saber que era bienhechora, es por todo eso que ahora puedo erguirme y ofrecerles también a mis hermanos el panorama de mis indagaciones y con ellas quizá alguna respuesta o un orden a todo lo que hemos venido sintiendo desde que se murió nuestro padre. Porque desde que se murió aquel hombre tan aterradoramente fundamental todos hemos almacenado algún tipo de ira, de rencor, de locura, y hemos marcado distancia con el eje que nos unía. Nadie puede salir ileso de una muerte capital cuyos efectos se expanden indeterminadamente, y nosotros no hemos sido ni somos ni seremos la excepción.

El mismo año en que enterramos a mi padre, Valentina se casó y se abalanzó a los brazos de un hombre que, como mi padre, era militar, era mayor, era jinete. Ella no soportó perder a mi padre y nosotros no soportamos perderla a ella también en un lapso tan corto. En cosa de meses pasamos de vivir cinco a vivir tres en la gigantesca casa de Monterrico. Entonces odiamos a mi hermana, o al menos yo la odié. También por entonces, Facundo, mi hermano menor, se convirtió —más conviene decir lo convertimos— en una ostra descolorida. Creímos que la orfandad lo destruiría, y lo protegimos y lo quisimos guiar con prepotencia; y él se refugió en una trinchera autista, donde comenzó a interesarse por el piano, la poesía, la actuación, la fotografía, el yoga, la danza, y a tratar de decirnos algo, de escapar de un enemigo que él no sabía desde dónde lo acechaba. O acaso sí lo sabía y eso era lo más triste. Sus enemigos éramos nosotros. Nosotros, que lo habíamos visto crecer, de pronto estábamos acosándolo de esa manera tan intransigente, obligándolo a seguir una disciplina que no nos tocaba enseñarle. Por convertirme en su padre sustituto empecé a corregirlo, a ofrecerle un modelo de autoridad, y reprimí el gen natural de nuestra amistad. Facundo no solo se quedó sin padre a los trece, sino que también perdió a su hermana y a su hermano, convertido ahora en un injerto de padre. Le tomó unos años huir de ese manicomio, pero lo hizo y capoteó el ambiente y se fue a curar a las montañas de la Sierra y a los ríos de la Selva, a absorber la energía que le había sustraído su propia familia.

La hecatombe nos cayó encima cuando murió mi padre y haber sobrevivido a ella es algo que le debemos a Cecilia Zaldívar. Con esa muerte mi madre cambió, mutó, al punto de convertirse en otra mujer, una mejor mujer, diría, una mujer más fuerte, más despojada de candidez. Una mujer con prioridades. «El día que tu papá murió, yo nací», me soltó una vez en uno de esos terapéuticos almuerzos a solas que se han convertido en nuestro rincón de confidencias. Yo no supe al inicio cómo interpretarla, pero me pareció percibir en sus palabras el eco de un renacer liberador antes que el de una emancipación resignada.

Cecilia Zaldívar fue una criatura modelada por el Gaucho, hecha a su medida. Su conducta social —su modo de vestir, su manera de cruzar las piernas, la cantidad de perfume que se aplicaba, la forma en que se acomodaba el cabello— estuvo siempre definida y limitada por los criterios machistas de ese hombre totalizante, ese hombre veintidós años mayor que la amaba, pero sin querer la invisibilizaba también. La subrayaba socialmente, la presentaba como su esposa, la alumbraba con la parafernalia y las gollerías de que venían acompañados su rango militar y sus cargos políticos, pero luego la convertía en una oyente más de sus peroratas monotemáticas dentro de la escenografía de los cócteles, recepciones y fiestas a que asistían, donde lograr que el general la atendiera y pisara la pista de baile siquiera una vez era toda una conquista.

Mi madre consentía al Gaucho, acataba sus sugerencias, se adecuaba a sus criterios, pero también tenía una voz y una opinión. Al poner la historia de ambos en perspectiva, me doy cuenta de que hubo decisiones gravitantes que tomaron juntos, que solo pudieron tomar juntos, como la decisión de representar su matrimonio en 1972.

Lo falsearon para que los padres de ella, mis abuelos Eduviges y Eleuterio, le permitieran marcharse de la casa de Pueblo Libre en paz con Dios, en paz con los santos protectores y todas las divinidades provinciales cuyas estampitas plastificadas decoraban los veladores del cuarto principal. Dado que Cecilia estaba secretamente embarazada de Valentina y que el Gaucho no podía deshacer las negativas de Lucila Mendiola a darle el divorcio, no les quedó otra que armar un pequeño teatro en la sala de la casa de mis abuelos, que creyeron inocentemente que la ceremonia era real y lloraron con lágrimas reales, y despidieron a los flamantes esposos con una felicidad que desde luego era real.

La función se realizó el 18 de agosto y fue celebrada por un administrativo del Ejército de apellido Romaní que hizo las veces de funcionario del departamento de Registro Civil del municipio de Magdalena, y que ese día apareció portando bajo el brazo un cuaderno escolar cualquiera diciendo que era el libro de actas nupciales. El señor Romaní era el único que sabía que aquello era un matrimonio civil ficticio. Él y los testigos, mi tío Reynaldo y mi tía Rudy. Salvo ellos, el resto se tragó el cuento.

Hay una foto magnífica de esa noche en la que los novios aparecen departiendo con los invitados. Una foto que me ha costado conseguir. Se ven serpentinas, luces bajas, copas de champán. Mi padre, flaco, sin bigotes, luce un terno oscuro, una corbata roja, unas imperdonables medias cremas. Cecilia Zaldívar aparece muy maquillada pero luminosa, con una orquídea lila sobre el vestido negro. Me gusta que mi madre lleve un vestido negro en la foto de su noche de bodas. Hay una declaración en eso. Me gusta que mis padres se hayan casado de mentira. Me gusta que hayan actuado. Me gusta ser hijo de esa actuación. A veces, más que vivir, creo que actúo. Supongo que se lo debo.

Años después volverían a unirse simbólicamente hasta dos veces más. Les gustaba mucho eso de casarse falsamente, ahora que lo pienso. El segundo matrimonio se dramatizó en México, en los extensos jardines de la casa que mi tía Carlota tenía en Cuernavaca, en medio de un ritual chamanístico del que no quedó ningún registro. El tercero lo contrajeron en el consulado peruano de San Francisco, aprovechando que mi padre se encontraba siguiendo un curso del Ejército por varias ciudades de Estados Unidos y ante la insistencia de su primo Carlitos Vizquerra, a la sazón cónsul peruano en California, quien les prometió facilitarles un documento que no sería un certificado matrimonial propiamente, pero se parecería mucho. Carlitos, además, sugirió que mi padre eligiera como testigo a alguno de los amigos militares argentinos o chilenos que habían viajado con él. A mi madre le hacía mucha ilusión la boda en San Francisco porque era la única que le permitiría salvar el honor con un papel membretado que ella pudiera mostrar cuando alguien viniese algún día a encararle que ella no era la esposa del general Cisneros.

Cuando éramos chicos, Valentina, Facundo y yo organizamos una boda para mis papás. Fue un sábado, quizá de 1985. Aprovechamos que ellos habían salido de compras y nos encerramos en su dormitorio para decorarlo. Cuando llegaron, encontraron un sendero rojo con papel crepé (los zapatos de mis padres desgarraban el papel al avanzar) y se ubicaron delante de una de las mesas de noche convertida en altar. Mi hermana le colocó a mi madre en la cabeza una sábana en forma de velo mientras yo accionaba el minicomponente para que se escuchara la marcha nupcial de Wagner. Mi padre sostenía una flor en las manos. Parado en una silla, Facundo, haciendo de sacerdote, levantó una copa de vino como si fuera el cáliz y pronunció las palabras que le habíamos pedido que dijera. Cuando mi hermano de cinco años declaró a mis padres marido y mujer, alguien lanzó papel picado en lugar de arroz. Todo iba bien hasta que mi mamá se cansó del juego, o lo sintió una farsa, y salió del cuarto llorando, quitándose con rabia la sábana de encima.

Yo crecí creyendo que el de Estados Unidos había sido el matrimonio real. De hecho, fue el que referí cuando Elías Colmenares me pidió hablar al respecto en una de las primeras sesiones de la terapia de psicoanálisis. Fue a raíz de esa conversación con Elías, de reparar en la ausencia de fotos de mis padres casándose, de sentir que allí había una incógnita y que resolverla me importaba más de la cuenta, fue a raíz de esa suerte de despertar cuando decidí emprender lo que serían meses y años de averiguaciones.

Hace dos años viajé a San Francisco y recorrí toda la Market Street hasta dar con el número 870 para luego subir a la oficina 1075, donde funciona el consulado peruano. Me di con la sorpresa de que en sus archivos no había registro alguno de aquel casamiento. Los funcionarios recordaban a Carlitos Vizquerra, pero no sabían nada del documento de la boda. Al parecer se había extraviado. O quizá nunca existió. Y por eso también escribo este libro. Porque necesito gritar que mis padres se casaron tres veces y que ninguna valió para la ley, pero que todas valieron para mí. Y porque además necesito que Cecilia Zaldívar, mi madre, asuma o entienda que los papeles no me importan ni me importaron nunca, que ella no necesita el aval de ningún juzgado ni la aprobación de ninguna Iglesia ni el servicio de ningún cónsul, como antes tampoco los necesitaron Nicolasa ni Carolina ni Esperanza, y que sepa que este libro quizá sea el documento que todas ellas buscaban, que estas páginas son los únicos papeles que importan. Aquí la historia de todas ellas, o mi versión de la historia de todas ellas, está a salvo. Esta novela es el acta de matrimonio perdida de mis padres.

* * *

«Sí, tus padres fueron amantes», me dijo mi hermana Melania una noche de setiembre de 2012 en su departamento de París, ubicado en el interior de un pacífico condominio en el barrio de La Défense, dentro de Nanterre. Para llegar allí tuve que tomar la línea 4 del metro en Saint Michelle con dirección a la Porte de Clignancourt, bajar en Les Halles y luego abordar la línea A, la línea roja, y descender en la estación Nanterre Préfecture: una operación de trenes que en mi cerebro desorientado equivalió a conectar aviones con trasatlánticos y submarinos. Habíamos terminado el delicioso pato confitado que ella misma cocinó y dábamos trámite a una segunda o tercera botella de vino cuando de pronto me vi dirigiéndole preguntas orientadas a saber aspectos de la relación que tuvo con su padre cuando aún no era mi padre. Patricio, su esposo, su hija Luciana y Arturo, el amigo peruano que nos acompañaba, se levantaron discretamente de la mesa con rumbo a la cocina o al balcón con vista a los edificios iluminados de la zona de negocios.

Entonces Melania comenzó a recapitular esos años como si volviera después de décadas a una casa abandonada, y mientras ingresaba y despejaba telarañas y soplaba láminas de polvo asentadas en cada superficie, fue reconociendo la forma de los antiguos muebles y el modo en que ella jugaba sobre ellos, y luego se puso a recorrer habitaciones que habían permanecido cerradas mucho, quizá demasiado tiempo, a husmear en armarios roídos, en cajoneras despostilladas, baúles hollinados, alacenas pobladas por insectos muertos, y de repente la visita dejó de ser cómoda y nostálgica porque advirtió presencias que se desperezaban en los rincones, sombras lentas que al pasar a su lado susurraban algo en su oído, algo que ella primero sintió urgencia de oír, pero luego ya no quiso acaso por miedo o por respeto. Entonces fue como si tratara de buscar la puerta de salida, pero en ese empeño no hizo sino perderse e internarse más en esa jungla de fantasmas adoloridos y se dio de cara contra velos que caían, y cruzó nuevos ambientes donde sintió que la temperatura había descendido al máximo, y sintió mucho frío, y cuando al fin encontró no la puerta de salida pero sí una ventana, tuvo la fuerza suficiente para abrirla o romperla y dar un salto, y entonces abrió los ojos y ahí estaba yo, recogiendo los restos de su relato, que empezó siendo limpio y sereno como un puente recto pero que en algún punto perdió gravedad y rigor antes de volar en pedazos. Entonces Melania me habló de las peleas iracundas de sus padres, de lo culpable que se sintió el día de la separación porque ella les había dicho semanas antes, en medio de alguna de esas riñas agotadoras, que lo mejor sería que ya no estuvieran juntos. Lo había dicho sin querer, como un reflejo; y cuando al final ocurrió, ella creyó que lo había propiciado. Melania habla de su madre, pero también habla de la mía, de Cecilia; y recuerda que un domingo de los años setenta levantó el teléfono de su casa y oyó su voz, una voz tan joven como la suya, y se preguntó en ese momento, y se pregunta hasta ahora, por qué la secretaria tenía que llamar a su padre un domingo durante la mañana en medio del desayuno familiar. Y recuerda otra llamada, una que califica de sucia, en la que un bebé llora en el auricular, y ella cree que aquel bebé era mi hermana Valentina recién nacida y que alguien estaba cargándola, haciéndola llorar intencionalmente en el teléfono, tratando de que el mensaje llegase con toda claridad al otro lado, un mensaje que era algo así como: no se olviden de que el Gaucho tiene otra familia, de que existe otra familia, y tal vez la mujer detrás de esa comunicación era Cecilia o quizá la abuela Esperanza, piensa ahora Melania en París, rodeada de platos vacíos de pato confitado; y luego se calla, rebusca en la memoria y se reafirma, y dice que sí, que fue la vieja Esperanza quien hizo esa llamada, y sostiene que fue a buscarla de inmediato, a derribarle la puerta con la furia de sus diecisiete años, a decirle cosas horribles que ahora prefiere no recordar o que claramente no recuerda, y acota que Esperanza se hizo la desentendida y la atajó con hipocresía, y entonces cambia, no de tema pero sí de personaje, y habla del Gaucho, su padre, y nada más mencionarlo se deshace en un llanto del que nunca la creí capaz, Melania, mi hermana intelectual, la teórica, la política, la socialista, la batalladora, la afrancesada, ahora llora como una niña perdida al hablar del hombre que fue su padre en la época en que todavía no era mi padre pero ya estaba camino de serlo, y confiesa que ella nunca pero nunca pudo perdonarle el modo en que trató a su madre, Lucila Mendiola, y dice que no entiende por qué nunca dijo nada de lo que sentía por esa otra mujer, por qué mierda se quedó callado, por qué mierda esperó a que la situación se hiciera insostenible para recién hablar, y es entonces cuando Melania oye otra pregunta de mi boca y me mira con una mezcla inverosímil de rencor y cariño, de ternura, descaro y conmiseración, y me dice ay, hermano, claro que tus padres fueron amantes, lo fueron durante mucho tiempo, y yo me aguanto, me aguanto para no romperme porque sé que lo que dice es cierto solo que nunca nadie me lo había dicho así, y las cosas cuando son dichas así, cuando alguien al fin les pone un nombre, pueden ser demoledoras, y estas palabras lo son, y solo queda hacerme cargo y morderme los labios, y seguir oyendo, y lo que oigo es a Melania calificar el comportamiento de mis padres y sus palabras son puñales, puñales que yo he venido a buscar desde lejos porque en el fondo no quería comer pato ni tomar vino ni ver los edificios iluminados de Nanterre, lo que quería era sangrar con mi hermana mayor, la que se vino a Francia huyendo de todo, la que desde aquí ha construido un mundo para eclipsar el abandono y la ruptura, la desesperación y la impotencia.

Cuando la tempestad cede, Melania se sosiega y recupera su tono habitual para contarme cosas sueltas que son parte de un mismo tejido, cosas como que ella nunca apoyó la posición de su madre ante el divorcio; que fue el tío Juvenal y no papá quien le pagó las boletas de su universidad; que cuando le comunicó a papá que había decidido estudiar en Francia él le aconsejó que mejor se fuera a Estados Unidos. Qué vas a hacer allá en Francia, dice Melania que le dijo el Gaucho. Y era tan controlador mi padre, continúa, que envió a una aparatosa comitiva de diplomáticos y militares para que me recibiera al bajar la escalinata del avión. Dice esto sonriendo, retirándose los lentes para pasarse un paño, y entonces entiendo que Melania decidió irse porque no supo o no quiso manejar una separación familiar que incluía divorciarse de su propio padre. Porque el Gaucho tenía con ella —y más tarde con Valentina— una relación de complicidad pero también de mutuo cortejo, con una proximidad física que incluía piquitos en la boca, abrazos románticos, ocasionales nalgadas y arrumacos que, en el caso de Valentina, yo siempre encontré desagradables y exageradamente carnales. Mi padre era tan mujeriego que enamoraba hasta a sus hijas.

Melania fue, por eso, la mayor damnificada con la salida del Gaucho de la casa de Chorrillos y ante esa tragedia decidió, conscientemente o no, hacerle la guerra. Pero no cualquier guerra, sino la que más podía afectarlo. No una guerra doméstica, sino una social. Ella no iría, como su madre, a gritar sandeces delante de su edificio, sino que pergeñaría algo más brillante, algo más elaborado, algo como organizar políticamente a los estudiantes en el centro federado de su universidad, la Universidad del Pacífico, para hacerle frente al Gobierno militar, un Gobierno del que su padre, el general de brigada Cisneros Vizquerra, no era solo parte, sino pieza clave, primero como jefe del Sinamos (Sistema Nacional de Apoyo a la Movilización Social), y luego como ministro del Interior, el ministro más duro en años que ya eran de por sí duros.

Hablamos del 75, del 76. Melania tiene veintidós, toca con la guitarra canciones de Silvio Rodríguez y guarda simpatías por la izquierda, o por alguna gente de izquierda. Un buen día se asimila al FREN, el Frente Revolucionario Estudiantil Nacional, en el que coincidían alumnos de San Marcos, Católica, Garcilaso, la UNI, La Cantuta y otras universidades. Se enrola primero como integrante y escala poco a poco como activista, dirigente y llega finalmente a ser vocera. El FREN acababa de participar en los disturbios y protestas que siguieron a la histórica huelga policial de febrero de 1975, que fue duramente reprimida por el Ejército.

A partir de ese y otros choques directos con el régimen, el Frente emite declaraciones mensuales en las que pide la liberación de los estudiantes apresados, la restitución de los beneficios laborales congelados y la renuncia, entre otros altos mandos militares, del jefe de Sinamos por «su inoperancia, sus reacciones abusivas y su nula capacidad de diálogo con las bases populares». Melania redacta varias de esas declaraciones y al redactarlas aprovecha para enviar mensajes a su padre. Los comunicados del FREN, con el nombre de Melania entre los firmantes, llegan al escritorio del general Cisneros, quien encuentra insoportable que su propia hija haga suyas ideas tan peligrosas y radicales y lo desafíe públicamente a irse. En silencio admira su valentía, su liderazgo, pero no cede. El general encara el conflicto con su hija sin debilidades, atenazando su blandura de padre. Primero le hace exaltadas advertencias telefónicas para que se desvincule de esos grupos revoltosos, y cuando se da cuenta de lo inútiles que resultan sus exhortaciones le comunica al detalle los riesgos puntuales de hacer oposición violenta, y la pone al corriente de las duras sanciones que implica actuar por fuera de la ley. Esas llamadas son música en los oídos de Melania, que hace todo lo contrario a lo que su padre recomienda y se inmiscuye aún más en sus labores políticas: asume la dirección del Centro Federado de la Pacífico, coordina acciones con otras bases universitarias y empapela semanalmente los muros de su facultad con carteles cuyos lemas hablan de revolución, de justicia social, de un Gobierno del pueblo para el pueblo.

En agosto de 1975, el general Francisco Morales Bermúdez se levanta en Tacna contra Velasco Alvarado con el respaldo del Ejército, la Marina y la Aviación. Consumado el golpe, Velasco —que había perdido una pierna y mucha credibilidad dentro de las Fuerzas Armadas— sale del Palacio de Gobierno rumbo a su residencia campestre y Morales se autoproclama presidente de la llamada segunda fase del Gobierno militar, que era la continuación de la dictadura, pero con un rostro supuestamente más democrático.

A inicios de 1976, el general Cisneros, empoderado como flamante ministro del Interior, se ocupa, entre otras cosas, de controlar y reprimir a los agitadores callejeros. El ánimo estaba muy caldeado tras el golpe de Morales y se hizo constante el reclamo de los sindicatos de trabajadores, que exigían ya no solo condiciones laborales más justas, sino el retorno de la democracia. Montones de dirigentes rompían las disposiciones del Comando Conjunto convocando huelgas y paralizaciones, y acababan siendo intervenidos, arrestados, encarcelados o deportados. Para mediados de 1976, la fuerza estudiantil se ha hecho más masiva, también más belicosa. Hay enfrentamientos diarios en las calles, producto de los cuales varios universitarios son depositados en las carceletas del poder judicial y los calabozos de Seguridad del Estado.

Un mediodía, el Gaucho llama a Melania a su despacho para pedirle una tregua, un armisticio. Solo después de conversarlo con sus colaboradores, ella acude y al entrar en el Ministerio no se presenta como hija del ministro, sino como dirigente universitaria. ¡No salgan más! ¡Y si quieren salir, que salgan ellos, pero tú no!, le ordena el Gaucho frente a otros militares que descansan estáticos y apagados detrás de él como un elenco de maniquíes de otro siglo. Si quieres que deje el Frente, si quieres que no proteste contra este Gobierno que nadie eligió, suelta a estos compañeros y mañana mismo estoy fuera, le dice Melania, firme, entregándole una lista con una treintena de nombres de jóvenes detenidos, entre ellos Patricio Laguna, quien luego se convertiría en su novio y más tarde en su esposo. El general se siente chantajeado en su propia oficina, revisa el papel y lee los nombres sabiendo que no aceptará tales condiciones.

—No los puedo soltar —concluye.

—¡Suéltalos, papá!

—¿Para qué? ¿Para que a la media hora empiecen a hacer laberinto de nuevo? ¡Ni hablar!

—Son estudiantes, los están tratando como si fuesen guerrilleros.

—No me consta que no lo sean.

—¡Papá, los están torturando! ¡Los obligan a tomarse fotos con armas! ¡Eso es un delito!

—¡Eso es mentira! Ya estás hablando como los cojudos de los periodistas.

—¡Tú sabes que los torturan! Policía de investigaciones y Seguridad del Estado están a cargo de eso —Melania se agita, siente las mejillas calientes.

—¡Si no pruebas lo que estás diciendo vas a tener que hacerte responsable de estas calumnias, Melania!

—¡Yo no miento! ¡Tú sí!

—No me estás dejando más opción que...

—¿Que qué? ¿A mí también vas a meterme adentro?

—¡Sí! Si sigues armando estas revueltas y ayudando a estas lacras, te voy a meter presa. ¡Se acabó!

Lo único que se oye a continuación es una prolongada exhalación del general, una nubecilla de humo que se alarga hasta confundirse con el aire cargado de la habitación. ¡Atrévete a hacerlo!, le grita Melania, soportando la afrenta, mirándolo con insolencia, con ganas de agraviarlo, de desmentirlo, de degradarlo de alguna manera ante sus subalternos, sus ayudantes, con ganas de lanzarse sobre él, arrancarle esa asquerosa máscara autoritaria y decirle eso hiriente, eso fulminante que pasa por su cabeza pero que no logra articular a tiempo.

Esa fue su última discusión política. Melania encontró en el autoexilio la única forma de no ir a prisión, de no tener ya nada que ver con su padre ni con la dictadura. Se fue a París con Patricio Laguna y allí estudiaron, tuvieron una hija y montaron una vida nueva o más bien una vida zurcida. Cuando el Gaucho viajó a visitarla un año después, a tratar de aliviar las tensiones creadas, fluyó algo turbio entre los dos que no dejó prosperar el intento de reconciliación. Quizá fuera la actitud por momentos soberbia del general, que actuaba con aires de patán, como si no pudiera dejar de ser ministro del Interior en ningún instante, como si le gustara ser ministro por sobre todas las cosas, como si no captara finalmente que su hija, la hija que tenía enfrente, había dejado el país principalmente por culpa suya. Melania lo recuerda inspeccionando su biblioteca, leyendo los títulos de los lomos de los libros y diciéndole envanecido, satisfecho: «Tú lees aquí en París los libros que yo mando quemar allá en Lima».

* * *

Por imitar a su hermana, por recoger su legado o porque alguno de los tres hijos mayores tenía que seguir vengándose de su padre y a él le sobraban ganas de joderlo y de vengarse, Fermín también se insertó en coaliciones de avanzada social y llegó a cruzar bordes más comprometedores incluso que los que Melania había explorado.

Hacia 1982, cuando el Gaucho es ministro por segunda vez, ya no del Interior sino de Guerra, en esa época de verdad tenebrosa cuando el terrorismo aniquilaba gente a diario y la contraofensiva del Gobierno incurría en guerra sucia, en esa época en la que cualquiera podía ir a la bodega de la esquina de su casa y acabar con un balazo en la cabeza sin que nadie tuviese certeza de dónde había salido el disparo, Fermín empezó a colaborar con las Escuelas Populares de Sendero Luminoso, en especial con una ubicada en los asentamientos humanos de Villa El Salvador, dictando cursos básicos a niños que eran adiestrados para ser algún día protagonistas de una revolución sanguinaria. Cuando el ministro de Guerra se enteró de que su hijo era parte de la nómina de maestros que formaban a futuros senderistas, es decir, que se había convertido o estaba convirtiéndose en un teórico maoísta, fue a buscarlo a la misma Universidad Católica y no paró hasta cruzar la puerta de vidrio de la facultad de Sociología, donde Fermín estudiaba el quinto ciclo. Su presencia en el campus, uniforme verde, lentes empañados, bigote tupido, un habano oscuro en la boca, intimidaba a profesores, secretarias y alumnos. La figura tosca del general Cisneros evadiendo los controles, atravesando el campus, pisando los jardines que estaba prohibido pisar y tocando enardecido la puerta de un salón donde un catedrático dictaba una clase era la imagen viva, la imagen chocante del militarismo que creía que aún gobernaba el país. De pronto Fermín salió del aula y se encontró cara a cara con ese hombre que, por el aire matonesco que lo envolvía, parecía una versión trastornada de su padre.

Nadie oyó con precisión lo que dijo el general durante esos dos o tres minutos que enfrentó a su hijo de esa manera imprudente y alevosa, pero todos pudieron imaginar que no estaba allí precisamente para desearle buena suerte en los exámenes de fin de ciclo. A pesar de las lágrimas que lo traicionaban, a pesar del sudor de las manos cerradas en puños, Fermín tuvo el coraje de soportar la mirada de su padre sin arredrarse, o quizá no tuvo reacción y se quedó paralizado mientras sentía subir una avalancha de ira o de hastío por sus arterias. Cuando le tocó abrir la boca, los nervios desaparecieron, emergió una náusea de meses o años, y de su garganta salió primero un berrido convulso y enseguida un conjunto de palabras hechas de pólvora, palabras que fueron estallando al entrar en contacto con el aire del exterior. ¡Ojalá, le dijo, ojalá que no sea yo quien apriete el gatillo el día que la revolución te busque para matarte!

Fermín narra ese momento y no sé si lo compadezco o lo envidio por ser el único hijo varón del general Cisneros que tuvo un duelo con él, que retó el poder omnímodo que ostentaba, que le ganó una disputa verbal o al menos le dio pelea, que ridiculizó su megalomanía pasándose a las filas adversarias. Admiro o envidio eso en Fermín: que haya tenido encendidos y duraderos motivos para odiar al Gaucho, motivos que yo he encontrado solo fugazmente. Admiro o envidio esa enemistad y también la armonía que concretaron los dos pasados los años. Porque la suya fue una amistad adulta, quizá con deudas pero ya sin roles que cumplir. Su padre —que también es el mío, pero en este punto de la novela es básicamente suyo— le pidió perdón varias veces por haber abandonado la casa de Chorrillos, y lo llamó reiteradas noches para juntarse, conversar y tomar cervezas como conversan y toman cervezas los hombres a una cierta edad. Se veían a veces en bares de Barranco, en clubes de tango de Miraflores, o dentro del Volkswagen amarillo de Fermín, que tenía buen motor y picaba y se escurría por las callejuelas de Chorrillos tratando de perder de vista a los guardaespaldas de papá, y una vez que los perdían se detenían con las luces apagadas cerca del malecón, donde los dos celebraban la evasión y se sentían por fin del mismo lado.

Yo hubiera querido, me dijo Fermín en su terraza esa tarde larga y fría cuya fecha no importa precisar, yo hubiera querido gozar del esplendor político de papá como tú lo hiciste; hubiera querido aparecer mencionado como el hijo del general Cisneros en las crónicas periodísticas de su muerte como tú apareciste. Le escucho decir esas frases y me doy cuenta de que no las metabolizo con facilidad. Pensé que sus palabras rebotarían contra mi armadura, pero luego noto que la penetran, que llegan a dolerme o fastidiarme. Son frases que demuestran, mientras duelen o fastidian, que mi relación con Fermín siempre estará espolvoreada por el conflicto, como un mar picado que espanta a los bañistas y que nada puede hacer contra la naturaleza de las corrientes agitadas que confluyen en él. «Nunca aceptamos a tu madre.» «La presencia de ustedes fue una imposición en mi vida.» «No puedo querer a los tíos que tú quieres porque ellos se portaron mal con mi mamá y cerraron filas a favor de la tuya.» Eso dice Fermín. No hay de por medio agresión, sino una parquedad a la que yo mismo le he pedido que se remita. Esta vez no quiero que me trates como a un hermano menor, no quiero que me protejas, no quiero que me cuides, no quiero que me prives de nada que tenga que saber. Adelante, habla. Eso le pedí. Y funcionó. Y me atuve a las consecuencias.

* * *

Otro día voy a visitar a mi hermana Estrella. Voy la mañana en que me invita a tomar el desayuno a su departamento de La Molina. Nada más entrar advierto velas aromáticas colocadas en puntos estratégicos, varillas de incienso por doquier, un ejército de elefantes en miniatura con la trompa mirando hacia la puerta, búhos de la buena suerte y una vasija con cuatro limones que, mi hermana me explicaría después, capturan las malas vibraciones que pudieran filtrarse dentro de la casa. Aunque no sé nada del *feng shui,* me da la impresión de que los muebles están dispuestos según el orden holístico de esa filosofía. Sobre una de las paredes hay una imagen de Hunab Ku, el dios creador maya. Mi hermana cree en ese dios y es capaz de leer el calendario de los mayas y advertir con un alto grado de acierto las energías que rigen el universo. Ella le enseñó a leer ese calendario a mi hermano Facundo. Por ambos sé que mi sello solar es la Tormenta, lo que quiere decir que soy inquieto, libre, amistoso y enérgico, aunque esa parezca más bien la descripción de un conejo. Antes me burlaba en silencio de sus creencias, las juzgaba burdas o esotéricas. Ahora me intereso en ellas eventualmente. O convenidamente. Cuando noto que las cosas no salen bien, los llamo para indagar cuándo empieza el ciclo del siguiente sello —la Mano, la Serpiente, el Guerrero, etcétera— y cuál es la actitud que ese sello demanda de las personas. Así como se hacen consultas climatológicas al hombre del tiempo para planear el fin de semana, a veces recurro a mis hermanos místicos para que me den sus pronósticos espirituales y saber a qué atenerme. Estrella es locuaz y expansiva. Es como un río manso o como un río cansado de su cauce. No tiene la destreza analítica de Fermín ni la intelectualidad de Melania, pero por lo mismo su relato de las cosas incurre en magníficos detalles sentimentales. Por momentos, me aíslo de lo que dice y me detengo en sus ojos, dos expresivas farolas verdes sobre las que parece haberse derramado un jarabe triste; entonces pienso que en el mundo hay pares de ojos —como los suyos o los de mi padre, acaso los míos— que fracasan al intentar disimular su melancolía. Todos los ojos humanos en algún momento fracasan, pero hay algunos que fracasan más. Así son los ojos de Estrella. La oigo contar la historia de amor de sus padres a partir de memorables escenas escogidas de su infancia y de la vida hogareña que atestiguó. Pareciera que hablara de una película y no de la vida, o de la vida en esos escasos instantes en que parece de película. Aunque su narración es evidentemente sesgada y va acompañada de opiniones que me dan cierta lata, creo lo que dice, porque ella también es la segunda hermana de tres y comparte conmigo, o yo con ella, ese mismo ángulo de visión desde el cual los sucesos se aprecian con distancia y ventaja. Ella también es del medio. Ser del medio es ver la vida familiar desde una butaca privilegiada. Además, la quiero porque ambos arrastramos un fecundo historial de enfermedades, desde varicela viral, paperas, sarampión y asma hasta claustrofobia y sonambulismo. Eso nos une. Estamos unidos por el padre, por nuestra vocación enfermiza y porque el nacimiento de ambos fue una emergencia: los dos nos enredamos con el cordón. Cuando su madre, Lucila Mendiola, llegó a la maternidad, el médico, un doctor improvisado, revisó la situación y dijo frescamente: «Garantizo la vida de la madre, no la del bebé». Mi padre lo miró con odio y le contestó: «Si no garantiza las dos, yo no garantizo la suya».

Esta mañana, mi hermana me muestra cartas, fotos, notas, una completa papelería que documenta y sostiene su versión acerca de lo mucho que sus padres se adoraron. Habla de ellos como de un hombre y una mujer que nacieron para unirse. En cambio, cuando describe la relación de su padre con mi madre se refiere a una historia llena de equívocos, de decisiones inmaduras e incorrectas, de engaños, confabulaciones y bloqueos nefastos en los que colaboraron terceros. Me duele que Estrella no le conceda una mínima oportunidad al amor de mis padres, que no contemple la posibilidad de que su padre y mi madre quizá simplemente se enamoraron. Su parcialización es lógica, tiene derecho de contar las cosas de ese modo, pero no puedo evitar sentir algo de pena al advertir que, en su lectura, lo ocurrido entre el Gaucho Cisneros y Cecilia Zaldívar parece el producto de una cadena de traspiés que pudo o debió ser interrumpida. Me pregunto cuántas personas amigas suyas habrán tenido ese relato como única fuente, y me pregunto también cuántas fuentes busca uno para destejer la maraña de historias íntimas que nos rodean.

Después de que papá muere, me dice Estrella, se cometieron muchas injusticias. ¿Como cuáles?, le pregunto mientras pongo a arder un palito de incienso. El sable de papá que te dieron durante el entierro le correspondía a Fermín por ser el hijo hombre mayor, me dice. Sus palabras me llevan a la mañana del entierro, en el momento en que un oficial del Ejército me entrega el quepí y el sable de mi padre. Recuerdo que cargar esos objetos me obligó a tener las manos ocupadas cuando yo solo quería cubrirme con ellas el rostro deformado por el dolor. Y en las notas que anunciaban el sepelio, continúa Estrella, pusieron a tu madre como si fuese la viuda y todos sabemos que la viuda no era ella sino mi madre. Sí, pienso después, quizá esos obituarios debieron ser más específicos y legalistas y razonables

158

y consignar la verdad: que Lucila Mendiola era la viuda oficial del general Cisneros y que Cecilia Zaldívar era solamente la mujer que él amó hasta la muerte, la mujer a la que confió sus últimas palabras, la mujer que le cerró los ojos.

* * *

Al día siguiente de visitar a Melania en París, aún con sus palabras raspándome el cerebro, fui a buscar el edificio donde vivimos casi dos años, en la arbolada y empinada Saint Cloud, al oeste de París, cerca del Sena.

Mis padres, mi hermana Valentina y yo nos mudamos allí en junio de 1978 para que mi padre se hiciera cargo de la agregaduría militar. Él ya era general de división y, luego de haber sido ministro del Interior, le correspondía uno de los cargos más altos dentro del Comando Conjunto o quizá alguna otra responsabilidad política. No obstante, tuvo una discusión personal con el presidente Morales Bermúdez luego de la cual fue puesto contra la pared: o se retiraba del Ejército o aceptaba ya sea la agregaduría militar en Francia —un cargo diseñado para generales de brigada— o la representación peruana en la Junta Interamericana de Defensa, en Washington. Morales Bermúdez, dejándose llevar por asesores interesados, creía que un triunvirato compuesto por el general Cisneros, el general Arboleda y el almirante Cantoni quería derrocarlo. Le decían que conspiraban contra él todas las noches en el auto del Gaucho y que era precisamente Cisneros quien pretendía ungirse presidente.

Al estar sometido a una doble presión, la de los partidos políticos que le exigían que convocara elecciones de una vez y la de cierto entorno militar que no veía con buenos ojos apurar la vuelta a la civilidad, Morales se llenó de inseguridad, recordó que mi padre había colaborado con él para derrocar a Velasco cuando los comunistas se habían infiltrado en el Gobierno, recordó asimismo el amotinamiento en contra de él, liderado por el general Centurión solo dos años antes, y entonces se asustó, dudó de la lealtad del Gaucho y consideró que era mejor tenerlo un tiempo fuera de su círculo de influencia. Amigos de mi padre afirman que fue víctima de una cobarde conspiración, y mencionan como artífice de esa maniobra mezquina al general Omar Merino Panucci, un instigador, un envidiosillo con cara de vampiro a quien su promoción apodaba Pichiruchi.

Esas versiones, sin embargo, donde mi padre aparece como el gran perjudicado, contrastan con lo que me diría el Zambo Garcés la Nochebuena en que por fin logré convencerlo de que habláramos sobre lo que sabía. El Zambo Garcés trabajó durante años en nuestra casa, creció con nosotros y pasó varias madrugadas conversando con mi padre y también oyéndolo cuando llegaba mareado por los tragos y se sentaba a monologar, a expectorar secretos del Ministerio del Interior, como si estuviera bajo los efectos de un suero que lo hiciera decir la verdad. Mi padre estimaba al Zambo: lo había llevado a la casa de mi abuela Esperanza cuando apenas era un soldado novato para que ayudara con los trajines domésticos. Desde entonces se mostró trabajador, voluntarioso, y se ganó la confianza unánime de la familia. Con los años lo adoptamos como hermano mayor y cómplice: Valentina y yo le pedíamos que firmara nuestros exámenes con notas jaladas o que dijera mentiras que de alguna manera nos beneficiaban o que nos acompañara a lugares adonde no debíamos ir solos.

Mi padre le contó al Zambo muchas cosas que quizá no contó a nadie más. Se las contó porque necesitaba decirlas, meditarlas en voz alta, darles forma, y porque sabía que en los oídos prestos y compinches del Zambo Garcés toda información comprometedora se desintegraría automáticamente. Los oídos de Garcés eran como esas máquinas destructoras de oficina que convierten los documentos más confidenciales en ridículas tiritas de papel.

Años después, en casa de mi madre, estaré sentado al lado del Zambo compartiendo la Nochebuena. Devoraremos un pedazo de pavo y tomaremos un trago, aunque en rigor él solo tomará té porque desde que se convirtió al mormonismo dejó la vida alcohólica que llevaba antes y no hace concesiones ni en feriados. El Zambo me contará que una madrugada mi padre, de regreso del Ministerio del Interior, le confesó que él mandaba interceptar las comunicaciones de los principales políticos del momento y que ordenaba seguimientos diarios, entre otros, al propio presidente Morales Bermúdez.

«Al cojudo de Morales lo tengo cogido de las bolas», le dijo mi padre al Zambo Garcés una noche de 1977, mientras se administraba un vaso que no se puede precisar si era de whisky, vino o coñac, o quizá haya sido solo una taza de café negro. Pero esa expresión —«lo tengo cogido de las bolas»—, tal vez porque lo llevó a recrear involuntariamente la imagen grotesca de Morales desnudo, con los testículos aprisionados en el puño de mi padre, es un recuerdo diáfano en la memoria de Garcés. El Zambo me dirá todo esto conteniéndose, como guardando para sí datos que no se atreverá a revelar, datos duros y pesados que él mismo, a pesar de todos los años transcurridos, no ha terminado de procesar o de entender; y yo me retiraré a dormir, en medio del estallido cada vez más lánguido de los fuegos artificiales, con la sensación avinagrada de no haber conocido del todo a mi padre, de que durante los años que lo tuve cerca sus zonas más oscuras, densas y temibles permanecieron siempre lejos de mi alcance, inaccesibles por completo, ubicadas al margen de mi conocimiento adolescente del mundo.

Mi padre aceptó irse a Francia para no darles gusto a sus adversarios militares que querían interrumpir abruptamente su carrera. «No pises el palito, Gaucho», le aconsejaban sus más íntimos. Él hizo caso y se fue a París, y nosotros con él. Su enojo con el presidente, sin embargo, tardó en desvanecerse. Mi padre sentía que lo habían mandado a un deshuesadero, un exilio involuntario, y así se lo hizo saber a todo aquel que lo buscaba en su pequeña oficina dentro del Consulado General del Perú, en la Rue De l'Arcade. Hasta ahí llegó, por ejemplo, Julio Ramón Ribeyro, arrastrado por la curiosidad de conocer a ese general que había llegado de Lima con fama de hablar fuerte y claro. Con Ribeyro mi padre compartió varios cafés en las apiñadas *brasseries* de la avenida Kleber y no pocas caminatas por la calle Copérnico hasta la plaza Victor Hugo.

Y yo ahora me muevo por las calles de Saint Cloud con un bolo de ansiedad enquistado en la boca del estómago. Quiero ver la casa donde viví con mis padres y mi hermana aquel año. Mi sobrina Luciana se ofreció a acompañarme y aquí estamos, caminando, revisando un mapa, compartiendo uno, dos cigarros de hachís. Subimos unas escaleras de piedra y de repente, al cabo de unos minutos, damos con la dirección que buscaba, el número 17 de la Rue Dantan. Este es el condominio donde vivimos entre 1978 y 1979. Desde la entrada puedo divisar el edificio y hasta reconocer el departamento que ocupamos en aquella época. Todo luce más encogido.

He traído conmigo una foto en la que mi madre, Cecilia Zaldívar, aparece a lo lejos saludando desde la ventana de su habitación. Es una foto abierta, panorámica, seguramente capturada por mi padre a pocos días de habernos instalado. Mi madre es un punto, una silueta microscópica. Entre ella y el lente de la cámara se aprecia un bosque de árboles crispados, una malla metálica, una desordenada alfombra de hojas secas, un pedazo romboide de cielo. El bosque, las hojas y el cielo continúan. La ventana también. La malla, en cambio, ha sido reemplazada por una reja más moderna y segura.

No hay nadie que atienda, le digo a Luciana, va a ser difícil que entremos. Por la quietud, por el tipo de enrejado de la cuadra, por el orden de los alrededores comento que el barrio parece ser muy conservador. Luciana asiente y corrobora mi impresión. Este, me instruye, es el barrio más ultraderechista de todo París, a dos cuadras de aquí, en la Rue Vauguyon, está la sede del apestoso Frente Nacional, y cinco cuadras más allá está la casa de su fundador, el viejo repugnante Jean-Marie Le Pen. ¿Lo ubicas? Algo, contesto. Es un fascista, un troglodita que cree que debemos volver al régimen de las colonias. ¿Tanto así?, le pregunto. ¡No sabes lo que es Le Pen!, se enfurece Luciana. ¡Está en contra de los inmigrantes, en contra de los comunistas, en contra de los judíos, en contra de los homosexuales, en contra de la distribución de métodos anticonceptivos, en contra del aborto voluntario, en contra del igualitarismo, en contra de la prohibición del burka en lugares públicos, en contra de la globalización y hasta en contra del euro!

Escucho el *in crescendo* de su indignación y pienso que Luciana es igual de política y socialista que su madre, mi hermana Melania, y la imagino rapeando sus temas incendiarios en el escenario de esos bares oscuros del *underground* parisino, donde se ha hecho conocida, y me siento de algún modo orgulloso aunque yo no haya influido en su mentalidad, mucho menos en su talento.

Puesto al tanto del carácter huraño del vecindario, advierto que no nos dejarán acercarnos a la propiedad y me resigno a ver nuestro departamento desde la calle. Luciana, más calmada, me escucha y me pregunta por qué sigo refiriéndome al departamento como «nuestro departamento», como si todavía lo habitáramos, como si estuviésemos en 1978 y no en 2012. Entonces juego en silencio al túnel del tiempo e imagino que veo salir del edificio a mi familia, esa joven familia recién llegada del Perú, tan cargada de optimismo, tan impecablemente feliz, tan decidida a sortear el día a día con su pésimo francés. Imagino que esos esposos pasan a mi costado, que los sigo a través del barrio, pisando las hojas muertas de la calle Eugénie, mientras llevan a sus dos hijos al parque que es casi una reserva natural, o a la iglesia de San Clodoaldo frente al Ayuntamiento, o a la florería Le Chapelin Fretz, o al internado escolar. No veo pero imagino que veo a esos niños pidiendo acercarse a los escaparates de Le Bon Marché, donde venden unos autitos metálicos de colores, y luego exigiendo entrar en los mercados ambulatorios montados en los alrededores de la plaza central. No veo pero imagino que veo a esa familia pasear un sábado por las fuentes o piletas o piscinas del palacio de Versalles, visitar el museo del Hombre en la plaza del Trocadero e internarse en auto a lo largo de los ocho kilómetros de la reserva africana del zoológico de Thoiry, donde los monos, leones y jirafas los miran con cautela y ferocidad. No veo pero imagino que veo a esa familia en todas partes y me pregunto qué ocurriría si me acercara a ellos. ¿Cómo me presentaría? ¿Les diría que soy su hijo del futuro? ¿Sería pertinente anunciarles lo que vendrá, lo que les tocará? ¿Decirles, por ejemplo, que tendrán un tercer hijo que será pianista y se llamará Facundo? ¿Será buena idea avisarle al padre —mi padre— que se retirará del Ejército dentro de solo cinco años y que un cáncer lo matará sin piedad la mañana del 15 de julio de 1995? ¿Será bueno contarle a la madre —mi madre— que en seis años habitará una casa con jardín en Monterrico, donde envejecerá hermosamente al lado de sus plantas, sus perros y sus nietos, y de la que ya no podrá deshacerse, en la que quedará encerrada? ¿Me creerían? ¿Y qué pasaría si me acerco donde la niña de trenzas que es mi hermana Valentina y le anuncio que estudiará Derecho, que montará a caballo a espaldas de su padre y que se casará dos veces con militares, uno del Ejército, otro de la Aviación? ¿Lo tomaría en serio? Y me intriga la cara que pondría ese niño chimuelo disfrazado de muñeco de nieve, ese petiso llorón que soy yo, que no quiere quedarse a dormir en el internado y pide a gritos que lo lleven a los columpios del parque, qué cara pondría, digo, si le cuento que llegará un día en que estará barbudo y solo en una habitación escribiendo una memoria concéntrica de este encuentro ficticio. Lo más seguro es que el niño se asuste, que me lance una piedra o una nuez, y corra a esconderse entre esas columnas indoblegables que son las piernas de ese agregado militar peruano que es su padre. Quizá lo más prudente sería no acercarme y mirarlos con amabilidad sin decirles nada. Tal vez lo mejor sería que ignoren lo mal que los tratará la vida.

Salgo de mis divagaciones con el grito que pega Luciana cuando aparece un vigilante canoso de nariz aquilina y uniforme policiaco. Por más que insistimos, nos niega el ingreso al condominio. Solo queremos echar una mirada, le decimos, pero nos ignora como si fuésemos dos ardillas o ratas. No se compadece de mi historia familiar y ni siquiera mira la foto de mi madre saludando por la ventana cuando se la muestro. Luciana le pregunta cómo se llaman los señores que habitan el departamento y el vigilante solo ofrece a cambio un puchero de disgusto. Su reserva es absurda, desproporcionada. Parece un exagente de inteligencia al que han castigado severamente mandándolo a cuidar condominios al otro lado del río. Solo queremos saber el apellido para dejarle una nota, dice Luciana en un francés formal e impecable. *Oui, oui,* acompaño yo. Entonces el hombre separa mínimamente los labios y deja caer tres sílabas. Ma-rre-cau. La familia Marrecau. Enseguida Luciana y yo nos sentamos en la vereda a escribir una nota contándole al señor Marrecau quiénes somos y para qué hemos ido a buscarlo y cuánto nos hubiera gustado conocerlo y decirle personalmente que en su departamento vivió y fue feliz una familia peruana más de treinta años atrás, y entonces le entregamos la nota al vigilante y él se niega a tomarla diciendo que no puede hacerse cargo, que no garantiza que la misiva llegue a su destinatario, y Luciana le increpa su falta de carisma y de voluntad, y el hombre —que debe ser partidario de Le Pen— ya nos está echando a la calle con sus malos modales, ya nos está insultando con palabras que ignoro pero que suenan racistas cuando de pronto un taxi se detiene y de su interior desciende un señor rubio con intenciones de ingresar en el condominio, es un vecino del condominio, y Luciana lo intercepta y le pregunta si por favor podría entregarle nuestra nota al señor Marrecau y el señor rubio toma el papel, lo lee, sonríe y nos dice con calma y sorpresa yo soy Philippe Marrecau, y entonces nosotros reímos o lloramos por la suerte o la coincidencia, y lo abrazamos casi, naturalmente sin que él pueda entender por qué, y aunque nos mira con dudas porque traemos cámaras de vídeo y lucimos, o mejor dicho luzco, como un turista, Philippe encuentra todo muy folclórico o sudamericano y se arriesga a hacernos pasar, y mientras avanzamos Luciana le levanta el dedo medio al vigilante y yo le grito conchatumadre, seguro de que no va a entenderme, con la euforia de quien sabe que está viviendo una especie de rarísimo milagro. Minutos después, en el momento en que Philippe abre la puerta del departamento, me vengo abajo. De la memoria comienzan a brotar violentamente recuerdos que no sabía que tenía dentro y que afloran nerviosos, excitados, como si hubieran estado esperando por años el estímulo correcto: la visión del balcón con macetas, la organización de los dormitorios, la textura del borde de una pared, la luz en las mayólicas de la cocina. Me vengo abajo en serio y me trago las lágrimas como una flema. A pedido de Luciana, Philippe Marrecau nos cuenta algo de su vida —trabaja como ingeniero en una línea aérea, está casado, tiene dos hijos—, pero no consigo escucharlo con claridad, pues mis sentidos aún están revueltos y se anulan o interponen los unos a los otros; luego comenta algo sobre los inquilinos anteriores, los que nos siguieron a nosotros a inicios de los ochenta, y menciona entre ellos al trompetista Georges Jouvin, cuyas melodías escucho ahora mismo mientras escribo su nombre, y entonces —no ahora, sino en aquel instante— tengo la impresión de que el departamento,

166

como todos los departamentos del mundo, tiene una historia que tal vez merezca ser contada porque en sus habitaciones vivieron en distintas épocas tres hombres que no se conocieron jamás, que integran algo así como una fraternidad cósmica y a los que es curioso y divertido imaginar juntos: un ingeniero aeronáutico, un agregado militar, un trompetista célebre, que solo tienen en común el haber ocupado estas habitaciones donde comieron, descansaron, hicieron el amor, trazaron planes, vieron crecer a sus hijos, tuvieron expectativas, extrañaron a alguien y dejaron una parte de sí mismos, y entonces siento que he venido por la parte que le corresponde a mi padre, y me lo tomo como una misión impostergable y voy al balcón a respirar y ver los jardines desde esa ubicación dominante. Antes de despedirnos de Philippe, Luciana baja a la primera planta, sale al bosque de árboles crispados y desde allí me toma una foto idéntica a la foto de mi madre. Entonces doy por culminada la visita y le doy las gracias al señor Marrecau en un francés deplorable y lo abrazo en un idioma universal.

Al salir del condominio le propongo a Luciana recorrer el barrio y compartir más cigarros de hachís. Y entonces, paseando por esas callecitas redescubiertas, por ese barrio desenterrado, siento que me reconcilio con mi padre, que si el día anterior, durante mi conversación con Melania, lo había odiado por cómo había hecho las cosas, por el tiempo que tardó en hacer público su romance con Cecilia Zaldívar, por la forma en que sus silencios avivaron el resentimiento de mis hermanos mayores hacia mi madre y hacia nosotros, hoy de pronto siento que no debo juzgarlo, que no soy nadie para juzgarlo, y repentinamente me provoca valorar la vida que nos dio en París, y apreciar que se haya tragado el orgullo y aceptado un cargo menor al que le correspondía, y que haya elegido con inteligencia irse del país. Y pienso en él y deseo ardientemente tenerlo cerca o tan solo verlo vivo, cruzando por la calle de enfrente, desapareciendo entre los friolentos y difuminados transeúntes de Saint Cloud.

7

Mi bisabuelo era un bastardo. Mi abuelo, un deportado. Mi padre, un extranjero. Tres hombres ilegítimos y desarraigados. Tres hombres públicos que defendían su reputación e idiosincrasia, pero en la intimidad, solo con ellos mismos, renegaban de ese origen colmado de silencios. Ignorar primero y enterrar después los detalles escabrosos de su procedencia, y vivir de espaldas a las intrigas de ese pasado común, los condujo a un extravío permanente del que cada uno trató de zafarse a su manera.

Los tres cuidaban su centro. Se protegían. No dejaban su ombligo al descubierto. Sus ruidos y aspavientos públicos eran solo una vía para que no les preguntasen por ese silencio que manchaba su interior como un líquido oscuro que alguien hubiese derramado sobre ellos hace tiempo. Los tres, además, interpretaban personajes. Luis Benjamín era el poeta coronado, Fernán, el precoz director de *La Prensa*. Y mi padre, el ministro duro y represor. Esos eran sus roles y coartadas. Y desde ellos hablaban con el inconsciente propósito de desviar la atención de su biografía familiar. Los tres alzaban la voz constantemente, pero en ellos alzar la voz era solo una manera de callarse. La orfandad, el desasosiego, la falta de raíces más claras los llevaban a querer distinguirse de los demás, a buscar ser reconocidos. Tanta era su inseguridad, tan poco hacían por asumir la realidad de su historia, que acabaron convertidos en hombres públicos para compensar esa soledad que llevaba siglos invadiéndolos. Los tres fueron conocidos pero nunca se dejaron conocer. Los tres estuvieron condenados a irse. Los tres cambiaron a golpes y luego ya no pudieron o no quisieron ser, sino por instantes, los hombres que habían sido. Los tres se convirtieron en sujetos escindidos, obligados a endurecer el pellejo. Y quizá allí se configure el patrón donde está encerrada la respuesta que no busco. Quizá se trata de intentar ser alguien en otra parte, en una geografía que no sea la tuya, en un lugar incómodo. Quizá se trata de irse y cruzar el mar. Borrarse y expatriarse. O tal vez no. Tal vez solo se trata de escribir. Tal vez escribir sea exiliarse. Tal vez este libro sea una discreta forma de destierro.

Mi padre, hoy lo capto, se volvió territorial para no volverse loco. Solo así podía defenderse de aquel trauma que lo perseguía. Había nacido privado de un punto de referencia geográfico al que pudiera denominar su lugar en el mundo. Era peruano y a la vez argentino, y llevaba su extranjería como una mosca atrapada en un corazón de vidrio. Cuando a los veintiún años le tocó ser el primero de los hermanos en hacer el decisivo viaje al Perú, no temblaba de ilusión, sino de miedo. En la carta que escribió a su hermano Juvenal apenas llegó a Lima, el 11 de setiembre de 1947, le dice: «Tú sabías, hermano, porque lo has adivinado, con cuánto temor venía yo al Perú».

Su doble nacionalidad o su nacionalidad indefinida, ese cordón umbilical partido en dos, sumado al exilio de su padre y a la oscura génesis de su apellido atrofiaban cualquier noción de pertenencia. Mi padre lidió con aquello desde la posición más equilibrada que encontró, y desde allí trató de romper los lazos que lo ataban a esa herencia incómoda para la que nunca tuvo palabras ni juicio ni frontalidad. Para evitar ser tocado por esos lastres decidió no mirar hacia otro lugar que no fuera su propio centro. No miento si digo que mi padre solo creía en sí mismo, en el superhombre que estaba convencido de ser, y que todo aquello que escapaba al radio de su entendimiento activaba automáticamente su desconfianza. Como la ciencia, por ejemplo. Por eso, recelaba de los médicos y de sus tratamientos. Cada vez que mi madre le exigía tomar las pastillas que los doctores recetaban, las Amoxil, las Benerva, las Revotril, él decía: «Déjalas en la mesa de noche, más tarde las huelo». Y cuando pudo tratarse el cáncer, desechó las quimioterapias con esa jactancia irreflexiva que luego colaboraría tanto en acelerar su deterioro.

No creía en la ciencia ni en la religión. Nunca rezaba, y las ocasionales veces que acudía a un templo lo hacía con disciplina castrense, sin abrir la boca para repetir los pasajes de la liturgia, jamás para cantar ni comulgar. Iba a misa como quien soporta un castigo y vivía con un aguante estoico el catolicismo que mi madre promovía, como si al hacerlo de ese modo purgara algún pecado o yerro innombrables. Propiamente no era agnóstico ni ateo, sino una piedra inmune a los calores de la fe; su dicho era: «Yo soy mi propio dios». Qué podía haber, pues, detrás de un hombre como mi padre que no creía en nada ni en nadie, que demarcaba tan racional y obsesivamente los límites de su comarca, que fijaba con rigurosidad hitos y fronteras, que vigilaba con celo sus dominios, que controlaba y manipulaba a su mujer y sus hijos, qué podía haber sino rezagos de una orfandad que no era solo abismo geográfico, sino una herida sangrante vuelta costra muy temprano en la vida.

Desde donde yo pude apreciarlo, mi padre quiso para sus hijos, al menos para los menores, algo que él jamás tuvo. Un territorio puntual. Un reducto seguro que fuese infranqueable al ruido exterior. Un fortín donde no se sintiese lo que acontecía afuera, adonde no llegasen los ecos ni estallidos del terror de la guerra que convulsionaba al país. Por darnos ese territorio contrajo deudas millonarias, pero solo así logró construir la gran casa de Monterrico, la más emblemática de todas las que nos albergaron. Habíamos vivido en un departamento alquilado de la calle Aljovín; en una casa asignada por el Ejército en la avenida Grau de

Piura, y como huéspedes en la casa de mi abuela en la calle La Paz, en el barrio de Miraflores, cerca de los abismos de Barranco; pero la de Monterrico fue nuestra casa de verdad, la única casa propia que tuvimos, la del extenso jardín, los árboles y palmeras, la piscina, la doble terraza, la gruta con caída de agua, los patios, los tragaluces. Fue el cuartel de invierno que mi padre levantó para vivir su retiro del Ejército y para que nosotros tuviéramos un mundo privado, un país en miniatura donde nada nos hiciese falta.

En esa casa vivimos a su lado once años. Allí se enfermó, allí tuvo el ataque, allí murió, allí fue velado, allí parece que deambulara todavía. Nunca pasó tanto tiempo en un solo domicilio. Durante su vida en Buenos Aires y durante su paso por el Ejército no había hecho más que saltar de casa en casa, acostumbrándose a la gitanería, la mudanza, a estar siempre listo para salir de donde acababa de llegar. Con Lucila Mendiola y los hijos de ambos vivió en el norte, en Sullana, Las Lomas, Chocope, Querecotillo y luego en Chorrillos, lugares adonde los llevaban las disposiciones del Ejército. Cuando mi padre dejó a su familia, cuando su relación con Lucila se hizo insostenible y decidió marcharse de su lado, vivió un tiempo donde su madre. Entonces Lucila se mudó con sus hijos a una casa de la calle Berlín, cerca del mar. En adelante, Berlín sería también otro emblema, otro nombre cargado de significantes. Cada vez que mi padre iba al almuerzo semanal con mis hermanos mayores, mi madre nos decía «Se ha ido a Berlín», y eso nos bastaba para comprender la situación. En Berlín lo esperaban ellos, pero también Lucila Mendiola, que esos días se esmeraba en decorar la mesa y en colmarlo de todas las atenciones posibles y se enviaba flores a sí misma para ver si despertaba, ya que no los celos, al menos la curiosidad de su exmarido. Otras veces, cuando mi madre discutía por la falta de decisión que mi padre mostraba para doblegar los reiterados pretextos que Lucila anteponía a la solicitud de divorcio, mi madre le recriminaba sus

174

supuestos favoritismos «con Berlín». «Mejor anda y múdate a Berlín», le decía en ciertas noches crispadas en que luego yo ya no podía dormir pensando que al cabo de esa pelea mi padre se marcharía también de nuestra casa y se iría a Berlín, o a otra casa a tener otra mujer y otros hijos que yo seguramente despreciaría. Berlín eran Lucila y mis hermanos grandes. Monterrico éramos mi madre y nosotros, los tres menores. Y aunque mi padre luchó para que sus seis hijos nos sintiéramos parte de un mismo clan, y aunque nosotros, o al menos yo continúo esforzándome para ver en Melania, Estrella y Fermín a mis hermanos de verdad, y a pesar de que muchas veces siento que lo consigo, es decir, que lo conseguimos juntos, y que el cariño fluye real y caudaloso, hay detrás de nosotros, por decisiones que no tomamos y palabras que no dijimos pero que impactaron en nuestra manera de ser y de mirarnos, un mar voluminoso que nos aparta, que nos jala en direcciones opuestas, llevándonos a ser leales, ya no con el océano compartido que es nuestro padre, sino con las desembocaduras que son nuestras madres, a las que vimos desbarrancarse en épocas, modos y dormitorios distintos. Una reinaba en Monterrico. La otra, en Berlín.

La otra gran casa de mi padre fue el Ejército. Pero dentro del Ejército fue un *outsider*. El pájaro exótico en la jaula de los pájaros exóticos. A diferencia de los oficiales peruanos, que habían absorbido el espíritu castrense francés que guía al Ejército de Perú, mi padre tenía formación argentina de inspiración alemana. Ese germen fue determinante para que revistiera de dureza al personaje público en que se convertiría cuando fue ocupando altos cargos. Los años de cadete en Buenos Aires los vivió con hombres que décadas más tarde se convertirían en cabezas de la dictadura argentina y, a la postre, en horribles celebridades, sentenciados públicamente por matar y torturar. Mucho antes de convertirse en asesinos, esos hombres fueron sus amigos. Después también.

∗ ∗ ∗

Mi padre poseía una refinada y persuasiva habilidad retórica que combinaba bien con su vocación docente: a los soldados que comandaba y adoctrinaba, más que rellenarlos de lecciones técnicas, trataba de inculcarles una mística que en él asomaba natural, heredada quizá del general Pedro Cisneros —el más entrañable hermano de su bisabuela Nicolasa, un militar de patillas largas que había perdido el pulgar derecho en la batalla de La Palma, en Miraflores, en 1855—, de cuya existencia apenas si estaba enterado. Un periodista le preguntó en una oportunidad si era militar por vocación familiar y él contestó: «No. Yo soy el único militar de la familia. Por ahí me cuentan que hubo un general Cisneros en la época de la Independencia, pero nada más». A descripciones escuetas como esa se reducía el prácticamente nulo rastreo que mi padre hizo de sus genes y antepasados. Sabía de qué grietas venía, pero jamás quiso ahondar en ellas.

Sus cualidades profesionales, sin embargo, proyectaban una faceta que no necesariamente se condecía con su cosmos más personal. Su yo militar estaba hecho de otras contenciones. Entre los muchos papeles que encontré la vez que me escurrí en el Pentagonito figuraban los informes anuales de eficiencia donde sus jefes inmediatos lo describían en los siguientes términos: independiente de sus actos, personalidad definida, conducta irreprochable, sapiencia profesional, ejemplar en su integridad y disciplina, sincero, leal, afable, de gran confianza, de excelente moralidad, de honestidad intachable, abnegado en el servicio, lógico en sus reflexiones, con acendrado espíritu de iniciativa, gran espíritu de justicia, marcado espíritu de colaboración, puntualidad y exactitud, sobresaliente corrección, elevada cultura general, inteligencia notable, gran rigor para el trabajo, resistencia a la fatiga, don de gusto, pulcritud en el vestir, viril, sano, discreto, fuerte, apto para la campaña.

Firmaban esos documentos algunas de las figuras más respetadas o temidas del Ejército peruano de fines de los sesenta y setenta. Generales como Nicolás Lindley, Tomás Berenguel, Gastón Ibáñez O'Brien, Armando Artola Azcárate, Víctor Helguera, Ernesto Montagne y Francisco Morales Bermúdez, quien luego sería presidente.

Mientras leía los informes pensaba en lo lejos que me ubicaba yo de esas descripciones. Nadie podría referirse a mí utilizando esos conceptos categóricos ni esas combinaciones de sustantivos. Me llamaba la atención aquello de «personalidad definida», acaso porque a diferencia de mi padre yo nunca tuve una manera definida de ser. Bien pasada la adolescencia seguí usurpando personalidades de otros, gestos, palabras, formas ajenas de reír, de caminar, de pensar. Durante más de treinta años, he sido la suma de mis miedos, mis deseos, mis envidias, mis ganas de sobresalir. Ninguna certeza me afirmaba. Apenas aparecía alguien más seguro en mi entorno, yo adoptaba sus modales, sus muletillas, aquello que lo hacía ser quien era. Lo que para ellos quizá eran taras desechables yo las reciclaba como virtudes. Caminaba, reía, argumentaba con materiales de otros. Eso me daba una provisoria fortaleza exterior mientras por dentro mi inseguridad se expandía como la espuma sucia de una playa por la tarde. A veces quisiera tener —debajo de todas las características que me son innatas— una personalidad como la que aseguran que mi padre tenía. Más «definida».

* * *

Después de que mi padre murió, mi tío Reynaldo acopió todos los recortes periodísticos acerca de su vida pública y los aglutinó ordenadamente en diez archivadores.

Allí están los artículos de diarios y revistas que conservan lo que el Gaucho Cisneros dijo y lo que dijeron de él. Son cientos de notas, desde las de 1970, que informan brevemente de sus primeras apariciones como inspector general del Ministerio de Hacienda, hasta los obituarios de 1995. Veinticinco años resumidos en esos álbumes que huelen a guardado y cuyos ganchos de metal tienen manchas de óxido porque por lustros permanecieron metidos en un baúl del sótano de Monterrico, llenándose de moho, polvo y de esos ágiles y brillosos insectos conocidos como pececillos de plata, que caminan veloces con sus largas antenas por el interior de los libros antiguos.

Al leer ahora las noticias protagonizadas por mi padre me doy cuenta de lo poco que sabía de los asuntos en que anduvo metido. No tenía más que una idea panorámica de su actuación durante los Gobiernos de Morales Bermúdez y Fernando Belaúnde, e ignoraba gran parte de ese cúmulo de declaraciones y hechos que lo llevaron a ser polémico y a adquirir fama, poder, admiradores y enemigos. Era un hombre directo en una sociedad acostumbrada a las evasivas y las digresiones. Era frontal, firme, valiente, lúcido, a veces hasta profético, pero también crudo, irresponsable, porfiado, negligente y bocón.

Repasar esa vastedad de notas amarillentas es imaginar a mi padre en una acelerada sucesión de épocas y reconocer algunas de sus marcas imborrables; su ingenio, por ejemplo, que afloraba de inmediato cuando alguien lo retaba. En una ocasión, un tal general Sánchez, que se hacía llamar el Loco Sánchez, quiso entrar a caballo a una dependencia militar sabiendo que estaba prohibido. Mi padre cubría el puesto de vigilancia y al verlo insistir se puso delante del portón y le recordó la norma.

—Disculpe, mi general, pero tiene que desmontar. No puede entrar así.

—¿Usted no sabe quién soy yo? ¡Yo soy el Loco Sánchez, así que ábrame el portón!

—Usted será el Loco Sánchez, pero yo soy el Loco Cisneros y estoy a cargo, así que bájese.

Aquella vez le dieron una semana de rigor por desobedecer a un superior. Pero esos castigos no hicieron mella en su carácter provocador. En 1973, en una nutrida reunión militar en el Palacio de Gobierno, el dictador Velasco le preguntó, con el propósito de incomodarlo o quizá de burlarse directamente de él, si era pariente de ese fulano Cisneros Mattos que aparecía en una relación de presuntos guerrilleros detenidos. Un barullo de risas siguió a la pregunta del presidente. Mi padre respondió: «No lo sé, mi general, pero usted sabe que a los parientes, como a los Gobiernos de facto, no se los elige, se los acepta». Velasco le devolvió una sonrisa de furia y ordenó que el coronel Cisneros no vuelva a pisar Palacio mientras él fuese presidente.

Pero no sería ese incidente o el recuerdo de ese incidente lo que llevaría a mi padre a conspirar contra Velasco años después, sino la convicción de que su mandato era inconveniente por la cercanía que mantenía con el comunismo.

En 1975, un sector del Ejército veía con preocupación la inestabilidad del Gobierno luego de la gran huelga policial de febrero, que fue reprimida con dureza, provocando muertos, heridos, manifestaciones de protesta y una ola de vandálicos saqueos en comercios, mercados y edificios públicos. Había que remontarse muchos años atrás para recordar un caos parecido en la ciudad. El descontento policial persistió sin que Velasco ni ninguno de sus ministros pudiese garantizar que el desorden no fuera a campear una segunda vez. Ante ese cuadro de descontrol, un grupo de generales, almirantes y jefes de la Aviación, entre ellos mi padre, se reunió para tumbar al régimen. Las coordinaciones del complot se hacían todas las semanas en autos, cafés, restaurantes, hoteles, bares, hasta en salas de cine. El golpe se cocinó de marzo a julio y se concretó en agosto, en Tacna. Velasco fue depuesto y el general Francisco Morales Bermúdez asumió la presidencia sin que ello consiguiera despejar la incertidumbre ya cernida sobre la población. Al revés, solo avivó la incomodidad de millones de peruanos que estaban cansados de los militares y que no sabían que iban a tener que soportarlos cinco años más.

En setiembre de 1975, mi padre es el hombre de confianza de Morales, el nuevo dictador. Lo veo en las notas. Se ocupa del Sistema Nacional de Apoyo a la Movilización Social, Sinamos, y se reúne con dirigentes de pueblos jóvenes y parece ser un vehículo de diálogo con los sectores más descontentos con las primeras medidas económicas anunciadas por el Gobierno entrante. Pero ese papel conciliador no dura mucho. Al año siguiente, cuando lo designan ministro del Interior, empieza su transformación: deja de ser un general destacado pero anodino y pasa a convertirse en el Gaucho Cisneros. Su metamorfosis pública coincide con mi aparición en el mundo. ¿Qué habrá representado para él mi nacimiento? ¿Un impulso, un obstáculo, un dolor de cabeza, una ilusión? Mi presencia debió extraer de él una compasión o blandura que no resultaban apropiadas para el personaje rector al que había empezado a dar forma. ¿Habrá visto en mí algún mohín que fuese reproducción suya? ¿Algún rasgo que le hiciese recordar a su padre?

Con la anuencia del presidente, que le da carta libre para actuar y restablecer la tranquilidad en el país, el Gaucho ordena el estado de emergencia en varias ciudades e impone el toque de queda en Lima, impidiendo la libre circulación de las personas después de la medianoche. También prohíbe las huelgas y clausura una docena de publicaciones periodísticas por encontrar que su línea editorial riñe con los propósitos de la Segunda Fase Militar. Como todo aquello trae consigo reclamos sindicales, manda detener a cientos de trabajadores, obreros y dirigentes, y dispone la deportación de los que considera más nocivos. En medio de ese clima de vigilancia y sujeción, se anuncia la llegada del secretario estadounidense, Henry Kissinger. El presidente Morales teme un atentado contra él y le encarga al Gaucho darle la bienvenida en el aeropuerto y custodiar su estadía en la ciudad. Para el general Cisneros aquello no representa una tarea, sino un honor porque es un viejo admirador de Kissinger, quien junto con Margaret Thatcher forma parte de su olimpo internacional. El Gaucho aprecia el estilo con que conduce la política exterior de Estados Unidos y se jacta de haber seguido con más atención que nadie el ajedrez desplegado por él durante la Guerra Fría. Lo considera el verdadero cerebro detrás de Richard Nixon y Gerald Ford, e incluso celebra su intervención directa en la política de países de la región, como Chile, donde ha propiciado la dictadura de Augusto Pinochet, otro de sus héroes o ídolos.

Ese mismo 1976 —pocos días después de pasar por Lima, donde mi padre lo atendió, llevándolo a almorzar al Suizo de La Herradura y a tomar piscos sours al bar del Salto del Fraile—, Kissinger viajó precisamente a Chile para reunirse con Pinochet en La Moneda y decirle «en los Estados Unidos tenemos simpatía por lo que usted está tratando de hacer aquí. El Gobierno anterior (el de Salvador Allende) iba en la dirección del comunismo, y yo pienso que no tenemos por qué permitir que un país se haga comunista solo por la irresponsabilidad de su gente. Nosotros le deseamos lo mejor a su Gobierno, deseamos que sea próspero, queremos ayudarle».

También por esa época el Gaucho fue a Santiago a reunirse con Pinochet. Tengo en casa las fotos en blanco y negro de ese día: una en primer plano donde ambos, Pinochet más alto, se miran, se saludan, estiran los labios y establecen una muda complicidad militar. En las otras fotos, más abiertas, se los ve conversando en los sillones aterciopelados de La Moneda. En la portada del diario *Últimas Noticias* del día siguiente se destacaron tres notas: las huelgas de hambre de los familiares de los detenidos y desaparecidos; la decisión del Gobierno chileno de prohibir la importación de los libros de García Márquez, Vargas Llosa y Cortázar; y la presencia en el país del ministro del

Interior del Perú, el general Cisneros Vizquerra, quien «se excusó de referirse a las materias que abordó durante la entrevista que sostuvo con el general Augusto Pinochet».

No es fácil saber ni decir ni escribir que mi padre admiraba a tipos como esos. En el caso de Kissinger incluso podría decir que no solo lo admiraba, sino que hasta lo imitaba, celebraba su *modus operandi* y todo lo que había en él de conspiratorio,ególatra y manipulador. Kissinger, como mi padre, o mi padre como Kissinger, era amante de los secretos, actuaba a escondidas, pinchaba los teléfonos de políticos, periodistas y de sus propios asistentes para saber si estaba siendo infiltrado. El mejor afrodisiaco es el poder, decía Kissinger. Mi padre no lo decía, pero podría haberlo dicho sin que sonara falso.

De haber estado vivo mi padre cuando el criminal Kissinger cayó en desgracia luego de que fueran desclasificados los documentos que probaban la participación estadounidense en las matanzas y torturas ocurridas en Chile, seguramente habría condenado públicamente el juicio contra su amigo Henry. A renglón seguido habría criticado también la detención de Pinochet en Londres por parte de los agentes de Scotland Yard, enfatizando eso que le oí tantas veces: «Si Chile está como está es gracias al general Pinochet».

* * *

Hacia fines del verano de 1976, reconcentrado en los líos internos, el ministro Cisneros reemplaza a los directores de varios medios de comunicación y, luego de pactar con los nuevos un compromiso de buena conducta, permite que circulen con libertad el semanario *El Tiempo* y las revistas *Oiga, Caretas, Equis* y *Opinión Libre*. Empiezan a tejerse rumores acerca del cierre de la revista más izquierdista del país, *Marka,* pero él los desmiente en televisión. «Si quisiera clausurar *Marka,* ya lo hubiera hecho. Además, no queremos silenciar a nadie, los comunistas también tienen derecho a trabajar.» En esa conferencia, como en tantas otras durante su presencia en los medios, soltaría frases que incluso para el agitado contexto de un Gobierno duro como el de Morales Bermúdez sonaban tremendas y no poco descaradas.

Si voy a poner en libertad a los detenidos cada vez que me lo pidan, todo el mundo estaría en libertad. Ustedes los periodistas saben que están prohibidas las reuniones sin permiso de la autoridad, las huelgas y paros. Quien lo haga contradiciendo las leyes pagará las consecuencias. Para eso hemos puesto el toque de queda. El toque de queda es beneficioso porque la población necesita ser disciplinada. Además, es una medida que ha sido bien recibida por las esposas, porque ahora todas las jaranas de sus maridos terminan temprano [...]. Y por ahí he escuchado decir que los muertos durante la vigencia del toque de queda pasan de un millar. Eso es completamente falso. No deben pasar de la docena.

Esa soltura con la que mi padre hablaba de detenidos y de muertos —soltura que ahora me soliviantaba, pero ya no me desconcierta— provocaba que a la izquierda más radical de los setenta le repugnara y lo tuviera como una figura ubicada en el centro del eje del mal. En las fotos que acompañan esas notas se ve que el general Cisneros es muy consciente del poder que ostenta. Su comportamiento gestual lo delata. Atiende a los periodistas en el aeropuerto o al final de ceremonias con un cigarro en la mano, la otra en el bolsillo, los lentes ahumados, el mentón alzado. Contesta las preguntas más espinosas sin ambages, a veces con pedante frialdad, a veces con elegante ironía; y habla de la mano justa y previsora del Gobierno; denuncia la infiltración de la ultraizquierda en centros laborales y exige que no se confunda la libertad de expresión con la acción subversiva.

Por esos días se intensifican las revueltas callejeras en que participa mi hermana Melania junto con los líderes de las federaciones universitarias. Por esos días, ante las denuncias de tortura a estudiantes, se produce esa tirante discusión en la oficina del despacho del Interior entre el ministro y su hija mayor, quien luego tomaría el primer vuelo a París para escapar del Perú y de su padre. Por esos días yo paso el tiempo metido en una cuna en el departamento de la calle Aljovín, donde vivo con mi madre y mi hermana Valentina, de dos años. Allí esperamos todas las noches la llegada de mi padre, ese señor uniformado que aparece en la televisión y que cada mañana, luego de besarnos, apenas cruza la puerta, se convierte en un villano popular.

Hay grupos interesados en provocar malestar, explica mi padre a los periodistas gobiernistas, subrayando que es mentira que el Gobierno torture a los encarcelados. También anuncia, para apaciguar a los sindicatos, que se otorgarán amnistías e indultos humanitarios a algunos de los detenidos y se suspenderán los juicios de otros. Las heridas abiertas con la prensa opositora, en cambio, siguen sin cicatrizar. El Gaucho dispone una segunda oleada de clausuras y cierra las revistas *Caretas, Oiga, Gente* y *La Palabra del Pueblo* por faltar al compromiso de no agraviar al régimen. Por las mismas razones suprime la circulación de *Momento, Opinión Libre, Equis, ABC, Amauta del Mar, El Periodista, Unidad* y hasta del semanario humorístico *Monos y Monadas,* este último porque «afecta los valores de la población». Algunos directores se asilan en embajadas y luego se exilian en Panamá, México o Venezuela, hartos de ser perseguidos por agentes de Seguridad del Estado y del servicio de inteligencia del Ejército, y de recibir un tipo de escarmiento nunca visto en el país: el secuestro de parientes que nada tenían que ver con la política y que de repente desaparecían por dos o tres días y eran conducidos a oscuros depósitos dentro de instalaciones de la Policía de investigaciones.

Hace unos meses busqué a uno de esos exdirectores periodísticos y le pedí encontrarnos en un café para que me contara lo que recordaba de esos años. Más que su testimonio me impresionó la manifestación de las huellas del trauma: miraba a los lados a cada minuto como si alguien nos espiara desde alguna mesa vecina, observaba a los mozos con desconfianza, reaccionaba de inmediato al ruido de un cuchillo caído contra el suelo.

«Esos señores buscan asilo porque la conciencia los acusa», decía el Gaucho, obviando los hostigamientos selectivos que él mismo ordenaba. Una tarde, el trajinado periodista Enrique Zileri, luego de encarar a mi padre en una conferencia, recriminándole su conducta abusiva con los medios de prensa, no regresó a su casa. «¿Dónde está Zileri?», le preguntan a mi padre desde las carátulas de los quioscos durante los siete días que dura la desaparición. El general Cisneros leía esas carátulas desde su despacho del Interior, mientras en el tétrico sótano del Ministerio, en el suelo de una de las tres jaulas que había mandado construir, Zileri lanzaba gritos exigiendo vanamente su libertad.

Para el segundo semestre de 1976, el general se olvida de corretear a la prensa ante la aparición de una organización terrorista denominada Ejército Popular Peruano, vinculada a grupos universitarios. Los voceros de la izquierda afirman que se trata de un invento del ministro Cisneros para justificar persecuciones ideológicas y distraer a la opinión pública de la rampante crisis económica y de la brutalidad del régimen. El general acalla esas acusaciones mostrando el material propagandístico incautado en las universidades intervenidas, entre el que destacan unos cuadernos escolares donde se detallan los planes de secuestros a personalidades militares y civiles, y hasta se registran fechas para atentados a instituciones públicas y privadas. Tras un segundo ingreso a los campus universitarios para desbaratar los restos de la supuesta guerrilla en formación, el ministro ordena la detención de un centenar de dirigentes y otro tanto de políticos.

«Cisneros quiere implantar un pinochetazo», titulan los periódicos. «Hay una ley de emergencia. A todo aquel que no cumple esa ley, yo lo detengo, eso es todo. Si quieren hablar de represión en el Perú, digamos que hay una represión selectiva», reconoce mi padre en una entrevista en la que también pide a los padres de familia cuidar a sus hijos, aunque sin precisar de quién: si del nuevo terrorismo urbano o del Gobierno militar.

Esos son días angustiantes en los que ni el propio Ejército escapa a los conflictos internos. Un rezago de oficiales identificados con el expresidente Velasco está a punto de ascender y copar los altos mandos, lo que alarma al sector más conservador de las Fuerzas Armadas. Una madrugada, el general Centurión, enemigo de la facción velasquista, se atrinchera en un cuartel haciendo conocer su rechazo a los oficiales de tendencia comunista que pretenden dirigir la institución. Durante las cuarenta y ocho horas que dura el amotinamiento se rumorea por toda Lima la inminencia de un conflicto civil. Por las avenidas de Chorrillos, los tanques verdes o marrones van y vienen como una lenta manada de rinocerontes blindados. La escasa información lleva a los limeños a pensar que se trata de un golpe contra Morales Bermúdez. El general Centurión se entrega solo después de negociar el retiro definitivo de los generales izquierdistas del Ejército. El Gaucho es parte de la delegación que intercede para sofocar la sublevación lo más pronto posible y no poner en riesgo la continuidad de la revolución militar.

Una semana después de ese motín mi padre concede una entrevista telefónica al diario *Excélsior* de México. «Nuestro plan de gobierno es de unos seis años, luego de ese período recién estaríamos pensando en una transferencia de poder», le dice al reportero. Además, adelanta que los militares piensan formar un movimiento político, una plataforma que agrupe a empresarios y profesionales para participar en las futuras elecciones. ¿Qué seguridad tiene el pueblo peruano de que ustedes cumplirán su palabra de entregar el poder?, le pregunta el mexicano. «Que estén tranquilos todos. No nos quedaremos un día más de lo estrictamente necesario.»

El presidente Morales Bermúdez, luego de revisar un ejemplar de *Excélsior* con la entrevista publicada a doble página, acompañada de una foto enorme en la que mi padre aparece de perfil, envuelto en el humo del puro que cuelga de su boca, arroja el periódico sobre el escritorio, da ocho pasos hasta el bar con ruedas de su oficina, destapa un etiqueta roja y agita la botella sobre el vaso hasta calcular tres dedos de whisky. A continuación, decide bajarle las revoluciones a Cisneros y restarle el exagerado protagonismo mediático que ha cobrado. En una reunión de fin de año, Morales le pide a su ministro del Interior que se olvide de las entrevistas y se dedique únicamente a conversar en privado con los líderes de los partidos para ir afirmando el terreno para cuando toque convocar a elecciones.

Todo el verano de 1977, mientras nosotros dilapidábamos los fines de semana en la hacienda de un tío, una hacienda llamada Pariachi, corriendo entre cañas de azúcar y algarrobos, viendo jaurías de dóberman y pastores alemanes disputarse salvajemente los trozos de comida que les arrojaban los mayordomos, aprendiendo a nadar en una piscina oscura que parecía un insondable depósito de agua en cuyo fondo mohoso, estábamos seguros, habitaban animales raros y venenosos de cuyo contacto había que escapar levantando los pies bajo la negrura del agua, mientras estábamos allí haciendo aquello, mi padre, el ministro, dejaba su auto y tomaba una de las camionetas de mi tío para despistar a los periodistas y luego se internaba con ella por el campo hasta dar con las villas y casonas bucólicas donde lo esperaban los máximos dirigentes del APRA (Partido Aprista Peruano), de Acción Popular y del Partido Popular Cristiano.

Mi padre repitió la operación varias veces durante ese verano. Pero no fue a lo único que se dedicó, también se dio tiempo para recibir a uno de sus mejores amigos argentinos, Roberto Viola, general de bigotes blancos, a la sazón jefe del Estado Mayor del Ejército de su país, quien llegó a Lima en visita oficial. Mi padre ofreció un almuerzo para su invitado en el exclusivo balneario de Santa María y mandó cerrar el club Esmeralda para unas cuarenta personas, entre altos oficiales peruanos y agentes de Seguridad del Estado.

Mi padre y Viola pasean bajo el sol en trajes blancos, charlan al borde de una piscina, brindan en nombre de sus Gobiernos. Eran los meses, los años en realidad, del esplendor terrorista y de la represión militar en la Argentina. Mi padre recorre con su invitado cuatro, cinco ciudades, pasan revista a diversas guarniciones militares, almuerzan, cenan, beben. En las paradas de esos viajes coordinan lo más importante: la llegada de otro viejo amigo de mi padre, el teniente general Jorge Rafael Videla, quien tenía pensado pasar por el Perú apenas asumiera la presidencia de la nación para contactar directamente a Morales Bermúdez.

—Necesitamos que Videla y Morales hablen en privado. Solo estarían ellos dos, quizá unos pocos oficiales más. Vos desde luego. ¿Habría inconvenientes? —le pregunta Viola a mi padre en un avión de regreso de Arequipa.

—Ninguno, Roberto, déjalo en mis manos. Yo lo hablo con Pancho Morales, coordinamos la agenda y fijamos una fecha.

—Pero ¿vos podés asegurar que no habrá problemas para Videla? Sabemos que en Lima hay montoneros escondidos y nunca falta un hijo de puta con ganas de joder y armar quilombo.

—Descuida. Nosotros sabemos quiénes son y dónde están.

—¿Vos te ocupás, entonces?

—Yo me encargo.

En efecto, se encargó. Para evitar cualquier manifestación de repudio a la presencia de Videla, el general Cisneros ordenó a agentes del Ministerio del Interior ubicar y detener a Carlos Alberto Maguid, un argentino ligado al Movimiento Montonero que se había refugiado en Lima luego de ser vigilado en su país por los paramilitares de la triple A, la Alianza Anticomunista Argentina. Maguid fue interceptado a la salida de la Universidad Católica, donde dictaba clases, y conducido a una estrecha celda de la división de Seguridad del Estado. Allí se encontró con una veintena de militantes de izquierda y algunos dirigentes estudiantiles, detenidos por precaución mientras durase la estadía del presidente argentino en la ciudad.

Videla llegó a Lima la primera semana de marzo. Mi padre lo recibió con un abrazo en el Grupo Aéreo número 8 y puso a su disposición un auto blindado que desocupó el aeropuerto por un portón de emergencia, sorteando a los periodistas que esperaban una declaración. Más tarde lo instaló en una habitación del piso nueve del hotel Sheraton y le hizo llegar una canasta envuelta en papel celofán repleta de licores, paquetes de cigarrillos, cajas de chocolates. Al día siguiente, Videla se reunió con Morales Bermúdez, primero en un salón privado del Sheraton, y luego, por la tarde, en el Palacio de Gobierno. Allí, ante las cámaras de fotos de la prensa, ambos se dieron la mano tras firmar una declaración conjunta donde subrayaban su enérgico rechazo «al fenómeno de la violencia guerrillera». ¿Qué otros temas han abordado durante la reunión, presidente?, se interesó un periodista al iniciar la ronda de preguntas. Videla —esbelto bajo el uniforme, el cabello escrupulosamente acomodado, el bigote boscoso, los ojos color granadilla— se adelanta a contestar. Su voz grave, solemne, de dicción impecable, retumba contra los muros de la sala Túpac Amaru. «Este encuentro ha servido para aportar presencia regional al régimen militar peruano y para consolidar un acuerdo en materia nuclear que tiene como objetivo la construcción y equipamiento del Centro Nuclear de Investigación del Perú.»

No mentía Videla. Había un interés real de los argentinos en explorar y procesar el uranio peruano, ya que se disputaban con Brasil el liderazgo regional en materia nuclear.

Pero lo que no dijo ni podía haber dicho era que también había venido, o que sobre todo había venido a solicitar la ayuda de los militares peruanos en la captura y deportación clandestina de ciudadanos argentinos que se encontraban en Lima y que ellos consideraban peligrosos. A ese pedido los milicos peruanos respondieron con inesperada rapidez y eficacia. Apenas Videla regresó a Buenos Aires, soltaron a los detenidos, pero se dedicaron a vigilar de cerca a Maguid.

Casi un mes después, al recibir instrucciones de Buenos Aires, el ministro Cisneros ordenó secuestrarlo. Dos policías encubiertos siguieron a Maguid por la avenida Petit Thouars y antes de que llegara al cruce con Javier Prado para tomar un bus rumbo a la universidad, lo intervinieron con violencia. No se supo más de Maguid. Su desaparición dio pie a las más diversas especulaciones políticas y periodísticas. Cuando el caso se denunció, se escribieron largas crónicas tratando de resolver el enigma de lo ocurrido; en la mayoría de ellas mi padre aparece mencionado como actor central. Además del rapto, acusan al general Cisneros de impedir la publicación de las cartas con que la esposa de Maguid exigía al Gobierno peruano explicar qué habían hecho con su marido. En una entrevista posterior alguien le toca el tema y el Gaucho responde: «Ignoro el paradero actual de Maguid, pero lo estamos buscando». Para entonces, Maguid ya no estaba en Lima, probablemente ya no estaba en ninguna parte.

Hace poco mandé digitalizar una película de ocho milímetros que pertenecía a mi padre. Era un vídeo del cumpleaños número cuatro de mi hermana Valentina, celebrado el domingo 17 de abril de 1977. Aunque granuladas, las imágenes permiten distinguir a unos cien adultos departiendo en los jardines del Real Club de San

Isidro, viendo a sus niños divertirse con un espectáculo de payasos, bailar al ritmo de una orquesta y hacer cola para doblegar una piñata con un garrote de plástico. Todo bajo una escenografía de globos y serpentinas con los colores y texturas de la época. ¡Que viva la fiesta!, se lee en un cartel. Mi padre aparece en una ronda, al lado de tíos y amigos. Luce un traje celeste, lentes oscuros, el cigarro infaltable, un whisky en la mano. Pero no es ajeno a la celebración: participa de los juegos dispuestos por los payasos y sonríe y se pasa una liga por encima del cuerpo y bebe una botella de gaseosa con chupón de biberón y parte en tajadas la torta de mi hermana y canta el *Cumpleaños feliz* con un entusiasmo y un deleite que muy pocas veces vi en él. Fue sin dudas un padre tierno aquel 17 de abril. Cinco días antes había mandado desaparecer a Maguid.

* * *

El misterio de Maguid se diluye ante los golpetazos de la crisis interna. Comunistas y estudiantes se enfrentan a la Policía y entran y salen de las prisiones. Vuelven a clausurarse diarios y revistas, sobre todo los más críticos, los que más averiguaciones han pretendido hacer sobre lo ocurrido con el refugiado argentino. «Veo arrogancia, desplante y soberbia por parte de los medios de comunicación que no cumplen el pacto de caballeros e incurren en distorsiones. Me preocupa ver qué mal se entiende la libertad de expresión en el país. No nos dejan otra alternativa que la clausura», arguye mi padre ante un reportero de *Caretas*, una de las pocas publicaciones con permiso para circular. En esa entrevista —«Ping Pong con Cisneros»— habla de las denuncias por violación de derechos humanos hechas por familiares de diversos detenidos. «Se han impartido directivas estrictas exhortando a los componentes de las fuerzas policiales a cumplir el reglamento. Yo mismo me he

191

ocupado de repartir cartillas sobre principios humanistas entre miembros policiales.»

Los sindicalistas, los obreros, hartos de los despidos y de la situación económica, anuncian el Primer Paro Nacional de Trabajadores para el martes 19 de julio. Será histórico, vaticina la prensa de izquierda. El Gobierno se pone en guardia. El domingo anterior, el general Cisneros aparece en la cadena nacional, por radio y televisión, leyendo un mensaje a la nación. La voz de mi padre se multiplica en todos los parlantes del país dando forma a un discurso que es sobre todo un ultimátum arrogante. Las advertencias del ministro, lejos de reducir la rabia de los trabajadores, la incitan.

El martes 19, el llamado Martes Rojo, un martes de llovizna, una masa abrumadora se precipita a las calles. Para el mediodía, casi el ciento por ciento de la industria instalada en Lima está paralizado. Los levantamientos se reproducen con éxito en Huancayo, Cusco, Tacna, Trujillo, y pronto se bañan de violencia. En todas las ciudades, los huelguistas apedrean buses, prenden fogatas en las calles, forman piquetes para aislar el centro. El Gobierno ordena reprimir los disturbios, pero estos desbordan la capacidad de la Policía. Las patrullas militares salen a las plazas, ejecutan redadas, clausuran locales sindicales y abren una batalla campal con las turbas.

Al día siguiente, la prensa habla del triunfo de los trabajadores sobre el Gobierno, de los setecientos detenidos que dejó la huelga y de la necesidad de convocar a una asamblea constituyente. La dictadura acusa el remezón y alista el contragolpe. En una sesión de gabinete, el Gaucho Cisneros sugiere una purga para castigar a los trabajadores. Pocas horas después se activa una ley de urgencia para despedir a los promotores del Paro Nacional y a sus principales colaboradores. Cinco mil dirigentes sindicales, entre mineros, pesqueros, textiles, entre otros, son echados a la calle por generar problemas políticos.

Los dirigentes culpan a mi padre de su desempleo y buscan amparo en la prensa, que se convierte en la caja de resonancia de sus quejas. De pronto ya no solo los medios de izquierda critican al Gobierno. Otros diarios y revistas también califican los despidos de arbitrarios en indignadas columnas. Ante esa avalancha de amonestaciones, el Gobierno decide aplicar un acicate al periodismo: la censura previa. A partir de aquel momento todas las revistas, antes de salir a los quioscos, deberán pasar por el escritorio del ministro del Interior.

Mi padre se pasa todas las noches de fines de 1977 evaluando los contenidos de esas publicaciones, haciendo tachones y enmendaduras, mandando ediciones enteras al tacho de basura de su despacho. «Hubo un acuerdo que no se ha respetado. Lo que hacemos ahora es revisar el contenido de las publicaciones antes que circulen, así nos aseguramos de que se cumpla lo establecido. A eso no le puede llamar censura. Como hijo de periodista, hermano de periodista y primo de periodistas, sé muy bien cuáles son los límites de los medios», dice una noche en un canal de televisión.

«El Pueblo exige su renuncia, general», titula el diario *Marka* uno de esos días. «El poder político concentrado en el ministro del Interior es enorme: no concede amnistías laborales ni políticas ni repone despedidos», sustenta el mismo diario en una página. Mi padre toma nota de la crítica de *Marka* y a la mañana siguiente un piquete de milicos se presenta en las oficinas del director para hacer una requisa.

Mi padre está en su momento más canalla. A raíz del Paro Nacional ha buscado demostrar que él tiene las riendas de la autoridad en el país, y ejerce el control sobre casi todos los ámbitos engrosando el número de encarcelamientos; para lo cual echa mano de todas las dependencias policiales, incluso de la agencia funeraria de la Policía de investigaciones, donde los detenidos pasaban días y noches compartiendo el suelo con ataúdes cuyo contenido era mejor ignorar. Las noticias y fotos de 1977 lo dicen con claridad: a los cincuenta y un años mi padre reinaba en el país. Sus amigotes del Ejército y la Policía lo agasajaban cada vez que podían, organizaban almuerzos y jaranas en su nombre, lo invitaban a sus actividades estelares, lo vestían de chalán y sobre todo lo visitaban en su despacho de Interior. Algunos lo quieren de verdad, otros solo lo adulan con abrazos y botellas de pisco y gallos de pelea. Todos se mezclan en esas fotos. El Gordo Mejía. El Chato Vinatea. El Cholo Balta. El Coche Miranda. El Cholo Noriega. El Gringo Correa. El Coto Arrisueño. El Mono Zapata. Los miembros de la Junta Militar y los altos mandos de Investigaciones de 1977: todos reunidos en torno a mi padre en la Hacienda Villa o en clubes de Chosica, apreciando desde un palco bailes con estampas limeñas, exhibiciones de caballos de paso, conciertos exclusivos de Los Morunos y otros artistas desmelenados y antiguos. Hay un vídeo de esos días que también descubrí hace poco. Es la película de una cabalgata liderada por mi padre, que está montado sobre Enfadoso, su caballo isabelo de crines rubias. El Gaucho conduce al animal por los bosques de Huachipa. Es una cabalgata larga, con pascanas, con ritmos marcados, primero al trote, luego al galope a través de chacras y caminos de piedra. Es un sábado de sol o un día cualquiera de sol y todos los jinetes van rumbo al cuartel del Potao, al lado de la plaza de toros de Acho, en el Rímac, cruzando el río y la vegetación, bordeando el cerro San Cristóbal, atravesando una ciudad hecha de barriadas, de buses antiguos, de carteles de Coca-Cola, la chispa de la vida. Y eso es precisamente lo que se impone en los primeros planos de la película: la chispa y la vida de todos ellos. Y mi padre al frente de aquel pelotón, en medio de aquel *western* de los setenta, todopoderoso, oyendo las trompetas de la Policía montada que lo reciben como si fuese el último emperador ecuestre.

***

Algunos analistas, tratando de explicar el proceder del ministro, advierten la posibilidad de un golpe de Estado de Cisneros contra Morales Bermúdez. Su búsqueda de protagonismo, dicen, es parte de una campaña que debe tener por finalidad hacerse con la presidencia de la República. Morales no se queda tranquilo con esos análisis. Con el paso de los siguientes meses la relación entre ambos se resquebraja tan notoriamente que sus discrepancias quedan expuestas en la prensa cuando se tocan casos como el de la infiltración de sindicatos en Ilo, La Oroya y Chimbote por parte de comunistas agitadores. Mientras el presidente Morales se muestra conciliador, el ministro Cisneros no abandona esa dureza que los medios ya juzgan inherente y congénita. Frases como «Yo prefiero tomar al toro por las astas» o «Reprimir subversivos es una responsabilidad dura, pero me gusta» son una invitación a que la prensa persista en su tesis del golpe. El presidente no puede contener a su ministro. Los consejeros del Palacio le piden a Morales Bermúdez que se deshaga de él. Hay días en que Cisneros parece el presidente y por eso algunas revistas se animan a proyectarlo como alternativa. Un editorialista de *Oiga* escribe:

> En medio del clima de agitación y violencia que existe en nuestro país, el ministro Cisneros es el recambio natural de Morales Bermúdez. Si él asumiera el poder en una tercera fase del Gobierno militar, dejaría satisfechos los apetitos de la derecha y los del Fondo Monetario Internacional. Tiene excelentes relaciones con la embajada de Estados Unidos y un poder familiar instalado en lugares claves: su hermano Juvenal es director de *La Prensa* y su hermano Gustavo es el hombre fuerte en la Asociación de Exportadores.

Si hubo un momento en el que mi padre pudo ser catapultado a la presidencia fue ese. Pero volvieron a jugarle en contra sus propias decisiones, algunas oscuras y radicales, como la deportación clandestina de políticos por razones ideológicas. Declaraciones como «Solo si los civiles se portan bien habrá transferencia de poder»; «Yo no apreso a la gente con maldad, sino con firmeza», o «A mí nadie me doblega» se convierten en titulares y terminan por sacar de quicio al presidente Morales Bermúdez, que entiende que, si no actúa pronto, una mañana cualquiera el Gaucho Cisneros vendrá a tocarle la puerta con los tanques para desalojarlo del Palacio de Gobierno. Es entonces cuando decide apartarlo y enviarlo como agregado militar a París por un año.

Al volver de Francia en mayo de 1979, mi padre regresa como jefe de Estado Mayor del Comando Conjunto y en su primera semana en ese nuevo puesto recibe una invitación para asistir a la celebración de la creación del Ejército argentino. Viaja a Buenos Aires y se reencuentra con Videla, con Viola, y al día siguiente, en el edificio Libertador, recibe condecoraciones de manos de todos ellos. La foto aparece en la portada de *Clarín*. «Nacido en Buenos Aires, educado en la Argentina, formado como soldado en el Colegio Militar de la Nación, los últimos treinta y dos años han sido para mí de ausencia física, pero de permanente presencia espiritual», dice mi padre en su discurso.

Ese es el viaje importante en el que vuelve a ver a Beatriz Abdulá. Primero, la cita en el hotel Plaza y luego, un sábado, la lleva al *show* de Susana Rinaldi en un local de San Telmo. El viernes anterior mi padre había ido a ese mismo local y visto ese mismo *show* con todos los militares argentinos. No se lo había querido comentar a Beatriz, pero cuando el mozo se acercó a la mesa de ambos para pedirle que apagara su cigarro porque estaba prohibido fumar, el Gaucho respondió en voz alta, con sorna o soberbia: «Qué raro que esté prohibido. Anoche he estado en esta misma mesa fumando con mi amigo el teniente general Videla y nadie nos dijo nada». El mozo, pasmado, abrió los ojos como si acabara de ver un espectro y con la mano le hizo saber al Gaucho que podía fumar ese y todos los cigarros que quisiese en esa y todas las mesas del local.

La noche siguiente, en el hipódromo de Palermo, se encuentra con otro grupo de antiguos compañeros, entre los que estaban Leopoldo Fortunato Galtieri, de quien había sido íntimo cuando ambos eran cadetes de diecinueve o veinte años; Guillermo Suárez Mason, cuyo sobrenombre en la escuela era Pajarito, y el fraternal Antonio Domingo Bussi, al que ya había visto unos cuatro años atrás, en San Francisco, durante un curso que mi padre aprovechó para falsear por segunda vez su casamiento con Cecilia Zaldívar. Fue precisamente Bussi el testigo principal de aquel matrimonio simbólico. Años después, el día que hablé con mi madre sobre aquel episodio, ella se refería a Bussi y a los otros militares con cariño, ignorando o pretendiendo ignorar qué clase de monstruos habían sido realmente. Todos ellos fueron los represores más brutales de la dictadura argentina, y luego de ser enjuiciados públicamente resultaron culpables de torturas, desapariciones y crímenes de lesa humanidad. Varios fueron sentenciados a cadena perpetua y murieron encarcelados.

—Una vez, tu papá escondió a uno de ellos en la casa —me dijo mi madre una tarde, en medio del restaurante donde nos encontrábamos.

Lo dijo de pronto. Estábamos solos. Como siempre, yo había arrastrado la conversación hacia el pasado y, como siempre, ella, aunque con reniegos teatrales, me seguía la cuerda.

—¿En cuál casa? ¿Nuestra casa? ¿La de Monterrico?

—Sí, en Monterrico. Pero solo fueron dos o tres días —dijo ella, la mirada en el plato, la cuchara oscilando entre los ravioles.

—¿A cuál de ellos escondió?

—A Pajarito Suárez —dijo ella tras demorarse unos segundos. Aunque incómoda, no dejaba de hablar.

—¿No te acuerdas de su nombre exacto? —le pregunté mientras googleaba en el celular la combinación de palabras «Suárez», «militar» y «argentino». Tres segundos después ya no fue necesario que mi madre recordara nada—. Mamá, ¿te refieres a Guillermo Suárez Mason? —le consulté.

—¡Sí, él! ¡Pajarito Suárez Mason! —contestó ella con el alivio de quien libera un hoyo obstruido de la memoria.

—Te tengo una noticia. A este tipo no le decían Pajarito, sino el Carnicero del Olimpo.

—¿En serio? ¿Qué dice en internet?

—¿De verdad quieres saber?

—Sí.

—Aquí dice que fue jefe del I Cuerpo del Ejército argentino entre 1976 y 1980. Que se le conoció como el Carnicero del Olimpo porque fue responsable de uno de los más grandes centros clandestinos de detención. Que durante la dictadura, además del Olimpo, operaron bajo su jurisdicción los centros de tortura de Automotores Orletti, el Pozo de Banfield y La Cacha. Dice que bajo su control actuaba también el batallón 601 de inteligencia del Ejército, destinado a operaciones de secuestro extorsivo. Que fue nombrado presidente de Yacimientos Petrolíferos Fiscales (YPF) y que lo acusaron de adulterar el combustible para financiar operativos de inteligencia y apoyar a los «contras» en Centroamérica, en el marco de la Operación Cóndor. Que a la caída del régimen militar huyó de la Argentina y se estableció en California en 1984. Que en 1988 fue condenado a indemnizaciones millonarias, pero, antes del fin del juicio penal en su contra, el indulto concedido por el presidente Carlos Menem le garantizó la libertad. Que en 1998 la Corte Suprema de Justicia de la Nación Argentina dictó que, a pesar del indulto, se debía investigar su accionar durante la dictadura militar con el fin de esclarecer la «información acerca del destino final sufrido por los detenidos». Que fue acusado también de robar hijos de los desaparecidos nacidos en cautiverio. Que fue encarcelado en el penal de Villa Devoto. Y que murió el 21 de junio de 2005 a los ochenta y un años. Todo eso dice.

Un paréntesis de estupor se abrió entre los dos.

—¿En qué año estuvo este tipo en nuestra casa? —pregunté con asco.

—No sé, en 1990 o 1991, por ahí, estaba perseguido.

Bastó que ella fijara el tiempo del recuerdo para ver a mi padre aparecer en la puerta de mi dormitorio advirtiéndonos a mi hermano y a mí que nadie debía ir a la terraza del fondo durante unos días. Van a hacer unas refacciones eléctricas, explicó antes de que le preguntáramos por qué. «No vayan, ya saben», dijo con el clásico tono mandatorio que llevaban sus órdenes. Bastó esa prohibición para que la terraza del fondo se convirtiese en el objetivo de mis miradas durante las siguientes horas y días. No me acerqué mucho, pues en verdad temía las represalias de mi padre, pero sí recuerdo que una media tarde, al espiar detrás de una cortina, vi la sombra de un hombre desplazarse lentamente entre esas mesas y sillones que yo conocía tan bien. Creí que se trataba del electricista y por eso no insistí en averiguar. No recuerdo ahora su aspecto, pero sí su silueta. Era larga y densa.

Mientras me esforzaba por tratar de darle consistencia al recuerdo de esa sombra, mi madre me interrumpió con un pedido:

—A ver, busca qué dicen de Antonio Bussi —dijo.

—Tu testigo de matrimonio, ¿verdad? —observé mientras digitaba el nombre en el celular.

Ella sintió la ironía de mi pregunta y se metió un bocado entre los dientes.

—Aquí está —le dije. Leí las primeras líneas en silencio—. Escucha bien; este es peor —añadí.

—¿Qué dice, qué dice? —se impacientó.

—Aquí dice que tu querido Antonio Domingo Bussi fue destituido por crímenes de lesa humanidad cometidos durante la dictadura argentina, en la que se desempeñó como interventor de facto de la provincia de Tucumán durante 1976 y 1978. Que fue enjuiciado y encontrado culpable de secuestro, asesinato y peculado. Dice que el informe de la comisión bicameral investigadora de las violaciones de los derechos humanos en Tucumán calificó la gestión de Bussi como «un vasto aparato represivo que orientó su verdadero accionar a arrasar con las dirigencias sindicales, políticas y estudiantiles, que eran totalmente ajenas al pernicioso accionar de la guerrilla». Dice que en la época en que él fue interventor de Tucumán varios abogados, médicos, sindicalistas y políticos fueron asesinados y objeto de secuestro, prisión ilegal, vejaciones y tortura. Dice que Bussi fue el responsable de los desaparecidos de esa provincia. Que se le vio ejecutando con sus propias manos a algunos de ellos, a los que arrojaba a un foso después de pegarles un tiro en la cabeza. Que otros detenidos fueron linchados por él mientras eran interrogados. Que los torturaba dándoles garrotazos con una manguera varias horas hasta hacerlos morir. Y que…

—Ya, para, no sigas —pidió mi madre tapándose la boca—. Con razón su mujer andaba con una pistola en la cartera todo el tiempo y me quería enseñar a dispararla.

No sé si cambiamos de tema, pero sí que nos apuramos en terminar de comer. Durante el camino de regreso ninguno habló en el auto. La música clásica ocupaba el espacio de las palabras. Ahí estaban los acordes de Schubert o Brahms o Vivaldi distrayéndonos. En su cabeza y la mía giraban como cuerpos ingrávidos los mismos pensamientos, las mismas imágenes turbadoras, el mismo fastidio rechinando como tiza en la pizarra. No sabía entonces ni sé ahora qué es más insoportable: que un asesino haya atestiguado y sido parte del matrimonio ficticio de mis padres, o que otro asesino haya ocupado mi casa sin que nadie lo supiera, tocando con sus manos criminales las puertas, paredes y ventanas que yo había tocado antes y tocaría después.

Cada vez que oigo esos nombres, Videla, Viola, Galtieri, Bussi, Suárez Mason, cada vez que pienso en que ellos integraron el criadero militar de mi padre, me pregunto qué hubiera ocurrido si el Gaucho no hubiera venido al Perú a los veintiún años y se hubiera quedado en la escuela de oficiales argentinos; qué papel le habría tocado jugar en esa dictadura, de qué sucias actividades se hubiera hecho cargo, y hasta qué punto hoy su nombre estaría marcado, acaso relacionado con esas matanzas, esos secuestros, esas torturas atroces e imborrables que iban desde la aplicación de la picana eléctrica, la mutilación de miembros y el despellejamiento del rostro hasta esa otra práctica sádica, bárbara y aberrante que consistía en violar a las mujeres para después introducirles ratas vivas en la vagina y obturar el orificio genital para enloquecer al animal, obligándolo a excavar en las entrañas de la víctima. Eso cuando no desaparecían directamente a los detenidos en los «vuelos de la muerte»: los subían a los aviones para arrojarlos vivos al mar, pero primero los torturaban, obligándolos a meter la cabeza en baldes de agua hirviendo o en tachos con excrementos, y luego los sedaban con pentonaval para asegurarse de que estuvieran inconscientes cuando cayeran al agua y empezaran a ahogarse.

Una noche encontré un álbum en uno de los baúles donde guardamos las pertenencias de mi padre después de que muriera. Un álbum rojo, de cuero, en cuya tapa se lee con letras doradas «Obsequio del general de brigada don Ramón Juan Alberto Camps», y que contiene fotografías en blanco y negro de una cena del Ejército celebrada en Buenos Aires durante ese viaje de 1979. En esas imágenes están todos o casi todos los militares que años después serían enjuiciados por genocidas, y en medio de ellos mi padre, agasajado, recibiendo platos recordatorios, diplomas, apretones de mano. En esas fotos mi padre es uno más del grupo. Es uno de ellos. Está vestido con un terno oscuro, igual que ellos, y sonríe como ellos y hay en su mirada un brillo tan peculiar y siniestro como el de los demás. Cuando encontré el álbum quise saber quién era el anfitrión de esa cena, el tal señor Camps. La información que fue apareciendo en internet era contundente. Camps era un torturador profesional, secuestrador de niños, autor intelectual confeso de la eliminación de periodistas molestos y de la desaparición de miles de personas supuestamente vinculadas con movimientos subversivos. A su mando estuvieron adscritas nueve dependencias de la Policía que se convirtieron en centros clandestinos, donde se sometió a los detenidos a toda clase de suplicios y martirios. El conjunto de esas dependencias se hizo conocido como el Circuito Camps. Ese es el sujeto que tuvo la delicadeza de regalarle a mi padre ese aterciopelado álbum de cuero con letras doradas. Cuando viajé a Buenos Aires para entrevistarme con la hija y la hermana de Beatriz Abdulá llevé ese álbum junto con otras fotos que encontré en el baúl, que estaban rotas dentro de una bolsa y que, al reconstruirlas y pegarlas, mostraban a mi padre en compañía de otros tipos vestidos de civil, con cara de cargar no pocos muertos en sus espaldas. Me obsesioné con esas fotos. Quería saber el nombre de cada uno de los que aparecían allí. Una tarde, en una librería de la calle Güemes en Mar del Plata, mientras buscaba libros sobre la dictadura, le mostré el álbum al dependiente. Lo había escuchado hablar con otros clientes y parecía estar bien informado.

—Me gustaría mostrarte unas fotos y que me digas si identificas a alguien —le comenté mientras extraía el álbum de la mochila.

—Dale, cómo no —aceptó, detrás del mostrador. Cuando empezó a ver esos rostros, sus ojos se erizaron.

—Pero ¿por qué tenés esto vos? —preguntó extrañado mirando alrededor, como si lo que revisábamos fuese un material vedado, altamente obsceno o subversivo.

—¿Los reconoces? —dije enfocándome en el objetivo, sintiendo que ese muchacho, que debía ser pocos años mayor que yo, estaba a punto de proporcionarme lo que buscaba.

—Claro que los reconozco —suspiró con pesar o con enojo—. Aquí está toda la patota de torturadores. Los más hijos de puta de este país. Este de aquí es Viola, este es Camps, este es Cristino Nicolaides, este es Reynaldo Bignone, este de aquí sin duda es Miguel Etchecolatz —nombraba y arrastraba el dedo índice por cada una de las caras de los hombres estáticos de las fotografías—. ¿De dónde sacaste esto, pibe? —insistió después clavándome la mirada de frente.

—Se lo dieron a mi padre. Él estudió aquí en el Ejército, con ellos. Luego fue al Perú.

—¿Vive tu viejo?

—No. Ya murió.

—¿Me dejás darte un consejo?

—Sí, claro.

—Escondé esta basura. Que no te la vean. No la mostrés, te lo digo de onda.

Sus palabras me hicieron sentir un cómplice, un apestado. Cuando salí de allí sentí que en la mochila llevaba una carga explosiva y tuve la impresión de que la gente a mi alrededor advertía mi incomodidad. Aceleré la marcha, temeroso de cruzarme con algún policía intuitivo que reparase en los nervios que traía encima y que sentí evidentes como una ropa estrafalaria. Podrían detenerme, pensé, hacerme preguntas y al notarme extranjero seguramente me conminarían a abrir la mochila, y entonces tendría que mostrarles el álbum, el álbum de Camps, el álbum rojo, o más bien negro, y explicarles a los agentes quién era mi padre y cuáles eran mis vínculos con la dictadura argentina.

No le conté al librero ni a ninguna de las otras personas que vieron las fotos después lo que mi padre pensaba de los torturadores. Porque él no solamente los conoció: se formó con ellos, y durante casi cinco años hizo suyas las mismas lecciones e ideas. Por eso, entre 1984 y 1985, cuando se iniciaron los famosos juicios a las juntas militares en Buenos Aires y en La Plata, mi padre escribió en su columna quincenal en el diario *Expreso* una encendida defensa de los represores.

> La sentencia a los militares argentinos, lejos de convertir a los vencedores en vencidos, los ha exaltado a una condición privilegiada, porque constatarán en vida que han dejado de ser personas naturales, y que los nombres de Videla, Massera, Viola, Galtieri y otros más crecerán y se multiplicarán sobrepasando los confines de su patria para alcanzar eco ahí donde haya hombres capaces de seguir su ejemplo para salvar a la patria de esa lacra internacional que es la subversión. Queremos vivir en paz y en libertad. Pero cuando además queremos ser dueños de nuestro destino, no podemos aceptar paz alguna que no esté basada en la libertad. Y la libertad no es un privilegio de los pueblos: es un derecho que hay que saber defender y por el que se lucha sin preguntar cuál es el precio de la victoria. Gracias, amigos, por el ejemplo.

También en 1992 y 1993, cuando en Lima se denunció el secuestro y asesinato, por parte de un grupo paramilitar, de una decena de estudiantes de la universidad de La Cantuta cuya militancia en grupos terroristas no se había determinado con certeza, mi padre recordó en una entrevista cuánto afecto guardaba por sus camaradas argentinos. «Yo soy amigo de los generales argentinos Videla, Viola, Galtieri, y hoy los admiro más que nunca, no porque hayan cometido excesos, sino porque tuvieron la valentía de decir ante los tribunales: nosotros somos los únicos responsables como comandantes en jefe, el resto solo cumplía órdenes. Yo me ufanaría de estar en su lugar porque ellos sí salvaron a su país de la subversión. Lamento enormemente estar en el retiro porque, si estuviera en actividad y yo hubiera tenido alguna responsabilidad en el caso La Cantuta, tenga usted la más absoluta seguridad de que estaría sentado en el banco de los acusados porque yo mismo lo habría pedido, porque esa es la única forma de enseñarles a los subalternos lo que es tener autoridad moral en cualquier nivel de mando.»

* * *

El viaje que el Gaucho hizo a Buenos Aires en 1979 no pasó inadvertido en Lima. En la revista *Equis* apareció un comentario editorial donde se deducía el supuesto objetivo de esa visita: «La corriente autoritaria de la derecha está representada por el general Cisneros, partidario de un esquema político a la brasileña y un método represivo a la argentina. De su último viaje a Argentina habría traído, para aplicarse aquí, el sistema perfeccionado por los hombres de Videla para eliminar a la izquierda».

Eran principalmente las revistas y diarios izquierdistas, aunque no solamente ellos, los que vinculaban a Cisneros con todos los aprisionamientos y desapariciones que ocurrían entonces en el Perú. Y así como su nombre estuvo asociado al secuestro del argentino Maguid en 1977, también lo estaría al de otros tres ciudadanos argentinos en junio de 1980. Mi padre ya no era ministro, pero era jefe del Estado Mayor, tenía más cercanía con la dictadura argentina que cualquier oficial peruano, era imposible que no estuviera al tanto del Plan Motel, esa macabra operación internacional, luego denominada Cóndor, que buscó eliminar al comunismo en ciertos países de Sudamérica con una metodología ilícita y cruel. Mi padre y el ministro del Interior, Pedro Ritcher —mi tío Pedro, al que de chico tantas veces abracé y vi llegar a mi casa y quedarse hasta muy tarde, siempre bien vestido, con un pañuelo alrededor del cuello—, coordinaron las acciones que muchos años más tarde se adjudicaron al Gobierno de Morales Bermúdez.

(Mientras escribo esto en 2014 me entero —es más, me toca dar la noticia en el canal de televisión donde trabajo— de que la justicia italiana ha decidido procesar a veinte

205

miembros de las Juntas Militares de los años setenta y ochenta en Chile, Bolivia, Paraguay, Uruguay y el Perú. El productor del noticiero me alcanza un papel y me hace una indicación para que lea los nombres de los militares peruanos que están comprendidos en el proceso. Algo en mí tiembla. El cable menciona a cuatro, a dos de ellos los conozco, uno es el expresidente Morales Bermúdez, el otro es mi tío Pedro Ritcher. Ambos deberán presentarse a los tribunales italianos dentro de cinco meses, dice el cable. Después de leerlo, miro a la cámara y anuncio una pausa. Solo entonces puedo respirar y sacudir la cabeza, copada hasta ese instante por un único pensamiento: si mi padre estuviera vivo, también estaría requerido.)

En junio de 1980, a semanas nada más del final del régimen de Morales Bermúdez, llegó de Buenos Aires un nuevo pedido de cooperación de los milicos argentinos. Ellos tenían información de que en Lima se venía planificando una acción contra el presidente Videla —quien ya había anunciado su presencia para la juramentación del nuevo presidente peruano, el arquitecto Fernando Belaúnde— y tenían identificados a los miembros de la cúpula del Movimiento Montonero que pensaba ejecutar el atentado. La lista incluía a Noemí Giannotti de Molfino, María Inés Raverta y Julio César Ramírez. Los tres fueron raptados cerca del parque de Miraflores a plena luz del día por un equipo combinado de agentes peruanos y argentinos. Luego fueron llevados a una casa ubicada cerca del balneario de Ancón, en una playa del Ejército llamada Hondable. Allí los agentes argentinos los desnudaron, los vendaron y torturaron aplicándoles la picana eléctrica en los genitales y dándoles manguerazos en el cuerpo. Recién después de unos días el Gobierno peruano los expulsó con estatuto de delincuentes a Bolivia, donde fueron entregados al Ejército argentino. Solo Noemí Giannotti tuvo un paradero distinto. Ella, o más bien dicho su cadáver, apareció una mañana en Madrid, boca abajo, en el departamento de un edificio.

Como esas desapariciones tardaron en revelarse, la prensa se centró en la coyuntura del triunfo electoral de Belaúnde y en los aires democráticos que alejarían de a pocos el tupido nubarrón militar que durante años se había instalado en el Perú. Era julio de 1980.

El primer semestre de ese año lo habíamos pasado en Piura, donde mi padre estuvo a cargo de la Primera Región Militar. Allí vivimos unos meses fantásticos en una casa espléndida a la que nunca he vuelto. A esa época corresponde la fotografía en la que mi padre y yo aparecemos formando una torre humana al borde de una piscina, a punto de ejecutar una pirueta acuática.

Por esos días los diarios hablaban de las malas relaciones entre el general Cisneros y el presidente Morales Bermúdez y exigían la pronta convocatoria a elecciones, la urgente transferencia del mando, la salida de los militares del poder. Ya en los últimos meses de la dictadura, marzo o abril, la revista *Equis* especula con que Morales Bermúdez sería reemplazado y da a entender que el nuevo presidente podría ser el general Cisneros.

> Se sostiene que ya está formada la comisión que se encargará de comunicarle al presidente Morales su salida y que la presidirá Cisneros. No cabe duda de que Cisneros es el más culto, cerebral y poderoso de los actuales oficiales del Ejército, pero si llega a la presidencia, el país retrocedería gravemente porque él lideraría una tendencia continuista con el afán de impulsar la Tercera Fase del Gobierno militar.

Los pronósticos de *Equis* resultan desatinados. Morales Bermúdez gobierna sin inconvenientes hasta el final, coloca la banda en el pecho del arquitecto Belaúnde y mi padre es nombrado inspector general del Ejército. Para *Equis,* no obstante, el Gaucho es un escéptico del nuevo Gobierno civil y el probable tejedor de un temprano complot para derrocar a Belaúnde. Uno de los que apoya esa tesis es el senador izquierdista Enrique Bernales. «De la represión a la supresión del presidente hay un solo paso y el general Cisneros, que es una de las personas que más ha violado los derechos humanos en el Perú, es capaz de dar ese paso.»

Mi padre, sin embargo, no da ningún golpe ni se muestra hostil con el Gobierno, sino todo lo contrario: baja el perfil, se concentra en la Inspectoría, presta ayuda al gabinete y deja de ser motivo de titulares durante unos meses. Es probable que también se dedicara a los asuntos de la casa: hay arreglos que hacer en el segundo piso de la casa de mi abuela Esperanza, donde hemos pasado a vivir. Además, mi hermana Valentina y yo nos acostumbramos recién a la primaria, y mi padre —que figura en mis recuerdos de esos días como una presencia titilante, que aparece y de pronto se esfuma— quizá haya estado atento a nuestra educación.

Pero en junio de 1981, después de que muere en un accidente de helicóptero el comandante general del Ejército, el general Hoyos Rubio, el nombre de mi padre vuelve a aparecer en las portadas de la prensa. La muerte de Hoyos deja vacía la comandancia y uno de los llamados a ocuparla, por antigüedad, es el general Cisneros.

Algunos medios no creen la versión del accidente aéreo y, a pesar de que mi padre pide ocuparse de las labores de rescate, y durante días no ceja en la búsqueda de su amigo, y sube a pie hasta el pico del escarpado monte donde encuentra el helicóptero siniestrado, roto como si fuese de plástico, con once cadáveres calcinados y desparramados alrededor, entre ellos el de Hoyos, solo reconocible por su anillo de compromiso, y pese a que mi padre regresa en un avión al lado de los ataúdes y que, sin dejar de llorar, entrega a la viuda de Hoyos los restos de su esposo, no faltan los tabloides empecinados en insinuar que el Gaucho Cisneros estaría detrás de la desaparición del comandante.

El inquieto general Cisneros, cuya carrera militar ya había sido bloqueada, repentinamente ha visto mejoradas sus aspiraciones profesionales. Con la muerte de Hoyos el único beneficiado es él porque ha vuelto al primer plano de la escena militar y política. Sabemos que hay círculos económicos y financieros interesados en que Cisneros sea comandante general para que, según ellos, controle la subversión y ponga orden antes que el país se hunda. Ahora el Gaucho será otra vez el hombre fuerte del Ejército y tendremos que soportar su incontrolado apetito de poder, así como los tangos que le gusta cantar de medianoche aunque no tenga voz para interpretarlos.

Para octubre de 1981, la prensa lo da como seguro comandante general, pero nuevamente los cálculos fallan. Después de cónclaves militares que duran días y negociaciones tensas entre el Gobierno y las Fuerzas Armadas, se anuncia a mi padre no como comandante general, sino como ministro de Guerra. El presidente Belaúnde es inmediatamente criticado por esa designación. Es un nombramiento inconstitucional, dicen. Los militares no pueden ser ministros en un Gobierno democrático, sostienen. Auguran que el presidente ahora dormirá con el lobo feroz dentro del Palacio de Gobierno. Los izquierdistas más optimistas señalan que Belaúnde lo ha nombrado para tenerlo cerca y poder controlarlo. «Se arma la represión», «¡Uy, se viene Cisneros!», «Un dictador en el gabinete», titulan.

En nuestra casa nadie repara en esos titulares. Ni siquiera los entendemos. Mi madre, mi hermana y yo solo tenemos ojos y oídos para un único suceso: el nacimiento de mi hermano Facundo. Eso es lo trascendental. Recuerdo el ejemplar del diario *El Observador* del 23 de octubre doblado en la mesa de noche del cuarto 208 del Hogar de la Madre. «Cisneros Vizquerra será otra vez ministro.» Pero para nosotros la noticia era otra: Cisneros Vizquerra será otra vez papá. Cuando el Gaucho llega a la clínica, pone en autos a mi madre y le cuenta lo que está sucediendo allá afuera. «Me acaban de nombrar», le dice. Cecilia Zaldívar sonríe porque lo ve feliz y bromea diciéndole que Facundo es su amuleto, un ángel llegado con el pan bajo el brazo. Y mi padre la mira, asiente, sonríe y se deja caer en el sillón de las visitas, y de pronto el ambiente aséptico, inmaculado, pulquérrimo de la clínica de maternidad se le impregna, lo despoja de la inmundicia del mundo del que viene, esa cueva hecha de rumores, complots, bolas, envidias y desmentidos. Y yo veo a mis padres besarse, y a mi hermana Valentina jugar con los globos celestes que están por todas partes, y a Facundo detrás del vidrio, con los ojos saltones en una incubadora, y pido en silencio que las cosas no cambien nunca.

La juramentación de ministros fue una semana después. Tal vez un martes a las 3:30 de la tarde. Recuerdo el salón dorado del Palacio de Gobierno. El crucifijo enorme. El Cristo sangrante ante el que mi padre se arrodilló. Mi padre arrodillado por primera vez. Recuerdo el saludo posterior y al presidente Belaúnde acercándoseme: «Tú debes ser el Gauchito Cisneros». Recuerdo a mi abuela Esperanza vestida de negro, ochenta y cinco años, de pie, saludando a su hijo con un beso volado que es celebrado por los periodistas. Recuerdo el almuerzo de agasajo en la casa de La Paz, y a un fotógrafo de la revista *Oiga* que llega de repente para hacerle un retrato al nuevo ministro de Guerra para la portada de la siguiente edición. Mi padre se acomoda en una esquina de la sala y le dice algo al reportero, una frase cuyo significado yo no entiendo pero que todos los adultos sí. «Espere que me quite los lentes, si no me van a confundir con Pinochet.» En una caricatura publicada dos días después de la juramentación se ve a una señora paseando con su hijo por un acuario. Se detienen frente a una pecera gigante donde hay dos pirañas separadas por una pared de vidrio. La madre le explica al niño que las pirañas no pueden compartir un mismo hábitat porque su naturaleza asesina las llevaría a matarse. El niño le responde: «Eso es mentira, mamá, ¿acaso no has visto lo bien que se llevan Cisneros y Pinochet?».

* * *

Mi padre vuelve a ser el ministro Cisneros y a despertar temores y sustos. «Martín Fierro podría escribir una décima sobre el pavor que provoca este Gaucho», ironiza un columnista en una revista. Mientras la prensa izquierdista lo ataca, recordándole y achacándole los despidos de trabajadores durante 1977, los asesinatos de pobladores, las torturas a estudiantes, la desaparición de montoneros, el seguimiento a dirigentes y la clausura de revistas, la prensa de la derecha habla de una «campaña anticisneros» y lo califica como un nacionalista castrense y un ministro decisivo.

En una suerte de pedido de tregua, el general envía a todos los medios una carta invitándolos a mantener una actitud de colaboración conjunta. Pero la izquierda no le sigue el juego y le arroja más munición. «El presidente Belaúnde está cavando su propia tumba al tener cerca a Cisneros», dice Ricardo Letts, un senador comunista que llevó a tribunales la discusión sobre el nombramiento de mi padre como ministro de Guerra, y que años más tarde —cuando yo ya escribía crónicas políticas en *El Comercio*— interpuso una querella contra mí por un artículo en el que reseñé jocosamente su participación en el Paro Nacional de 1977, donde acabó exprimiendo sus medias en la puerta del Palacio luego de ser impactado por los chorros de agua de los tanques rompemanifestaciones.

La izquierda no tolera que mi padre forme parte del Gobierno. La izquierda convoca un mitin para protestar por su inclusión en el gabinete. La izquierda organiza una Marcha de la Solidaridad en la que se lee una banderola que dice: «¡Abajo Cisneros, hambreador, entreguista y asesino!».

Para contrarrestar esos ataques, las revistas de derecha recuerdan que mi padre es hijo de un diplomático, periodista y poeta romántico que sufrió la deportación del dictador Leguía, como si las bondades líricas y circunstanciales de mi abuelo Fernán pudieran ser garantía del correcto comportamiento del nuevo ministro Cisneros. También mi tío Juvenal saca la cara por su hermano menor y, con el propósito de relajar los ánimos y darle crédito al general frente al escepticismo de la prensa radical, escribe una columna en *El Observador* titulada «El Gaucho también es zurdo», revelando que la mano más hábil de mi padre es, irónicamente, la siniestra.

Pero al ministro Cisneros la cordialidad con los medios se le agota pronto. La agrupación terrorista Sendero Luminoso, liderada por Abimael Guzmán, lleva al menos dos años asentada en la Sierra del país. El acecho a las ciudades de la costa es cuestión de tiempo, de modo que toca ponerse más duro que nunca.

¿Usted cree en la democracia, general?, le preguntan en su primera conferencia como titular del despacho de Guerra. «Sí creo en la democracia —matiza él—, pero en una democracia fuerte, presidencialista, casi autoritaria. No hay que suponer que debemos vivir en democracia, hay que aprender a vivir en ella y no confundirla con el libertinaje.» ¿Cómo cree que deberíamos enfrentar al terrorismo?, pregunta un reportero. «El terrorismo —contesta el Gaucho— ha dejado de ser un mito para convertirse en realidad. Tenemos experiencias muy cercanas en países amigos. Al terrorismo hay que enfrentarlo con decisión y medidas drásticas para que la sociedad viva sin miedo.»

Sus opiniones adquieren relieve con la posterior seguidilla de atentados perpetrados por Sendero. Una bomba en la avenida Angamos. Otra en el municipio del Rímac. Otra que deja a oscuras casi toda la capital. Se comienza a debatir públicamente si el Ejército debe intervenir en el conflicto con la subversión, en el que hasta ese momento solo ha actuado la Policía. La mayoría se opone. La mayoría cree que eso sería una carnicería. Mi padre no lo duda. «El presidente tiene la palabra respecto de cuándo y dónde debe intervenir el Ejército. Nosotros estamos preparados para actuar sin contemplaciones.»

El año siguiente, 1982, sería muy cargado. Desde la tranquilidad de la primaria, yo ignoraba por completo las preocupaciones que agobiaban a mi padre. Lo veía fumar habanos, tomar cafés negrísimos con cierto apuro o desespero, hablar constantemente por teléfono. Me gustaba saber que era ministro, pero no me gustaba que lo fuera todo el tiempo.

Son días en los que él habla a diario con todos los medios de prensa. La radio, los diarios, las revistas, la televisión. *Oiga, El Peruano, Perspectiva, Correo,* Canal 4, *Radioprogramas.* Los atiende en la casa y en su oficina del Pentagonito. Algunas de esas llamadas las contesto yo y empiezo a acostumbrarme a decir: «Papá, te llaman del Canal 5» o «Papá, te llaman de *La República*». El ministro responde a los periodistas como si estuviera enfadado. O quizá lo estaba. Hay que acelerar los juicios a terroristas, propone. Hay que fusilar a los terroristas, plantea. Otro día —luego de producirse un asalto de Sendero a una base de la Marina y el robo de cuantioso armamento— declara furioso en la televisión: «No se metan con las Fuerzas Armadas porque nosotros sí sabemos utilizar las armas.» Mi madre, mis hermanos y yo vemos ese programa en la casa y por primera vez sentimos miedo de los efectos y repercusiones de sus palabras. No lo mencionamos, solo lo sentimos.

Las portadas de izquierda le echan en cara su forma de pensar y lo critican por llamar «terrorismo» a «aislados hechos de sabotaje de algunos radicales». El general los ignora olímpicamente y, ante el incremento de atentados, de bombazos, de noticias pesadillescas que llegan sobre todo de la ciudad de Ayacucho, advierte que las Fuerzas Armadas deben ocuparse lo antes posible del terrorismo.

En una reunión del Consejo de Defensa, con la presencia del presidente Belaúnde y todos los ministros, hace el planteamiento sin rodeos ni eufemismos: «Las Fuerzas Armadas deben intervenir en Ayacucho antes de que sea demasiado tarde».

Los medios adversarios califican la tesis del ministro como exagerada e interpretan su postura como una burda estrategia para justificar un golpe de Estado que le permita asumir el poder. «Preferimos mil veces al presidente Belaúnde con todas sus imperfecciones antes que verlo a usted, general Cisneros, sentado en el sillón de Pizarro», dice un editorial del semanario *Kausa Popular*. La situación, sin embargo, se agrava semana a semana.

Los primeros días de marzo de 1982, una columna de Sendero asalta la cárcel de Huamanga, en Ayacucho, y tras un enfrentamiento con la Policía libera a un nutrido contingente de subversivos. Tres policías mueren a balazos. Tres terroristas heridos van a parar al hospital regional de la ciudad, donde una noche son estrangulados y acribillados por agentes encubiertos de la Policía, en venganza por la caída de sus compañeros durante la toma de la cárcel. El hecho se filtra a la prensa y se convierte en escándalo: se sostiene que dos de los asesinados eran inocentes. A través de volantes donde se leen lemas acompañados del inequívoco símbolo de la hoz y el martillo, los senderistas amenazan a la población de Huamanga con tomar la ciudad después de Semana Santa. Están dispuestos, ahora sí, a convertirse en el poder hegemónico y oficial de la zona. El Sábado de Gloria, el ministro Cisneros llega en helicóptero a Huamanga y se dirige de inmediato a la guarnición militar de Los Cabitos. Los soldados esperan ansiosos las instrucciones para entrar a cazar senderistas. Un periodista toma veloces declaraciones del Gaucho. El uniforme de campaña, el quepí con tres estrellas bordadas, el bigote corto, la voz cavernosa. «Solo esperamos la orden del presidente. Estamos con los motores calientes para intervenir.»

* * *

Solo un acontecimiento tan inquietante en el ámbito internacional como la guerra de las islas Malvinas entre Reino Unido y la Argentina logra distraer al ministro Cisneros de insistir en lo que parecía ser la inminente entrada del Ejército en la lucha armada.

Mi padre tenía motivos de sobra para tomarse lo de las Malvinas como algo muy personal: había nacido en Buenos Aires y se había formado en el Colegio Militar de la Nación. Por si eso no fuera suficiente, la mañana del 22 de abril de 1982 llegó a su despacho del Ministerio una boleta amarilla cursada directamente por la Oficina de Reclutamiento del III Cuerpo del Ejército Argentino, en la que se le comunicaba que habían sido convocadas las reservas de la Fuerza Territorial y se le ordenaba constituirse inmediatamente en Buenos Aires para prestar servicio militar. «Será destinado, con el grado de teniente de la Fuerza Territorial, al puesto 467 de la frontera argentino-boliviana, al mando de un pelotón de soldados», decía la boleta. Se trataba de una equivocación administrativa —el nombre de Cisneros debe haber figurado por error en algún padrón desactualizado—, pero mi padre, o el soldado impaciente que lo habitaba, atizado por el recuerdo de la vida que había llevado en la Argentina, se sintió más Gaucho que nunca y de inmediato telefoneó a su amigo, el presidente Leopoldo Fortunato Galtieri, para ponerse a su disposición.

Hubo, además de esas razones, una adicional, acaso la principal, por la que las Malvinas le mereció tanto involucramiento. Uno o dos días después de que estalló el conflicto, Beatriz Abdulá, su inolvidable Beatriz, le escribe una carta contándole que a Matías, el Mati, el menor de sus hijos, el chico de veintiuno, el militar, lo habían enviado a Puerto Argentino, una de las zonas de combate. Mi padre había conocido al Mati en 1979, había charlado con él en casa de Beatriz, se había entusiasmado con ese joven que

215

no era su hijo pero que podría haberlo sido, y sintió orgullo de que tuviese una vocación castrense como la suya, vocación que ninguno de sus hijos biológicos heredó.

La mañana del 5 de mayo de 1982, sin coordinar con el presidente Belaúnde, el ministro Cisneros convoca una conferencia de prensa en el Pentagonito y declara que el Perú «no solamente debe hacer pronunciamientos de solidaridad, sino demostrar esa solidaridad con hechos». Estamos en condiciones, dice, de apoyar a la Argentina con nuestros efectivos, buques de superficie, submarinos, aviones, helicópteros, sistema antiaéreo, tanques, pertrechos y con todo lo que ese país hermano requiera. *Caretas* le dedica una portada. Mi padre sale en su despacho, desenvainando la espada que el general Perón le obsequió cuando se graduó de alférez. Debajo, un titular: «¡Quiero ir a las Malvinas!».

Al presidente Belaúnde le disgusta que el ministro de Guerra asuma, una vez más, la vocería del Ejecutivo y que su conducta personalista interfiera con los intereses del Gobierno. Pero cuando lo piensa ya es tarde. Las declaraciones de Cisneros han dado la vuelta al mundo. La prensa internacional destaca al ministro como el artífice del posible entendimiento entre el Ejército peruano y el argentino. Esas primeras planas desautorizan por completo a Belaúnde, quien prefiere apostar por la mediación de Estados Unidos, cuyos cónsules y dignatarios tratan de evitar a toda costa la guerra abierta entre Reino Unido y la Argentina. Ante la prensa que llega al Palacio de Gobierno, Belaúnde pide neutralidad, apoyo al Gobierno estadounidense, y exige que no se hable de «ayuda militar» mientras continúan las negociaciones diplomáticas. «La única misión importante del Perú es la de ser un gestor de la paz», resalta con el tono cadencioso y solemne de un cardenal. Por su parte, el ministro Cisneros no se guarda nada: cada vez que los periodistas llaman a su casa no le importa desobedecer al presidente y pide que el Perú intervenga militarmente.

Desde Washington, a través del embajador peruano, el Gobierno estadounidense empieza a presionar a Belaúnde para que remueva al incómodo Cisneros del gabinete. «Sus declaraciones son inoportunas y estimulan una corriente regional de apoyo militar a la Argentina que pone en riesgo la mediación estadounidense. Si ese apoyo se concreta, nosotros quedaremos como los saboteadores», dice el embajador por teléfono. El presidente Belaúnde capta el mensaje y en el siguiente consejo de ministros —uno de los más tensos de aquel 1982— anuncia que el Gobierno ha decidido no promover ninguna iniciativa beligerante en el caso Malvinas. Ante la sorpresa de algunos, el Gaucho el primero de todos, el presidente arguye que si el Perú apoya a la Argentina con material de guerra estaría descuidando sus fronteras, sobre todo las de Chile y Ecuador. «Ellos se han mantenido al margen de este pleito, a la espera de nuestras equivocaciones. Podrían aprovecharse de nuestro desabastecimiento», observa paseando la mirada por la fila de rostros endurecidos de sus ministros.

—En cuanto a usted, general —dice concentrándose de repente en Cisneros—, le rogaría que pusiera menos pasión en sus declaraciones cuando se refiera a la ayuda militar para la Argentina.

El general se pone de pie. Un relámpago de zozobra sacude la sala.

—Perdone usted, señor presidente, pero yo no pongo pasión en mis declaraciones. Yo pongo pasión en mis ideas, sobre todo cuando son justas.

—Se olvida, general, de que soy yo quien toma las decisiones, no usted.

—Le recuerdo, presidente, que fue usted, no yo, quien firmó los documentos de la Secretaría de Defensa en los que se dice que debemos apoyar militarmente a la Argentina. Mis declaraciones solo buscan ser consecuentes con sus actos.

En los días posteriores a ese contrapunto áspero, Cisneros está a punto de patear el tablero. Pero cuando se entera de las presiones de los estadounidenses, se traga la ira y descarta irse del Ministerio. No les dará ese gusto a los gringos. Si ellos quieren verlo fuera del Gobierno, que esperen sentados. Y si Belaúnde le pide renunciar, él lo denunciará por permitir que un Gobierno extranjero intervenga en asuntos internos. Al final su posición se impone sobre las argucias diplomáticas. Estados Unidos abandona su infructuosa mediación y Belaúnde, tras recibir en el Palacio de Gobierno a dos emisarios del presidente Galtieri, decide enviar diez aviones Mirage con tanques llenos de combustible, además de misiles para tierra y aire, obuses, bombas y municiones. Los aviones, cuyas banderas peruanas fueron borradas y reemplazadas por las argentinas para despistar a los vecinos, salen de madrugada en formación, en un vuelo silencioso, usando una ruta especial para evitar ser detectados por los radares que Chile tiene en Iquique y Antofagasta.

La ayuda peruana no alcanzaría para evitar la derrota de la Argentina en la guerra, pero hace todavía más fuertes los lazos entre el Gaucho y los hombres de la dictadura, quienes le envían incontables platos honoríficos en señal de agradecimiento. Ninguno de esos platos se comparará, sin embargo, a la carta que le escribe Beatriz Abdulá para decirle que Matías ha vuelto del conflicto a salvo, un poco mal de la cabeza, pero con vida. «Mi hijo es joven, se va a recuperar», dice Beatriz. Ella se había enterado por los diarios y la televisión de que había sido el Gaucho Cisneros quien pidió desde un inicio ayudar a los argentinos. «Me sentí muy orgullosa de vos», le confiesa. Mi padre ocultará esa carta bajo llave en el segundo cajón de su escritorio, dentro de un sobre manila que decía en letra corrida: «Personal».

* * *

En julio de 1982, dejado de lado el capítulo Malvinas, el terrorismo sigue siendo el problema número uno para el Gobierno de Belaúnde, quien se resiste a que el Ejército ingrese a Ayacucho, convertida prácticamente en colonia de Sendero Luminoso. El ministro de Guerra, en la que será una de sus últimas actividades antes de pasar al retiro, visita las dependencias militares del país en el norte, la selva y el sur. La prensa de izquierda cree ver en esa gira de despedida una coordinación de sublevación al régimen democrático. «¡Cuidado: Cisneros planea un batacazo!», titula *Kausa Popular*.

Ese mes de julio debió ser insoportable para mi padre. El día 22 pasó al retiro, en una ceremonia de la que hay una foto donde él, compungido o desalentado, con esa seriedad imperial que afloraba en su cara cuando estaba triste, se inclina a besar la bandera peruana. Una semana después, el día 28, murió su madre, mi abuela Esperanza, por un cuadro avanzado de leucemia. El deceso ocurre de madrugada. Cuando lo avisan por teléfono, mi padre está terminando de arreglarse para ir al desfile militar por Fiestas Patrias. Todavía puedo ver su rostro deshecho en la televisión, sentado al lado del presidente Belaúnde en el estrado principal. La cámara le hace un primer plano: un cúmulo de gestos desprendidos. Todo el desfile piensa en su madre o en el cadáver de su madre. Horas después llega al velorio en la casa de La Paz y de allí vamos juntos al Presbítero Maestro para enterrar a la abuela. Durante el trayecto, sentado a mi lado en el auto, mi padre no habla. Es un huérfano disfrazado de ministro. Unos días atrás había dejado de ser militar activo, ahora dejaba de ser hijo. Primero la institución, luego la madre. Debió ser duro ese mes de julio. Cuando llegó agosto ya no era el mismo hombre.

A pesar de que los militares retirados no tienen por qué usar el uniforme, él se empecina en usarlo el día que retoma su trabajo después del duelo. «Todavía soy ministro», dice frente al espejo acomodándose el quepí, justificando su vestuario. Es cierto. Aún es ministro de Guerra, y está dispuesto a demostrar cuán necesario es para el Gobierno de Belaúnde. Sabe que su autoestima depende de su continuidad en el gabinete y que, si lo remueven, se hundirá en la depresión.

Por eso, para conservar su cuota de poder, para mantenerse en el despacho, se propone no estropear más la relación con el presidente, hacer lo que él disponga y ser menos enérgico y concluyente en sus diálogos con los periodistas.

Cumple con creces unas cuantas semanas hasta que llega el primer día de setiembre, cuando debe hacer un viaje en helicóptero a Andahuaylas, donde se ha reportado la presencia de un grupo de Sendero Luminoso. Son unos veinte, quizá treinta. Para ganarles la iniciativa, para evitar que otras columnas terroristas se desplacen de provincias aledañas hacia Andahuaylas y se sumen al contingente detectado, el general Cisneros viaja a Umaca y coordina *in situ* las misiones de patrullaje y diseña la Operación Cerrojo, cuyo objetivo es cercar a esos veinte o treinta sediciosos. A su lado, el ministro del Interior, el teniente general Agustín Gallardo, acata sus indicaciones. Aun cuando los policías actúan con sigilo, los senderistas olfatean su presencia en las colinas escarpadas. El día tres, una patrulla es atacada por un pelotón terrorista: los policías reaccionan, los disparos se hacen de ida y vuelta, no hay descanso en el intercambio de munición. Desde la base, el ministro de Guerra da indicaciones por radio para que un helicóptero apoye a la patrulla. Al final del día se cuentan siete senderistas abatidos y tres capturados; una de ellas es Edith Lagos, la líder más joven de Sendero, una poeta ayacuchana, menuda, frágil de apariencia pero acerada en el combate, que ha dejado los primeros ciclos de la facultad de Derecho en Lima para unirse a las huestes de Abimael Guzmán.

> *La vida me ha sabido golpear,*
> *los golpes me han dado oídos finos.*
> *Mis oídos han escuchado tantas cosas.*
> *Tantas cosas han visto mis ojos.*
> *Mis ojos han lagrimeado de tanto dolor*
> *y es que el dolor*
> *en los labios se ha convertido en grito.*

Así escribía Edith Lagos. Cuando cae, el Ejército asegura en versión oficial que la senderista ha muerto producto de las acciones de la Operación Cerrojo. Sin embargo, días después Norma Lagos denuncia que a su hermana menor la capturaron y torturaron antes de matarla, y acusa al ministro de Guerra, al general Cisneros, de haber dado esa orden. «La torturaron, la golpearon con saña, le hicieron cortes en el abdomen, y el ministro estaba allí. La balearon después, cuando ya era cadáver. Inventaron la historia esa del enfrentamiento», detalla Norma a una revista. A los días, en una conferencia desde Andahuaylas, el general Cisneros responde a esa acusación: «Yo mismo vi el cadáver de Lagos, pero no identifiqué huellas de golpes o torturas. Lo que sí tenía eran varios orificios de bala en la espalda y el bajo vientre, por donde salía un pedazo de intestino».

Al volver a Lima mi padre ya no se muestra tan seguro de que el Ejército deba tomar parte en la lucha contra el terrorismo. Un día piensa que sí, al otro que no. «Estamos preparados física, sicológica y técnicamente para intervenir siempre que el presidente Belaúnde tome la decisión y llame a todas las Fuerzas Armadas, no solo al Ejército», puntualiza en *Expreso*. «Pienso que el proceso no ha llegado a evolucionar tanto como para que puedan entrar a actuar los hombres de las Fuerzas Armadas», dice a *Oiga*. «No es el momento oportuno para que el Ejército reprima al terrorismo. Nuestro ingreso sería lamentablemente mucho más drástico y lo que tenemos que evitar es el costo social en el país», declara a *El Observador*.

Los periodistas que lo odian creen que las dudas del ministro son estratégicas. «El general quiere quedarse en el Ministerio, por eso se congracia con Belaúnde y baja el tono», especulan sus enemigos. Basta que mi padre lea esas afirmaciones antojadizas en los diarios para retomar su punto de vista original y defender la presencia del Ejército en Ayacucho, como para que nadie dude de lo duro y osado que sigue siendo, como para que nadie siquiera sospeche que él es uno de esos chupamedias que el presidente tiene por montones. «Estén totalmente seguros de que el día en que nosotros intervengamos se acabará el terrorismo», dice en *El Comercio*.

La misma mañana en que se difunde ese titular, la Policía recibe una llamada: una amenaza de atentado contra la residencia del ministro de Guerra. «Díganle a Cisneros que se cuide. Ese perro conchasumadre se va a morir», dice una voz deformada en el auricular. Ese día mi hermana Valentina y yo no llegamos a ir al colegio: nos quedamos con el uniforme, la mochila y la lonchera puestos. Desde el segundo piso de la casa de La Paz vemos un movimiento de policías: hombres y mujeres extraños, con chalecos especiales y aparatos, revisando minuciosamente cada rincón, dentro de cada maceta, debajo de cada felpudo. Solo en el velorio de mi abuela había visto tanta gente circulando por La Paz. Ahora, con los rumores del atentado, el nombre de la avenida comenzaba a parecer una ironía.

El miércoles 22 de diciembre, el ministro de Guerra se presenta ante la comisión de Defensa de la Cámara de diputados y advierte que si el Ejército ingresa a Ayacucho habrá una matanza indiscriminada. Ese mismo día aparece publicada en la revista *Quehacer* una entrevista concedida días antes. La portada es un primerísimo plano del Gaucho: las pupilas vidriosas, los ojos sin pestañas detrás de unos lentes de marco dorado, la boca oculta tras la mano izquierda y, entre los dedos índice y mayor, un cigarro encendido, ardiendo. La cámara hace foco en la perla negra de su anillo. Lo que dijo en esa entrevista marcaría el resto de su vida. También de la mía.

—Lo que uno encuentra en Ayacucho, general Cisneros, es un cierto «control» de Sendero: uno siente que ojos que no ve lo siguen, lo vigilan, lo acosan.
—Ese es uno de los grandes problemas. Uno no sabe quiénes son y dónde están. Todos tienen las mismas características de los hombres de la Sierra...

—¿Cómo empezar para solucionar el problema?

—Si los asaltos son de noche, yo establecería el toque de queda en Ayacucho. Y al que se mueva de noche, me lo tiro.

—Si hay esa necesidad, podría decirse que la organización senderista es eficaz, eficiente, y que está logrando sus objetivos inmediatos. ¿No es cierto?

—No creo que hayan tenido éxito alguno. Solo se han impuesto por el terror.

—Su éxito consiste en que las fuerzas policiales no hayan podido reprimirlos...

—Bueno, las fuerzas policiales actúan dentro de sus limitaciones en forma eficaz...

—¿Y cuáles son esas limitaciones?

—La primera, la falta de un equipamiento adecuado. La segunda, la inferioridad de condiciones en que tienen que enfrentar a Sendero. Mientras los senderistas saben dónde están las torres, dónde están ubicados los puestos policiales, cuántos hombres hay en cada puesto y cuál es el movimiento de cada uno, las fuerzas policiales no saben dónde están los senderistas ni cuántos son, no saben cuándo van a atacar. Para que las fuerzas policiales puedan tener éxito tendrían que comenzar a matar a senderistas y no senderistas porque esa es la única forma como podrían asegurarse el éxito. Matan sesenta personas y a lo mejor ahí hay tres senderistas... y seguramente la Policía dirá que los sesenta eran senderistas.

—¿Qué le parece esa alternativa, general? ¿Le gusta?

—Creo que sería la peor opción y por eso es por lo que me opongo a que las Fuerzas Armadas ingresen a esta lucha hasta que no sea estrictamente necesario. Ni Sendero Luminoso ni nosotros queremos ese enfrentamiento, y no porque tengamos miedo de hacerles frente, sino porque nosotros estamos preparados, entrenados, endurecidos para combatir. Pero eso de enfrentarse entre peruanos para matarlos, sin tener la seguridad de que los que desaparecerán serán realmente los responsables, es una decisión muy difícil de tomar y que es muy fácil de pedir. El ingreso del Ejército debería ser la última opción que le quede al Gobierno para restituir el orden en el país. Creo que es muy necesario buscar cualquier otro tipo de solución antes de decidirnos por el ingreso de las Fuerzas Armadas porque nosotros vamos a asumir el control de la zona y vamos a actuar, nosotros somos profesionales de la guerra y estamos preparados para matar.

Nadie o casi nadie repararía en el transcurso de los años siguientes en la precisión que el Gaucho hizo respecto de que la matanza indiscriminada le parecía «la peor alternativa». La mayoría —políticos, sacerdotes, sociólogos, periodistas, poetas, etcétera— condenaron aquello de que «para que las fuerzas policiales tengan éxito tendrían que comenzar a matar a senderistas y no senderistas» o aquello de «estamos preparados para matar». En 2007, doce años después de que mi padre muriera, ante la aparición de unas críticas que buscaban achacarle la creación de una teoría de aniquilamiento colectivo, escribí y publiqué una columna que buscó defenderlo. La titulé «En contra de una leyenda negra». Tenía unos párrafos muy adustos y ceremoniosos en los que ponía las manos al fuego por mi padre y hacía una defensa a ultranza de su espíritu democrático.

Como su hijo, me fastidia —y como periodista, me abruma— que durante tantos años sus respuestas en *Quehacer* hayan sido descontextualizadas para sugerir que él diseñó y patentó un manual de exterminio, o que diseminó en los cuarteles propuestas dignas de un asesino represor. Él tuvo un cargo político decisivo en ese conflicto armado y, por sus conocimientos geopolíticos y su lectura fría del tema senderista, fue uno de los encargados de definir las líneas estratégicas de los comandos militares. De ahí a decir que él promovió la matanza indistinta de senderistas y no senderistas hay un salto monumental que varios opinantes han dado en los últimos días.

A mí —como, seguramente, a muchos lectores— me resulta complicado entender ese fundamento de filosofía castrense que dicta que «en la guerra no hay derechos humanos», pero admito que los civiles no manejamos los mismos presupuestos conceptuales que los militares y que eso afecta la comunión entre ambos. Los militares son entrenados para protagonizar la guerra; los civiles somos educados para rechazarla.

Mi padre no le rehuyó jamás a la responsabilidad de su actuación como ministro y al mandato de su vocación de soldado. Por eso se hizo de una fama de militar duro e implacable. Ahora que ya no está, me permito estas líneas para preservar la dignidad de su apellido y salvaguardar la tranquilidad de su memoria.

«Preservar.» «Salvaguardar.» Me avergüenzo del candor de esas líneas o de la persona que yo era cuando las escribí. No volvería a hacerlo. Fue una defensa incauta que nadie me pidió y que me sentí en el derecho de ejercer, movido no sé bien por qué. ¿Había en mí un auténtico deseo de justicia o una negada angurria por capitalizar el nombre de mi padre y recalcar que yo, además de su hijo, era su abogado público? A veces tengo la impresión de que ni siquiera el propio Gaucho hubiera suscrito esa defensa porque él era el principal animador de su fama. En entrevistas posteriores, cada vez que tuvo la oportunidad de rectificar o matizar lo dicho en *Quehacer*, no lo hizo o lo hizo a media voz, permitiendo que la gente se quedara con esa terrible imagen suya. Él tenía que ser el malo. Había trabajado años para serlo. Ningún otro militar o político podía arrebatarle ese papel. ¿A santo de qué venía yo entonces a despojarlo de su aura?

En diciembre de 1982, el presidente Belaúnde lanza a través de los medios un ultimátum de rendición a Sendero Luminoso que es rechazado por Abimael Guzmán. Entonces el Gobierno da luz verde a la intervención del Ejército, envía quinientos veinte soldados a la selva de Ayacucho y ordena el arresto de todo sospechoso de estar vinculado con actos subversivos. Los periodistas, que saben que quien está detrás de esas medidas es el ministro de Guerra, lo llaman con insistencia para pedirle una opinión, y el ministro —que sabe o intuye que no continuará en el gabinete, que sabe o intuye que las declaraciones que hizo en *Quehacer* serán utilizadas en su contra para apartarlo del Gobierno, que sabe o intuye que está viviendo sus últimos días en el poder— se desboca y ofrece más palabras y frases descarnadas, atronadoras, desmedidas. «Puedo decirles que 1983 será un año de orden y paz. Ayacucho estará tranquilo. Sendero Luminoso tiene las horas contadas. El Ejército responderá al baño de sangre iniciado por el terrorismo. Solo esperamos órdenes para el primer ataque», dice como si pudiera garantizar un resultado que ya no iba a depender de él.

Al día siguiente, los titulares de los quioscos resaltan en las primeras planas: «Cisneros anuncia exterminio de Sendero para fin de año». Fue su última declaración como ministro. Aunque voceros de la derecha lo respaldan en público y dicen confiar en que el presidente Belaúnde mantendrá al ministro de Guerra, el general sale del gabinete a mediados de enero. «¡Al fin cayó el Gaucho!», titula *Última Hora*. Los analistas lo acusan de un «irrefrenable deseo de poder», de haber urdido «una estrategia antisubversiva propia», o simplemente de ser «muy duro para un Gobierno democrático».

* * *

Ese verano, el primer verano de su retiro, lo pasamos en Punta Negra, en una casa alquilada que coronaba un cerro. El rancho playero del general Cisneros, según la prensa de izquierda. A esa casa de playa llegan todo el tiempo militares vestidos de civil y políticos vestidos de políticos. Incluso Alan García, quien dos años más tarde sería presidente del Perú, aparece en dos ocasiones. Mi hermana Valentina y yo nos mantenemos al margen de las conversaciones que mi padre sostiene en la terraza con esas personas. Solo mi madre interviene en algunas ocasiones y se aburre espléndidamente con esas cháchuras seguramente conspirativas. Nosotros estamos demasiado entretenidos en las piscinas del Club Punta Negra, o nos divertimos montando en bicicleta por los alrededores del balneario, o jugando a los carnavales cerca de los intimidantes peñascos, o invadiendo la casa de los Gamio, los Cerruti, los Souza, o bailando los temas de B52 en nuestras primeras fiestas adolescentes, o armando expediciones a la peligrosa playa El Revés, donde la corriente traiciona a los bañistas más osados, algunos de los cuales son tragados por ese mar de espumas amarillentas al que tenemos prohibido acercarnos y, justo por eso, nos acercamos, para sentir al menos la temperatura de sus aguas tenebrosas.

Así pasan los días de ese verano. Mi padre allá arriba, en la casa, bajo el sol, planea su futuro político y analiza la coyuntura del país rodeado de amigotes, regándose todos las gargantas con whiskies añejos, vodkas importados, cervezas congeladas, dándose banquetazos, acompañados por conjuntos de música criolla cuando no por bandas de mariachis, contratados para cantar repertorios interminables y que acababan su faena artística solo cuando arreciaban las primeras luces del día siguiente. Abajo, en la arena gruesa, cuando no interactuaba con esos amigos de doce y trece años que parecían entrañables —y a los que, sin embargo, nunca más volví a ver ni extrañar—, elaboraba un mundo propio. Un mundo donde había lugar y tiempo para un pasatiempo secreto que no compartía con nadie: la caza de lagartijas. A eso me dedico ese verano. Cuando nadie me ve, soy un cazador de lagartijas. Apertrechado de un palo, caminando entre las hierbas malas que brotan de las rocas más alejadas de una playa casi clandestina, persigo a esos veloces reptiles diminutos. Una vez que los atrapo, los desmayo a palazos, los atenazo no recuerdo cómo sobre los ladrillos sueltos de una construcción vecina y, entonces, los torturo, quemo su piel escamosa con uno de los encendedores de mi padre; también aplico fuego sobre sus vientres, y las pobres lagartijas se desesperan bajo la llama, tratan de zafarse, emitiendo algún chillido inaudible al oído humano. Antes de que queden carbonizadas —con un ensañamiento, un sadismo y una sevicia que nunca he querido saber de dónde surgían— mutilo sus extremidades, sus patas de cinco dedos y sus colas, que comienzan a pegar saltos autónomos, dejando correr hilillos de una sangre verdosa, distanciándose en zigzag del cuerpo sin vida del animal amputado. No lo hago una sino varias veces durante ese verano de 1983. Siempre solo, siempre en la misma playa, sin testigos que pudieran abismarse a esa violencia que por momentos me posee.

* * *

Que el Gaucho dejara el gabinete de ministros, o que el gabinete se desentendiera de él, no lo aleja de las primeras planas. No faltan motivos para que su nombre continúe apareciendo en ellas, y no por razones gratificantes. Hacia mediados de marzo, *Marka* lo denuncia por una compra supuestamente irregular de más de cien mil fusiles argentinos durante su gestión en el despacho de Guerra. Unos fusiles FAL presuntamente fallados. La operación compromete, según *Marka*, a un vendedor de armas de apellido Schneider. Cuando años después leo esas notas, el nombre me suena demasiado conocido y luego de unos minutos recuerdo con claridad a mi tío Raúl, Raúl Schneider, y a su guapa esposa Irene, y vuelven a mi cabeza fotos donde ambos salen con mis padres paseando por los jardines de Montevideo o al borde del mirador de las cataratas de Iguazú.

«Todo acusa al exministro Cisneros Vizquerra», dice uno de los titulares de *Marka*. El diario *Clarín* rebota la noticia en Buenos Aires. No obstante, la denuncia, con extensos despliegues semanales, es un ataque poco documentado. El general Cisneros responde furiosamente a través de una carta pública, señalando que se trata de una venganza contra un exministro que, cuando estuvo en actividad, cerró publicaciones y deportó a algunos comunistas. Los medios de derecha respaldan su posición. El asunto acaba zanjándose cuando el Ejército y la Comisión Permanente del Congreso avalan la compra y se dan por satisfechos con las explicaciones de mi padre. Como respuesta, el director de *Marka,* un periodista fogueado llamado Juan Manuel Macedo, escribe iracundos y calumniosos editoriales contra él. Al leer esos artículos hoy, caigo en la cuenta de que se trata del mismo Juanma Macedo con quien todas las noches intercambio saludos en el set de televisión donde coincidimos, y no dejo de pensar si su cordialidad conmigo es genuina o fingida.

Pocos meses después de aclarar esas denuncias, mi padre es voceado como posible nuevo ministro del Interior y como primer ministro. La prensa de izquierda asegura que el único promotor de esos rumores es el propio Cisneros. «Extraña el poder y quiere volver como sea al Gobierno de Belaúnde», dicen. La especulación tiene algo de cierto: el Gaucho extraña el poder, pero a la vez encuentra comodidad en esa lejanía y hace declaraciones políticas sin cortapisas ni presiones. Si antes sus opiniones sobre cómo debía combatirse a Sendero Luminoso eran enérgicas, ahora que ya no forma parte del régimen y no debe lealtad a ningún jefe o mandatario, sus palabras son de una contundencia demoledora. «Si los jueces tienen miedo, los terroristas deben ser juzgados por tribunales militares. Punto», dice en *Oiga.* «Si el terrorismo llegara a los niveles argentinos de los años setenta, las Fuerzas Armadas se verán obligadas a tomar el poder», advierte en Canal 4. «Hay que interceptar los teléfonos y comunicaciones postales, yo lo hice antes», revela en *Expreso.* «Esta es una guerra sucia porque quienes dirigen la subversión utilizan la esperanza y la ingenuidad de la gente», comenta en *La República*. «Que se apruebe la pena de muerte, así los simpatizantes de Sendero van a pensarlo dos veces, y ya veremos si quieren luchar hasta la muerte. No se solucionará el problema de la subversión con la pena de muerte, pero al menos el criminal condenado, al menos *ese,* no volverá a matar», dice en *Perspectiva*. «Si están cayendo más senderistas, debe ser porque las Fuerzas Armadas tienen mejor puntería», ironiza en *El Comercio.* «No podemos tener una democracia mojigata para tiempos de paz cuando el país vive una situación de guerra prolongada», observa en *Caretas.* «No puedo entender cómo en una zona de guerra se pretende mantener el Estado de derecho. Les encargamos a las Fuerzas Armadas la eliminación de Sendero y cuando van a apretar el gatillo aparece el fiscal de la Nación para ver si al hombre lo vamos a matar de frente o de costado, y se presentan el abogado, el periodista, el fotógrafo, el cura. ¿Dónde estamos?», se queja en *El Nacional.*

Mi padre no se guarda nada, no se mide ni controla. Cada vez que algún reportero lo provoca, tratando de sacarle alguna expresión polémica que genere debate y provea material periodístico para el resto de la semana, él cede, entra en el juego y despierta al personaje mezcla de justiciero y represor que había empezado a diluirse en su interior con el retiro.

—¿Qué recomendación haría usted, general, para evitar el avance de Sendero Luminoso?

—Tenemos que salir al frente y cortar el espacio que le queda a Sendero. Hay que eliminar de la administración pública a todos aquellos que sean propagandistas de Sendero. Por ejemplo, si se detecta a un maestro ligado a Sendero, un activista, hay que eliminarlo del magisterio.

—Solo del magisterio, supongo…

—Eso es lo que dije, solo del magisterio. Lo otro, si lo pienso, no lo digo.

—¿Y lo piensa?

—No.

—¿Seguro, general?

—No lo pienso hoy día.

Ese es el tono de sus declaraciones para los años que siguen. Mientras más lejos del poder está, más rotundo es en sus términos, como si sintiese la necesidad de hacerse notar para no perder vigencia dentro de la política o para no parecer un milico retirado cualquiera. Su desfachatez reaviva viejos odios en la izquierda y crea nuevas antipatías.

«¿Con qué autoridad habla el general Cisneros sobre cómo conducir la guerra con Sendero si él nunca hizo nada cuando pudo? Este Gaucho solo gana guerras en las mesas del Casino de Miraflores», dice en su revista Salomón Bautista, un periodista cincuentón, obeso, narigudo, que viste sacos de tonos claros que nunca le cierran y corbatas demasiado cortas o que se acortan en la prominencia de su barriga, y que sufre de artrosis en los pies y arrastra su enfermedad por los bares de Lima, en especial, los de Miraflores y San Isidro, donde aparece rengueando o caminando con cuidado para que no sufran sus talones inflamados, y se sienta en las barras y pide cervezas que cabecea con Coca-Cola, y nocturnos tamalitos verdes que tardan en empacharlo, y así, grotesco, excesivo, alterna con los parroquianos, recogiendo rumores y chismes de la vida política que luego traslada a sus celebradas columnas de opinión, que no pierden nunca su tono deslenguado y cantinero. Después de haber vivido en Panamá durante buena parte del Gobierno militar, Salomón Bautista —hijo mayor de un antiguo comunista que se refugió en ese país apenas cayó Velasco— regresó al Perú y fundó su revista, *Cuestionario,* que a pesar de su nombre formal y cauteloso se especializa en ofrecer extensos reportajes llenos de temerarios embustes y falacias, además de su atractivo principal: los implacables e incendiarios editoriales de su director.

231

Entre 1985 y 1990, el quinquenio que dura el Gobierno de Alan García, el general Cisneros es «caserito» de *Cuestionario,* que critica mensualmente cada una de sus propuestas, desde la implantación del estado de emergencia en todo el país, o el ingreso de las Fuerzas Armadas en la Universidad de San Marcos para «limpiarla» de presencia subversiva, hasta la movilización de las reservas militares para enfrentar al terrorismo. «Los oficiales que nos encontramos en el retiro deberíamos pelear contra Sendero», plantea el general.

Pero no es esa declaración la que exaspera a Salomón Bautista, sino las que da después, cuando el terrorismo se hace aún más cruento y la guerra comienza a acumular cientos de cientos de muertos por ambos lados. Declaraciones como aquellas en las que el Gaucho defiende obcecadamente al subteniente Telmo Hurtado, apodado el Maldito de Accomarca, por las matanzas que perpetró en el poblado de ese nombre y en las zonas anexas de Llocllapampa, Pitecc, Huancayocc, Umaru y Bellavista. «¿No se dan cuenta de que el subteniente Hurtado ha vivido un largo tiempo en Ayacucho jugándose minuto a minuto la vida en nombre de la sociedad peruana?», dice el general Cisneros muchos años antes de que el propio Hurtado confesara su responsabilidad en el asesinato indiscriminado de los inocentes que habitaban esos pueblos y que nada tenían que ver con el senderismo, o al menos no lo suficiente para ser descuartizados ni quemados vivos.

La posición del Gaucho a favor de la operación militar-policial que acaba con la vida de centenares de internos al develar los motines de las cárceles de El Frontón, Lurigancho y Santa Bárbara, también encuentra en Salomón Bautista a su crítico más indignado.

Días antes de esos motines se había dado a conocer en los medios de comunicación que los terroristas presos en El Frontón se negaban a ser trasladados al penal de Canto Grande porque consideraban que allí las condiciones de vida serían inhumanas. «Este pequeño grupo subversivo le ha impuesto sus reglas al Estado, que ha gastado enormes recursos para construir una cárcel muy segura como Canto Grande, pero vemos que el Estado no tiene autoridad para trasladarlos. ¿Quién manda acá, entonces? ¿El Gobierno o los terroristas», se pregunta mi padre en una entrevista de tres páginas en *Oiga*. Horas después de que la edición de *Oiga* se agotara en los quioscos, los delegados de Sendero, en lo que parecía una respuesta indirecta a lo dicho por el general Cisneros, redactan un comunicado que envían a la prensa enfatizando: «Preferimos estar muertos antes que ser trasladados a Canto Grande».

—¿Qué opina de esto, general? —le preguntan a mi padre en Canal 5, en un enlace microondas, en vivo y en directo desde nuestra casa de Monterrico.

—Si los subversivos prefieren estar muertos, opino que hay que darles el gusto. Ese es uno de los pocos gustos que el Estado puede concederles. Si ellos así lo prefieren, que firmen un acta y se procederá. El Estado satisfará sus deseos. Si no se quieren rendir, pues acabaremos con ellos.

Mi padre responde como si él estuviese a cargo de la operación, usando conjugaciones y formas plurales que solo eran síntoma de su añoranza por gozar de algún poder efectivo.

Con la coordinación de la Marina, las Fuerzas Armadas sofocan el motín y matan al ochenta por ciento de los terroristas presos de El Frontón. Lo mismo ocurre en Lurigancho y Santa Bárbara, donde los reos se habían solidarizado con las demandas de quienes lideraban la protesta. El general Cisneros llega a los sets de Canal 5 a comentar el desenlace de las acciones militares junto a un panel de expertos. «La guerra tiene un solo objetivo: ganarla. Y durante ella los que defienden a la sociedad somos los profesionales de la guerra. Nosotros no somos sanguinarios, sino profesionales. Nosotros sabemos matar. Allí están los resultados», indica en su primera intervención, nuevamente con esa peculiar manera de referir los hechos como si él hubiese sido parte del develamiento, como si se hubiera encontrado físicamente entre los milicos que dispararon contra los internos, incluso contra aquellos que durante el operativo se rendían levantando las manos de rodillas.

En esa época, si alguno de sus hijos, hermanos o amigos cometíamos el error de recomendarle que no fuera tan crítico, recordándole que ya no estaba en actividad, el Gaucho reaccionaba, se acaloraba, los ojos imperturbables detrás de los anteojos, el bigote erizado y, blandiendo lo que tuviera en la mano, un lapicero, una cuchara, una pipa, engrosaba la voz para aclararnos a todos que él no se sentía retirado. ¡No tendré responsabilidad política —gritaba—, pero sí una vocación castrense y esa no me la va a quitar nadie, carajo, porque yo me voy a morir con ella, me voy a morir siendo un soldado, y eso quiero que diga en mi tumba, ya saben, aquí yace un soldado de honor, aquí yace un soldado de verdad!

Mientras la prensa derechista destaca la «doctrina Cisneros» y habla de la necesidad de «cisnerizar» el Ejército y elogia los análisis que del problema terrorista expone el exministro y las recetas que da en cada entrevista, los periodistas de izquierda lo ningunean, siendo Salomón Bautista el más afanoso en descalificarlo. «Cisneros es el defensor más eufórico de la guerra sucia», escribe Bautista en su columna de *Cuestionario* a raíz de lo ocurrido en los penales. Y más adelante, cuando avanza 1987 y el general aparece otra vez en escena, ahora para criticar la cercanía del presidente Alan García con el Gobierno de Cuba, para denunciar el parentesco ideológico de García con el Movimiento Revolucionario Túpac Amaru —la agrupación terrorista que acaba de irrumpir en la Sierra y que se ha presentado como guerrilla—, para culpar a García de haber quebrado la unidad del APRA, de poner al partido más cerca de Marx que de Haya de la Torre, y para advertir la posibilidad de un golpe de Estado que ponga las cosas en su sitio, Salomón Bautista —quien a esas alturas se ha hecho muy amigo de Alan y ha canjeado las cervezas con Coca-Cola en los bares de Miraflores y San Isidro por pantagruélicos almuerzos a puerta cerrada en la mesa que el presidente tiene permanentemente reservada en el bar El Cordano— vuelve también a la carga lamentando «la cerrazón ideológica y tozudez dogmática de Cisneros», y echa leña al fuego escribiendo: «Dios libre al Perú de Abimael Guzmán y de este Gaucho, este mastín fiero de grises querencias que sueña con un golpe militar de ultraderecha».

Sin responder directamente los ataques de Bautista pero considerándolos, el general se defiende en la trinchera que le ofrecen *El Nacional, Misión* o *Expreso*. Allí se pregunta: «Si en este país se permite tanto la apología del terrorismo, ¿por qué no se me va a permitir hacer apología del golpe?». Cisneros critica al Gobierno por aceptar o permitir o auspiciar una convivencia política con el marxismo y no atreverse a acabar definitivamente con la subversión, convirtiéndose en «su aliado involuntario». Además, rechaza la fusión de los Ministerios de Guerra, Marina y Aviación en el Ministerio de Defensa, acusa a Alan García de ser débil, errático, personalista, polarizador, y advierte que los Gobiernos desgastados como el suyo solo generan un vacío de poder. «Ese vacío, o lo llena la anarquía o lo llenan las Fuerzas Armadas. Entre las dos, yo elijo a las Fuerzas Armadas», sostiene el general.

—¿Y qué hacemos con los presos de Sendero, general? —le consulta Igor Meléndez, un viejo reportero de la revista *Misión*.

—Yo mandaría fusilar a todo el estado mayor de Sendero.

—Pero… ¿y los derechos humanos, general?

—Mire usted, Meléndez, si esto es una guerra, no podemos ir con un sacerdote para que hable con ellos antes de que los maten, ni con un abogado para que les lea sus derechos.

—Está sugiriendo métodos anticonstitucionales, general Cisneros…

—Le pongo un ejemplo, Igor. Cuando usted tiene un pariente grave y lo pone en manos de un médico, usted no le dice al médico dónde cortar y dónde no. ¿O sí?

—No, no.

—Bueno, con las Fuerzas Armadas ocurre exactamente igual. Ellas están puestas para acabar con la subversión, no para que discutan sus métodos.

—¿Lo que me está diciendo es que nuestros militares, sí o sí, actúan en contra de la ley y de los pactos internacionales suscritos por el Estado peruano?

—No, señor. Lo que le estoy diciendo es que yo a un soldado le enseño a matar, lo preparo para eso. Después le enseño a defenderse, pero siempre para que mate.

—Eso es muy duro, general Cisneros.

—Tal vez soy duro, pero también pragmático. Yo digo lo que pienso mientras los políticos piensan lo que dicen. Soy un soldado, Meléndez, a mí me han formado para matar. Me han formado como líder para conducir un grupo de hombres que mate y que luche para que no los maten. Si nos dan una misión, tienen que saber que así es nuestra mentalidad.

—Entonces, no teme que se mate a inocentes…

—En una guerra no siempre mueren los culpables.

—¿Dice que el Estado está matando inocentes?

—Entienda algo, Meléndez, si la subversión se impone, seremos un país comunista y usted me verá a mí y a muchos militares colgados de un árbol. Lamentablemente, hoy pueden caer muchos inocentes, pero eso es preferible a la matanza que podría venir mañana.

—Lo que usted propone es seguir el modelo de Argentina…

—En 1982 el presidente Belaúnde me dijo: «No quiero una solución al estilo argentino». Yo tampoco, le contesté, aclarándole que si entrábamos a la guerra en ese momento la solución serían mil quinientos cadáveres. Le dije: «Cuanto más se tarde usted en tomar una decisión, más gente comprometida habrá».

—¿No sería mejor buscar un diálogo con los dirigentes subversivos?

—¡No sea ingenuo, por favor! ¡A los terroristas hay que barrerlos, hay que matarlos sin asco! Después, a los que queden prisioneros, hay que sacarles información con cualquier procedimiento. Si allí deciden abrir la boca, recién podremos estar hablando de diálogo.

A la mañana siguiente de esa entrevista, un diputado gobiernista y otro de izquierda plantean en el Congreso una moción para promover un juicio penal contra el general Cisneros Vizquerra «por sedición, alteración de la tranquilidad pública, alteración de la seguridad nacional, incitación a golpes de Estado, a la rebelión y al homicidio».

Desde casi todos los sectores llueven reproches contra el Gaucho, incluso desde el círculo de militares retirados, donde excolegas suyos ahora toman distancia diciendo públicamente que Cisneros «ya no tiene relevancia ni vigencia». Solo algunos medios y políticos de derecha aplauden su mano dura. La prensa de izquierda, en cambio, organiza un festín con sus declaraciones. «Que Cisneros mejor juegue al reposo del guerrero», ironiza *Kausa Popular*. «Es un bravucón de la boca para afuera», titula *Última Hora*. «Si Bolivia tuvo su García Meza, el Perú tiene su Cisneros Vizquerra», establece *Equis,* en alusión al general Luis García Meza Tejada, quien había derrocado a Lidia Gueiler Tejada, la única presidenta boliviana de la historia, que además era su prima.

Esas críticas, sin embargo, no alcanzan a ser tan desmesuradas ni retrecheras como las de Salomón Bautista, quien dedica todo un número de *Cuestionario* al general Cisneros con la intención de lapidarlo.

Este es un generalito de estatura física y moral muy pequeñas, con apetitos napoleónicos y ansias del mando que perdió cuando se fue al retiro, que se cree muy valentón e influyente cuando lo cierto es que ladra, pero no muerde. En su casa, por ejemplo, no manda a nadie, ni siquiera lo obedece su segunda y joven esposa, a cuyos pies se inclinó después de haber conspirado para desplazar a la primera. Porque los lectores de *Cuestionario* deben saber que este generalito sancionaba a sus subordinados por violar la santidad conyugal y por beber hasta perder la ecuanimidad, pero luego se dedicó a hacer todo lo contrario a lo que predicaba.

Puedo imaginar ahora al gordo Salomón Bautista refocilándose frente a las pesadas teclas de su máquina, ya bien en la tugurizada redacción de la revista en los altos de un predio del jirón Junín o en el cuartucho donde vivía en Barrios Altos, en el segundo piso de una casona cuyo primer nivel había sido tomado por prostitutas, drogadictos, rufianes y toda clase de gentes malogradas que alternaban con Bautista como si fuera uno de los suyos y que le hablaban con sus voces aguardentosas desde una misma tiniebla que los hacía irreconocibles. Puedo verlo encorvado, cerca de una ventana o tragaluz, bebiendo vasos chatos de cerveza con Coca-Cola, intercalando puchos, seguramente descalzo para atenuar los dolores de la artrosis que hacían más torturante la ya natural deformidad de sus pies, riéndose al pensar en el general Cisneros, castigándolo con denuncias refritas, trayendo de la mente al papel acusaciones despojadas de veracidad. «No olvidemos que en el pasado el general Cisneros ordenó el asalto al local de la Confederación Nacional Agraria; que persiguió él mismo a dirigentes sindicales por techos y solares; que con sus propias manos pretendió secuestrar el sagrado féretro de nuestro generalísimo Velasco Alvarado, y que indultó a una veintena de narcotraficantes que le pagaron millones de dólares a cambio de su injusta libertad», escribe Salomón Bautista, ahora ya sin saco ni camisa ni pantalón, cubierta su blanca humanidad apenas por un bividí percudido y un calzoncillo deformado, ensopado bajo esa noche caldosa que no era de verano, decidido a liquidar a Cisneros a punta de epítetos y denuestos y apelativos que cautivarán a sus lectores por hechiceros e inolvidables. Y entonces, ensoberbecido con su prosa, drogado ya por las irradiaciones de su genio oscuro y las evoluciones de su odio, eligiendo adjetivos virulentos como si fuesen mortíferos alfileres de vudú, escribe presionando las teclas mayúsculas de esa máquina roñosa:

¡EL GENERAL CISNEROS ES EL PAPA NEGRO DEL FASCISMO IMPACIENTE!, ¡SUMO SACERDOTE DE LA REPRESIÓN!, ¡BELLACO DE LA PATRIA!, ¡GORILA DE ARRABAL!, ¡MÁS QUE UN GAUCHO, UN POBRE MILONGUERO GOLPISTA!, ¡EL GRAN INQUISIDOR!, ¡CUCO DEL GOLPE!, ¡EL ABIMAEL GUZMÁN DE LA DERECHA!, ¡SATANÁS DE LAS PAMPAS!, ¡TURCO DEL GARROTE!, ¡LOBO FEROZ DE LAS CAVERNAS!, ¡EL MEJOR ALUMNO DE VIDELA!, ¡El PINOCHET FRUSTRADO!, ¡EL AMIGO DE LOS GENOCIDAS! ¡UN NOSTÁLGICO DE LA GESTAPO!, ¡EL CANCERBERO DE LOS CUARTELAZOS!, ¡ESPANTADOR DE TORQUEMADA!, ¡GENGIS KAN DE BUENOS AIRES!, ¡GONFALONERO DE LA DICTADURA!, ¡APOLOGISTA DE SANGRE FRÍA!, ¡CARNICERO RECALCITRANTE!, ¡MINISTRO ATILA!, ¡COMANDANTE DEL MIEDO!, ¡BESTIA NEGRA DE LA IZQUIERDA!, ¡IDEÓLOGO DE LA REPRESIÓN!, ¡NEFASTO HÚSAR DE LA NOCHE!

Puedo ver a Salomón Bautista, desparramándose sobre su escritorio tras colocar el último signo de admiración o animadversión, no al borde sino en el centro mismo del colapso, la mesa desordenada de papeles y secos trozos de pan, y Bautista golpeándose la cabeza con el rodillo de la máquina, quedándose allí, dormido o sonámbulo o acaso muerto por un infarto de rabia.

Recuerdo bien ese número de *Cuestionario*. Lo leí varios años más tarde de su publicación. Un mueble de mi casa estaba repleto de revistas de los setenta y ochenta, cientos de ejemplares empastados en gruesos tomos de cuero verde en cuyo lomo se indicaba el nombre del medio con letras doradas. Cuando nos aburríamos de la televisión, a mi hermana Valentina y a mí nos gustaba matar las horas hojeando esos volúmenes. Yo me entretenía específicamente viendo las viejas publicidades, las modas antiguas, los jóvenes felices que aparecían en las páginas sociales, ciertos políticos, actores, vedetes y otro resto de personajes cuyo esplendor claramente había caducado. A mi hermana, en cambio, le gustaba detenerse en las páginas en que aparecía mi padre y las leía en voz alta con fruición y así entendíamos un poco más quién era o quién había sido ese señor de buzo azul térmico que estaba allí, sentado en la mesa con sombrilla del patio, una pierna cruzada sobre la otra, leyendo los diarios, tomando un bloody mary por desayuno y picando remolachas untadas en sal. Cuando encontramos ese número de *Cuestionario,* Valentina rompió a llorar después de leer solo el primer artículo e inmediatamente salió disparada rumbo al patio para exigirle a mi padre que le dijera si era cierto o no lo que se aseguraba en la revista. Yo encontraba todo eso divertido, o menor o intrascendente, pero sí me intrigaba el tal Salomón Bautista, y su nombre me hacía imaginarlo con un aspecto similar al de los mazacotudos personajes bíblicos de cara velluda que uno veía en los libros y películas de Semana Santa.

* * *

Qué raro se ve desde aquí aquel noviembre de 1987. Habría jurado que era una época digna de revivirse, pero no lo es tanto. Mientras mi padre hace esas explosivas declaraciones, yo paso a duras penas los cursos de primero de secundaria.

Por entonces odio todo de mí: los anteojos, la fragilidad, la olímpica indiferencia con que me trata Mariela Arboleada, la chica a la que amo o deseo o simplemente ansío desde fines de la primaria. También odio que esos días mi madre no esté con nosotros por una enfermedad en el pulmón que la obligó a internarse en el hospital militar. Tres meses se queda allí la pobre, atada a esa cama llena de resortes, a las botellas de suero, a las bandejas de comida insípida.

Solo con los años —y varias conversaciones mediante— he podido reconstruir esa época y entender lo mal que la pasó ella durante su estadía hospitalaria, no solo por los dolores de la pleuresía y por los pinchazos que recibía para calmarlos, sino por lo abandonada que estaba. Mi padre iba a verla dos veces por semana por unos cuantos minutos y después se marchaba sin precisar adónde. ¿Aún engañaba a Cecilia con aquella exazafata de aviones que vivía por el parque de San Borja, o para entonces ya tenía otra amante? Las escasas y fugaces visitas de mi padre al hospital militar despiertan la inquietud del doctor Puch, que habla a diario con mi madre, y que quizá se ha enamorado de ella en el transcurso de tantas semanas. Al principio solo conversan del tratamiento al que está sometida, pero luego Puch comienza a indagar en sus sentimientos, a explorar esa soledad que parece ser la verdadera causante de sus males. Cada vez que toma la muñeca de Cecilia, el doctor le acaricia la mano, procurándole el sosiego del que mi padre la priva con sus ausencias, escapadas y seguras infidelidades. Meses después, Puch va a visitar a Cecilia a la casa de Monterrico llevándole unas medicinas. Dice que quiere ver cómo marcha su recuperación. Cuando se retira, mi padre —que se ha dado cuenta de que entre su mujer y el médico fluye una simpatía a la que él es ajeno— le dice a Cecilia, en uno de los contados raptos de celos que tendría en toda su vida: «¿Qué quiere ese huevón? ¿Por qué te trae las medicinas aquí? Hazle un favor y asegúrate de que no vuelva. No quiero tener que decírselo yo».

* * *

Aquel tramo final de los ochenta es una consagrada época de mierda. Además de la ferocidad con que Sendero y el MRTA (Movimiento Revolucionario Túpac Amaru) matan a civiles, policías y militares, hay que soportar al propio presidente Alan García, que suma disparates a un ritmo vertiginoso. Su idea de estatizar los bancos y las financieras provoca tal cisma que la gente comienza a protestar en las calles gritando «¡Y va a caer! ¡Y va a caer! ¡Caballo Loco va a caer!», una arenga que alude a la inestabilidad psicológica de quien, según trascendidos periodísticos, requiere de cierta dosis de litio para mantenerse ecuánime y prevenir ataques maniáticos o depresivos.

A pesar de que años atrás habían sido presentados en Punta Negra por un amigo en común, Sergio Ramírez Ronceros, mi tío Sergio, y compartido una tarde de aparente franqueza o amabilidad, ni mi padre traga a García ni García traga a mi padre. Se resultan recíprocamente tóxicos. Por eso, desde 1987 hasta el final del Gobierno aprista, mi padre no solo es el militar más crítico de García, sino el primero en aplaudir y apoyar los intentos que hay por derrocarlo, siendo el más ambicioso de todos el llamado Plan Verde, elaborado por un equipo de trabajo del Ejército que contó con la asesoría de militares retirados, el Gaucho Cisneros entre ellos.

La misión del Plan Verde, según el primer párrafo del documento final, es la siguiente:

Evaluar los escenarios nacionales futuros para escoger el más adecuado y derrocar al Gobierno civil, disolver los poderes ejecutivo y legislativo para que las Fuerzas Armadas institucionalmente asuman la conducción del Estado, con el fin de revertir la actual situación político-social-económica, cuyo deterioro amenaza destruir el sistema y las instituciones tutelares de la República.

Para los militares, es decir, «los verdes», García representa un profundo fracaso, una tragedia, una amenaza. Su gestión riega por doquier males que solo pueden corregirse con autoritarismo: la hiperinflación, la fuga de capitales, la hipertrofia estatal, la expansión de la burocracia, el excesivo endeudamiento del exterior, la recesión, la violencia, el desempleo. En las calles, solo cuando superan el miedo de abandonar sus casas, los padres de familia envejecen en las esquinas haciendo colas interminables frente a tiendas y bodegas de abarrotes para conseguir un puñado de alimentos básicos; si no revienta un coche bomba en su camino de regreso, con suerte pueden llevarles a sus hijos bolsitas de leche Enci y cuatro o cinco unidades de Pan Popular para completar el frugal desayuno de los ochenta al que los peruanos deben acostumbrarse. El Plan Verde propone romper con todo eso e instalar una «mentalidad eficiente» con ayuda de los empresarios, un modelo que años después servirá al dictador Alberto Fujimori para armar a la carrera el plan de gobierno que le faltaba.

Hacia 1988, mi padre pronostica que García no terminará su período de gobierno «de continuar la subversión, la falta de confianza y la crisis económica». En un reportaje de Univisión a propósito de los mil días del Gobierno aprista, se incluye una declaración suya de un minuto y veinte segundos de duración. «En Lima han causado revuelo las últimas declaraciones del general Luis Cisneros, quien, aunque sobredimensionado por la prensa, guarda estrechos vínculos con los militares en actividad», dice la reportera en la locución. Enseguida aparece el Gaucho, el saco de paño marrón, el reloj dorado en la muñeca izquierda, el cigarro Rothmans en la boca, la respiración algo agitada.

Este es un Gobierno ya no presidencialista, sino personalista. Un Gobierno en el que el presidente hace que los ministros digan lo que él quiere, y que el Parlamento apruebe lo que él quiere. En este momento está en una lucha con el poder judicial para imponer su criterio personal. Entonces, si hay un golpe en esta coyuntura, el único responsable será el presidente Alan García.

El paneo abierto de la cámara permite ver a un lado del encuadre el maletín marrón, cuya clave de cinco dígitos siempre quise adivinar; el televisor-radio que fue una novedad en su momento y que yo le pedía prestado para ver una serie de terror, *Espectros de medianoche;* la escultura de un caballo negro encabritado; los platos recordatorios y todos esos artículos de escritorio que hoy, dispersos, rotos, malogrados, enterrados, olvidados, vendidos, extraviados, ya no pueden darle vida a nada.

Una mañana, Mariella Balbi, la periodista principal de *La República,* llega hasta el despacho que mi padre habilitó en el sótano de la casa de Monterrico. Ella está interesada en las reuniones de tres o cuatro horas que él sostenía en el Country Club de San Isidro, donde se le ha visto ingresar en las últimas semanas, junto a otros militares retirados, pasadas las diez de la noche. Tratando de disimular su sorpresa, el general se limita a decir que son citas estrictamente personales.

—Pero hay un fuerte runrún, general, acerca de que un grupo de oficiales estaría planeando dar un golpe. ¿Usted sabe algo al respecto? —insistió Balbi.

—Absolutamente nada —contesta secamente Cisneros, tardándose en decidir qué acompañamiento resulta mejor para darle peso a su respuesta, si una calada del Hamilton que descansa en el cenicero o un sorbo del café negro que humea en una esquina del escritorio. Opta por el café.

—Se lo pregunto porque usted tiene fama de golpista. Si se estuviese planeando una sublevación, usted seguramente lo sabría...

—Un momentito. Le aclaro, señorita Balbi, que en mi carrera, a veces por cumplir órdenes y otras veces por propia voluntad, yo solo he conspirado contra Gobiernos militares. Siendo alférez conspiré contra Bustamante. Siendo teniente contra el general Odría. Siendo capitán estuve en el complot que quiso hacer el general Zenón Noriega. Siendo mayor intervine en el golpe que sacó al presidente Prado. Siendo teniente coronel participé del golpe de Velasco a Belaúnde. Siendo coronel conspiré contra Velasco, y como general de brigada, bueno, alguna conspiración hice también. De modo que, si van a decirme golpista, al menos digan que soy un golpista con principios democráticos.

—Pero ¡esa es una contradicción!

—Ya le repito, yo jamás he conspirado contra un Gobierno civil. Hasta ahora.

—¿Cómo «hasta ahora»? Eso suena a una amenaza para el presidente García.

—Es que el presidente García está haciendo todos los méritos para que rompa con mi tradición.

El Plan Verde contra Alan García es puesto en evidencia por la prensa internacional. Un día de enero de 1989, el *Washington Post* encabeza su página internacional así: «Presunto golpe militar en el Perú es frustrado por oposición de Estados Unidos».

El artículo menciona las reuniones de militares en el Country Club, así como las citas que han tenido altos oficiales del Ejército, o emisarios de estos, con funcionarios de la embajada de Estados Unidos en Lima para solicitar que ese país los apoye en el caso de que se concrete el levantamiento. «Los militares peruanos tenían una fecha prevista, incluso la hora en que saldrían los primeros tanques a las calles. Iban a ejecutar un golpe al estilo Pinochet para asegurarse luego una larga permanencia en el poder», asegura el *Post*.

Nunca hubiese sabido cuán involucrado estuvo mi padre en esas largas y finalmente infructuosas negociaciones de no haberme encontrado con el mayor general Jaime Monsante Barchelli el mediodía del 23 de enero de 2013, en el vestuario del club adonde yo iba a nadar y él a jugar frontón, o bochas o a pasar el día.

—Te apuesto que no sabes quién soy —me dijo acercándose con los brazos abiertos al casillero metálico en cuya puerta yo me disponía a enganchar un candado.

Solo atiné a ofrecerle una cara de desconcierto.

—¡Soy Jaime Monsante, amigo de tu padre! —se presentó envolviéndome en un abrazo.

En 1987, como parte de las maniobras orquestadas por esa facción de las Fuerzas Armadas que quiere tumbar a García, Monsante ordena que tres aviones de la FAP (Fuerza Aérea del Perú) sobrevuelen el Palacio de Gobierno. Es una señal de los milicos, como diciéndole a García que tome en serio la molestia de los cuarteles, que se prepare para cualquier eventualidad. «Ese día pensé que íbamos a bombardear el Palacio, pero solo querían asustar a Alan o quizá querían prevenirlo», me confiesa Monsante más tarde, mientras compartimos un lomo saltado en un restaurante del club, viendo el mar de Chorrillos golpear contra el malecón, espantando con su espuma a las palomas y gaviotas que allí se confunden en busca de comida. Luego de hacerme jurar discreción absoluta con una angustia teatral, como si en el fondo esperara que yo algún día divulgue eso que está por decirme, Monsante me cuenta que a fines de ese mismo 1987 mi padre, a través de unos contactos, contrata a dos sicarios en Estados Unidos para eliminar a Alan García.

Esas fueron las palabras exactas que utilizó: «contratar-sicarios-eliminar». «Eso no se coordinó en el Country, sino en el hotel Sheraton. Nos juntábamos de madrugada. Un grupo de empresarios puso plata para la operación y pagaron por adelantado para que los sicarios vinieran a Lima. Tu padre consiguió que se embarcaran, pero no contó con que en el mismo avión viajaba nada menos que ¡Luis Alberto Sánchez!» En 1987, Sánchez es el más antiguo y respetado dirigente del APRA; una nutrida comitiva de seguridad esperaba recibirlo en el aeropuerto Jorge Chávez. «Los sicarios —continúa Monsante— eran muy profesionales, hicieron pasar sus maletines junto con los de Sánchez y luego los recogieron de la faja aprovechando la distracción de los apristas. Hasta donde recuerdo, pasaron unos días en Lima e hicieron un reglaje a García, pero ya en ese momento los empresarios se echaron para atrás y le pidieron al Gaucho, tu padre, que abortase el operativo y los pusiera de regreso en el primer avión del día siguiente. Así fue como se frustró el asesinato del presidente».

García no necesita conocer esos detalles para ubicar a mi padre entre sus detractores y enemigos. A pesar de que no le guarda ninguna simpatía, lee los artículos que el general Cisneros publica en *Expreso,* en el que critica las falencias del Gobierno y la clamorosa falta de inteligencia en la estrategia antisubversiva. Una mañana de fines de 1987, García manda llamar al Palacio de Gobierno al general Belisario Schwarz, el más experimentado asesor del servicio de inteligencia, para pedirle explicaciones a raíz de las denuncias de Cisneros. Hubiese podido llamar a su ministro de Guerra, el general aprista Coco Flores, pero no confía en su capacidad, lo considera un adorno puesto por él mismo en el gabinete para darle gusto al partido.

—Oiga, Schwarz, qué está pasando. ¿Dónde están los reportes de inteligencia? ¿Trabaja alguien allí o todos se rascan los huevos? —encaró García, apoltronado en la silla de cuero, los pies sobre el escritorio, a un lado el diario *Expreso* abierto en la sección de las columnas de opinión.

—Señor presidente, esos informes existen. Yo mismo se los remito todas las semanas. Usted los recibe.

—Sí, sí, pero ahí no dice qué hay que hacer con el terrorismo.

—Lo que hay que hacer no pasa por inteligencia, sino por una decisión política suya.

—Ah, carajo, ¿me está usted queriendo dar clases de cómo gobernar?

—No lo pretendo, señor, usted es el presidente. Pero sí le digo que está rodeado de gente equivocada. Usted cree en la música que le cantan a los oídos.

—¿Lo dice por el ministro de Guerra?

—Sí, aunque no solo por él...

—¿Usted cree que yo no me doy cuenta de que Coco Flores es una mierda de ministro?

—Usted lo ha dicho, presidente.

—A ver, Schwarz, ya que estamos en esto, dígame usted a quién pondría en Guerra...

—El nombre que yo le recomendaría a usted no le gusta.

—¿A quién se refiere? ¡Hable!

—Yo pondría al general Cisneros —dice el general Schwarz levantando un dedo hacia el periódico.

—¿Cisneros? —García desaprueba la sugerencia con un gesto de desagrado, arroja el diario al suelo y reconduce su mirada hacia el enorme ventanal que da a un ángulo de la plaza de Armas—. Puede retirarse, Schwarz, y no se olvide de afinar esos reportes.

Las críticas del Gaucho arrecian luego de que en noviembre de 1989 Sendero Luminoso convocara a un Paro Armado en Junín, Huánuco, Ayacucho, Huancavelica, Cerro de Pasco, Puno, Cañete, Huaral y Lima, en su intento por sabotear las elecciones municipales que están por realizarse. Los terroristas —que ya han cercado la periferia de la capital, invadiendo barrios populares e incluso marchando sin pasamontañas por la avenida México, la avenida Argentina y la carretera Central— quieren penetrar un poco más en la capital. Desde su columna en *Expreso* y en entrevistas que ofrece a diversos medios, el general Cisneros insiste en proponer pena de muerte para los dirigentes terroristas y además plantea juicios en tribunales militares para todos los subversivos que sean capturados, y no desaprovecha la ocasión para culpar a Alan García por permitir el desmadre con su falta de reacción: «El presidente García no tiene vocación de renuncia, ni de asumir responsabilidades, ni de tomar decisiones. Él es el principal problema del país. No se da cuenta de que el Perú se está incendiando, sigue pensando en sus anticuchadas, sus cócteles palaciegos y sus fiestas».

Antes de eso, el 29 de julio, el Gaucho y García se han encontrado en el desfile de Fiestas Patrias. A inicios de mes, mi padre acusó al presidente ya no solo de permitir el avance subversivo, sino de fraguar la aparición de escuadrones de la muerte para deshacerse de sus enemigos políticos. «Las Fuerzas Armadas no deberían permitir que García culmine su mandato. Si el país está hundido, hay que agradecérselo al presidente de la República», le dice a Ricardo Müller, conductor de un programa de Canal 2.

—¿No cree que las críticas del general Cisneros sean representativas de un sector importante del Ejército? —le pregunta el propio Müller al presidente García días después en una entrevista en vivo y en directo desde Palacio.

—Yo no creo que Cisneros tenga ninguna representación dentro del Ejército. Es más, creo que nunca la tuvo. Lamentablemente para él.

—Bueno, fue ministro del Interior y hubiese sido comandante general de no aceptar la cartera de Guerra.

—Y también fue responsable de que creciera Sendero. Por eso tiene muy poca autoridad moral para hablar de las cosas que no hizo.

El día de la parada militar, mi padre sube al palco del estrado central y, siguiendo el protocolo de todos los años, comienza a saludar a los ministros y dignatarios que allí se encuentran. La fila del saludo es larga y lenta. Las cámaras de televisión transmiten a nivel nacional. Poco a poco el Gaucho se acerca donde García, quien ya lo ha visto de reojo. De repente están frente a frente.

—Buenos días, señor —dice García mirándolo desde lo alto de su metro noventa y cuatro.

Las personas que están a los lados perciben la tirantez con que ambos se huelen.

—Buenos días, señor —contesta el Gaucho.

—¡Usted a mí dígame señor presidente! —aprieta la mano García.

La cola enmudece.

—¡Y usted a mí dígame señor general! —aprieta más fuerte Cisneros.

Fue la última vez que se cruzaron.

* * *

El año siguiente, 1990, está lleno de incidentes. En enero el MRTA asesina al exministro de Defensa, el general López Albújar, amigo de mi padre. «Ha empezado el terrorismo selectivo», dice el Gaucho cuando lo llaman a pedirle una reacción por el crimen.

Aún hoy tengo conmigo las macabras imágenes del general López Albújar acribillado, los ojos perdidos para siempre, el cuerpo ensangrentado chorreándose en el asiento del auto que conducía cuando fue sorprendido por sus asesinos. Por esos días yo estaba seguro de que, si a mi padre no lo emboscaban los terrucos, lo ajusticiarían los paramilitares del APRA, hartos de sus críticas. Cada vez que los noticieros pasaban el primer plano de López Albújar muerto, en terno, siendo recogido por sus ayudantes en medio de los restos del parabrisas desecho, automáticamente yo le colocaba al cadáver del general la cara de mi papá. Cuánto temíamos que le ocurriese algo parecido a él o a alguno de nosotros. Desde 1988 en adelante, mi pesadilla recurrente era que una columna terrorista, integrada por un centenar de hombres con pasamontañas o pañuelos rojos en la cabeza, bajaba por los cerros que se ordenaban frente a mi casa, la cercaban y disparaban hasta matarnos a todos. Era el mismo tipo de sueño nefasto que atormentaba a mi hermana Valentina, a mi hermano Facundo y a mi madre. A inicios de los noventa, ya todos estábamos fogueados en el arte de recibir amenazas telefónicas. A mi mamá le tocó levantar el auricular varias veces para oír voces distorsionadas que le advertían que sus hijos serían secuestrados a la salida del colegio o que su casa sería dinamitada esa misma noche. Ella entraba en cuadros de pánico y no se calmaba hasta que mi padre le prometía y juraba que no iría a pasarnos nada.

Durante esa época utilizábamos rutas alternas para ir al colegio. Si un día tomábamos la avenida Angamos para llegar a Benavides, al día siguiente íbamos por el puente Primavera y bajábamos por Tomás Marsano, o si no, subíamos por Javier Prado y nos perdíamos por la San Borja Norte. En el auto nos sentábamos así: mi padre en el asiento del copiloto, al lado del chofer; atrás iban dos guardaespaldas, flanqueándonos a mis hermanos y a mí. Cinco o seis cuadras antes de llegar al colegio, mi papá daba la orden de que nos agacháramos y nos cubriéramos con las mochilas. Yo intentaba contener la respiración durante esas cuadras. Así fue todos los días durante un año y medio.

También nos acostumbramos a reportar los nombres y apellidos completos de nuestros nuevos amigos, así como sus domicilios y los quehaceres de sus padres, resignándonos a llevar a la casa solo a aquellos cuya amistad era aprobada por mi padre luego de días de analizar la información proporcionada. A mi hermana Valentina y a mí nos parecía una lata paranoica, pero nos sometíamos a ella para evitar escuchar las explicaciones de mi padre, en las que se incluía la cinematográfica pero auténtica historia de un general argentino que voló en pedazos luego de que un terrorista, infiltrado en su casa como amigo de su hija, y después de ganarse pacientemente la confianza de la familia, dejara un paquete de dinamita debajo de su auto o de su cama. Tiempo después descubrí una película que narra ese episodio: *Garage Olimpo* (1999). Cada vez que mi padre contaba la historia alternaba el escenario donde el militar moría instantáneamente. Desde que supo de ese caso le entraron más dudas. «Un hombre en la guerra tiene que dudar de todo el mundo y revisar su cama antes de acostarse para ver si hay o no una bomba debajo», dijo una vez en una revista. Tuve amigos que jamás entraron a mi casa solo porque alguno de sus padres había militado en la extrema izquierda, o porque sencillamente sus datos o su perfil no acababan de cuadrarle a mi papá. La que se frustraba más era Valentina: le demoraba meses armar una fiesta porque dependía del tiempo que a mi padre le tomara aprobar las listas de invitados, que eran examinadas nombre por nombre y por lo general quedaban reducidas a la tercera parte. Fiestas que mi hermana pensaba para cincuenta personas acababan siendo tés para cuatro gatos.

Lo que a mí más me aterraba —aunque a la vez me obsesionaba de una manera morbosa o macabra— era la posibilidad de sufrir un secuestro a manos de Sendero o del MRTA. Una noche vi en la televisión la noticia del secuestro de un conocido motociclista, hijo de un empresario de mucho dinero. Recuerdo su nombre: Heriberto Scavia. Los terroristas, para amedrentar a los familiares, quienes se negaban a desembolsar la suma que les pedían, le cortaron una oreja a Heriberto y se la enviaron al padre dentro de una caja de torta. La televisión pasó esas imágenes. Además de impactarme en un grado tal que pasé semanas soñando con la oreja de Scavia —llegué a pensar absurdamente que, si Heriberto salía con vida, al menos podría disimular la oreja amputada con el casco de motociclista—, el caso hizo que me preguntara si mis padres pagarían un rescate en el supuesto de que los terroristas decidieran secuestrarme. Entonces imaginaba cómo sería la convivencia con los raptores mientras duraran las negociaciones. ¿Me alimentarían? ¿Con qué frecuencia me permitirían ir al baño? ¿Me golpearían para que hablase y dijera cuánto dinero tenía ahorrado mi padre? ¿Me tendrían maniatado? ¿Comería con las manos atadas? ¿Cómo me asearía? Me veía a mí mismo durmiendo en un colchón sin sábanas, dentro de un cuarto con olores a meado, cuya única luz provenía de un foco que titilaba al final de un cable que colgaba del techo, e imaginaba que una noche alguno de ellos, seguramente el más débil, el menos preparado psicológicamente, se compadecía de mí y me dejaba escapar por una de las ventanas que hasta ese momento permanecían tapiadas, y entonces yo me fugaba y volvía sano y salvo a mi casa, quizá con algunas magulladuras, y mis padres me recibían con abrazos, y en el colegio me ovacionaban. Eso imaginaba: que sería portada de los diarios, que obtendría la atención de todos. Algunas de esas mañanas rumbo al colegio, con la cabeza debajo de la mochila, a pesar del temor palpitante, deseé por un instante que alguien me secuestrara.

Aquellos miedos de la familia se agudizaron cuando mi padre decidió postular al Senado en abril de 1990. Un amigo lo había invitado a formar parte de la lista de Somos Libres, un movimiento independiente que representaba a un grupo minoritario de la derecha peruana y que, la verdad, no tenía mucho arraigo. El eslogan era algo así como «La verdadera fuerza independiente» y el símbolo, un foco encendido: el foco de las ideas, el único foco que no se apagaba con los atentados terroristas. Mi padre tenía el número dos de la lista. Todos nos entusiasmamos en la casa con la campaña, que era de una austeridad conmovedora, y pusimos el hombro desde nuestro lugar. Recuerdo haber llevado al colegio volantes y afiches que decían: «¡Para el Senado marca el Foco y escribe el 2! ¡Un Gaucho en el Congreso!». Una tarde, al final del segundo recreo, unos amigos me ayudaron a pegar los afiches con goma y cinta adhesiva en los muros del patio. El conserje de seguridad, el Topo Valdivia, se apareció furioso tocando un pito, exigiendo que los descolgásemos. No sé si lo hacía porque estaba prohibida la propaganda política en el colegio o porque su familia era aprista y los apristas odiaban a mi padre. En todo caso recuerdo que mis amigos, en lugar de hacerle caso al Topo Valdivia, desobedeciéndolo por completo, me levantaron en hombros, como si yo fuese el candidato al Senado, como si ellos también quisieran que mi padre ganara, como si les importara la campaña, y empezaron a marchar gritando «¡Cisneros, presidente!», y mientras el Topo Valdivia soplaba el pito con indignación, tratando de desbaratar aquella manifestación espontánea, más gente se unía a esa especie de mitin improvisado, y desde las alturas yo me reía y quizá pensaba en que no estaría mal eso de ser candidato y convocar a las masas y ser adorado por ellas.

Como postulante, el Gaucho propone otra vez la pena de muerte, pero ya no solo para terroristas, sino también para funcionarios corruptos y narcotraficantes. «Pero los principales son los terroristas, aquellos dirigentes que nunca van a caer en los delitos enmarcados en la ley, aquellos que jamás van a ser detenidos con un arma en las manos, pero que son los autores intelectuales de los atentados y asesinatos», apuntaba.

—¿No le parece que el remedio es peor que la enfermedad?

—¿No le estaríamos haciendo el favor al terrorismo de proporcionarle mártires? —le pregunta un periodista de *Oiga*.

—Prefiero un «héroe» muerto que un dirigente terrorista vivo. No puede ser que el país en diez años haya perdido dieciocho mil vidas por decisión de un solo hombre, Abimael Guzmán. No puede ser que nuestro país, siendo pobre, haya perdido tantos miles de millones de dólares en destrucción, solo por la decisión de ese hombre. ¿Y ahora resulta que a ese hombre no se le quiere aplicar la pena de muerte? ¿Eso no es traición a la patria?

—¿No le parece que la pena de muerte es una violación flagrante de los derechos humanos en un sistema democrático que se pretende defender?

—Si es una cuestión de conciencia, entonces yo pediría una reforma constitucional.

—¿Cuál sería?

—¡Que se vea en referéndum y plebiscito! A ver qué piensa el pueblo. Porque aquí todo el mundo quiere lavarse las manos para estar bien con su conciencia de la boca para afuera. ¡Hagamos un plebiscito! ¡Planteemos el referéndum! A ver qué opinan los padres, los hijos, los hermanos de los muertos por la subversión. ¡A ver qué opinan todos los que han sido secuestrados y amenazados de muerte por la subversión! ¿Esta no es una democracia? Pues entonces a ver qué opina la mayoría de este país. Estoy segurísimo de que la mayoría avala la pena de muerte.

—¿No cree que sería más castigo para Abimael Guzmán la cadena perpetua?

—No. Y ojalá me alcance la vida para ver a Guzmán frente al pelotón de fusilamiento. Sinceramente, me gustaría mucho.

A pesar de que sus ideas tienen aún muchos seguidores, y de que cuando salimos a la calle —al supermercado, a un restaurante— nunca falta alguien que se le acerca, lo saluda y le asegura que marcará el Foco de Somos Libres, mi padre obtiene en esas elecciones una votación muy por debajo de lo que necesita para alcanzar una curul: apenas tres mil votos. No le gusta perder, pero tampoco se amilana. Sigue en lo suyo, asociándose con compañeros militares retirados para dar asesorías de seguridad a empresas y comentando la política de todos los días con amigos o parientes o con el Zambo Garcés. Además, siempre sucede algo en el país que lleva a los periodistas a buscarlo. Saben que el Gaucho habla fuerte y lo llaman por eso. Cada vez que va a las entrevistas en televisión, de día o de noche, mi madre le pide que mida sus declaraciones. Si no lo quieres hacer por ti, hazlo por tus hijos, le dice, parada en la puerta de la casa, viéndolo sacar el Chevrolet del garaje.

En julio de 1990, antes de que Alan García finalice su Gobierno, mi padre va al programa que un joven Jaime Bayly tiene en Canal 4 para comentar la escandalosa fuga de Víctor Polay Campos, cabecilla del MRTA, y de cuarenta y siete de sus seguidores del penal Castro Castro. Mi padre está seguro de que el APRA los ha ayudado a escaparse. «Para empezar —le dijo a Bayly—, Polay es hijo de apristas. El ministro de Salud es su cuñado. Además, él y García fueron compadres en los setenta, cuando ambos subsistían en París tocando la guitarra en el barrio Latino». La fuga, en efecto, es bochornosa. Según una investigación del Congreso que quedaría trunca, se produce a las tres de la madrugada, aprovechando el relevo del personal de turno, a través de un túnel que contaba con vigas y hasta con sistema eléctrico, y que se había venido construyendo desde hacía meses con la anuencia o el disimulo de la Policía. Polay sale de donde estaba porque alguien le facilita las llaves de las rejas principales de su pabellón junto con un plano del túnel.

—¿Y qué le ha parecido el túnel de Polay, general? —pregunta esa noche Bayly en vivo, en el set de Canal 4.

En la casa seguimos las incidencias de la conversación. Mi madre abre y cierra las manos delante de la pantalla, enviándole vibras al Gaucho para que hable con serenidad y no diga nada muy subido de tono.

—Ese túnel, Jaime, es una obra técnicamente tan bien hecha que el Gobierno aprista ha podido inaugurarla antes de irse.

—Ja, ja, ja. Es cierto, es cierto. Y dígame una cosa, general: ¿qué le diría usted a Polay si lo tuviera enfrente? —Bayly ahora se pone serio.

La pregunta es una tentación para mi padre. Se lo vemos en la cara a través de la televisión. Estamos seguros de que se desbocará.

—No me preguntes eso, Jaime, porque puedo responderte una barbaridad —dice el Gaucho, y enciende ahí mismo un cigarro que inunda la pantalla de humo.

Mi madre respira aliviada con la evasiva de mi padre, siente que ha recordado sus palabras antes de irse. «No contestes, no contestes», le habla al televisor.

—Pero anímese, general. Este programa está hecho para eso, para decir barbaridades —porfía Bayly.

En casa comenzamos a rezar. En el set mi padre chupa el cigarro como meditando la mejor respuesta, una que lo represente sin poner en riesgo a su familia. O eso parece.

—Si yo tuviera a Polay enfrente, no le diría nada —contesta mi padre. En casa ya celebrábamos su contención, cuando de repente volvemos a escuchar su voz—: Yo lo mataría de frente.

* * *

Las cosas no cambiaron en adelante. Aunque al inicio del nuevo Gobierno, presidido por Alberto Fujimori, mi padre parece estar de acuerdo con algunas de sus decisiones más radicales, incluso con la disolución del Congreso en 1992, poco a poco va desencantándose de lo manipulable que había resultado el ingeniero japonés, que ha llegado al poder casi de milagro.

Al Gaucho le preocupa de manera especial la perniciosa presencia del agente Vladimiro Montesinos en el entorno más cercano del presidente. Mi padre recuerda en *Caretas*, *Expreso* y *La República* que, cuando Montesinos estaba en el Ejército, había sido denunciado por traición a la patria y dado de baja por abandonar su puesto en una guarnición de frontera y escapar a Estados Unidos fraguando documentos. «Un hombre de esa catadura moral no puede ser asesor del presidente, menos subjefe del SIN, el Sistema de Inteligencia Nacional», declara el general Cisneros, y añade que el SIN se está convirtiendo en una Gestapo con lazos con la CIA y el narcotráfico internacional. «Algún día Montesinos tendrá que pagar en el fuero judicial los atropellos que está cometiendo», dice a mediados de 1992, cuando la sombra de Vladimiro recién comenzaba a expandirse en todas direcciones.

El terrorismo, mientras tanto, continúa realizando atentados en varias ciudades, incluida Lima, que amanece a diario con perros que cuelgan, secos, exangües, de los postes de electricidad. Esa coyuntura de incertidumbre es aprovechada por agentes del servicio de inteligencia para hacer redadas sangrientas en busca de sospechosos, o para amedrentar a los enemigos políticos del régimen colocándoles bombas. Lo hacen en la oficina de la dirigente aprista Mercedes Cabanillas y en la residencia del congresista opositor Manuel Moreyra.

También lo hicieron en nuestra casa de Monterrico. Cómo olvidarlo si se me cuartea la piel nada más pensar en lo que ocurrió. Fue en la madrugada del 5 de junio de 1992, un día después del atentado contra Canal 2, cuyas instalaciones en Jesús María volaron en pedazos tras la explosión, en el frontis, de un camión de la Marina usado como coche bomba. Tres personas murieron, varios quedaron heridos. El hecho se atribuyó a Sendero Luminoso, aunque tiempo después, el dueño del canal, Baruch Ivcher, diría que «la mano fue de Sendero, pero la planificación fue del SIN». El Canal 2 había pasado de favorecer al Gobierno de Fujimori a enfrentarlo con permanentes denuncias. Aquel bombazo inolvidable, dentro de la tesis de Ivcher, era un duro escarmiento por el cambio de posición de la línea editorial.

La noche del día 5, nos dormimos sin recuperarnos de las espeluznantes escenas propaladas por la televisión acerca de lo ocurrido en Canal 2. La noche pasó como una silenciosa coreografía de sombras hasta que a las cinco de la madrugada un ruido estremeció la casa. Un ruido seco, fortísimo, atómico; el ruido con el que se iniciaría el fin del mundo. Apenas me levanto voy al cuarto de mis padres, donde ya están Valentina y Facundo. Todos estamos ahora bajo la frazada, asustados, perplejos, menos mi padre. Él, sentado en la cama, mueve la perilla de la radio tratando de encontrar información. Por un momento consideramos que Sendero puede haber atentado contra el hipódromo, que queda a unas pocas cuadras y que se alistaba para un clásico hípico importante. Mi hermana Valentina trata de hacer una llamada, pero descubre que el teléfono lleva aparentemente varios minutos sin funcionar. De pronto una nube de humo se cuela en la habitación, seguida por el penetrante olor de la pólvora quemada. La estela parece llegar desde el *hall* de ingreso de la casa. Extrañados, avanzamos por los pasillos en pijama, como sonámbulos precavidos. «¿Se habrá quemado el televisor?», baraja mi mamá en el camino. Su tesis resulta demasiado inocente cuando llegamos a la puerta principal y vemos ese espectáculo atroz. Entonces recién captamos lo que está sucediendo, y lo que está sucediendo es que alguien acaba de lanzarnos dinamita. Podríamos estar muertos, dice Valentina. Mi padre pide que nos metamos a nuestros cuartos, pero lo convencemos de quedarnos todos juntos y así es como hacemos el reconocimiento de los destrozos. En el jardín hay un forado inmenso, como si un meteorito hubiese caído durante la víspera. Las ventanas están rotas, los marcos descuadrados, el portón de hierro arqueado, los muros que daban a la calle derribados. Hay vidrios y barro y pedazos de tejas por todas partes.

Nos quedamos mirando aquel paisaje con alucinación y rabia. Mi madre estalla en llanto y golpea a mi padre varias veces en el pecho, como culpándolo de lo que pudo habernos pasado, como recalcándole que nosotros somos inocentes, que no tenemos por qué cargar con las consecuencias de sus declaraciones contra el Gobierno. No obstante, yo no me siento tan inocente, pues me considero deudor de las palabras de mi padre: si años antes me beneficié de ellas en un concurso de Oratoria para abandonar el anonimato colegial y adquirir cierto prestigio en la secundaria, ahora tengo que ser leal a esas palabras y asumir también sus efectos devastadores. Afuera, en el cemento de la vereda, una inscripción aparece aún fresca: MRTA. Mi padre la observa con detenimiento e inmediatamente concluye: «Los terroristas no te amedrentan, te matan sin avisarte. Esto es cosa de Montesinos». No pasan más de veinte minutos antes de que lleguen, primero, los agentes de la Unidad de Explosivos de la Policía y, enseguida, un pelotón de periodistas, amigos, tíos, primos y vecinos curiosos. Mi padre luce desconcertado, pero está convencido de que lo han querido escarmentar. Días antes ha criticado en distintos medios a Fujimori y, muy especialmente, a Montesinos y al general Hermoza Ríos por los sonados crímenes de La Cantuta y Barrios Altos. Mi padre no condenaba los crímenes en sí mismos («bien muertos, pero mal matados», decía respecto de las víctimas, sospechosas de colaborar con Sendero Luminoso), sino la cobardía de quienes dispusieron los operativos y no se atrevían a asumir su responsabilidad. Esas declaraciones tuvieron tanta repercusión que se replicaron hasta en el *Wall Street Journal*. A raíz de ese rebote, en la casa de Monterrico comenzaron a sucederse nuevamente las llamadas telefónicas intimidatorias. A mi padre no le importó ese hostigamiento y endureció más sus declaraciones contra Montesinos, sin sospechar esto: que arrojarían un cartucho de explosivos en el centro de su casa para silenciarlo. «El responsable de la bomba a Cisneros puede ser Montesinos», titula al día siguiente *La República*. «Lanzaron bombas a residencia de general en retiro Cisneros Vizquerra», pone *Expreso*. «Misterioso atentado: bomba en la casa del Gaucho Cisneros no sería de Sendero Luminoso. Se habla de los paramilitares de Montesinos», analiza *Caretas*.

Un mes después, un atentado a gran escala, este sí perpetrado y reivindicado por Sendero Luminoso, remece la ciudad. Un coche bomba con cuatrocientos kilos de dinamita en su interior revienta en el estrecho pasaje Tarata, en Miraflores. Veinticuatro personas mueren, cinco desaparecen, más de doscientas resultan heridas, y los sobrevivientes quedan traumados, resignados a no poder olvidar nunca la brutal imagen de los cadáveres regados por el suelo, las espirales de humo, el intenso resplandor de la candela.

A los dos días, un hombre de unos setenta años, padre de un dentista que murió en uno de los edificios de Tarata, al que se ha visto por televisión gritando «¡Hijo, hijo!» entre las llamas que provocó el coche bomba, se convierte en el símbolo de las marchas de protesta pacífica que comienzan a organizarse en Miraflores. Una noche ese hombre sale en el Canal 4 para dirigirse a la audiencia en todo el país. «Este es el momento —dice mi padre en la casa, yo a su costado— de darle un mensaje directo al terrorismo, aquí podemos empezar a ganarles a estos hijos de mala madre». Segundos después, cuando ve que el hombre extrae un rosario de su bolsillo y dice con la voz quebrada que perdona a los autores de la bomba porque «todos somos hijos de Dios y merecemos el perdón», mi padre, escandalizado, se pone de pie, golpea la pared y grita: «¡Viejo huevón! ¡Viejo huevón!».

Su reacción es de una impotencia explícita. El Perú está atrapado entre un grupo terrorista que mata abiertamente y una dictadura que mata en secreto, y él, que ya no puede hacer nada, que no le queda más poder que el limitado poder de sus declaraciones y de sus columnas quincenales, no tolera que los ciudadanos, representados ocasionalmente en ese anciano creyente, pierdan tan magnífica oportunidad de hacerse respetar.

* * *

A pesar de que en setiembre de 1992 la captura de Abimael Guzmán es un pretexto lógico de unión y reconciliación nacional, en un sector de las Fuerzas Armadas no ceja el malestar por la manera en que Fujimori y Montesinos disponen los ascensos de generales, eligiéndolos a dedo, según su conveniencia, sin respetar el proceso interno ni el cuadro de méritos. Ese descontento tiene su punto de ebullición en noviembre con un fallido intento de golpe de Estado. Develado el amago de sublevación, los militares implicados son trasladados a una cárcel común, a un pabellón de delincuentes, lo que provoca la protesta pública de diecinueve generales en retiro, encabezados por Cisneros Vizquerra. La queja se materializa en una carta dirigida al general Hermoza Ríos, de quien el Gaucho tiene una opinión muy clara. «El general Hermoza Ríos no debería ser ratificado como comandante general, porque es el principal elemento disociador y divisionista que pretende polarizar nuestra institución. Las actuales pugnas en el Ejército se deben a su presencia», conjetura en *Debate*. Pero ¿no le daría usted ningún mérito en la captura de Abimael?, le consulta el periodista. «Un momentito, la captura de Abimael es resultado de un trabajo de inteligencia de la Policía, ahí Hermoza Ríos no tiene nada que ver. Además, yo no sé por qué el Gobierno no ha matado ya al miserable de Guzmán. Mantenerlo vivo nos cuesta un dinero importante que podría gastarse en una mejor causa. No sabemos cómo serán las cosas en el futuro: usted sabe que los políticos de este país tienen predisposición a perdonar a todo el mundo. Guzmán tiene que pagarla con la muerte, él no puede arrepentirse.» General, y ¿cómo ve el papel del Ejército en estos momentos? «El Ejército está sometido totalmente al poder político, y en eso sí tiene que ver mucho Hermoza Ríos. Él ha perdido respeto y liderazgo, ha permitido que las Fuerzas Armadas sean manoseadas, ha dividido a la institución. No reúne las condiciones ni el carácter para seguir al frente.»

No pasan ni cinco días de esas declaraciones antes que la justicia militar abra un proceso contra mi padre por un delito inventado e inédito: «Ultraje a la Nación e insulto al superior». No es la única notificación que le cuesta asimilar por esos días. Una semana antes su médico de cabecera, el doctor Silvio Albán, le había dado los resultados del análisis al que forzadamente se sometió. Tenía cáncer. Un cáncer enquistado en la próstata que, aunque operable, demandaba un tratamiento largo y tortuoso.

El Gaucho decide mantener el diagnóstico oculto para concentrarse en su situación judicial. En los diarios comprados por el Gobierno, Fujimori y Hermoza Ríos se despachan contra él, trayendo a colación, de manera deformada, aquello que dijo en *Quehacer* en 1983 acerca de cómo combatir al terrorismo en Ayacucho. Y en un artículo del diario oficial *El Peruano,* titulado «¿Qué pretende el general?», un redactor anónimo califica las críticas de mi padre como «contrarias a la disciplina que caracteriza a la institución castrense», y adelanta el escenario que quizá le espera diciendo: «Cuidado, general Cisneros Vizquerra, no vaya a ser que termine su vida en la cárcel como su admirado general Videla, condenado por genocidio».

Sus amigos y hermanos le recomiendan pedir asilo político en la Argentina o España, como han hecho otros oficiales, igualmente convertidos en objetivos políticos de la dictadura. Mi madre se lo pide también. Él —sentado en la terraza del fondo, el perro a sus pies, las volutas del humo del cigarro dispersándose en el aire— lo evalúa, pero luego decide quedarse en el país y someterse a la justicia. Para dar a conocer su posición escribe a máquina una carta que luego envía a los pocos diarios y revistas no sometidos al Gobierno.

Con la tranquilidad de conciencia que me brinda la fe en Dios y una línea de conducta jamás quebrada, con orgullo de provenir de un hogar cuyos nombres nunca fueron manchados, y donde aprendí desde muy joven amor por la verdad y la justicia, donde sufrí las consecuencias del encarcelamiento y el destierro de mi padre; con la convicción de que en mi paso por el Ejército aprendí de mis viejos maestros los principios que sustentan la vida institucional, principios que difundí entre los hombres con quienes trabajé y cuya vigencia trataré de seguir demostrando, es que he tomado la decisión, importante para mí, de agradecer públicamente todas las invitaciones que he recibido para asilarme en distintas misiones diplomáticas en las actuales circunstancias.

Que mi decisión de permanecer en el país no se compare con otras, que también merecen mi respeto.

Porque tengo fe en la justicia castrense y confianza en los hombres de uniforme que la administran es que no abandono el Perú y acataré las decisiones de este fuero.

Al final, las circunstancias por las que paso me dan la oportunidad de una lección más para mis hijos y mi institución. La defensa de los principios es el único sustento por el que valen la pena todos los sinsabores de la vida.

* * *

El miércoles 25 de enero de 1993 acude por primera vez al Consejo Supremo de Justicia Militar. Dos días antes ha cumplido sesenta y siete años. Aquel 25, un diario coloca en su portada: «Detendrán a Cisneros tras rendir instructiva». Yo leo ese titular en un asiento de la combi, rumbo a la academia donde estudio para intentar, por tercera vez, ingresar a la universidad, y me turbo y me revuelvo y me siento impotente, y una vez en la academia no consigo concentrarme en absoluto en ninguna de las clases y pienso que al volver a casa mi papá quizá ya no esté allí, sino en la cárcel. Después de las tres horas y diez minutos que dura el interrogatorio, el juez, acogiendo el pedido del fiscal, lo sentencia a treinta días de prisión militar condicional. En su alegato a la condena, mi padre, sin coordinarlo previamente con su abogado, pide ante el tribunal que la pena se haga efectiva. «Acepto el fallo, pero no lo comparto porque tengo la potestad de referirme a la conducta de cualquier general menos antiguo que yo.

Soy un militar en retiro, no tengo superiores. Si la pena por expresarme es la cárcel, señor juez, entonces pido que me encierren. Yo aquí tengo lista mi maleta para la reclusión.» El abogado lo escucha con los ojos agrandados por la incredulidad.

A la salida de la lectura de sentencia, mi padre es cercado por una nube de periodistas. Es un día de mucho sol. Los reporteros lucen lentes enormes, camisas de manga corta. Retienen las declaraciones del Gaucho en cuadernos colegiales y grabadoras que parecen *walkmans*. Allí están también los micrófonos de América, Radio Cadena, Canal 2, Eco, Global, asediando a mi padre, un hombre que ya no escucha del todo bien, que pide que repitan las preguntas detrás de sus anteojos con lunas de aumento, un hombre que frunce el ceño y arruga la nariz acaso por el calor o por el cáncer, que se ahoga al responder acaso por la fatiga de la audiencia o por el cáncer, y que insiste en aquello que le ha dado a entender al juez. «No me asilaré de ninguna manera.» «Vendré cada vez que me llamen.» «No he cometido ningún delito.» «Me reafirmo en mis declaraciones y me hago responsable de ellas.» «No tengo temor.» Eso está diciendo mi padre aquel día de enero de 1993 cuando de repente, detrás de él, aparece Enrique, Quique, el chofer que por esa época trabajaba con nosotros y que guardaba por mi padre una lealtad de hierro. Quique invade la escena, lo rescata de esa maraña de periodistas, que no saben que conversan con un general enfermo, lo jala a un costado y lo deposita en el asiento trasero de un Toyota rojo de segunda mano, la última compra de mi padre.

Dos meses más tarde, a pesar de que el juez fue muy claro al indicarle que estaba impedido de prestar declaraciones alusivas al proceso o a las personas que lo habían motivado —«debe abstenerse de ofender al superior de palabra o mediante publicaciones periodísticas o de cualquier otra forma, bajo apercibimiento de hacerse efectiva la pena»—, mi padre declara para un diario brasileño y, terco, necio, irresponsable, descarga opiniones contra Fujimori, Montesinos y Hermoza Ríos, y advierte que en el Ejército hay oficiales decentes que pueden cocinar otro golpe de Estado:

> En el Perú lo que tenemos es un desgobierno que se traduce en la destrucción de todas las instituciones, en especial las Fuerzas Armadas, que se han desprofesionalizado, al punto de haber roto sus códigos de camaradería y lealtad. Si Alan García pasó a la historia como el peor presidente que ha tenido el Perú, Fujimori pasará como el dictador civil más ineficaz. No me extrañaría que la solución llegue de parte de la poca gente digna que aún subsiste en los cuarteles.

Ni cosiéndole los labios con alambres de púas hubieran conseguido callarlo. El atrevimiento de abrir la boca le cuesta caro. La justicia militar lo convoca nuevamente y amplía su condena a noventa días. Tres meses de prisión condicional. El abogado explica a los periodistas que no hay recurso de apelación que valga. Es cosa juzgada, dice. A la salida del local del Consejo Supremo, los periodistas vuelven a abordar a mi padre, que por toda respuesta da una de esas peroratas épicas, cargadas de estoicismo, que al menos le servían para refrendar lo que él consideraba eran sus valores más genuinos. «La lucha que se avecina, señores, será dura, pero ella está reservada para los hombres que tenemos el coraje de asumirla, la tenacidad de mantenerla y la firme voluntad de conquistarla.»

Los diarios y los políticos de oposición, entre los que se encuentran algunos personajes que décadas atrás han atacado a mi padre, rechazan la sanción que se le ha impuesto, catalogándola de atropello, de mordaza, de vejación. Pasados los noventa días, mi padre no aguanta y vuelve a escribir artículos contra el Gobierno, y el Gobierno busca maneras disimuladas pero más hirientes de amilanarlo. En enero de 1994, solicita ser atendido en el extranjero, invocando el plan de cobertura médica a que tiene derecho todo general de división con más de treinta y cinco años de servicio, pero el general Hermoza Ríos le niega la posibilidad de salir del país y, no contento con ello, hace todo lo posible por burocratizar el acceso a las medicinas que le corresponden.

Pero mi padre es un perro duro. Pese a la enfermedad y al juicio, saca fuerzas y ánimos para dar la que sería su última batalla política: una nueva postulación al Congreso. El candidato a la presidencia por el partido Unión por el Perú, UPP, el prestigioso diplomático Javier Pérez de Cuéllar, exsecretario general de la ONU, lo invita a integrar su lista parlamentaria con el número seis. Los afiches con el lema «El Gaucho Cisneros, un valiente al Congreso» empiezan a circular en cuestión de horas.

A diferencia del primer intento, esta vez mi padre cuenta con una plataforma política más sólida y con muchas más personas decididas a apoyarlo. Si nosotros nos habíamos comprometido algo en la campaña de 1990 con el Foco de Somos Libres, ahora redoblamos el esfuerzo y nos metemos de pies y cabeza en el proyecto. Ya sabemos que mi padre está enfermo y no queremos ni pensar lo que un nuevo fracaso electoral puede producirle.

Para completar el diseño de uno de los afiches, mi padre me pide que escriba unas coplas en rima. Yo he dejado de apreciar la rima y solo escribo poemas en prosa que mi padre no entiende, pero no dudo en componer algo para él. Había olvidado por completo lo que escribí, pero hace poco, husmeando en los cajones y baúles que por años estuvieron vedados para mí, encontré esas ingenuas cuartetas electorales.

Porque sabe liderar,
porque es un hombre sencillo,
porque siempre fue caudillo
en el medio militar.

Porque no teme a ninguno,
porque ante todo es soldado,
cuando votes marca el uno
y escribe el seis al costado.
Y así pese a quien le pese,
con tu voto soberano
el ejército peruano
tendrá el lugar que merece.
Con trabajo hasta el 2000.
Por eso, solo por eso,
el día 9 de abril
que el Gaucho vaya al Congreso.

Lo que me puso mal cuando encontré ese papel, lo que en serio me dobló como un muñeco de goma fue sentir y recordar el convencimiento y la contundencia con que entonces escribí «hasta el 2000», aun sabiendo que el cáncer estaba metido dentro de mi padre. Era como si hubiera querido convencerme de que si ganaba la elección, si su ánimo se restablecía, podría vencer la enfermedad y quedarse algunos años más con nosotros. Recuerdo ahora los días de marzo y abril de 1995 y veo a mi padre viejo, canoso, con el pellejo de los brazos colgando, pero aún arropado por la vitalidad de su lenguaje, por la fortaleza de que siempre estuvieron hechas sus palabras. Lo veo haciendo campaña, sacando al fresco los lazos de Montesinos con el narcotráfico, oponiéndose tenazmente a la reelección de Fujimori, denunciando la corrupción en el Ejército. «El presidente puede comprarse su Ejército si le da la gana, pero este no es de él, es del Perú. Una reelección de Fujimori nos va a llevar a un Gobierno más autocrático», les dice a los reporteros que lo visitan.

El domingo de las elecciones en la casa de Monterrico el ambiente es de fiesta. O de anticipo de fiesta. Desde temprano nos preparamos para recibir a amigos y tíos. Todos vienen a almorzar y a escuchar el primer *flash* de las cuatro de la tarde. Las encuestas de los días previos indican claramente que UPP colocará entre dieciséis y dieciocho congresistas en el Parlamento. *Caretas* ha publicado un artículo con los nombres de quienes muy probablemente ocupen esos escaños. Aunque el sistema de votos preferencial puede perjudicar a mi padre, su ubicación en el sexto lugar de la lista es sumamente favorable. De hecho, *Caretas* lo menciona como seguro ganador junto a los primeros trece candidatos de UPP. Por eso, la mañana de las elecciones, aunque cautos, no podemos disimular la ansiedad y el optimismo. Esta será la revancha, la gran revancha de mi padre, pienso.

Después del desayuno nos organizamos en grupos para ir a votar. Ese día estoy especialmente activo y animado. He cumplido recién dieciocho años y voy a estrenarme en las ligas electorales y a visitar la cámara secreta por primera vez. Como nunca volveré a estarlo, tengo clarísimo cómo votar: marcaré en la cédula los dos mapas de UPP y en las casillas contiguas escribiré el 6 del Gaucho Cisneros y el 11 de Grados Bertorini, un político y periodista que me cae bien por las crónicas que escribe en *Expreso* bajo el seudónimo de Toribio Gol.

Al volver de la votación tenemos un almuerzo agitado. Hay más gente de lo habitual, entre tíos, primos y amigos, y la casa está llena de un jaleo que es la perfecta antesala para una jornada larga que solo puede terminar auspiciosamente. El bullicio no deja de parecerme raro o ajeno, considerando que hace poco nomás esos mismos muebles, paredes y dormitorios se han impregnado de una suciedad callada y corrosiva a raíz del juicio a mi padre y de la nefasta primicia de su enfermedad. Un hecho público y otro privado que han repercutido en el semblante de la casa. El juicio y el cáncer. El cáncer del juicio. El juicio del cáncer. Pero ahora nada de eso nos importa, o al menos no tanto. Los veintitantos presentes estamos alrededor del televisor, pendientes de cada cosa que dice Humberto Martínez Morosini, el conductor de Panamericana. Mi padre, sentado en una silla de mimbre como en un trono de verano, mira risueño o burlón cómo los demás nos arrellanamos a su alrededor. A las cuatro de la tarde cantamos la cuenta regresiva del *flash* como si se tratara de Año Nuevo y luego nos concentramos en la pantalla, confiando en las buenas noticias que traerá la voz del conductor. Entonces vemos y oímos las cifras. Aunque presumíamos el resultado presidencial, no deja de fastidiarnos el margen de diferencia favorable a Fujimori. El 64,4 por ciento del actual presidente resulta lapidario ante el 21,8 por ciento de Pérez de Cuéllar. La reelección del Chino está consumada. El mazazo para nosotros, sin embargo, viene a continuación con la votación congresal. Anonadados, vemos cómo van apareciendo, uno tras otro, los nombres de todos los favoritos de UPP que habían sido mencionados en *Caretas.* Todos los nombres, salvo el de mi padre. Allí están los principales números de la lista, desde el uno hasta el dieciocho, menos el seis. Estrada, Fernández Baca, Grados Bertorini, Pease, Choque, Avendaño, Mohme, Pardo, Donayre, Townsend, Cerro Moral, Lozano Lozano, Forsyth, Guerra García, García Sayán, Massa Gálvez, Moya Bendezú y Chipoco. El único apellido de los voceados que no figura en la pantalla es Cisneros. Nos quedamos como estatuas. Mi padre apaga el televisor y vuelve a sentarse en medio de un silencio macizo y frío, un silencio antártico, arenoso, cósmico y absoluto. Paulatinamente algunas voces emergen de ese silencio para negar el *flash,* descartar lo evidente y darle ánimos a mi padre diciéndole que no se inquiete, que hay que esperar las cifras oficiales del Jurado Nacional de Elecciones. Pero él no los oye. No nos oye. Yo tengo puestos los ojos en él y sé que no escucha una sola de las sílabas que salen de las bocas de estos amigos y parientes que de repente sienten la necesidad de desaparecer, de abandonar la incomodidad de la escena. Mi padre tiene la cara recia e indefinida de un tumi y el cerebro en otra parte, quizá oyendo tardíamente los consejos que le dieron días atrás los pocos verdaderos amigos que tiene o tenía en la lista al Congreso. «Asegúrate un par de personeros que cuiden tus votos.» «Este Gobierno es capaz de todo, no hay que darle ventaja a Montesinos.» «Hasta la propia gente de UPP puede sabotearte con tal de chapar una curul.»

Él no había tomado suficientes previsiones, había confiado en su suerte, en las encuestas, en la nómina de *Caretas,* en los rumores, en la ubicación privilegiada de su número. Se sintió un bolo fijo. Ciertamente resultaba muy extraño que fuese el único de los favoritos de UPP en no ingresar al Congreso —como al final lo confirmaron los resultados oficiales—, pero ya no podía hacerse nada. Nada salvo berrear en público y denunciar el proceso, con la esperanza de que algún organismo internacional, alguna entidad de nombre rimbombante hiciera algo en nombre de la democracia regional. Y eso fue exactamente lo que hizo el Gaucho: protestar a viva voz. Era su última carta y la jugó sabiendo que, si no ganaba la partida, el desempleo y la enfermedad lo estarían esperando para tragárselo de un bocado.

Si algo nos dio esperanzas fue ver que mi padre no estaba solo en sus reclamos. Una decena de candidatos, que se consideraban favoritos y terminaron marginados, lo acompañan en una conferencia de prensa en uno de los ambientes del Casino de Miraflores. El Gaucho toma el micrófono antes que todos y mira directo a las pocas cámaras que hay en derredor:

Vladimiro Montesinos, el verdadero jefe del SIN, ha objetado el ingreso al Parlamento de personalidades consideradas peligrosas para el Gobierno reelecto. Esto es un escándalo que tiene que investigarse sancionándose a los responsables del fraude, que tuercen la voluntad popular sin ningún tipo de miramientos.

Allí están los titulares del día siguiente: «Escándalo electoral», «El Jurado encubre fraude electrónico», «Candidatos solicitan revisión de actas de voto preferencial»,

«Candidatos al Congreso se unen: exigen responsabilidad penal del Jurado». Algunos editorialistas que en el pasado no guardaban simpatía por mi padre dejan momentáneamente de lado sus odios personales para destacar el evidente manoseo que se ha hecho de las actas. «Hay generales en retiro que quedaron fuera a pesar de alcanzar una importante votación preferencial, entre ellos Luis Cisneros. Él está en la lista negra del SIN, que es el aparato que maneja el sistema de cómputo electoral», escribe en *Caretas* Enrique Zileri, el mismo que años atrás había pasado una semana en los sótanos del Ministerio del Interior por orden de quien ahora defendía.

En los días previos al pronunciamiento final del Jurado, el teléfono de la casa no para de sonar. Son amigos de mi padre que lo llaman para darle ánimos y decirle que aún falta el cómputo de millones de actas, que seguramente el cuadro de elegidos variará al final, como ha ocurrido en otras elecciones, que no pierda la fe. Pero mi papá ya ha perdido la fe. A estas alturas él sabe o al menos presagia que no va a ganar. Y sospecha que quien le ha robado votos no ha sido precisamente Montesinos: sus fuentes le avisan de extrañas movidas de los personeros contratados por uno de los candidatos de UPP. Aunque carezco de pruebas, no tengo dudas de que hubo alguna patraña. Cómo se urdió, ya no importa. Lo concreto es que esa puñalada por la espalda deprimió a mi padre y despertó o avivó al cáncer que reptaba por las cañerías de su organismo. Esa derrota, que agredía su orgullo y le nublaba el futuro, lo mandó a la silla de ruedas en la que, solo un mes después, ingresaría por primera vez al Instituto de Neoplásicas.

* * *

Cuando mucho más adelante, a inicios de 2000, crucé la puerta principal del Congreso en mi primer día de trabajo como corrector de estilo de la Oficialía Mayor, sentí que el destino o el azar acomodaba por fin una habitación que habían dejado descuidada mucho tiempo y que de algún modo restañaba una vieja herida familiar. Al menos tú entraste al Congreso, dijo mi hermana Valentina cuando le conté de mi contratación. Ese primer día, apenas mis tareas me dejaron un minuto libre, me metí a escondidas al hemiciclo vacío y me senté no más de un minuto en el escaño que le hubiese correspondido a mi padre. Fue uno de esos inútiles actos poéticos con los que uno cree componer las amargas fisuras del pasado para darse cuenta más tarde de que solo se han agrietado un poco más, que nada ha sido corregido, que nada nunca se corrige.

En abril de 1995, antes de que la enfermedad se vuelva agresiva, en la que a la postre sería su última entrevista, el Gaucho tiene aire para denunciar en *La República* el alcance de los tentáculos del Gobierno. El título «Yo acuso» da pie a dos páginas en las que resaltan ideas o frases o postulados como «la primavera democrática era viento de un día», «callándonos la boca no solucionamos nada», «la cofradía Fujimori, Hermoza Ríos y Montesinos lo controla todo», «ellos son los que manipulan el fuero militar para perseguir y apresar a oficiales en retiro».

—¿No teme ir preso, general?

—Cuando uno sabe que no está defendiendo intereses de ningún tipo puede y debe seguir hablando, aunque tenga que pagar un precio alto por hacerlo. Porque para eso escogimos la profesión y seguimos siendo militares. Cuando muramos nos vamos a enterrar con el uniforme de honor y para eso, para poder usar ese uniforme en el último viaje de la forma más decente, tenemos que seguir opinando y enfrentándonos a los que nos quieren callar.

Esa fue la última vez que apareció vivo en un periódico. Tres meses después provocaría más titulares. Pero esos solo los leeríamos nosotros.

8

En los primeros años de la escritura de esta novela, cuando aún no contaba con suficiente información, la versión militar de mi padre destapó preguntas que durante una etapa me obsesioné con responder. Me inquietaba, sobre todo, saber si mi padre había matado alguna vez. No me refiero a matar ciegamente en un combate, pues nunca le tocó enfrentar directamente a un enemigo armado, sino a escoger una víctima para desaparecerla, por ejemplo, de un tiro en la cabeza. Había días en que me parecía tan obvio, tan dentro de la lógica de su temperamento y de su época. Otras veces, en cambio, prefería dudarlo. Me quedó todo más claro el día que se lo pregunté directamente al general Belisario Schwartz, uno de sus amigos más cercanos en el Ejército. Ambos se habían conocido como alféreces en 1948, un año después de que mi padre llegara de Buenos Aires, y trabajaron muy cercanamente en los tiempos del Ministerio del Interior, cuando el Gaucho era ministro y Schwartz nada menos que jefe del servicio de inteligencia. Puedo imaginar —no, en realidad no puedo— las cosas que conversaban y tramaban a solas en el despacho principal de la torre de San Borja. En el Ejército, a Schwartz lo conocían como el Mocho porque cuando era cadete, en Tumbes, mientras desarmaba su pistola Mauser, al momento de encajar la cacerina, salió disparada una bala que le trituró el dedo con el que cubría el cañón. El dedo índice de la mano derecha. Ese día pudo haberse matado porque el ruido del disparo lo hizo soltar el arma y, al caer al suelo, la pistola lanzó una segunda bala que rebotó en el techo y lo peinó de regreso. Recuerdo el dedo partido de Schwartz, ese dedo-muñón que de niño me generaba una mezcla de atracción y repugnancia. Al Mocho, no obstante, los periodistas de izquierda lo apodaban el Malo, porque decían que él era el operador y ejecutor de varios de los secuestros, atentados y desapariciones con que el Gobierno militar atajaba a sus opositores o simplemente se deshacía de ellos.

El día que lo busqué en su casa de la calle Porta, en Miraflores, me llamó la atención cuánto había envejecido. Caminaba sin gallardía, con la ayuda de un bastón, avanzando más lento de lo usual en un hombre de ochenta y seis. Una boina de cuero cubría su cabeza sin pelo y, aunque estaba lúcido, por momentos naufragaba en desvaríos, paseos mentales de los que regresaba sin ayuda. Mientras manejaba el auto pensaba en que ese anciano vulnerable que era mi copiloto y que miraba la calle a través del vidrio como un niño que sale en auto por primera vez, ese mismo anciano, había sido un milico temido y temible. Si mi padre viviera, luciría así o quizá más acabado, pensé, y en silencio agradecí que estuviera muerto. Ese mediodía engreí al viejo Schwartz llevándolo a un excelente restaurante de Barranco, lo alimenté con platos *gourmet,* lo acompañé al baño las veces que fue necesario —cogiéndole el brazo derecho, en cuya mano su dedo faltante seguía provocándome el mismo incómodo escozor— y sobre todo lo escuché parlotear. Primero dejé que me contara sus peripecias de cuando era el mandamás de inteligencia. «Yo me encargaba de todo —evocó atenazando con el tenedor un crocante tentáculo de pulpo a la parrilla—, desde las operaciones psicológicas hasta el hostigamiento, y a veces podía llegar hasta el final». ¿El final?, pregunté con inmensa candidez. «La eliminación», dijo Schwartz, ahora aspirando la caña por donde subía un río de limonada. Entonces me confesó, o hizo como que confesaba, que una vez descubrió en el cuartel de Locumba a dos espías chilenos —«dos tenientes de carácter»— que se habían infiltrado en el Ejército. Una vez identificados, los mandó detener y transportar a Lima, donde quedaron recluidos en el antiguo local del SIN en Chorrillos. ¿Qué pasó con ellos?, me interesé. «Nada, los desaparecimos —resumió masticando con dificultad un espárrago—. Cuando el presidente Morales Bermúdez me preguntó dónde estaban los chilenos, yo le contesté: "Tres metros bajo tierra, mi general"», añadió con una sonrisa que revelaba una dentadura postiza.

—¿Mi papá sabía de eso?

—Sí, claro, él me dio la razón.

—¿Y sabes si él eliminó o mandó eliminar a alguien? —le consulté untando mantequilla en un pan de aceitunas, como para rebajar ante mí mismo la carga dramática de la pregunta.

Su rostro se desacomodó.

El general Belisario Schwartz me miró y se tomó unos segundos antes de responder mientras entendía que su interlocutor ya no era el chiquillo tímido y silencioso que él había visto años atrás, sino un hombre que hablaba desde unas profundidades a las que había descendido sin ayuda de nadie, desde un lugar donde no tenía sentido hablar con otro material que no fuese la verdad, aun cuando la verdad no fuese más que una lumbre fugaz, condenada a extinguirse.

—No lo descartaría —me dijo llevándose a la boca el último bocado de pulpo.

—Pero ¿sabes si lo hizo o no? —persistí.

—Mira, hijo, si lo hizo, lo hizo tan bien que nadie se enteró.

A continuación, pasó a destacar la calidad humana del Gaucho, a hablar de lo gentil y firme, y buen amigo y honesto que había sido. «Cuando fue ministro del Interior, le ofrecieron un montón de plata para que subiera las tarifas de los moteles. Hasta un helicóptero le ofrecieron. Siempre se negó —balbuceó antes de limpiarse las comisuras con la servilleta. De súbito cogió su boina y su bastón—. ¿Ya nos vamos?», preguntó.

No había que ser muy perspicaz para captar lo que se escondía tras la respuesta evasiva de Schwartz. Sin querer, el viejo general, el Malo, el Mocho, me ayudó a calmar o curar o extirpar esa duda que durante años me había perseguido al punto, por ejemplo, de llevarme a leer completo el informe final que en 2003 publicó la Comisión de la Verdad y Reconciliación (CVR) como balance de la guerra contra la subversión, en particular los capítulos dedicados a los protagonistas de las Fuerzas Armadas, solo para ver qué se decía de mi padre y cómo los comisionados evaluaban su gestión, sus opiniones, sus decisiones de ministro, sus declaraciones acerca de cómo había que controlar a Sendero Luminoso. Me sorprendió y reconfortó leer en un párrafo:

> Muchos confundieron con amenazas las terribles advertencias de Cisneros. Se le imputó malevolencia en vez de considerar la gravedad de lo que decía.

Las precisiones de la CVR —integrada por cuatro religiosos, un solo militar y ocho profesionales civiles, varios de ellos exmilitantes de izquierda— me procuraron un alivio solo temporal. Un alivio que se interrumpía, o diluía o acababa claramente cuando de repente me topaba con las fotos de mi padre al lado de Pinochet, de Bordaberry, de Kissinger o de Videla. O cuando volvía a revisar las notas periodísticas que resumían su paso por Interior, la época de las persecuciones, los chuponeos telefónicos, las muertes durante las huelgas, las desapariciones durante el toque de queda, las detenciones masivas y extrajudiciales. O cuando leía esos artículos políticos en los que se solidarizaba con la dictadura argentina, o esos artículos históricos donde alababa al dictador Manuel Odría, un expresidente de facto que, además de represor y populista, era ignorante.

Cuando pienso en los personajes a los que mi padre rindió culto; o cuando escucho que se dejaba asesorar a escondidas, en la Hacienda Pariachi, por el maquiavélico

Esparza Zañartu, el hombre al que Odría encomendó el reglaje a comunistas y apristas, personaje al que Vargas Llosa recreó en *Conversación en La Catedral* como Cayo Bermúdez; o cuando leo hasta hoy notas o columnas donde alguien rememora la época de «la mano dura de Cisneros»; o cuando alguien aparece para dejarme un correo asegurando que mi padre mandó torturar a un pariente suyo, me invade una especie de hartazgo o llenura, y siento que jamás conseguiré resolver la gran paradoja que fue mi padre, que jamás me desharé de esa piedra cuyo peso ha venido acumulándose entre los músculos de mis hombros hasta deformarlos. Cuando me llegan por internet mensajes que dicen algo como «así que tú eras hijo del carnicero Cisneros Vizquerra», o cuando intentan enfrentarme con él, o cuando algún opinólogo lo evoca solo para tergiversarlo y hacerle duros señalamientos, me pregunto a cuánta gente habrá dañado voluntariamente o no ese hombre que entre otras cosas fue mi padre, ese hombre al que he conocido en sus años de muerto más que en sus años de vivo, ese hombre que vive dentro de mí, pero tan fuera de mi alcance.

Como una manera de reducir la distancia que nos separa, un día me propuse desempolvar los manuscritos de los artículos que publicó en *Expreso* de 1986 a 1993, y que hasta el final firmó como general de división, sin especificar que se hallaba en el retiro, como una manera alegórica de seguir usando el uniforme. Me interesaba apreciar la tensión y el compás que se revelaban en esa ordenada caligrafía de zurdo. Allí están esos borradores de artículos contra el comunismo, contra la reelección presidencial, contra la creación del Ministerio de Defensa, contra García Pérez, contra Fujimori, contra Montesinos, contra Vargas Llosa, contra el maltrato a las Fuerzas Armadas. El último que escribió, el último que tengo archivado, es un detallado análisis de la Guerra del Golfo que incluye un cuadro comparativo, trazado por él mismo, de la carga bélica que tanto las fuerzas de coalición como el ejército iraquí desplegaron durante la

Operación Tormenta del Desierto. Me parece inaudito leer ahora y sentir tan vivo el análisis de una guerra ya acabada hecho por un hombre ya acabado. Cuando comenzó a publicar en *Expreso,* la prensa comunista se mofaba de él. En *Kausa Popular,* en una sección de noticias insólitas, supuestamente pintorescas, apareció un titular de gran puntaje que decía: «¡*FLASH,* DESCUBREN GORILA QUE ESCRIBE A MÁQUINA!», acompañado de una caricatura en la que mi padre estaba representado por un simio que vestía polaca militar y tecleaba con los índices. Lo que esos críticos comunistas no sabían era que, antes de escribir a máquina, ese gorila escribía a mano con disciplina y pulcritud, y luego reunía a sus hijos y a su esposa para leerles en voz alta las primeras versiones de lo que pensaba publicar, y que medía sus reacciones y acogía con humildad sus comentarios. Recuerdo a mi padre, los lentes en la mano, dirigiéndose a nosotros, transformando la sala de televisión en un repentino salón de conferencias solo con la gravedad de su voz, haciendo las pausas correctas para que fluyese mejor esa prosa rítmica, despojada de modismos cuarteleros. Nosotros éramos sin duda un auditorio ganado de antemano, un público rendido a sus palabras, incapaz de objetar sus argumentos, dispuesto siempre al aplauso aun cuando no entendiésemos aquello que aplaudíamos. La escritura de sus artículos ponía en evidencia un aspecto suyo que ninguna otra actividad era capaz de sacar a relucir. Solo yo sé cuántas noches —desde que empecé a publicar columnas de opinión en periódicos— he tratado de escribir como él, llamando las cosas por su nombre, pero luego leía lo escrito y me daba cuenta de que mi falta de convicción quedaba al descubierto. Ambos escribíamos, pero jamás hablamos acerca de lo que la escritura significaba para nosotros. Ni de eso ni de tantas otras cosas. Millones de temas jamás desmenuzados. Tu padre nunca se callaba nada, dice hasta ahora la gente que lo recuerda. Quizá no se callaba para el resto, pero sí se callaba para mí. Y tal vez sea ese uno de los motores de esta búsqueda agotadora e inútil: hallar entre sus restos, entre los cráteres de que está hecha la orfandad, los mensajes difusos que el general Cisneros destinó al quinto de sus hijos.

En sus artículos políticos, mi padre es un hombre que jamás titubea, que expone y opina desde la contundencia. No así en sus cartas, al menos en las cartas de su juventud, donde las dudas oscilan y crecen y desnudan lo que en mi padre hubo alguna vez de temeroso e inseguro. Cuando leí esas cartas, cuando me fueron confiadas hace solo unos años por mi tío Gustavo, quise más a mi padre, porque sentí que compartíamos la materia prima de la incertidumbre, y por primera vez pensé que esa era una herencia que me había legado. En el testamento que nunca escribió hubiera podido especificar: «Las dudas se las dejo a mi quinto hijo». Para mala suerte mía, el retraimiento original de mi padre no subsistió o se mantuvo oculto o fue oprimido por el personaje presumido e insensible que fue o fingió ser hasta el final de sus días.

He dicho también que mi padre era un hombre normativo que lograba que todos lo obedeciéramos. En la casa eso se notaba a cada instante. Era el único capaz de hacer que los perros —esos chúcaros pastores alemanes de colmillos largos que fueron nuestras mascotas— bajasen las orejas y agacharan el lomo. Un solo grito suyo nombrándolos —¡Coraje! ¡Rayo! ¡Tembo!— bastaba para transformarlos en cachorros nerviosos. Mi padre incluso afectaba objetos inanimados: ciertas esquinas y habitaciones de la casa de Monterrico solo adquirían sentido, luz y protagonismo cuando él se desplazaba a través de ellas. Cada vez que salía de viaje, la casa pasaba a adquirir el aspecto opaco de una mansión que está a la venta. Cuando volvía, la casa era otra vez una vivienda con alma, bulla, actividades y movimiento. El humor de mi padre decretaba el clima interno, ese era uno de los tantos poderes que yo le atribuía de niño. Y por esa y otras capacidades vivía orgulloso de él. Y me gustaba pasear ese orgullo, lucirlo como quien monta un caballo de paso. Cuando un amigo del colegio me invitaba a su casa por primera vez, esperaba con ansias el momento en que sus padres me preguntaran por los míos. Puntualmente por mi padre. Verdaderamente lo esperaba, como un actor aguarda entre bambalinas su ingreso al escenario para recitar su parlamento. Mi padre es militar, decía. ¿Militar? ¿Eres algo del general Cisneros?, era la indefectible pregunta que venía a continuación. Sí, es mi papá, me vanagloriaba. Cómo me gustaba ese momento, qué seguridad sentía cuando la actitud de esos señores desconocidos cambiaba conmigo; sentía que de pronto me respetaban, y que les gustaba más la idea de que yo fuese amigo de su hijo. Si un segundo antes me veían o yo me veía a mí mismo como un personaje accesorio, un intruso, luego de revelar mi identidad, de ponerme al descubierto como el hijo del Gaucho Cisneros, sentía que las miradas de los dueños de la casa se posaban cordialmente sobre mí, que dominaba la situación por completo, que estaba a su nivel, que ganaba prestancia, tanto así que mi amigo de turno comenzaba a parecerme menor, insignificante, y hasta me provocaba decirle que fuera a jugar al parque con otros niños mientras yo discutía con sus padres sobre la realidad nacional, porque yo llevaba a las casas de mis amigos los temas que mi padre tocaba en sus conversaciones y entrevistas, y colocaba en esas mesas extrañas las ideas y teorías que él patentaba acerca de los dramas del país, y cuando notaba con qué atención me escuchaban los padres de mis amigos, sentía mi cuerpo súbitamente invadido de poder, como recubierto por un cierto resplandor. Si los padres de turno eran sujetos fríos, inmediatamente se volvían cercanos. Si eran gente de dinero o clase alta, desactivaban su arrogancia. Si eran de clase media o baja, pasaban a tratarme con admiración, como halagados de que el hijo de tan influyente exministro estuviera sentado en su comedor. Algunos de esos padres incluso llegaban a felicitarme. Me felicitaban por ser hijo suyo: su sola mención me distinguía. Lo que ellos no sabían era que me sentía más cómodo y seguro hablando con ellos de él que con él mismo. No tenían idea de cuán distintos éramos en el fondo.

Hubo un tiempo posterior a ese, cuando yo tenía quince o dieciséis, en que los sentimientos fluyeron al revés y comencé a cansarme de que su nombre apareciese en mis conversaciones. Sentía que no podía librarme de él. Era gratificante, por supuesto, que los otros destacaran el carácter de mi padre, pero su popularidad comenzó a agotarme. Su popularidad lo alejaba de mí. Yo no quería un padre popular. Quería uno que me hablara más, que me preguntara cosas. Que me educara y sobre todo que me maleducara. Quería un padre que prestara más atención a lo que podía estar sucediendo dentro de mi cabeza. Aunque tal vez para ser ese padre él necesitaba otro hijo, uno menos apegado a las faldas de su madre, un hijo menos tímido, o menos arrebatado. Éramos amigos, pero esa clase de amigos que no profundizan en sus sentimientos. Yo lo amaba porque era mi padre, pero podía detestarlo cuando me trataba como a un subalterno, cuando exhibía en la casa sus putos ademanes de bravucón famoso, o cuando abundaba en ridículos gestos de vanidad, ufanándose de la repercusión internacional de alguna opinión suya, o de haber sido el más aplaudido en alguna mesa redonda.

Que yo haya aparecido tarde en su vida —dos semanas antes de que cumpliera cincuenta años— limitó las posibilidades de hacer más afectivo nuestro acercamiento. Me hubiera gustado ser mayor durante su vida militar, y celebrar con él sus ascensos, sus juramentaciones ministeriales, y comentar sus artículos, y discutir sus declaraciones, y tomarme con él una cerveza sin pensar que ese fuera un momento especialmente gravitante o legendario. Recuerdo haber tomado solo dos cervezas con mi padre. Una, el día que cumplí diecisiete, en medio de una reunión: un seco y volteado que sirvió más para la fanfarria de los presentes que para la intimidad de los dos, y otra, en el viaje que hicimos en crucero por Bahamas en 1994. Aún no tenía mayoría de edad, pero él pidió dos latas de Heineken en el bar del barco, me dio una y las vaciamos en la cubierta, mirando el mar Caribe sin hablar. Fue la única vez que transgredimos la ley juntos. Fue la única vez que miramos el mar. Me hubiese gustado embriagarme con mi padre, si no con cervezas, con los vodkas con jugo de naranja que tanto le gustaban, y no solo verlo borracho las noches en que llegaba de un «almuerzo», cantando por todo lo alto *Somos los mozos de Caba,* ese himno de la caballería del Ejército —la misma tonada de *Stars and Stripes Forever,* de John Philip Sousa, el rey de las marchas militares estadounidenses— con el que los oficiales hasta hoy se jactan de las «muchas hembras» que consiguen cuando «vamos de farra», de los billetes de mil que «reinan en nuestros bolsillos» y de las botellas de ron «que reinan en nuestro corazón». Una noche de 2010, un patrullero me detuvo. Había bebido más de lo legalmente permitido. El policía se acercó, solicitó mis documentos y me pidió que le soplara en la cara. Me informó que teníamos que ir a la comisaría. Luego de ver desplomarse todos mis argumentos, jugué mi última carta diciéndole que era hijo del general Cisneros, como si el general Cisneros estuviera vivo y pudiera acudir a mi rescate con solo apretar unos botones del celular. Como prueba, le mostré un antiguo carnet del Ministerio de Defensa. El agente miró la foto borrosa, dudó, y me preguntó de qué arma era mi padre. Caballería, le contesté. Igual que el mío, respondió. Entonces, en un desliz claramente etílico, me puse a cantar el *Somos los mozos de Caba,* el himno que mi padre cantaba cuando llegaba ebrio y que, para mi sorpresa, el oficial sabía de memoria. Sigue tu ruta con cuidado, me dijo al final, y mientras yo seguía mi ruta con cuidado pensé en mi padre, en cómo pasados quince años de su muerte aún podía hacer algo por mí. Librarme de la carceleta, por ejemplo.

Quizá aprenderme esa canción de caballería haya sido lo más cerca que he estado de hacer mío el espíritu militar. Jamás me interesó seguir los pasos de mi padre ni a él le interesó que lo hiciera. De hecho, cuando mis notas de secundaria comenzaron a bajar de un modo veloz y preocupante, él amenazaba con cambiarme al colegio militar Pedro Ruiz Gallo, con lo que daba a entender que ese sería un castigo, jamás un estímulo. Varias de mis pesadillas adolescentes transcurrieron en el Pedro Ruiz Gallo, donde alumnos mayores me propinaban golpes y de ese modo sacaban de mí el pellejo de hombre que mi padre me exigía. Hasta el padre de Kafka, el negociante Hermann Kafka, al que el escritor retrató como un ser despótico que anulaba su presencia, llegó a animar a su hijo a ser soldado cuando lo veía marchar bien. Mi padre no me animó nunca. Tampoco cumplió su amenaza de meterme al colegio militar. Mejor que no lo hiciera. Quizá vio tempranos signos de que mi carácter no florecería en un cuartel. O quizá quiso corregir a sus padres, que lo internaron en la escuela militar para disciplinarlo, amputando lo que había en él de artista, de mago y bailarín. O quizá, sencillamente, vio que yo no tenía pasta de recluta. Ni a mi madre ni a mi hermana se les olvida que, de niño, un día me encasqué uno de los quepís de mi padre, trepé a lo alto del respaldar de un mueble y me arrojé sobre los cojines queriendo imitar al héroe Alfonso Ugarte, quien se aventó a caballo por el morro de Arica para no capitular ante los chilenos. Ese día mi caballo era una escoba y juntos nos descalabramos en los precipicios del sofá. Algún fierro del mueble se me clavó en la frente. La escena épica acabó pronto y continuó en el baño, conmigo de rodillas en el lavabo, llorando al ver en el espejo los hilos de sangre bajar por mi cabeza. Nunca tuve un ápice de militar. Ni de líder, ni de jefe, ni de comando. Mi vocación es tan distinta de la de mi padre que por eso aún me estremece que —ante una expresión suelta o reacción espontánea— alguien me diga: «Pero si eres igualito a tu papá».

287

No me gustaba su vocación, pero sí sus armas. O la posibilidad de dispararlas. O sus formas simplemente. A veces, cuando mis padres salían, y dependiendo de si el juego en que me hallaba metido lo merecía, descolgaba uno de sus rifles decorativos —recuerdo ahora mismo uno negro, de cañón largo, con letras en alto relieve a la altura del mango—, lo percutía, me internaba en la selva del jardín y disparaba hacia los terroristas que se ocultaban en mi imaginación y liquidaba a varios camaradas. Jamás mi padre se enteró de que tomaba prestados sus rifles. Bastaba que hiciera tan solo el ademán de coger una de sus armas para que él se irritara. Después, ya de grande, en la época del retiro y las amenazas telefónicas, sus armas me interesaron ante la eventualidad de tener que utilizarlas por si sufríamos un atentado. Mi padre tenía una pistola Brown de 35 milímetros en uno de los cajones de su cómoda; un revólver Safety en su mesa de noche; una escopeta Remington semiautomática en el clóset; una pequeña ametralladora Ingram en una división secreta de su escritorio, y dos escopetas, una Winchester y una especial, de dos cañones, ocultas detrás de su librero. Siempre asocié esas armas con su virilidad, con su condición de héroe doméstico y su capacidad de mantenernos a salvo. Aunque me horrorizaba la idea de que nos asaltaran en nuestra propia casa, ya no solo los terroristas, sino cualquier ladrón callejero o algún emisario de la dictadura, algo dentro de mí se ilusionaba con ver a mi padre en esa circunstancia de apremio, cogiendo el Safety con las dos manos y apuntándolo contra el maleante, reduciéndolo, dejándolo muerto sobre la escalera de laja. También estaban las dos Magnum negras 44 de mango marrón, enfundadas en cartucheras, al lado de las puertas traseras del Chevrolet azul. No recuerdo que nadie las empleara jamás, pero en muchas idas al colegio, en esas mañanas en que teníamos que agacharnos y cubrirnos la cabeza con las mochilas, imaginaba una emboscada terrorista o un intento de secuestro en una luz roja, y me veía a mí mismo retirando una de las pesadas pistolas de la cartuchera, percutiéndola y disparando heroicamente contra los atacantes, aunque lo más seguro es que, de haberse dado una situación como aquella, me habría faltado fuerza o aplomo para jalar el gatillo.

Recién aprendí a disparar muchos años después, en un campo de ejercicios militares. Mi padre ya había fallecido. Fui con dos amigos. Recuerdo que a cada disparo el arma me expulsaba hacia atrás, haciéndome retroceder con más facilidad que al resto de tiradores, lo que despertaba murmullos de risas entre el personal a cargo de nuestro entrenamiento. Mi puntería, por otra parte, era un total desastre. Definitivamente, la guerra no era mi pasatiempo favorito. Nunca lo había sido, salvo cuando la recreaba en el jardín con los ejércitos de soldados de plástico que compraba en el mercado de Surquillo: unos comandos en miniatura pintados de verde que disparaban y morían y avizoraban al enemigo escondidos en las macetas, y que podían llegar a lanzarse desde el techo en unos temerarios paracaídas que fabricaba con bolsas de basura o medias de nailon. Yo me inventaba esas guerras de mentira cuando el país vivía una guerra de verdad. Una guerra que no llegué a sentir del todo en el búnker de la casa de Monterrico. Sabía que allá afuera la gente pasaba hambre y moría a manos de terroristas, y lo veía en la televisión por las noches, pero no lograba tener conciencia de que ese problema también fuese mío. En los ochenta y noventa nunca sufrí las carencias que el resto sí padeció. Al revés de la mayoría de mi generación, yo tuve seguridad, alimentación, comodidades y, aunque controlada y restringida por mi padre, tuve la libertad que me hizo falta. Nunca hice una cola en una bodega. Nunca le temí a un guardia. Nunca tuve un familiar desaparecido. Por momentos me asaltaba ese miedo intenso producto de las llamadas intimidatorias, las amenazas de secuestro, la posibilidad de un atentado, pero tenía la profunda certeza de que saldríamos ilesos, de que nuestros cuatro guardaespaldas se ocuparían de mantenernos con vida. No recuerdo sus nombres completos, pero sí el modo en que los llamábamos: Herrera, el Negro Alonso, el Pollo y el Flaco Sarmiento. Dormían en autos del Ejército afuera de la casa y entraban para cosas muy puntuales: almorzar, utilizar el baño del sótano, jugar conmigo partidos de pimpón. Herrera era el más experimentado de los cuatro: era de Tocache, de la Selva, y alardeaba de pertenecer, además de al servicio de inteligencia del Ejército, al quinto superior de la facultad donde estudiaba Derecho. Era fanático de Rambo y de las películas de Bruce Lee y de Chuck Norris, tanto que se sabía de memoria pasajes enteros de *Operación Dragón* y *Fuerza Delta*. Le decíamos Petete porque siempre tenía una respuesta que dar o algo que decir o una moraleja que ofrecer. Luego de trabajar para mi padre, se dedicó a hacer operativos secretos en el servicio de inteligencia. En 1992, su nombre aparecería en los periódicos como uno de los agentes que participó en la matanza de Barrios Altos; me dejó helado confirmar que el hombre que nos había cuidado por tantos meses, que se había mostrado tan afectuoso y cercano, había sido capaz de disparar contra los hombres, mujeres y niños que murieron allí. Del Negro Alonso recuerdo su melena tropical, sus casetes de salsa regados en la guantera y una sonrisa cálida, impropia en alguien que lleva una ametralladora en los brazos todo el tiempo. Con esa misma sonrisa, esa misma ametralladora y esa misma naturalidad, una vez fue a recogerme al colegio, provocando la histeria de un grupo de profesoras racistas que pensaron que era un terruco o un asaltante y se pusieron a chillar como urracas. El Pollo era el más joven, el más dormilón, el que guardaba arrugadas revistas pornográficas en la maletera, al que le costaba más desocupar el auto para cumplir las rutinas de vigilancia de madrugada, el que rastrillaba su arma cada cinco minutos para llamar la atención de la gente que pasaba por nuestra calle. Lo veo al Pollo tiritando, los pelos parados, arropado con frazadas, tomando tés hirvientes directamente de un termo para calentar el cuerpo. Y qué decir del Flaco Sarmiento fuera de que estaba loco de remate, aunque su locura parecía más bien fruto de una perturbación consumada en alguna de las zonas de emergencia donde decía haber servido. Sarmiento era alto, sus ojos verdes y pequeñitos parecían canicas, se le notaban las clavículas y las costillas debajo de la camisa y tenía un bigote hirsuto que le cubría una marca de labio leporino. Si bien su comportamiento era extraño y muchas de las cosas que decía eran incomprensibles, me hacía reír cuando hablaba como un agente severo, dándome instrucciones como si yo fuese un espía militar encubierto. Una de las cosas que más me gustaba de los libros de detectives que por entonces leía era que sus personajes actuaban igual que los señores que custodiaban mi casa: mirando a todas partes, haciendo anotaciones en libretas brevísimas, simulando leer periódicos mientras cotejaban el paso de los transeúntes, hablando con códigos, con señas, o no hablando en absoluto. Ellos y mi padre se encargaron de que nuestra cápsula ilusoria no tuviese ranuras por las cuales pudiese filtrarse el odio de allá afuera, el odio contra la clase política, contra la desigualdad, contra las represiones. Ellos y mi padre consiguieron que los peores años del Perú fueran los mejores años de mi vida, años en los que yo sentía —como dice Nabokov— que «todo era como debía ser, que nada cambiaría nunca, que nadie moriría jamás».

* * *

Cuando mi padre murió en 1995, murió toda aquella seguridad. Aparecieron entonces el miedo, las carencias, la vulnerabilidad, la necesidad de buscar salidas por nuestra propia cuenta. No solo viví un lento desmoronamiento interno, sino que se afectó mi relación con el gran entorno que me envolvía. De 1995 en adelante dirigí todo mi malestar hacia mi ciudad, Lima, y hacia el Perú y, más puntualmente, hacia el Gobierno. Se vivían años tan o más terribles que los anteriores. En la universidad salíamos a marchar dos veces por semana contra la dictadura de Fujimori, y fue protestando durante horas en esas calles del Centro, aspirando el gas lacrimógeno y recibiendo varazos de la Policía o corriendo para no recibirlos, cuando sentí cómo asomaba en mí por primera vez la rabia de quienes llevaban años sufriendo y quejándose, y me di cuenta recién de que el mío era un país de mierda, atrasado, desigual, donde miles se despreciaban y se disputaban las pocas oportunidades de surgir. De alguna manera la muerte de mi padre me arrojó al mundo, me ubicó, me hizo apreciar la gravedad de cuanto sucedía y había sucedido a mi alrededor. Esa conciencia vino acompañada de un gran sentimiento de culpa. Porque aunque mi padre preservó nuestra tranquilidad familiar, nunca dejó de contarnos lo que sucedía en el país. A lo mejor su comunicación era parca, pero lo contaba. Era yo el que no quería escucharlo, el que encontraba exagerada su preocupación por lo violento que, según él, se había puesto todo.

Ni siquiera en 1990, cuando me ayudó con el concurso de Oratoria, comprendí lo que me estaba diciendo. Él organizó para mí un discurso didáctico y emotivo, titulado «La juventud peruana y la subversión». Yo era solo un loro hablantín, memorioso y afectado que repetía las palabras que él me dictaba. Tenía catorce años, suficientes para darme cuenta de lo que pasaba en el país, pero no me daba cuenta. Escabullido en los reproches sentimentales hacia mi padre, ignoraba sus advertencias sociales y me contentaba, egoístamente, con saber que dentro de la casa no nos faltaba nada, ni nada nos pasaría. Solo en ocasiones, cuando a pedido de mi hermana Valentina extendíamos la sobremesa para hablar de política, yo ponía atención a lo que decía mi padre. Creo verlo ahora repantigado en su silla, criticando al Gobierno de Alan García por hacer gastos superfluos en vez de destinar más recursos al Ejército para poder acabar con Sendero. Lo veo ilustrando ese asunto con una especie de fábula o analogía que luego incluiría en uno de sus artículos de *Expreso*. «Imagínense que tienen una casa maltrecha que pretende ser invadida —nos dijo—. Imagínense que las tuberías han colapsado, que las ventanas están rotas, que los techos se vienen abajo. ¿Qué harían? ¿La defenderían de los invasores o primero la arreglarían para que ellos se la lleven ya refaccionada?». Mi hermana y yo contestamos igual: «La defenderíamos». Entonces él se paró, tomó el último sorbo del recipiente que tenía delante y concluyó: «Siempre defiendan su casa, aunque esté maltrecha, porque sigue siendo de ustedes. Nadie se la puede quitar».

9

Mi padre puso en marcha una constelación de identidades múltiples. Fue bautizado como Luis Federico, pero sus padres le decían Chucho y sus hermanos Fredy. Para Beatriz Abdulá y sus amigos argentinos de los años treinta y cuarenta fue siempre el Gaucho, mientras que Lucila Mendiola, su primera esposa, y las gentes de Sullana lo conocieron como Lucho. Sus allegados en el Ejército, incluso en el retiro, le decían «General», y los guardaespaldas aludían a él con un alias impersonal pero totalizador: el Hombre. Mi madre le decía «viejo» indistintamente, ya sea para convocarlo amorosamente desde un extremo de la casa, o para amonestarlo por alguna tardanza o desplante. Yo le decía «papá», pero desde que murió lo refiero como «padre». Cada uno de esos nombres o seudónimos tiene personalidades y escondrijos particulares. Es en la esencia de ellos que está o estaba repartido lo medular de mi padre. Si había algo real en él probablemente haya sido esa zona en la que sus seres múltiples confluían o se intersecaban como en una teoría de conjuntos.

Me pregunto ahora con qué nombre o apelativo lo habrá llamado Aurelia Pasquel, la aeromoza jubilada con la que mi padre se involucró cuando ya vivíamos en Monterrico o quizá antes. Yo sabía de su existencia, pero ignoraba su nombre. Fue la propia Cecilia Zaldívar, mi madre, quien la mencionó una tarde, hace un año solamente, en medio de uno de esos terapéuticos almuerzos cargados de revelaciones. «Tu padre me juró que lo de esa mujer fue algo pasajero, una cosa de nada», dijo, pero yo no le creí del mismo modo en que, estoy seguro, ella tampoco le creyó a mi padre. Pasé días digitando en Facebook el nombre de esa señora misteriosa y no descansé hasta dar con ella. Figuraba como Aurelita Pasquel. Y aunque aceptó mi solicitud de amistad rápidamente —acaso carcomida por la misma curiosidad con que yo me había precipitado a buscarla—, e incluso contestó con amabilidad mis primeros mensajes, luego, al parecer desanimada o arrepentida, o persuadida por alguien de que no removiera un pasado que le había costado superar, dejó sin respuesta mis reiteradas propuestas para tomar un café. No lo niego: había algo raro o morboso en pretender juntarme con la amante de mi padre —¿ese era el término apropiado, «amante»?— y hacerle, cara a cara, todas las preguntas que tenía apiñadas entre la cabeza y la garganta, pero era más fuerte mi necesidad, mi deseo de explorar las facetas íntimas, los desdoblamientos de mi padre, y de averiguar cómo era la persona que lo había hecho alejarse tanto de mi madre. ¿Había dejado de amar a Cecilia Zaldívar como antes dejó de amar a Lucila Mendiola? ¿Dónde y cuándo conoció a Aurelia Pasquel? ¿Fue una aventura de unas noches o un romance largo y paralelo? ¿Ella ya estaba casada cuando él entró en su vida? ¿Pensó mi padre alguna vez irse de la casa de Monterrico, dejarnos? Y si lo pensó, ¿lo descartaría solo para ahorrarse una pesadilla como la que vivió con mis hermanos mayores cuando se marchó del chalet 69 de Chorrillos el 11 de setiembre de 1971? ¿Cómo se refería a nosotros en sus conversaciones con Aurelia? ¿Existíamos para ella? ¿Existía mi madre? ¿Era cierto que mi padre la visitaba en un departamento del barrio de San Borja, en una urbanización llamada Mariscal Ramón Castilla en honor al expresidente cuya amante, por cierto, lo traicionó con mi bisabuelo? Una mañana, revisando las fotos de Aurelia Pasquel en Facebook, reconocí al que, me pareció, era su hijo mayor, Julián. Me lo habían presentado años atrás en una parrillada en las afueras de Lima. En esa oportunidad, a diferencia de la mayoría de invitados, los dos andábamos solteros y tal vez por eso congeniamos y nos reímos del resto, y brindamos varias veces con relativa complicidad, sin saber que mi padre y su madre se habían enredado en el pasado. Pudimos haber sacado a colación los nombres de nuestros padres, y quizá a partir de allí deshilvanar mentalmente algo y extraer silenciosas conjeturas, pero nada de eso sucedió. Julián y yo fuimos triviales nada más. La historia prohibida de nuestros padres estuvo todo el tiempo allí, delante de nuestros ojos y oídos, rondándonos como una neblina o más bien como un velo finísimo que no se descorrió.

Mi hermana Valentina ha borrado esta escena de su memoria, pero yo no puedo. Los dos estamos en el comedor de la cocina interrogando al Gaucho, que fuma y mira al frente, convertido en roca. Probablemente sea un día de 1987. No sé cómo, pero sabemos que tiene una amante anónima, y le exigimos que la deje o que se vaya de nuestra casa. Supongo hoy que se trataba de Aurelia Pasquel. Es extraño que Valentina no recuerde ese momento porque fue ella la que habló todo el tiempo en nombre de los dos, sacando a relucir nuestro fastidio y decepción, y haciendo una cerrada defensa de nuestra madre, que por entonces deambulaba por la casa saltando de la depresión al malhumor y del malhumor a un exasperante silencio contemplativo, y se pasaba horas regando el jardín hasta inundarlo, o tomaba inopinadamente su auto para dar largas vueltas por ninguna parte, paseos rabiosos de los que regresaba con el maquillaje corrido, envuelta en un aroma de cigarro y de tristeza que ahora mismo puedo percibir. Aun cuando entonces tenía solo catorce años, Valentina era capaz de poner a mi padre contra las cuerdas. Si él escuchaba a alguien en la casa era a ella. En la escena del comedor yo soy solamente una figura decorativa que se adhiere a lo que mi hermana dice tajantemente. Deja a esa mujer o te largas. Mi padre abre la boca, expulsa una figura de humo que se desdibuja en el aire y balbucea algo tan lánguido como: «Prometo que se va a acabar». Nada más. Yo, desde mi silencio, lo miro sin entender el significado de sus palabras.

En una caricatura de *Monos y Monadas* de fines de los setenta, mi padre o el dibujo de mi padre aparece ofuscado, buscando algo entre las ropas de su cómoda, gritándole a su esposa: «¡Tengo que irme al Parlamento y no sé qué han hecho con las convicciones democráticas que guardé en este cajón!». De chico, esa viñeta —convertida ahora en un cuadrito decorativo que alcanzo a ver desde mi máquina— me llamaba la atención por razones que nada tenían que ver con la crítica política que encerraba. Era la mujer del dibujo el elemento que más me interesaba y confundía. Me preguntaba a quién habría querido representar el autor: si a la primera o a la segunda esposa de mi padre. Por un lado tenía el peinado de Lucila Mendiola, pero la nariz era claramente de Cecilia Zaldívar. ¿Acaso el dibujante las conocía? ¿Sabría ese señor que mi papá se había casado dos veces?, pensaba a los diez años, mirando fijamente el dibujo de *Monos y Monadas*. Cuando en 1987 supe de la existencia de la amante, como aún no conocía su nombre, lo único que vino a mi cabeza para darle una cierta corporeidad fue el rostro de la mujer de la caricatura.

Según mi tío Reynaldo, lo de mi padre con Aurelia Pasquel fue un enamoramiento, no un capricho. Cuando me lo dijo, sentí hacia el Gaucho un encono desaprensivo y resignado. Pero de qué debía sorprenderme si, desde los tiempos de Beatriz Abdulá, la relación que mi padre establecía con las mujeres pasaba casi exclusivamente por el romance tortuoso, la pasión sufriente, la milonga dramática. Allí donde hubiese obstáculos y prohibiciones, él colocaba una obsesión, siguiendo el modelo de sufrimiento que su padre y su abuelo, Fernán y Luis Benjamín, habían desarrollado en otras épocas y siglos. Igual que ellos, cual si fuese incapaz de cosechar amistades desinteresadas con las mujeres, mi padre se enamoraba o hacía como si se enamorara o creía enamorarse con una desmesura que no siempre resultó correspondida. «Yo era enamorador. Cuando vine de la Argentina al Perú estaba locamente enamorado, aunque después me dieron calabazas», le dijo pocos años antes de morir a un reportero de la revista *VEA*.

Mi padre no era un coleccionista de mujeres ni un cabrón de esos que se precian de sus conquistas y eructan historias, a menudo falsas, en las que aparecen como insaciables depredadores sexuales. No. Mi padre era un seductor selectivo, un cazador paciente, un donjuán machista, narciso y estratégico, pero también errático y sentimental. Si yo hubiese sabido eso o algo de eso a los trece o catorce, si alguna vez hubiésemos hablado de sus decepciones y de las mías con un mínimo de honestidad, quizá me habría dolido menos esa vocación por el desbarrancamiento que surgía en mí cada vez que una mujer comenzaba a importarme. Recién al encontrar en las cartas de mi padre las ardorosas referencias a Beatriz, o las tiernas tarjetas a Lucila, o los poemas desbocados a Cecilia, me he sentido descubierto, revelado. Esas palabras graves, ilusionadas y definitivas también habían sido mías. Durante mi adolescencia yo también me había enamorado de ese modo: melodramático, copiosamente, con desesperación, como si en el fondo estuviese enamorado no de las mujeres que recibían mis cartas o poemas, sino del hecho de poder decirles o escribirles todo aquello. Igual que mi padre, adoraba convertirme en un disparador de juramentos totales, deslenguados, juramentos irresponsables de los que no había regreso, juramentos que me extraviaban por caminos maravillosos aunque inhóspitos, y me conducían hacia selvas nocturnas, frondosas, de árboles ubérrimos, cuyos claros y salidas me costaba encontrar. Sí, las mujeres eran la excusa, el nombre, el pretexto, las pobres musas transitorias. Lo excitante de verdad no era el amor, sino perder la cabeza, abandonarse a los caudales del lenguaje sensual y decirlo todo; prometerlo todo, descarnarse, quemarse, incendiar, arder en ofrecimientos acerca de un futuro que no había manera de predecir.

* * *

Durante los años de transición entre primaria y secundaria me acostumbré a dormir con la radio encendida. Para anestesiarme y favorecer el sueño, elegía una estación de baladas en español. La radio se quedaba encendida hasta que mi padre, de regreso de la calle, entraba a desenchufarla. Decenas de veces fingí dormir solo para escuchar su ritual de ingreso a la casa: el ruido del Chevrolet al estacionar; el rechinar metálico de la puerta principal o la mampara del jardín abriéndose; algún comercio de palabras con mi madre en caso de que estuviera despierta; un golpeteo minúsculo en el interruptor de luz de mi habitación; la perilla de la radio; el enchufe saliendo de la pared.

Un día de esa época me fui de paseo a Chosica con mi promoción del colegio. Era una jornada espiritual mezclada con *camping*. Toda la promoción de segundo repartida en carpas al pie de un río hacía fogatas y cantaba rock en español y nueva trova. Los profesores habían pedido a los padres escribir una carta a sus hijos. A insistencia de mi madre, mi papá me escribió una. La primera noche del paseo la abrí sin expectativas. Me sorprendió-emocionó-avergonzó que en una línea hiciera referencia a «esa persona» en la que yo «seguramente pensaba» todas las noches mientras oía las baladas de la radio. Mientras releía ese párrafo miré a los lados para asegurarme de que nadie me observaba. Me parecía mentira que mi padre, quien nunca exploraba la intimidad en sus conversaciones conmigo, hubiera escrito una carta tan personal. Yo estaba enamorado o ilusionado de una chica, Lorena Antúnez, pero a mis padres no les había mencionado una sola palabra respecto de ella. Al leer esa carta me sentí atrapado, pillado. Sin duda, entendía ahora, mi papá no se limitaba a apagar la radio por las noches cuando entraba en mi habitación, sino que también me contemplaba; algún gesto debía haber reconocido en mi rostro dormido que de inmediato lo llevara a hacer anotaciones mentales que luego volcaría en esa carta, la única que recuerdo de las dos o tres que me escribió.

Algo, no sé muy bien qué, hizo que yo perdiera en algún ciclo de mi adolescencia esa capacidad de amar digamos arrebatada o vehemente o torrencial; o que la matizara con un saludable escepticismo preventivo. Mi padre no. A él le gustaba amar así, entregándose. Desde que en 1947 una ley del Ejército le prohibiera consagrar su amor por Beatriz Abdulá, decidió amar contra las leyes, aunque eso después significara defraudar a las parejas oficiales de turno. Si el Gaucho hubiera podido ver lo que ocurrió durante su velorio, se habría quedado en su ataúd. Allí estaba Aurelia Pasquel, de incógnito, sentada dos sillas detrás de Lucila Mendiola, a unos treinta metros de Cecilia Zaldívar. Desde su lugar, cada una rumiaba sus propias palabras, unificadas en el amor hacia ese hombre que yacía en el cajón, con un ajuar militar detrás del vidrio.

No quiero dar a entender que mi padre no podía dejar de enamorarse de las mujeres. Evidentemente podía. En diferentes épocas, soltero y casado, tuvo una serie de refriegas sin importancia, flirteos o *affaires* con mujeres tan distintas como Carmen Monteagudo, una señora dedicada a las finanzas y los negocios de bienes raíces, o Sofía Barreda, una morena espigada que vendía artesanías de colección en una tienda exclusiva de la avenida Conquistadores, o Glenda Zarina, una famosa autora de una saga de libros de autoayuda cuyo personaje central era una carismática niña extraterrestre de piel verdosa que vivía en las riberas del Amazonas y transmitía, telepáticamente, mensajes de amor. Jamás conocí a Carmen Monteagudo ni a Sofía Barreda. Sí, en cambio, a Glenda Zarina. En una ocasión, en la época

303

en que conducía un programa de radio sobre literatura, me tocó entrevistarla a pedido de la producción. Yo no sabía que ella había conocido a mi padre durante el Gobierno militar, menos aún que se había acostado con él en un hotel de la carretera Central como me contó un infidente amigo de ambos. Durante el programa le pregunté por qué había elegido la selva como escenario para sus historias. «Es que el verde es mi color favorito», me explicó, en involuntario guiño al uniforme militar.

* * *

Ni de mujeres ni de sexo habló mi padre conmigo. Los asuntos del sexo eran un cerco eléctrico que nos mantenía a raya. Ni él se acercaba a mí ni yo lo busqué cuando el despertar sexual comenzó a inquietarme. Varios amigos del colegio ya habían debutado con alguna prima mayor, alguna vecina experimentada o alguna empleada. Otros habían esperado los quince años para pedirles a sus padres que los llevasen a un prostíbulo, o que al menos les dieran dinero suficiente para levantarse una puta de las avenidas Arequipa o Javier Prado. Tu viejo es milico, dile que te lleve al troca. Los milicos hacen eso, es normal, mi abuelo era de la Marina y llevó a mi viejo a La Nené del Callao para que salga de pito, me comentó un día a la salida del colegio Alex Aldana, quien frecuentaba los barrios de putas de San Isidro y Barranco. Yo asentía al escuchar sus recomendaciones, pero en el fondo ni siquiera tomaba en serio la posibilidad de hablar con mi padre en esos términos. Me daba pavor su reacción, y solo por evitarla me callaba y prefería extenderme en el placer mezquino de la masturbación. Solo descubriría el sexo real pasados los dieciocho, pocos meses después de que mi padre muriera. Hasta para convertirme en hombre, hasta para adquirir ese tipo de hombría, su desaparición fue decisiva. El único gesto digamos didáctico que mi padre tuvo hacia mí fue el de esconder un condón en uno de mis zapatos a la espera de que lo encontrara y lo usara. Pienso que pudo hacer más. Pudo, por ejemplo, contarme si no sus propias experiencias al menos las de sus soldados del RC15. En 1967, cuando él era jefe del regimiento de caballería del distrito de Las Lomas, un descampado gigantesco ubicado cerca de la frontera con Ecuador, mandó levantar tres carpas alejadas del campamento principal para que, al mejor estilo de lo que Vargas Llosa contaría luego en *Pantaleón y las visitadoras,* un grupo de prostitutas atendiese a los soldados. Cada quince días él mismo bajaba hasta la ciudad de Catacaos acompañado de su mano derecha, el capitán Calandria, el Gringo Calandria, visitaban precarios *night-clubs* y entre los dos seleccionaban a las chicas y las hacían pasar por análisis médicos antes de reclutarlas definitivamente. Los escuadrones de soldados hacían colas detrás de las carpas esperando su turno, ansiosos, urgidos por descargar después de días de no tener ningún tipo de contacto. «Y ustedes —le pregunté al Gringo Calandria la tarde en que fuimos a caminar por los contornos de la bahía de Chorrillos para hablar de mi padre—, ¿también se metían a las carpas con las mismas mujeres?» «No, sobrino —me respondió—, nosotros bajábamos algunas tardes a Sullana, donde había locales más decentes con chicas más simpáticas, pero no siempre tirábamos, a veces solo íbamos a mirar, a joder, y luego salíamos de allí y terminábamos en el bar de la negra Delia; prácticamente éramos los dueños del local de la Negra: dejábamos nuestras gorras de campaña en un colgador que tenía nuestros nombres, y jugábamos rondas de cachito, y tomábamos cervezas hasta las once o las doce.»

Las visitadoras prestaron servicio en el RC15 durante meses hasta que una tarde el médico del campamento le envió un parte al teniente coronel Cisneros notificando que dos soldados habían sido infectados con gonorrea. Mi padre suspendió de inmediato las prestaciones sexuales y ordenó una exhaustiva investigación, cuyas sorprendentes conclusiones determinaron que no habían sido las prostitutas las portadoras de la enfermedad, sino el sacerdote del pueblo, el padre Ekberg, y su sacristán, quienes iban todas las semanas a dar apoyo espiritual a la tropa a cambio, al parecer, de que la tropa calmara con vigor marcial sus deudas carnales.

Al principio los cristianos no quisieron someterse a ninguna revisión por considerarla una humillante falta de respeto, pero tuvieron que ceder ante la intervención del arzobispo de Piura, quien llegó un día al campamento a solicitud del teniente coronel Cisneros. «Allí recién nos enteramos —cuenta el Gringo Calandria— de que el maricón de Ekberg y su monaguillo les pedían a los soldados que se los culearan detrás de un cerro.»

Si el sexo heterosexual era un asunto incómodo de tratar en mi casa, el homosexual era sencillamente inabordable. Para mi padre era un tema tabú a pesar de que —o precisamente porque— dos de sus hermanos, mis tíos Reynaldo y Adrián, eran bisexuales. De chico yo no me daba cuenta, por ejemplo, de que los muchachos que mi tío Reynaldo albergaba en casa de mi abuela —Heinz, Johnny, Cipriano— eran sus amantes. Yo me hacía amigo de ellos sin captar las advertencias de mi madre, que me impedía quedarme a solas con cualquiera de los tres. Cómo iba a pensar que mi tío Reynaldo tendría confabulaciones sexuales con esos muchachos si era el tío casanova, el que de joven había tenido más mujeres y amores que todos sus hermanos y primos y parientes juntos. Cada vez que Reynaldo me veía llegar del colegio, me preguntaba: «Y ahora ¿con cuántas hembritas estás o te sigues corriendo la paja?», lo que me avergonzaba profundamente porque en ese entonces yo me sentía incapaz de tener enamorada y de conquistar a nadie y trataba de aprender de ellos, mis tíos más jóvenes, Reynaldo y Adrián, los que más gancho tenían con las chicas, los más guapos y bohemios, los que cantaban en portugués y tocaban la guitarra, y usaban botas y casacas de cuero y manejaban autos deportivos y se despertaban pasadas las diez. Cómo iba a imaginarme que ambos compartían —aunque ni siquiera entre ellos lo comentaban— una callada debilidad por los hombres.

Mientras vivimos en el segundo piso de la casa de La Paz, mi tío Reynaldo mantuvo *affaires* con jóvenes de veinte o treinta, algunos de los cuales se enamoraban de él y luego, al no verse correspondidos, se iban lloriqueando como Magdalenas. Mi tío no ejercía hacia esos amantes otro sentimiento que no fuera el de cierto generoso paternalismo mezclado con ardor sexual. Nada más. Nunca nadie volvió a despertar en él la locura, el deseo y la dependencia carnal y afectiva que experimentó al lado de Manolo de Gorostiaga, un hombre mayor, conocido anfitrión de programas de concurso de la televisión, también homosexual en el clóset, que hacía muchos años le había cambiado la mentalidad y la vida.

Se conocieron en un cóctel diplomático, conversaron toda la noche y al cabo de unas semanas ya se habían ido a la cama. El comportamiento discreto que mantenían en Lima se terminaba esos fines de semana en que se escapaban a Madrid y Lisboa para encerrarse en hoteles de lujo, en dormitorios de grandes ventanas, donde podían amarse y reírse del mundo rodeados de botellas de Cointreau. Y cuando Gina, la esposa de Manolo, lograba ubicarlo y lo telefoneaba, era Reynaldo quien contestaba, y entonces la mujer sentía un gran alivio al oír su voz porque eso significaba que su marido no andaba por ahí con alguna de las modelos que lo perseguían por su pinta, su dinero y su fama. Si mi tío Reynaldo tuvo un único verdadero amor, si acaso hubo alguien que lo hiciera perder la compostura, ese fue Manolo, a quien siguió viendo hasta el final y en cuyo velorio se mantuvo hasta que acabaron los ritos fúnebres. Mi padre supo de esa relación, pero nunca se la enrostró a su hermano; es más, lo intentó comprender y proteger con su silencio.

Mi tío Adrián, por su parte, vivía encandilado por chiquillos que apenas superaban la mayoría de edad. Y a pesar de que se enredó con una vecina, con la que tuvo una hija y estuvo a punto de casarse, nunca pudo o quiso dejar de verse con esos chicos humildes, parejas sexuales a las que protegía sentimental y económicamente. «Me quisiera casar contigo, pero no puedo: veo un chiquillo de catorce años y se me van los ojos», se sinceró una noche Adrián ante Irene, la vecina, rojo de llanto y de vergüenza, confesándole sus instintos. En una ocasión lo denunciaron por acoso a un muchacho de dieciséis y mi padre tuvo que levantarse de madrugada para sacarlo de la cárcel no sin antes hacerle jurar que nunca más se vería envuelto en algo así. Adrián cumplió. En adelante se volvió más recatado en sus escarceos y mandó construir una casa de playa en Pulpos para tener dónde celebrar sus fiestas orgiásticas sin que nadie lo importunara.

Mi padre se cuidó siempre de no hacer la menor alusión a las preferencias sexuales de sus dos hermanos menores, a los que por cierto respetaba, adoraba y cuidaba, a pesar de ser un homofóbico declarado. «Si un hijo mío me sale maricón, lo cuelgo de las pelotas», me advirtió un día en el jardín, sin que yo hubiese hecho o dicho nada, con un tono enérgico que no venía al caso y que quizá era una manera de desaguar la desazón que le producía la vida íntima de mis tíos.

En otra ocasión se enfureció desproporcionadamente cuando notó que me había dejado una colita de pelo que sobresalía a la altura de la nuca. Era una moda entre los chicos del colegio, copiada quizá del italiano Roberto Baggio. Una noche, mi padre, asegurándome que el pelo largo comprometía la virilidad, me emplazó a cortármela. Yo me negué y me fui a dormir. Desde la cama escuchaba su discusión con mi madre, que intervino a mi favor. Cuando a la mañana siguiente me desperté, al pasar la mano por detrás de mi cabeza, vi con sorpresa que el mechón de Baggio ya no estaba. Mi padre lo había extirpado con una tijera. Cuando fui a preguntarle por qué, me dijo sin mirarme, leyendo los diarios: «Yo no quiero maricones en esta casa».

Tampoco mi afición literaria le hubiese satisfecho a la larga. Estoy seguro de que no hubiese aprobado mis novelas. A pesar de que su abuelo y su padre habían sido escritores, su modo de calificar el comportamiento de los hombres lo llevaba a asociar la literatura con un universo escabroso contaminado por un sinnúmero de defectos, la homosexualidad entre ellos.

Lo pensaba de Vargas Llosa, por ejemplo. «Todos saben que Vargas Llosa escribió *La ciudad y los perros* por la frustración de que lo echaran del colegio militar Leoncio Prado, de donde salió por homosexual», declaró una vez a una revista.

* * *

En los últimos años de secundaria me interesé muchísimo por el mundo de la religión, tanto que acudía a misa dos veces por semana, conversaba a diario con los sacerdotes estadounidenses del colegio, que me prestaban libros sobre la vocación sacerdotal y me animaban a considerar la opción de la vida consagrada. Cuando mi padre descubrió esos libros, reaccionó con desconfianza.

«¿No estará volviéndose maricón este chico?», le consultó a mi hermano mayor, Fermín, graduado en Psicología, una de esas madrugadas en que los dos se iban de bares por Barranco en un Volkswagen amarillo. Mi hermano se rio de esos miedos y le explicó que ellos delataban una fobia acérrima cuyo origen debía explorar. Nada de lo que Fermín le dijo, sin embargo, sirvió para que sus sospechas disminuyeran. Mi padre nunca me dijo nada respecto del asunto sacerdotal, pero su miedo continuó latente. Una noche invité a un amigo a quedarse a dormir en la casa de Monterrico porque se había hecho muy tarde para que regresara en bus. Era un amigo que también alternaba con los curas del colegio y que se iba conmigo a los retiros de fin de semana y que, como yo, no descartaba ingresar al seminario. ¿Normal que me quede?, me preguntó. Le dije que sí y me apuré en desplegar junto a mi cama uno de los catres de campaña que usábamos para los campamentos. Minutos después mi padre pasó por mi cuarto, abrió la puerta de golpe y nos vio riéndonos mientras extendíamos las sábanas. La escena debió parecerle peligrosamente gay. «¡Carajo, cuántas veces te he dicho que dejes la puerta abierta!», vociferó. Mi padre odiaba que cerráramos las habitaciones. Odiaba que tuviésemos privacidad y que pudiésemos hacer cosas a sus espaldas. Por eso, quería tener control visual sobre lo que sucedía en cada dormitorio, y si hubiese podido poner cámaras en cada cuarto, como puso intercomunicadores, lo habría hecho. A veces yo sentía que mi habitación era un calabozo con la puerta abierta. La puerta abierta desplegaba mi ansiedad, hacía bullir mis nervios. Las pocas veces que pude cerrarla y apretar el botón metálico de la llave, ya fuere porque él no estaba o andaba distraído en sus múltiples actividades, me invadía un alivio automático. Me sentía cómodo refugiándome allí dentro, a solas, pero esa comodidad se rompía como una figura de cristal cuando mi padre golpeaba la puerta con los nudillos una, dos, tres veces exigiéndome que abriera. A veces parecía que le bastaba con soplar para tumbarla. Yo encontraba injusto que nos exigiera esa transparencia, mientras él se mantenía literal y simbólicamente encerrado. Esa noche, tras la escena de las sábanas tendidas, me mandó llamar a su dormitorio. Le dije a mi amigo que se pusiera cómodo. Cuando llegué a su cuarto, mi padre me recibió con un golpe. Una cachetada seca, compacta. El golpe, duro e inesperado, me tumbó al suelo. Nunca podré olvidarlo. Mi madre invertiría después muchas horas en explicarme que había sido una reacción derivada de los medicamentos que él tomaba por entonces para combatir los principios del cáncer y que alteraban su sistema nervioso. Quizá. Puede ser. Yo creo otra cosa. Yo creo que esa noche mi padre explotó al pensar que su segundo hijo varón era o estaba camino de ser homosexual, igual que esos queridos hermanos suyos, y acaso pretendió corregirlos a ellos a través de mí, y acaso golpearme fue su única manera de hablar del asunto. Esa noche mi amigo durmió plácidamente, pero yo no pude: me desveló el miedo de que mi padre irrumpiese en la habitación y lo echara a la calle. Y a pesar de que al día siguiente me pidió disculpas con lágrimas genuinas, su golpe se quedó dentro de mí como un coágulo. Hoy, las veces en que me descubro violento o agresivo siento como si ese golpe aflorara y reverberara, como si ese golpe se apoderara de mí, y entonces me invade una antigua cólera, una furia que me cuesta apaciguar y colocar en un lugar donde no dañe a nadie, cual si fuese un explosivo potentísimo que hay que llevar mar adentro para que no estalle en medio de la civilización.

* * *

Puede ser que con los años mi padre se volviese conservador, o que su machismo lo haya llevado a presumir de un pensamiento rígido y moderado que contrastaba con muchas de sus vivencias fundamentales. Su afirmación «No estoy de acuerdo con las relaciones prematrimoniales porque matan la ilusión» —en entrevista de abril de 1995 a la revista *VEA*— parece una broma o una ironía de mal gusto, y solo me queda interpretarla como una advertencia indirecta a mi hermana Valentina y a su novio de aquel momento antes que como un precepto de la moral que él practicaba. Por supuesto que mi padre creía en las relaciones prematrimoniales: las había practicado largamente.

Claro, le convenía alterar su verdadera ideología y dar esa declaración para publicitarse como un hombre correcto antes de las elecciones y, de paso, cautelar la supuesta virginidad de su única hija soltera, o hacerla sentir mal en el caso de que ya la hubiese perdido.

Mi padre cuidaba a Valentina de los chicos que la merodeaban como antes había cuidado a sus hijas mayores, Melania y Estrella. Con sus tres hijas volvió a experimentar los mismos celos enfermizos que había padecido, atrás en el tiempo, con los amigos de Beatriz Abdulá en Buenos Aires, con los amigos de Lucila Mendiola en Sullana, y luego con los amigos de Cecilia Zaldívar en Lima. Los años lo ayudaron a dejar de ser un marido posesivo, pero cuando Melania y Estrella empezaron a salir a fiestas, mi padre las seguía en su auto sin que ellas lo notasen, estacionaba en una esquina y se quedaba allí toda la noche, con binoculares en la mano, para asegurarse de que no salieran acompañadas de ningún sujeto indeseable, o quizá deseándolo para entonces bajarse del auto y hacer sentir su presencia y meter unos cuantos carajos a quien se los mereciera. La noche que Valentina celebró sus quince años, cuando mi padre llegó a la casa y vio a esa jauría de muchachos bailando en su terraza, vomitando en su jardín, acabándose los licores de su bar y atravesando con los ojos la minifalda de la menor de sus hijas, mandó apagar las luces, la música, y sacó con sus manos hasta al penúltimo borracho de la fiesta. Al último lo amenazó con un revólver antes de verlo cruzar la puerta gateando.

El general decía públicamente no ser partidario ni de las relaciones prematrimoniales ni del aborto. «Solo en casos de violación», argüía. Sin embargo, años atrás había propiciado o permitido que Cecilia Zaldívar abortase en dos ocasiones. En la primera, en 1972, la coyuntura era ciertamente dura y apremiante: tenían pocos meses de estar juntos y él aún vivía con Lucila Mendiola y los hijos de ambos en el chalet de Chorrillos. La noticia del embarazo, más que ilusión, debió causarles susto. Un hijo extramatri-monial y clandestino hubiese sido —además de un escándalo para los Cisneros, aunque al mismo tiempo un homenaje a su estirpe— una ofensa para Eduviges y Eleuterio, los padres de Cecilia, y a la larga un seguro factor de rompimiento. El aborto, entonces, quizá fue convenido por ambos y acabó salvando la relación, tal vez hasta fortaleciéndola. Pero en 1980, el escenario era muy distinto. Mis padres ya vivían juntos como un matrimonio —ilegítimo pero real—, tenían dos hijos —Valentina y yo— y gozaban del respaldo de los Cisneros y los Zaldívar. ¿Por qué, entonces, Cecilia interrumpiría su embarazo?

Acabábamos de regresar de Piura y mi padre tenía muchas expectativas con el nuevo Gobierno del arquitecto Fernando Belaúnde. Estaba seguro de que le ofrecerían un cargo en el gabinete y estaba dispuesto a asumirlo enteramente, pues de ello dependía la vigencia de su futuro político. Cuando mi madre le anunció el embarazo, esta vez sí con el orgullo, el deseo, la convicción y la voluntad de tener al niño, el tercer hijo de ambos, el Gaucho —influido por amigos que le decían que su carrera estaba en su mejor momento, que no le convenía hacerse de nuevas obligaciones familiares, o quizá solo influenciado por su propio ego político— le pidió abstenerse de tenerlo. Él se encargaría de todo. Cecilia se negó, pero acabó cediendo. Entonces mi padre llamó nuevamente a Pepe Caicedo, el más famoso ginecólogo de Lima, el mismo que había asistido a Cecilia durante el primer aborto y durante sus dos primeros partos, para que volviese a ocuparse del trabajo sucio.

Dos años después de aquello, cuando salió milagrosamente encinta de mi hermano Facundo, aunque el contexto seguía siendo agitado y el futuro del Gaucho no estaba del todo claro, Cecilia defendió su embarazo con uñas y dientes y le advirtió a mi padre que pasara lo que pasara tendría al niño. Mi padre aceptó. La llegada de Facundo conjuró en algo las pérdidas anteriores, pero mi madre las arrastraría por siempre. Durante toda mi adolescencia solía creer que las peleas entre mis padres se debían en gran medida al mal genio natural de mi mamá, que entraba en cuadros de cólera por los motivos más tontos, absurdos y caprichosos. Por años compadecí a mi padre que, pobre, soportaba los gritos y reproches de Cecilia Zaldívar con una paciencia de santo. Si mis padres se divorcian, pensaba, la culpa será de ella. Recién cuando supe la historia de los abortos comprendí todo. Comprendí que mi madre nunca estuvo loca, sino herida, que si perdía los estribos y vociferaba y lloraba de ese modo congestionado y repentino era por una frustración que le venía del centro de su maternidad negada. «Yo hubiera tenido cinco angelitos», decía mi madre a veces en voz baja, y yo no la entendía y me burlaba de sus delirios. Pero ahora sí que la entiendo, y me arrepiento de haberle adjudicado una demencia que no tenía, y más bien la admiro a destiempo por haber soportado todo lo que soportó; ya no solo los embarazos frustrados, sino todo lo demás: los desplantes y malas caras con que por años la recibían las viejas mofletudas del Círculo Militar, el egoísmo brutal de mi padre, su amorío con Aurelia Pasquel, su poco tesón para resolver el divorcio con Lucila Mendiola, y hasta su manera de dejarse morir, sin atenderse cuando debía, esperando que fuese ella, mi madre, quien se quedara al pie de su cama, tomándole la mano hasta que todo acabara, hasta que él no fuera más que un bulto al cual enterrar.

10

Hay algo peligroso en descaminar el tramo ya cubierto para regresar sobre aquellos años de estructura y mansedumbre familiar. Años en que dábamos por sentado que, al menos dentro del reino insular que parecía ser la casa de Monterrico, nada cambiaría nunca lo suficiente para amedrentarnos. Años en los que uno hasta podía soñar con ser poeta. Si hubiese dependido de mi madre, habría sido más conveniente para todos que yo soñara con la diplomacia o la abogacía, o alguna profesión decorosa que me obligase a afeitarme, usar corbatas y recibir a cambio una puntual mensualidad. Una noche, en uno de los famosos arrebatos de pragmatismo con que mi madre exponía su opinión sobre mi futuro, me discurseó frente a todos tratando de disuadirme de escribir poesía, asegurándome que acabaría inevitablemente en el anonimato o, peor, en la pobreza —de la que ella había escapado cuando chica—, y que entonces perdería el buen estatus social ganado a puro músculo por mi padre. Para mi sorpresa, él golpeó la mesa en señal de indignación y calló a mi madre. «No le rompas los sueños, carajo», bramó retirándose a su dormitorio, caliente, dejándonos a todos boquiabiertos.

A mi padre le gustaban mis primeros poemas, esos poemas en rima que hoy se me antojan tan iniciáticos, lejanos y algo embaucadores. Él los aplaudía no porque revelaran un bullidor espíritu creativo, sino porque la rima suponía un orden, una disciplina, un acotamiento, una música encantatoria pero rígida que no podía desbordarse de sus márgenes. Mi padre quería que yo escribiera como su padre y su abuelo, que no me desbordase ni me saliese del cauce por ellos demarcado: esa erosión de cuatro siglos que había determinado tantas vidas. Si durante años me forcé a llenar cuadernos con montones de rimas fue para parecerme lo más que pudiese a mi abuelo y ver si así despertaba la admiración de mi padre, si lo veía rendirse ante mí por una sola vez. Creo que de algún modo lo conseguí. La poesía fue la única materia o ámbito en que me supe más conocedor que él, más informado, más ducho. En todos los otros terrenos del conocimiento, su inteligencia y olfato de lobo me arrollaban, pero la poesía me dio superioridad, me permitió advertir la elementalidad de mi padre, la pobreza de sus lecturas literarias, su incultura artística hecha de gobelinos, de imitaciones de famosos bodegones, de porcelanitas de Capodimonte, de versitos sin relieve de Amado Nervo, de tangos de Gardel.

Es contradictorio pero sintomático que mi padre defendiera mis sueños ante mi madre pero que nunca hablara de los suyos. Hablaba de sus planes, no de sus sueños. Era un soñador que no soñaba o que no contaba lo que soñaba. Era tan del mundo concreto, creía tan poco en la dimensión onírica de la existencia, que no hubiese sido extraño que algún reflejo cerebral haya bloqueado en su mente el canal de las ensoñaciones. Quizá su dictador inconsciente mandaría cerrar también ese canal.

Mi padre no hablaba de lo que soñaba ni de lo que hacía. En el trabajo no hablaba de su casa y en su casa no hablaba del trabajo. Más que reservado era críptico. Su boca no era una tumba, sino un mausoleo. Quizá la natural indiscreción con que yo me acostumbraría luego a ventilar mi intimidad en columnas periodísticas, en la radio o en los libros fuese una reacción tardía o vengativa a los desesperantes silencios de mi padre.

El suyo era, por cierto, un mutismo selectivo, porque cuando se trataba de discutir de política o de instruirnos en temas de cultura general —geografía, historia, aritmética— padecía una verborragia colosal. No había quien lo detuviese. Eso sí, en ningún caso escucharlo era aburrido porque condimentaba sus lecciones u opiniones con anécdotas que realzaban su sentido del humor. Porque mi padre tenía un gran sentido del humor, aunque un sentido del humor con doble estándar. Se reía, por ejemplo, con las historias sonsas y predecibles de Otto y Fritz —esos personajes cándidos de 1900 que se burlaban del pensamiento cuadriculado y teóricamente lerdo de los alemanes rurales—, pero en la vida diaria, ante circunstancias que exigían respuestas veloces, era capaz de disparar inesperados puñales de una socarronería inteligentísima. Era raro: por un lado, despotricaba contra el humor chabacano de programas televisivos que consideraba penosos y huachafos como «Risas y salsa» —«háganme el favor de cambiar esa cojudez», nos pedía cuando nos encontraba viéndolo—, pero por otro no se perdía las parodias políticas de «Camotillo el Tinterillo», caracterizado por el cómico Tulio Loza, quien, ahora que lo recuerdo, pregonaba sus panfletos en rima.

A veces, su seriedad y autocontrol se desarmaban ante una broma mía o ante una película sugerida por mí, y entonces yo me sentía orgulloso y pensaba que aquel hombre tan seguro y dominador que era mi padre tenía hendiduras que no estaban del todo cubiertas, rendijas por donde yo podía filtrarme. Fue a insistencia mía que vimos juntos varios capítulos de Cine pícaro, un ciclo de películas argentinas del Gordo Jorge Porcel y el Flaco Alberto Olmedo que pasaban en Canal 9 los sábados en la noche. Me gustaba ver reír a mi padre con las peripecias de ese par de torpes, tanto que a veces yo reía solo por verlo retorcerse en carcajadas. Me gustaba compartir ese programa con él no tanto por el contenido erótico, que más bien creaba cierta callada incomodidad —en nuestras conversaciones, ya dije, el sexo nunca apareció—, sino por los modismos argentinos de Porcel y Olmedo, por las reminiscencias porteñas que sus diálogos provocaban en mi padre. Quizá si entraba en trance nostálgico, pensaba, podría animarse a hablarme de Buenos Aires, a contarme algo de la ciudad donde nació, creció y fue feliz cuando tenía mi edad y era quizá alguien más parecido a mí. Las risotadas ante esas películas o ante las rimas burlescas que yo componía a manera de injurias o libelos contra personajes políticos —Alan García, el favorito— hacían que mi padre se viese vulnerable: su máscara militar se descascaraba, mostraba su dentadura, se salía de sí mismo, de su personaje fabricado, y tosía y se reía tosiendo y se ahogaba sin dejar de reír, y entonces yo sentía que mi padre existía de verdad, que podíamos reírnos de las mismas idioteces, y que en su vida también había lugar para lo intrascendente, y que esa fuerza hilarante que lo desacomodaba nos hacía amigos. Por eso odiaba los comerciales de Canal 9 durante las emisiones de Cine pícaro, porque abrían paréntesis trágicos en esos momentos gloriosos en que los roles no existían, y entonces se diluía su risa, volvía a ser mi papá, yo su hijo, y había que apagar el televisor, pues era tarde y todos teníamos que levantarnos muy temprano y hacer las compras para el desayuno del domingo.

* * *

Por esos años era tal mi necesidad de atención, de que se fijaran en mí, que mi cabeza consentía extrañas formas de autotortura. Me pasaba largos minutos mirando el ventilador de aspas verdes y cuatro velocidades que teníamos en la cocina de Monterrico, y me preguntaba qué sucedería si pulsaba el botón de máxima velocidad y metía el índice entre las rendijas del aparato: cuán rápido las hélices rebanarían mi dedo. Habría sangre por todos lados. Habría dolor. Provocaría un trauma colectivo y forzaría a todos a que se ocupasen de mí. Así pensaba a veces. Pero nunca tuve el valor para actuar. A diferencia de mi padre, yo jamás hubiese podido surcarme la mano con un cuchillo para demostrar mi virilidad. O quizá no tenía urgencia de demostrarla. O tal vez no tenía virilidad.

Durante otra temporada se me dio por amenazar a todos con irme de la casa. Mi madre y Valentina entraban en pánico. Me gustaba asustarlas. Mi padre, en cambio, ni se inmutaba. Déjenlo, déjenlo, a ver si se atreve, decía, sin apartar la mirada de aquello que en ese momento demandaba su atención: el periódico, la televisión, una revista de actualidad. Él sabía que yo no me atrevería a pisar la calle. Sin abandonar su lugar, desde su sillón de mimbre, cruzando las piernas y comiendo aceitunas, sin mirarme, mi padre podía meterse en mi cabeza, ver mis pensamientos y enredarlos como culebras. Déjenlo, a ver si se atreve. Aquellas palabras suyas, cargadas de tanto convencimiento, me sometían y paralizaban.

En efecto, nunca me atreví. Yo solo quería salir, dar unas vueltas, impostar una fuga y ver si así, aunque fuera así, mi padre consideraba la falta que podía llegar a hacerle porque en aquella época sentía eso: que él podía arreglárselas sin mí, que mi desaparición de su mundo no lo afectaría. Eso hacía que me enojara tanto conmigo mismo. Me enojaba y luego me odiaba porque el enojo no era suficiente para llevar a cabo una sola insurgencia memorable. Quizá una extraña sabiduría me iluminaba entonces y me hacía quedarme quieto. De lo contrario, si me marchaba, tal vez habría comprobado lo poco que mi desaparición le importaba a mi padre, lo rápido que se aclimataba a mi ausencia, y de eso no me hubiese recuperado.

Lo único que en la casa despertaba su interés eran las noticias. La hora de los noticieros era sagrada. Nadie podía interrumpirlo mientras miraba los noticieros de las diez de la noche. Yo crecí detestando las noticias y a todos esos presentadores almidonados de los ochenta y noventa. Martínez Morosini, Aldo Morzán, Arturo Pomar. Ellos podían hablar desde el vidrio y capturar la concentración de mi padre. Ahora que trabajo como presentador en un noticiero, me gusta imaginar cómo me vería mi padre. Si estuviese vivo, pienso, sería yo quien le contara las noticias en las noches y al fin retendría su atención. O quizá no. Quizá él cambiaría de canal para ser informado por otro, otro que no fuese su hijo. Otro cuyo cerebro él no pudiese penetrar con tanta facilidad.

Cuando las noticias se terminaban, él se levantaba, transitaba por la casa y volvía a emanar aires de autoridad y protagonismo. Él siempre fue el centro de cuanto ocurría en Monterrico. Si había una reunión o fiesta, él era el actor principal. No era que se lo propusiese, simplemente sucedía, y entonces no había manera de sacarlo de la urna en que parecían colocarlo los demás un poco por zalamería y otro poco porque en verdad mi padre era un parlanchín ameno, letal. Nadie podía opacarlo, su naturaleza no admitía competencias. Y si sus hijos hacíamos un baile o recitábamos un poema del abuelo o ejecutábamos algún numerito artístico propiciado por las tías, él lo tomaba como un breve receso, un intermedio, un descanso antes de volver a la actividad central de la reunión: escucharlo comentar la política nacional.

Una tarde, un domingo de hace tantos años que ya parece otra vida, acaso porque no soportó que yo concentrara más atención que él, develó a voz en cuello el truco del acto de magia que venía realizando frente a toda la familia paterna. Ochenta personas me observaban —o yo creía que me observaban— manipular una baraja de cartas mientras hacía un pase con la varita, tratando de que no se me cayera el sombrero de copa de plástico. Desde el fondo, apoyado en una pared, un vaso de whisky en la mano, un pucho en los labios, mi padre gritó el número y palo de la carta que ponían en evidencia todo mi espectáculo. El siete de espadas. Y aunque todos sabían que yo era un pésimo mago y que aquello era una representación infantil, aun así simulaban asombro y algunas tías estupefacción. Hasta que él lo arruinó. Él, que de niño se había hecho llamar

Mandrake Cisneros, que alguna vez había comprendido lo importante que podía ser para un chico de diez sentirse un mago apreciado, no soportó su rol secundario. Revelar el truco desde la pared del fondo era su manera, su torpe manera, de recordarnos a todos, pero en especial a mí, que en esa casa el único mago capaz de hechizar al resto era él, aunque para eso tuviese que humillar a sus hijos.

Cosas como esas —que hoy me suenan tontas y engreídas, pero entonces me parecían de una traición imperdonable— gestaron mi insularidad. Una de las primeras manifestaciones de ese aislamiento fue mi avaricia, mi obsesión por acumular y proteger lo acumulado. Ser avaro, tacaño, rácano, no gastar las propinas que recibía o coleccionar objetos sin compartirlos era una manera infeliz de ser dueño de algo, de cobrar presencia, de materializarme, como si los paquetes de galletas que llegaban a mis manos, o las monedas y billetes que lograba reunir, o los juguetes, los libros, la ropa que me regalaban, constituyeran mis únicas posesiones reales, como si yo fuera ellas o estuviese hecho de ellas. Me costaba gastarlas o prestarlas: eran lo único de lo que con certeza era poseedor. Retener cosas representó una manera de hacerme visible o de existir en ese clan familiar donde sentía que las querencias estaban, según yo, repartidas de modo inequitativo. Cada vez que mis pertenencias desaparecían porque alguien las tomaba prestadas, yo me enfurecía y me sentía devuelto a la nada del medio, a ese centro sin calor, esa segunda ubicación que tanto daño me hizo entonces y que, sin embargo, fue la más provechosa, la única posible para el hombre que escribe este libro. De haber sido el hijo mayor o el menor jamás hubiese necesitado escribir. No así. No esto.

Debo decir que la avaricia era una cosa estrictamente mía, una cosecha personal, no heredada. Mis padres eran justos con el dinero y generosos cuando podían. Nunca manirrotos, pero jamás mezquinos. Diría equitativos. Diría salomónicos. Diría también previsores. Mis padres llenaban montones de cuadernos con análisis de presupuestos y cuadros de flujos para controlar los ingresos, los egresos, los imprevistos, los variados gastos que demandaba la casa de Monterrico. Componían una dupla administrativa muy eficiente. Cuando los veía trabajando en esos cuadernos, trazando rayas y colocando cifras, pensaba en que así debían haberse visto en los años de Hacienda, cuando él era asesor del Ministerio y ella la secretaria del despacho. Allí estaban juntos otra vez cruzando números, borrando dígitos, acaso enamorándose, si no el uno del otro, al menos del equipo que conformaban. Es curioso: mi padre era un genio de los números, pero un desastre en los negocios. Su facilidad para operar multiplicaciones, divisiones y raíces cuadradas no le sirvió nunca para mejorar su economía una vez que se vio atrapado por la realidad del retiro del Ejército. Quizá le faltó ser más astuto o mañoso o cínico, como varios de sus compañeros milicos y civiles que, mientras ocuparon cargos altos, hicieron cerros de dinero metiendo mano en las cajas de instituciones públicas. A él nunca se le ocurrió robar, así que no le quedó más que suplantar su poca pasta de negociante con un repentino espíritu emprendedor.

Primero montó una empresa de importaciones que se fue a la ruina el día que su socio desapareció con buena parte del capital invertido. Luego abrió una empresa de seguridad que no llegó a tener clientes continuos. Por último, pretendió fundar con sus hermanos un instituto superior donde cada uno enseñaría una materia; él dictaría cursos relacionados con la vida militar o la defensa nacional. La idea tuvo acogida y estuvo a punto de materializarse, pero al final la abandonaron. Ninguno de esos emprendimientos prosperó y pronto las cuentas de la casa, las facturas de las universidades y colegios dejaron de pagarse con la puntualidad acostumbrada. Su pensión de general alcanzaba con las justas para cubrir los gastos de Monterrico y los de la casa de Berlín, donde aún vivía y empezaba a enfermarse Lucila Mendiola. Entonces vino la época de las vacas flacas. Por la puerta se fueron marchando, uno a uno, los empleados, los choferes, los ayudantes, los guardaespaldas. La membresía de los clubes fue cancelada hasta nuevo aviso. Los dos autos, el Chevrolet y el Nissan, fueron a parar a una tienda de remates. Los clósets no se renovaron en mucho tiempo. «Dios proveerá», decía mi madre. Mi padre no decía nada: los planes de Dios le tenían sin cuidado.

Otro efecto de la austeridad fue el alejamiento repentino de muchos de los amigotes que antes, más por conveniencia que por afecto, enviaban año tras año unas pesadas canastas navideñas envueltas en papel celofán llenas de víveres, de productos importados que no se conseguían en Lima: bolsas, latas y licores con los que colmábamos la alacena y que nos duraban hasta el fin del verano. De pronto esas canastas dejaron de aparecer y fueron reemplazadas por escuetas tarjetas que colgábamos con chinches en los pasamanos y los dinteles. Con mis hermanos y mi madre tomamos algunas medidas. Decidimos, por ejemplo, turnarnos las tareas domésticas. A mí me tocaba los miércoles poner la mesa, lavar los platos, barrer, trapear y encerar, y los viernes aspirar las alfombras, podar el jardín, limpiar los ambientes exteriores, ocuparme del mantenimiento de la piscina.

Un día mi padre no pudo más y anunció que alquilaría la casa. Para evitarlo todos nos pusimos a buscar cualquier clase de trabajo remunerado. Mi padre aceptó a regañadientes, con una mala cara de impotencia o tristeza o de orgullo quebrado. Entonces mi madre comenzó a vender pasajes en la agencia de viajes de una amiga; mi hermana Valentina dejó de estudiar un ciclo de la universidad para ser impulsadora de Coca-Cola en un centro comercial, y yo entré a trabajar medio tiempo en un local de Kentucky Fried Chicken.

La época dorada había terminado oficialmente. Solo cuando contrataron a mi padre como inspector del hipódromo pudimos respirar aliviados, pero durante el año y medio que pasó desempleado, viviendo únicamente de su jubilación, nos volvimos expertos en el arte de racionarlo todo. En el Kentucky, aunque el sueldo era mísero, descubrí cierto sentido de la autonomía y llegué a encontrarle algo de gusto al trabajo pesado. Tenía que barrer las hojas muertas del inmenso parque de diversiones, limpiar los váteres, abrir las bolsas de basura y contabilizar las piezas de comida que los clientes dejaban a medias. Eso cuando me tocaba el salón. Los días en que me tocaba la cocina no eran mejores: abría los cadáveres de los pollos crudos, retiraba de sus vientres todas las vísceras e impurezas, y luego los marinaba en un líquido especial y los metía en una congeladora hasta el día siguiente. Trabajé allí cinco meses, de cinco de la tarde a once de la noche. Solía regresar a casa caminando, devorando las papas húmedas y los trozos de pollo recalentado que me daban de refrigerio los supervisores, y lo hacía sintiéndome incomprensiblemente orgulloso de ese subempleo de mierda y de mis jefes explotadores. Cuando acababa agotado y no me daban las piernas para seguir, prefería irme en uno de los buses verdes que me dejaban a pocas cuadras de casa, buses que avanzaban tan lentos y pesados que cuando bajaba lo hacía con la sensación de ser mayor, de haber crecido un par de años durante el trayecto. Hubiese permanecido en el Kentucky más tiempo si no fuera porque mi padre —espantado ante el relato que un día hice de mi jornada laboral— me obligó a renunciar. ¡No —le dije en la cocina—, quiero seguir yendo, quiero trabajar! ¡Renuncias o voy yo y te saco de las mechas delante de todos!, gritó. Le supliqué que me dejara, pero volvió a gritar, esta vez con indignación, sin darme margen para decir nada valioso: ¡Yo no he criado a mis hijos para que pelen pollos!

El poco tiempo que trabajé allí me sirvió para ahorrar algo y experimentar por primera vez la sensación de comprar con mi dinero libros, revistas de cómics, mis primeros muñecos de colección. Quería tener mis propios objetos, que nadie los tocase. En eso me parecía y aún me parezco a mi padre. Él no me permitía jugar con sus adornos y, cuando salía de casa, lo primero que yo hacía era bajar a su estudio y jugar con los adornos por el puro placer de desobedecerlo. Aunque no solo por eso. Tocar sus objetos era también tocar su mundo, ingresar a través del tacto a zonas y paredes de su interior, esa gruta de tan difícil acceso para mis otros sentidos. Su estudio era un fascinante museo de la solemnidad y me resultaba imposible no manipular las miniaturas de bronce que poblaban su escritorio: los tanques, los cañones, los helicópteros con sus hélices y puertecitas movibles, los caballos muelones, los soldados hieráticos, las balas plateadas, los bustos graves de Bolognesi, Grau y San Martín, las espadas que colgaban de la pared, los prismáticos en fundas de cuero, las cantimploras, el sombrero con visera de los Húsares de Junín, el bar en forma de baúl con ruedas y, ya con menor atractivo, los platos recordatorios, las banderas, los portalápices de madera, las pesadas figuras militares que hacían de pisapapeles.

Su prohibición, ciertamente, no se limitaba a los objetos de su estudio. En general, nadie podía tocar nada que le perteneciera si él no estaba allí para vigilarnos, lo que reducía la diversión ostensiblemente. No le faltaba razón para ponerme esos límites, supongo, si consideramos que yo había malogrado su tocadiscos, su radio, su *walkman* y sus dos televisores portátiles, pero aun así me parecía una exageración que me prohibiese ingresar a sus dominios, y solo por eso aprovechaba sus idas al trabajo o a donde fuese para rebuscar en sus cajones, oler su ropa, mirar sus papeles, coger, por ejemplo, las raquetas de frontón y tenis que él jamás utilizaba, pero que se negaba a que utilizáramos nosotros. Allí me veo, hurgando en su clóset con una linterna, adentrándome en los vericuetos íntimos de su mundo propio con la consigna autoimpuesta de aprender algo nuevo de él.

Algunas de las viejas pertenencias militares de mi padre están hoy detrás de una gran vitrina del museo de Oro. Me remeció verlas allí la primera vez que fui. Eran las armas, las botas, los tanques, los helicópteros de miniatura que yo había manipulado sin su permiso cientos de veces y que ahora me miraban desde esa dimensión inmortal que ocupan los objetos de un museo. Cada vez que voy a verlos pienso que el maniquí de cera que representa a mi padre cobra vida súbitamente y me regaña.

Cuando hoy, a los casi cuarenta años, me preguntan por qué colecciono juguetes, figuras de acción y soldados de plomo, digo que es porque me recuerdan películas y series que marcaron mi adolescencia. No es cierto. Creo que en el fondo lo hago para compensar las prohibiciones de mi papá. Lo malo es que he contraído una neurosis posesiva idéntica a la suya: cada vez que alguien me visita y coge o manipula uno de esos muñecos, sufro estúpidamente como él.

Que me prohibiera ingresar a su mundo o a los intersticios de su mundo no era lo peor. Lo peor era cuando se molestaba. Él solía razonar, era paciente, controlado y trataba de bajarles la tensión a situaciones que se encaminaban hacia la discusión, pero cuando perdía la calma por alguna desobediencia mía, se desencadenaba en él una tormenta de furia que irradiaba miedo varias leguas a la redonda. Ni siquiera tenía que gritar: le bastaba abrir los ojos como un animal iracundo para que me pusiera a temblar. Cualquier atisbo de rebeldía era doblegado apenas me apuntaba con esas hipnóticas balas de cañón que eran sus ojos. Si por necio o cándido me metía a discutir con él, salía perdiendo. «Porque me da la gana» era el último nivel de sus razonamientos, una frontera infranqueable que no había forma de traspasar, el paredón donde morían todos los pleitos, las cinco palabras que hacían añicos el deseo no tanto de debatir como sí de comprender por qué no podía acceder a determinadas libertades. «No me interesa lo que digan los padres de tus amigos. Yo soy tu padre», gruñía, amoscado, sin voluntad de explicar por qué le resultaba tan importante someterme a los caprichos disciplinarios de que estaba hecho su sistema educativo. Dijera lo que dijera, yo no podía cambiar su forma de pensar, y aunque la razón me asistiera, él imponía su parecer, creando en mí una espiral de frustración e impotencia en cuyo centro ardía un carbón que, en vez de consumirse, se hacía cada año más grande.

Había en mi padre una especie de cerradura que no conseguía abrir, de jeroglífico indescifrable, de caja fuerte cuya combinación, sentía, me tomaría siglos encontrar. Porque así como desplegaba su vehemencia y me ahuyentaba con sus bramidos, también podía verse de repente sorprendido por el llanto ante situaciones muy específicas. «Puedo emocionarme viendo una película, leyendo un libro o con las travesuras de mi hijo. Soy una persona de carne y hueso. Además, tengo, por herencia familiar, una gran facilidad para las lágrimas», le había dicho al reportero de la revista *VEA* en su penúltima entrevista.

Me inquieta eso de «una gran facilidad para las lágrimas», como si llorar fuese una especie de talento natural, una virtud sanguínea ejercitada por generaciones en el transcurrir de los años. Lo que no dijo en esa entrevista era que él lloraba sobre todo al recordar a su padre. Una lección dada por él. Un verso. Un instante en el que el nombre de Fernán Cisneros Bustamante cobraba vida. Había algo conmovedor en ver cómo debajo de la piel del ogro que era mi padre existía alguien con blandura, con una sección del carácter hecha añicos. Los recuerdos del padre muerto conseguían filtrarse en las escasas grietas que su rigurosidad militar dejaba libres y, una vez allí dentro, alborotaban todo, desordenaban todo. El fantasma de mi abuelo lograba eso. Mi padre se enorgullecía de la vida pública de su padre desterrado; sin embargo, no me viene a la memoria un solo pasaje de nuestra vida compartida en el que se haya referido a las vacilaciones que su padre tuvo como hombre. Esas cosas no las decía, las lloraba, y uno tenía que interpretar cuándo ese llanto era nostalgia y cuándo reproche, y sin preguntar porque preguntar era volver sobre una herida, y el Gaucho Cisneros no toleraba que le tocaran las heridas. Las heridas, sostenía, se curan solas.

* * *

Hijo Federico: ¡Cuida hoy tu perspectiva porque arranca de tu capacidad de imponerte a la vida y de querer a los tuyos! Tu padre, Fernán. Buenos Aires, 5 de febrero de 1947.

Mi abuelo le dejó esa dedicatoria a mi padre al pie de una foto que estoy viendo ahora, donde posa impecablemente vestido. Ahí está el viejo Fernán, dejando asomar una calculada punta de pañuelo blanco en la solapa, a la par que sostiene con relajo un cigarro ya encendido entre los dedos índice y mayor de su mano derecha. Mirar esa foto con detenimiento es reparar en el aplomo de mi abuelo. Un aplomo lánguido. La cabeza cilíndrica, la frente sin estrías, las cejas voluptuosas, un ojo caído, el otro adormilado, las orejas parabólicas, la aleta izquierda de la nariz marcada más nítidamente que su gemela, la boca ladeada en una mueca imperceptible a medio camino entre la sonrisa y el puchero, las ojeras escalonadas e intocables, la escasa cabellera escrupulosamente organizada en la vasta circunferencia de su cráneo. «Tu capacidad de imponerte a la vida» es, sin duda, la frase más simbólica de ese mensaje escrito más de setenta años atrás.

¿En qué consiste el desafío de imponerse a la vida? ¿No significa acaso torcer el curso natural de la vida, rebelarse ante su orden y amotinarse ante sus antojos? Imponerse a la vida es impedir que la vida establezca las reglas de juego y defina el perímetro de nuestros movimientos. Imponerse a la vida es acorralarla, someterla, eludir sus trampas, desconfiar de su encanto, disfrutar de sus recompensas con pies de plomo. Es ser necesariamente receloso de su armonía aparente, dudar de sus definiciones y estereotipos. Si uno deja que la vida lo rodee y agobie, como un mar seductor que pareciendo calmo de repente se subleva, se encrespa y traga todo cuanto está a su alcance, entonces habrá perdido la perspectiva, la distancia, el horizonte. Si no se es más astuto que la vida, si no se consigue ver más allá de sus representaciones, uno no podrá imaginarse el futuro, quedará inmóvil y entonces será incapaz de querer. ¿Cuidó mi padre su perspectiva? ¿Se impuso a la vida? Por lo menos sabemos que no se impuso a la muerte.

* * *

El Gaucho sabía o intuía los detalles poco claros de su origen, pero jamás quiso desenterrar esos restos desagradables o perturbadores. Él prefería enterrar. De ahí su aprehensión y su mutismo. Al no hablar, al no hacerse cargo de esa arqueología que se imponía generación tras generación sin que nadie la llevase del todo a cabo, delegó. Algo de esa herencia, supongo, ha recaído en mí. En noviembre de 1988, siete años antes de morirse, me dedicó así su único libro, *Coloquios sobre una vocación militar:*

> Con la esperanza en tu capacidad de hoy y con la ilusión en tu responsabilidad de mañana.

Mi padre tenía sesenta y dos cuando escribió eso. Yo apenas doce. Doce y una angustia colosal ante palabras como «capacidad», «esperanza» o «ilusión». Ahora entiendo o creo entender a qué se refería. Él —o esa parte de él que jamás afloró— me encomendó este libro. Este libro es su encargo. Este libro es mi responsabilidad.

* * *

De chico yo no tenía mucha conciencia de quién era mi padre para los demás, ni de su importancia política o de su influencia en el país. No tomaba su popularidad como un valor adquirido o agregado porque cuando yo nací él ya era un hombre público, de modo que fue normal, o más o menos normal, verlo rodeado de cámaras y periodistas que entraban y salían de la casa, de gente que lo saludaba en las tiendas y los corredores de los supermercados. Algo de eso cambió un día en que mi madre me pidió que bajara al sótano a avisarle que el almuerzo estaba servido. Él daba una entrevista a un canal de televisión: había tachos de luz, cables, cámaras, camarógrafos, trípodes, un micrófono, una periodista muy maquillada y dos personas que parecían ser sus ayudantes. Me quedé espiando detrás de la puerta y luego de unos minutos de ver y oír capté que mi padre era alguien importante para esas personas y que sus opiniones tenían un valor puntual, y me jacté en silencio de que esa celebridad militar y política en unos minutos más estaría a mi derecha comiendo trozos de carne y de col o zanahorias, o milanesas o trozos de jamón y cuadrados de mango en la mesa de diario; y me preguntaba cuánto darían esos periodistas por saber lo que yo sabía, por verlo como yo podía verlo: caminando en bividí y calzoncillos delante de paredes y mamparas; tomando el sol sobre el jardín en su veintiúnico traje de baño; bailando una milonga en puntas de pie sobre las losetas azules de la cocina; cantando rancheras en esos almuerzos sabatinos que ya luego eran cenas y ya luego eran farras, al final de las cuales él se quedaba dormido en el pasillo, dando resoplidos etílicos que más parecían los estertores de un animal en cautiverio. Lo que entendí esa tarde mientras lo espiaba fue que detrás de ese personaje que hablaba y declaraba y fumaba con modales de reyezuelo había un hombre común; y que era cuestión de estar atento a cuando apareciese para hacerlo mío.

Con la adolescencia, no obstante, me volví contradictorio. Quería acercármele, pero al mismo tiempo desarrollé una especie de repulsión hacia él. Me empezó a molestar su vejez. Me jodían sus canas, sus sesenta y tantos años. Ahora ese criterio me da vergüenza, me parece digno de un imbécil sin personalidad, pero entonces pensaba así. Yo lo amaba, lo respetaba, lo seguía considerando un héroe, mi héroe, pero me desagradaba su ancianidad y me ponía mal que fuese el más viejo de todos los padres de familia de mi promoción. Cuando me recogía del colegio, no faltaba el cojudo que hacía chistes crueles sobre su aspecto de abuelo (que era, por otro lado, el único aspecto que le correspondía, pues ya tenía cuatro nietos, todos hijos de mis hermanos mayores). Yo no soportaba que él se apareciera en las actividades en que me tocaba participar porque enseguida era blanco de comentarios ruines de chiquillos más altos y fuertes que yo, y no tenía forma de vengarlo. Pero aun si lo vengaba, eso no hubiese borrado el fastidio de fondo: su vejez, su desconexión con mi época. Mi padre ignoraba las tendencias, ignoraba las películas de moda, las canciones de moda, los artistas de moda, las bandas de rock de moda, ignoraba el rock en general, ignoraba la jerga, ignoraba los cortes de pelo modernos y si no los ignoraba no los aceptaba por prejuicioso o por anacrónico. Todo en él era antiguo. Lo más joven en él era mi madre, y eso a los trece, los catorce o los quince me jodía.

Por eso preferí no contarle nada el día que clasifiqué para la final del concurso de oratoria del colegio, a pesar de que había llegado hasta esa instancia gracias al discurso que él me había dictado, «La juventud peruana y la subversión». Yo no hice más que memorizarlo e interpretarlo con cierto dramatismo en las fases de clasificación. Debí invitarlo a la final. Se lo merecía, pero su vejez me avergonzaba. Esa noche —donde tuve que competir contra chicos mayores, de cuarto y quinto de secundaria— fui solo al auditorio de la avenida Reducto. Unas doscientas personas llenaban la sala. Cuando me tocó saltar al escenario, actué como si cada palabra que salía de mi boca hubiese salido alguna vez de mi cabeza, con gran convencimiento, con innecesarios pero contundentes giros histriónicos. Allí estaba hablando con un lenguaje que no era mío, sino de mi padre; siendo mi padre, tal como le había ocurrido a mi abuelo Fernán cuando recitó los poemas de Luis Benjamín, frente al auditorio del salón de máquinas del Palacio de la Exposición en 1897, con palabras que eran y no eran suyas. Luis Benjamín, ya enfermo de párkinson, había compuesto especialmente para esa ocasión el poema «El momento supremo», pero el día de la ceremonia sus dolores recrudecieron, no pudo levantarse y desistió de acudir, pidiéndole a Fernán, de quince años, que tomara su lugar. Esa noche fue clave. El hijo subió nervioso al escenario, se trepó a una silla para ganar altura, entró lentamente en confianza y logró recitar el poema de su padre. Y lo hizo con la maestría de su padre, prestándole la juventud y la gravedad de su voz para compartirlo con el público. Y cuando Fernán acabó, cuando disparó el último verso con la boca seca, escuchó un aplauso formidable, y no supo si lo aplaudían a él o a su padre enfermo, y creyó que él era su padre, creyó que su padre había tomado posesión de su cuerpo, y entonces sintió una misión en la vida, una misión ineludible: la de encarnar a su padre, la de seguirlo como se sigue a un ídolo, la de extender la vida moribunda de su progenitor a través de la suya. Por unos minutos Fernán fue Luis Benjamín. El cuerpo era del hijo, la poesía del padre, y toda esa gran confusión acabó o se consolidó con la rabiosa ovación de los cientos de desconocidos que lo miraban allá abajo con ojos saltones y que él, mi abuelo, observaba atónito, ciego por las luces. Así estaba yo la noche de la oratoria, usurpando las palabras de mi padre, dando una lección acerca del marxismo-leninismo-maoísmo que propugnaba Sendero Luminoso —qué podía saber yo de aquello— y exhortando a los jóvenes peruanos a que asumieran una conciencia patriótica para acabar con esa lacra. En eso andaba cuando de pronto oí claramente desde el fondo de la sala un ruido que se me hizo inmediatamente familiar. La tos de mi papá. Su tos tabaquera, su tos pedregosa de fumador empedernido, su tos de vicioso, esa tos nacida de unos bronquios irritados por la nicotina y dañados por el alquitrán, esa tos inconfundible, absolutamente suya, esa tos de hombre solitario estallando ahora en mis oídos, dejándome paralizado en medio de una nebulosa que solo pudo rasgarse o romperse con los aplausos de los asistentes.

Esa noche gané el concurso de oratoria. O lo ganó él a través de mí. No sé cuál es la manera exacta de decirlo, pero lo cierto es que desde ese momento me sentí fortalecido y me convertí en el orador de la secundaria, el petiso de tercero B y luego de cuarto C que se encargaba de abrir las asambleas con variadas reflexiones, aunque nadie sabía, nadie supo jamás que lo único que yo hacía era repetir frases que mi papá escribía para mí la noche anterior.

Él era el guionista de todos esos discursos y alocuciones inspiradas. Él era el ventrílocuo y yo su muñeco. Cada vez que tenía que dar un discurso, le pedía ayuda y él se involucraba como si fuese su asignación, y practicábamos todas las noches hasta que me aprendiera el texto de principio a fin. Varios meses después del concurso de oratoria, cansado quizá de ser un impostor, un actorcillo que repetía un libreto ajeno, participé en un concurso de ensayo sobre el Día Internacional del Agua con un texto que escribí sin su ayuda. Venía precedido por el triunfo arrollador ante alumnos mayores, así que todos esperaban que deslumbrara una vez más. No le mostré a nadie mi composición, pero estaba orgulloso de haberla escrito solo, de haber acomodado las palabras siguiendo mi juicio, mi intuición, mi olfato. Cuando publicaron los resultados en un mural, sentí un mazazo de realidad. Mi nombre ni siquiera figuraba entre las menciones honrosas. Sin mi padre, pensaba, jamás podría ganar otra vez.

Ese mismo año lo descarté como padrino de mi confirmación. No quería caminar al lado de un anciano a lo largo del pasillo de la iglesia. Además, su perfil no calzaba con los requerimientos, o al menos eso quise creer. «Deben ser adultos cuya vida sea congruente con la fe cristiana, pues serán testimonio y ayuda para el confirmando», decía la circular que había repartido la profesora de Religión. Al final elegí a Enrique Martínez, un pariente lejano, un tío de cariño que vivía entre Lima y Boston, donde trabajaba como programador de computadoras. Mi tío Enrique tampoco llevaba una vida congruente con la fe cristiana, pero era joven, moderno, tocaba la guitarra eléctrica y se veía saludable. Eso necesitaba: un padrino guapo y rockero. Un padrino fotogénico que suscitara buenos comentarios. La noche de la confirmación me la pasé muy tenso: cada vez que volteaba para ver si mi tío Enrique había llegado, su lugar en la banca continuaba vacío. La ceremonia avanzaba hasta que llegó el momento estelar: los chicos debíamos ponernos de pie y caminar en fila rumbo al altar, donde nos esperaba monseñor Albano Quinn Wilson para untarnos el crisma en la frente. Todos iban escoltados por sus padrinos, que colocaban la mano derecha encima del hombro de su ahijado. Todos menos yo. Cuando llegó mi turno avancé hacia el gran crucifijo con cara de derrota y miré al sacerdote desde el fondo de mi desolación. Iba a ser el único que se confirmaría sin padrino. Sería un confirmado falso, o «ilegítimo», para usar una palabra más acorde con mi biografía. Pero mientras monseñor me embadurnaba con el crisma, sentí una mano caer pesadamente sobre mi hombro derecho, sacándome de la angustia en que me hallaba. Volteé para sonreírle a mi tío Enrique por llegar justo a tiempo, pero en su lugar me encontré con la cara redonda, noble y papujona de mi padre. El viejo de sesenta y cuatro años, de cuyo aspecto yo renegaba, se había puesto de pie al advertir que el tío Enrique no llegaría jamás y, contra todo su agnosticismo, caminó rápido por el corredor porque le pareció injusto o impertinente dejar a su hijo desprotegido ante el altar. Tengo una foto de ese instante. Aparezco con la cabeza gacha, las manos juntas y torciendo un pie: un viejo tic de inseguridad. Enfrente, monseñor Albano Quinn Wilson me frota la cabeza luego de hacer la señal de la cruz. Detrás, mi padre. Los dos estamos con terno, con los ojos cerrados, unidos en ese silencio lleno de cosas por decir.

Pero que no se crea que la nobleza manaba caudalosamente de él. Mi padre también sabía ser cruel cuando quería. Si a mí me afectaba su vejez, a él le fastidiaba mi aspecto. Tienes que arreglarte esas muelas, me decía frente a los invitados, y yo me quedaba con la boca cerrada, con ganas de ridiculizarlo y comentar que sus dientes eran todos postizos. Otros días se refería de manera condescendiente a mi estatura, olvidando que su padre era un retaco de metro sesenta (aunque, eso sí, un retaco sin complejos, un retaco brillante; en una ocasión, luego de una reunión de diplomáticos, mi abuelo Fernán pugnaba por descolgar su saco del perchero: alguien del servicio doméstico lo había dejado en el punto más alto. Entonces un funcionario holandés se acercó para auxiliarlo. Mi abuelo lo miró y le dijo: «Muchas gracias, señor. Si se le cae algo, avíseme para recogérselo»).

Solo recuerdo una ocasión en la que mi padre refirió positivamente mi apariencia. Fue cuando me calcé un terno para acudir a una fiesta de quince años y fui a su dormitorio a despedirme. «Este enano pega su gatazo», calificó desde su cama mientras yo me acomodaba el cerquillo en el espejo. Era un elogio misérrimo, casi un insulto bondadoso, pero hizo que me sintiese atractivo por primera vez. Hasta para eso la intervención de mi padre era providencial. Su opinión podía ser dura, pero había en ella más certidumbre o apego a la verdad que en la opinión de mi madre, Cecilia Zaldívar, que mentía diciendo que sus hijos éramos hermosos incluso en nuestros días más terribles.

Mi padre, en cambio, no regalaba piropos ni halagos. Y esa noche, aunque a cuentagotas, me pareció que advertía en mí una belleza casual.

Tanto quería parecerme a él que cuando necesitaba ropa, en vez de ir a las tiendas y galerías de Miraflores o San Isidro, le pedía a mi madre que me llevara donde el maestro Mirales, el sastre que confeccionaba la ropa de mi papá.

Mirales vivía y trabajaba en una casita de dos pisos de Surquillo y tenía un cuaderno viejísimo en el que apuntaba los nombres de sus clientes así como la evolución anual de sus dimensiones y volúmenes corporales. Yo sabía que nunca superaría ni el alto ni el ancho de mi padre, pero me gustaba mirar los números de ese cuaderno, cotejar sus medidas con las mías, como si fuese una libreta de calificaciones comparativa de nuestros cuerpos. Y aunque Mirales insistía en hacerme trajes con cortes innovadores, y me mostraba esas revistas de peluquería para que eligiera modelos propios de mi edad, yo prefería que mis sacos y pantalones fuesen del tipo que usaba mi padre, que podía parecerme un viejo desfasado, pero tenía algo que yo no: un estilo, una forma de llevar la ropa y de conducirse con ella que lo hacían verse imponente y magnético.

En esos años —quizá hasta ahora—, antes de salir a alguna fiesta me encerraba en el baño y repetía, paso a paso, el método de acicalamiento de mi padre, que se tomaba todos los minutos que fuesen necesarios hasta sentirse cómodo con lo que veía en el espejo. Primero peinaba su cabellera húmeda trazando una raya al costado izquierdo de su cabeza con una prolijidad y precisión tan geométricas que, en su mano, el peine parecía una escuadra o un compás. Después se afeitaba. Cómo me gustaba verlo rasurarse. Esperaba tener barba y bigotes solo para imitar esa ceremonia. Se espumaba la cara, luego la barría con una navaja, sector por sector, de ahí pasaba la máquina de abajo hacia arriba a lo largo de la papada, y al final, tras enjuagarse, golpeaba la navaja contra el lavatorio para sacudirle los grumos y los vellos microscópicos que quedaban atrapados entre las cuchillas. Recuerdo los residuos de su barba esparcidos en la mayólica amarilla de su lavatorio. Qué parecidos eran a las cenizas de cigarro que dejaba regadas por doquier. Digo «cenizas» y «cigarros» y de pronto me urge hablar de los cigarros de mi padre. Los cigarros de ese fumador adicto que era mi padre. Los cigarros de ese hombre ansioso que vivía desesperado por personificar a un héroe público vigente. Mi padre fumó siempre. No hay foto, vídeo o recuerdo suyo donde falte un cigarro. Cuando era ministro, fumaba cinco cajetillas diarias, cien cigarros por día, setecientos por semana, tres mil por mes, treinta y seis mil por año. ¿Cuánto fuma, general?, le preguntó en 1990 un periodista de la revista *Perspectiva*. «En la época del Ministerio del Interior fumaba cinco cajetillas diarias y tomaba veinte tazas de café negro. Y aquí estoy, vivito y coleando. Ahora fumo tres cajetillas y tomo la mitad de café. Dentro de veinte años deberé fumar solo una», se ufanó con optimismo. Le falló el cálculo. Vivió solo cinco años más. No veinte. Cinco años que, desde luego, se los pasó fumando en todo lugar. Llevó sus puchos incluso hasta la clínica y quién sabe si se las ingenió para llevárselos hasta la tumba. Fumó hasta días antes de morirse, a espaldas de todos, con la complicidad de alguna enfermera o sin la complicidad de nadie. Cuando murió y me tocó la torturante tarea de volver a la clínica y recoger sus pertenencias, en el bolsillo de la bata había una cajetilla de Hamilton. Abierta.

Mi padre se jactaba de que las radiografías de sus pulmones siempre mostraban esas cavidades como dos reservorios limpios. Aunque no lo mataron directamente, los cigarros colaboraron al deterioro de sus vías respiratorias. Mátate tú, pero no a mis hijos, le decía Cecilia Zaldívar cuando lo encontraba fumando dentro de la casa; entonces mi padre salía al jardín rodeado de ese humo vidrioso que lo escoltaba como una sombra obediente. Yo lo veía desde la ventana y admiraba su relación con el cigarro, o el aire intelectual o pensativo que este le confería. De hecho, pretendí inaugurarme un día como fumador, pero a los segundos me ahogué y desistí. Luego aparecería el asma y esa enfermedad bastó para que dejara de forzar en mí ese afán por imitarlo. Era como si el cuerpo me diese un mensaje que yo captaría mucho después: no pretendas ser como él.

Cada vez que llegaba a la casa del colegio, el olor del cigarro era el síntoma inequívoco de que mi padre estaba por ahí cerca, dando vueltas, tratando de componer el país. Cómo olvidar ese olor si estaba impregnado en todas partes. Un olor que aún hoy sigo asociando a los accesorios de fumador: los encendedores, las boquillas, las cajas de puros, los cartones escondidos en el clóset, las cajetillas y los tarros conseguidos de contrabando, los Rothmans, los John Player Special, los Dunhill. Hace cosa de un año, en un viaje a Brasil, a bordo de un barco que atravesaba la bahía de Todos los Santos en la costa de Salvador, cruzando el trópico de Capricornio, vi a un hombre que fumaba y echaba las cenizas de su cigarro al mar. Pensé inmediatamente en mi padre. En mi padre y en los ceniceros. Los ceniceros siempre colmados de mi casa. Los de metal, los de cerámica, los de plástico, los de cristal. Los ceniceros de los autos. Las conchas de mar traídas de alguna playa y usadas como ceniceros. El jardín como un gran campo de ceniza. El váter y lavatorio como depósitos de cenizas. Los vasos descartables de gelatina que —repletos de esa arenilla de tabaco— se veían como recipientes de amargos dulces prehistóricos. Yo jugaba a que las montañas de ceniza en los ceniceros eran dunas de polvo lunar, y las colillas apachurradas, los filtros blancos, eran unos astronautas doblados que habían perecido en su intento de colonizar la Luna. Jugaba a que algo había acabado con esa tripulación, una epidemia, un ataque alienígena, la falta de aire en el satélite o simplemente la locura cósmica que producía el estar lejos de la Tierra. Me paseaba por la casa aplastando

340

los cuadrados de ceniza de los ceniceros con las colillas e imaginaba nuevos capítulos de esa saga espacial. Pero los ceniceros de mi padre no eran un buen lugar para jugar a nada. Los ceniceros de mi padre eran los crematorios donde él incineraba las cosas que prefería callar.

* * *

Mi madre y mis hermanos describen a mi padre de un modo distinto. Los rasgos buenos y malos que ellos destacan yo también los veía, pero conmigo mi padre tenía otro modo de ejercer la paternidad. Un modo que solo podía ser apreciado por mí. El sector de mi padre que me tocó ver fue aquel donde coincidían el castigador, el disciplinario, el docente, el tutor. A mi tío Juvenal le debo el descubrimiento de la poesía y de las primeras novelas que leí, pero mi padre fue el primer gran interesado en mi educación, en acercarme al diccionario y a la voluminosa *Enciclopedia Temática,* esa colección de quince tomos que presidía su biblioteca. Sus formas de enseñanza casera podían ser aparatosas, pero quedaban justificadas por la ambición didáctica que traían consigo. Si era incapaz de mostrarme el pasado de nuestra familia, al menos se esforzaba por mostrarme el pasado del mundo.

Tenía diez años la tarde en que me encerró en mi habitación con la consigna de aprender las definiciones de las culturas preincas mochica, chavín y tiahuanaco para un examen de Historia del Perú. El acuerdo era el siguiente: yo debía paporretear lo leído e ir a su dormitorio para que él me tomara la lección; si cometía una sola equivocación al exponerla, me devolvía al calabozo a memorizar otra vez cada término, cada nombre propio, cada dato. Solo cuando repetía la lección correctamente, me dejaba salir a la calle a jugar con los amigos, que me esperaban desde hacía horas, pero cuando eso sucedía, cuando la libertad por fin llegaba, yo ya no quería salir a jugar con nadie, sino que prefería quedarme con él a repetir más lecciones sobre otras culturas o sobre lo que fuese. En esas idas y vueltas, mientras lo odiaba por obligarme a memorizar letra por letra, se generó un lazo que aunque tuviera el sello de lo autoritario representaba un vínculo. Las nociones básicas que tengo de las culturas mochica, chavín y tiahuanaco probablemente se me hayan quedado impregnadas esa tarde en que mi padre, con su tosca pedagogía, me hizo sentir que él estaba a cargo de mi formación, enseñándome algo más importante aún: que mi libertad no consistía en salir, sino en saber.

Lamentablemente no siempre fui receptivo a sus intentos por desterrar toda mi monumental ignorancia. En mis días de resentido o simplemente ciego, desaproveché situaciones excepcionales. Un día me llevó al museo del Ejército, ubicado dentro del castillo del Real Felipe, esa colosal fortaleza que los últimos virreyes del Perú mandaron levantar en 1747 para proteger la ciudad de la codicia de los corsarios que amenazaban el puerto del Callao. Hoy pienso en lo épico que pudo ser recorrer con mi padre esa laberíntica construcción militar hecha de piedra y ladrillos, en cuyas esquinas se destacan torreones con nombres de reyes o de santos; sin embargo, me remuerdo al recordar que, después de caminar juntos una hora viendo reliquias y muñecos de cera que representaban a emblemáticos héroes castrenses, no quise acompañarlo más y preferí quedarme en el gran patio, con otro niño igual de ciego o estúpido que yo, jugando fútbol entre los cañones de montaña y los tanques blindados del parque de la Artillería, mientras mi padre bajaba a las catacumbas y a los calabozos de celdas aherrumbradas, donde los esqueletos se amontonan por cientos y los aparecidos traspasan los barrotes, pisando en silencio rumas de cráneos desteñidos.

Otra manera de conocerlo fue a través de los deportes. No me parecía un hombre especialmente musculoso ni fibroso, aunque se notaba que había pasado muchos años en excelente forma. Su gordura era la de un militar jubilado, pero su cuerpo lampiño conservaba cierta imponencia de toro. A él le gustaba la equitación, la esgrima y el ajedrez, que durante varias tardes me enseñó a jugar. A veces lo hacía de un modo atosigante, esperando que yo pusiera en marcha una afición por el tablero que nunca echó raíces. Disputamos un centenar de partidas sin que pudiera ganarle jamás. Ni con las piezas blancas ni con las negras. Nunca me dejó vencerle. Él no era de esos padres que teatralizan derrotas solo para transferirle al hijo un sentimiento de seguridad que a la larga es falso. Él me ganaba en solo cuatro o cinco movimientos, y era puntilloso en advertir los errores de mi estrategia: la facilidad con que descuidaba a la reina, el uso precipitado de los alfiles, el desperdicio que hacía de las propiedades de los caballos, la lentitud con que sacaba las torres al frente.

Yo estaba más interesado en el fútbol. Y él cultivó mi fanatismo con gestos claves: buscó una pelota de específicos paños azules y rojos que yo había visto en un comercial de televisión para regalármela en un cumpleaños; se sentó a mi lado varios domingos a seguir por radio la transmisión de partidos que yo sabía que le tenían sin cuidado; me consiguió las zapatillas especiales que necesitaba para una prueba de fútbol, una prueba grande, importante, donde coseché un fracaso rotundo que no quise compartir con nadie, pero que quizá debí compartir con él; consiguió dos entradas en el palco de dirigentes para que yo fuera por primera vez al Estadio Nacional —no con él, sino con el Zambo Garcés— a conocer la cancha y ver un partido amistoso donde la selección del Perú le ganó 3-2 a los titulares del River Plate, e hinchamos juntos por la Argentina en la final de México 86, y después del partido salimos eufóricos al jardín y empezamos a jugar con esa pelota de paños azules y rojos. Fue la única vez que vi a mi padre con un balón entre los pies: lo recibió con dificultad, se acomodó, quiso pararse sobre él o patearlo, y acabó cayéndose.

Lo que el fútbol no hizo lo lograron con creces el pimpón, la natación, la caminata. Sobre todo el pimpón. En los años en que yo me alejaba más de la casa y buscaba pretextos para estar lejos de mis hermanos y de esas reuniones dominicales que encontraba falsas o sencillamente letárgicas, mi padre compró una mesa de pimpón. Fue un milagro esa mesa. Si hubo una mesa en la que me sentí verdaderamente cerca de él y de la familia fue esa mesa Corsa que acomodamos en el sótano, que se armaba y desarmaba, que yo limpiaba todas las mañanas y cubría todas las noches como un altar, y en cuya línea media tensaba con cuidado una *net* profesional que mis padres compraron en Estados Unidos. Mientras disputábamos largos partidos, mi padre —aprovechando las paradas a que nos obligaban los hincones en su cadera— me contaba que a fines de los sesenta él y el general Morales Bermúdez se encerraban en el despacho de Hacienda para jugar tenis de mesa. Era divertido imaginar la situación en medio de aquella coyuntura: mientras el dictador Velasco Alvarado disponía la reforma agraria en todo el país, el ministro de Hacienda y su asesor sostenían reñidos sets de pimpón en una mesa que seguro combinaba bien con el verde de sus polacas.

Durante cinco veranos organicé campeonatos familiares en los que participaban no solo mis padres y hermanos, sino también los choferes, las empleadas, los guardaespaldas. Los torneos duraban tres semanas y el vencedor se quedaba con un trofeo de plástico. Había un fólder en el que yo llevaba escrupulosamente la contabilidad de los partidos, los resultados y el *ranking* de los jugadores más destacados, cuyas *performances* merecían comentarios críticos, ceremoniosos, divertidos y falsamente técnicos que mi padre se apuraba en dictar y yo en escribir. Qué amigos nos hicimos jugando al pimpón. Qué adversarios también. Cuando se enfermó, dejó de jugar porque los dolores de cintura le impedían llegar a las pelotas más difíciles y pasó a hacer las veces de árbitro desde una silla. Los campeonatos palidecieron y paulatinamente dejaron de ser los mismos. Ni qué decir cuando los que trabajaban en la casa empezaron a irse porque ya no podíamos pagarles. La mesa comenzó a descascararse, la descuidé y tuvimos que guardarla en un rincón como si fuese un artefacto obsoleto o malogrado. Después que mi papá murió, mi tío Adrián nos compró la mesa, la refaccionó y la instaló en su casa de playa en Pulpos. Cada vez que iba a visitarlo veía la mesa, pero me parecía una mesa cualquiera y me invadía la sensación de que todo lo que había ocurrido en torno de ella no había sido más que una invención mía. Sin embargo, hasta hoy, el ruido hueco de una pelota blanca sobre una mesa de pimpón dispara en mi cabeza imágenes que asocio con mi padre.

Hubo un tiempo anterior al del pimpón: el de la natación. El tiempo del agua. Mi padre me había enseñado a nadar de niño con un método más bien marcial. Para practicar la respiración submarina, me tomaba de los pelos con una mano, me hundía en la piscina durante breves segundos, me sacaba a la superficie justo antes de que comenzara a mostrar signos de asfixia y, cuando veía que ya recuperaba mi color natural, repetía inmediatamente la operación. Tendría solo cinco o seis años, pero él creía que con esos tempranos ejercicios de supervivencia fortalecía mi carácter cuando en realidad conseguía lo contrario: esos tormentos acuáticos contribuyeron a mi claustrofobia, mi ansiedad, mi nerviosismo. Pero no me quejo: aprendí a nadar. Y muy bien. De chico y de grande nadé muchísimo a su lado, en la piscina de la casa de Piura pero más en la de Monterrico. La piscina era el único lugar donde todos podíamos disfrutar de él. En la piscina no usaba uniforme. Allí mis hermanos y yo podíamos treparnos sobre él, peinarlo, mecerlo y cargarlo como si fuese un ingrávido bebé de sesenta años, un muñeco y no un papá. Podíamos hacer carreras en estilo libre, sorprenderlo con volantines aéreos, que él juzgaba imperfectos y peligrosos, y bucear detrás de él como crías de delfín. Podíamos verlo nadar con los ojos cerrados sin golpearse con los bordes, sin que le importaran los insectos —arañas, abejas, grillos, cucarachas— que huían del jardín y naufragaban en la piscina y que, pese a estar ahogados, a mis hermanos y a mí nos resultaban tan asquerosos o aterradores que hacíamos olas para que se fueran a flotar todos juntos a la que llamábamos «La esquina de los animales». El agua era un antídoto para el personaje matón de mi padre. El agua lo calmaba. El agua era el placer, no la responsabilidad. Con él fui más feliz en el agua que en la tierra.

Hasta hoy, cada vez que nado, en el despliegue de cada brazada, algo dentro de mí recuerda la cadencia de movimientos de mi padre nadador. Mientras realizaba investigaciones para esta novela, cuando más entremezclado tenía el montaje de la historia, nadaba en una piscina olímpica imaginando que me acompañaban mis antepasados. En cada carril nadaba un familiar muerto. Mi padre, mi abuelo, mi bisabuelo y mi tatarabuelo, Gregorio Cartagena, el cura sin rostro. Imaginaba que ellos cubrían tantos largos como yo de manera sincronizada, y que mientras iban y venían pensaban en sus dilemas como yo en los míos, tratando de resolverlos, respirando cada tres brazadas, sumergiendo la cabeza, expulsando el aire por la nariz, pataleando con fuerza, siguiendo allá abajo el curso recto del sendero negro. Enseguida, cuando reparaba en la locura a la que mi cabeza daba cabida, me detenía y me sujetaba de los andariveles. Entonces pensaba en cuán desastrosa sería la convivencia con mis antepasados en un mundo en el que no existiesen la muerte ni la corrupción del cuerpo. Qué patético sería todo si fuésemos inmortales y nos mantuviéramos —con una edad fija— en la plenitud de nuestro intelecto, en la cúspide de nuestros arrestos. Qué trágica y oscura sería la vida si no existiese la muerte. Qué atroz sería que se nos privara de la pérdida de nuestros antepasados y que no entendiésemos que estamos hechos precisamente del cúmulo de esas pérdidas, de sus cenizas, sus gusanos, sus huesos, sus pelos y uñas que crecen. Ese es nuestro barro. Sería insoportable un mundo en el que mis antepasados viviesen para recordarme a cada instante mi condición de ser secundario, de deudor suyo, hijo de, nieto de, bisnieto de, tataranieto de, incapaz de elaborar una autonomía o un nombre, siquiera una soledad que pudiera considerar propia.

* * *

Aunque mi padre hacía hincapié en que no podía haber hijo suyo que no fuese inteligente, lo cierto era que mi rendimiento en los estudios lo decepcionaba. En los años de primaria había tenido una inédita racha de apariciones en el cuadro de honor: eso fomentó sus expectativas. En secundaria, no obstante, pocas veces le llevé una libreta presentable. Si mi descuido o mi mediocridad se hubiesen limitado a lo académico, quizá no se habría encabronado tanto conmigo, pero pronto di señas de ser un alumno con mala conducta. El día que me sancionaron con tarjeta verde y suspensión de tres días, las cosas entre los dos se pusieron duras. Estaba en primero de media, tenía once años. Ojalá los curas gringos me hubiesen castigado por alguna actitud insumisa o rebelde que con los años se hubiera vuelto un recuerdo trascendente o digno. No fue el caso. Por esos días estaba de moda la serie de televisión *Los locos Adams,* en cuyo pegajoso tema introductorio los miembros de la familia Adams aparecían chasqueando los dedos. Era una canción inocente y estúpida que yo reescribí en una versión pornográfica que aludía al pene de Homero, la vagina de Morticia y al inesperado y lascivo comportamiento sexual del resto del clan Adams. La canción pervertida fue un éxito y provocó carcajadas entre chicos y chicas que por lo general no me dirigían la palabra. Durante el recreo todo el salón se puso a cantarla chasqueando los dedos, siguiendo mi batuta. Aquello me produjo una excitación sin precedentes. Estaba dirigiendo al coro, cantando a todo pulmón: «Homero es un cachero, Morticia es una puta, la abuela prostituta y el tío maricón», cuando se apareció por detrás el padre Patrick Sgarioto —un cura canadiense de origen italiano y humor de dóberman—, que esperó el final del estribillo para llevarme de una oreja a la dirección. Esperé cuarenta minutos en una sala parecida a la de un reformatorio. Cuando pasé al despacho del director, vi a mi padre sentado. Lo habían mandado llamar. Su expresión de desengaño me hizo polvo y me abalancé sobre él sin dejar de llorar. Creo que le fastidiaron más esas muestras de debilidad y empequeñecimiento que las «obscenidades» que había cantado en el patio. El director le informó de mi suspensión y nos dejó ir. Mientras volvíamos a la casa en el Chevrolet, permaneció callado. Pensé que tal vez no le parecía tan reprobable lo que había sucedido, después de todo él también decía lisuras y no se arrepentía. Sentí el alivio entrar a mi cuerpo. Pero apenas bajó del auto decretó: «Estás castigado un mes, me has decepcionado completamente». Quedarme un mes en la casa era lo de menos. El verdadero castigo era su desilusión.

Años más tarde, luego de salir desaprobado por segunda vez en el examen de ingreso a la universidad, volvió a decirme algo parecido. Era 1992. Me había preparado durante meses en la academia más costosa de Lima. Mi tío Juvenal, amigo del dueño, había conseguido que me dieran media beca. Cuando regresé del segundo examen de admisión, ebrio e indignado conmigo mismo por haber vuelto a fallar, sus palabras fueron el tiro de gracia que necesitaba para sentirme el sujeto más miserable de la Tierra. «Estoy muy defraudado», me dijo sin mirarme. ¿Qué podía decirle? ¿Que esos exámenes contra el reloj me anulaban y me paralizaban? ¿Que odiaba la competencia? ¿Cómo le dices eso a un militar que se pasó la vida sometiéndose a las más diversas y exigentes pruebas físicas e intelectuales y que, encima, mereció la espada de honor de su promoción? ¿Cómo podía explicarle mi fracaso a un ganador como él? El tormento era mayor cuando, con todo derecho, me recordaba cuán poco provecho le sacaba a medios y oportunidades que él ya hubiera querido tener de joven. Esa comparación de nuestras capacidades —que era hipotética y contrafáctica, pero se sentía muy real— era un daño recurrente. Durante muchas noches me fui a la cama dándole vueltas a esa frase del general San Martín que mi padre nos repetía tanto: «Serás lo que debes ser o no serás nada». Y me quedaba dormido así, pensando que quizá ese era mi destino, que eso era lo que me merecía: no ser Nada ni Nadie.

Hoy es mi padre quien habita esa Nada en la que yo creí flotar por esos años. La Nada es el aire que él ocupa y que a veces, de golpe, sacude las ventanas de Monterrico. Cada vez que trato de materializarlo, lo visualizo en los mismos lugares de la casa, empezando por el comedor de la cocina, donde se quedaba dormido tomando sopas calientes por las noches. Volvía la cabeza hacia atrás, dejaba la boca abierta y roncaba. Yo escuchaba esos ecos guturales desde mi cuarto e iba a contemplarlo como se contempla un mar sordo o anestesiado. De repente se despertaba, me veía, decía «Esto no se hace en la mesa» y a continuación tomaba con las dos manos el cuenco de sopa y lo sorbía hasta el final. Yo le preguntaba por qué él sí podía hacer lo que nosotros no, pero en vez de responderme volvía a dormirse y su silencio era una forma de jactancia, una manera de recordarme que en esa casa era él quien tenía la sartén por el mango; lo cual es solo una figura retórica porque mi padre nunca cogió una sartén. Nunca lo vi cocinar, ni maniobrar una escoba, ni arreglar una tubería, ni cambiar una llanta, ni enroscar un foco.

Sin embargo, sí tenía una dimensión hacendosa. Prueba de ello es la perfecta metodología con que me enseñó a tender la cama («Las arrugas de las sábanas se planchan con la palma de la mano hasta que desaparezcan»; «Ninguna esquina de la almohada puede sobrar a la vista»; «Hay que cuidar que los dobleces del edredón queden parejos a cada lado»); a ordenar el clóset («Camisas, camisetas y chompas se doblan siguiendo las costuras y se apilan por gradación de colores y texturas en columnas simétricas y equidistantes»; «A los pantalones hay que alisarlos por los pliegues y subirles el cierre antes de dejarlos caer sobre los colgadores»; «Los zapatos van en el primer nivel, las zapatillas en el segundo»); a poner la mesa («Los cuchillos siempre miran al mismo lado»; «Los platos de pan a la izquierda, las copas de vino a la derecha»; «Las servilletas con el diseño siempre boca arriba»), y hasta a acomodar los billetes en el compartimento principal de la cartera («Los de menor valor adelante, los de mayor valor atrás»). Ah, mi padre. Me quejo de que nunca me tomó en cuenta para una charla seria, de que conmigo nunca habló de política o de que me marginaba de las conversaciones de adultos, pero me olvido de que hubo cosas que compartió exclusivamente conmigo y que vio en mí algo como para confiarme esos saberes domésticos. Cuando evoco esos momentos en que fui su alumno y su recluta, pienso que me faltó tiempo e inteligencia para entenderlo, para captar su lenguaje simbólico y comprender lo que había detrás de esos gestos rudimentarios con los que trataba de comunicarse.

Nunca lo vi en una cocina como tampoco nunca lo vi en un bus, un estadio, un bar, un cine, un teatro o un concierto. Sí lo recuerdo en supermercados, iglesias, restaurantes, playas. Hoy el lugar natural de su fantasma es la casa de Monterrico. Allí está él, allí estuvo siempre, con sus rutinas y sus frases propias o copiadas. «Voy al baño a empolvarme la nariz.» «Voy al baño a hacer algo que nadie puede hacer por mí.» «Si soy así, qué voy a hacer, nací plantado y buenmozo para el querer.» «Los hermanos sean unidos porque esa es la ley primera, tengan unión verdadera en cualquier tiempo que fuera porque si entre ellos pelean los devoran los de afuera.» «Si haces lo fácil como si fuera difícil, acabarás haciendo lo difícil como si fuera fácil.» «Maybe, puttéter, perhaps.» «Eres un pepelmas.» «Eres un huevas tristes.» «Ellos son mis alhajas». «Ellas son mis culitos.» «¿Ustedes creen que cago dólares?» «Amores hay muchos, amor solo tú.» «Te estás comprando todos los números de la lotería y estoy sorteando un cocacho.»

Siempre habrá lugar en mi cabeza para esas frases. Hay muchas de otras personas, de autores que admiro, frases que he olvidado y otras que seguramente olvidaré, pero esas frases triviales de mi padre nunca se van. Aun cuando quisiera darles su lugar a otras más inteligentes o célebres o literarias, no hay manera de arrancármelas. No puedo arrancarme sus frases como tampoco puedo arrancarme su firma. Porque yo firmo como mi padre. Firmo «Cisneros». Extendiendo la C y rematando la S con un giro o adorno. Me da seguridad usar su firma. Crece mi autoestima durante los segundos que me toma dibujarla. Mi firma. Su firma. Cuando pienso esto, tengo la impresión de que sigo siendo un ser construido por él; que sigo actuando según sus dictados; que durante los dieciocho años que vivimos juntos él colocó en mi mente ideas, pensamientos, órdenes que me rigen hasta hoy. Mi padre era un escritor que no sabía que era escritor, y todos los demás y yo fuimos personajes que deambulábamos en ese intenso libro suyo que era la casa de Monterrico.

11

La tarde de 1992 en que el doctor Silvio Albán vino a visitar a mi padre, se sorprendió de ver que sus testículos estaban hinchados y oscuros como dos higos fermentados. Mi padre no se dejaba tocar por nadie salvo por Albán, su médico de cabecera, uno de sus viejos y más leales amigos del Ejército. Era un hombre grueso y jorobado que olía a jabón. Tenía la piel magullada por el sol y las encías visibles. Llevaba un mandil blanco encima del terno, el estetoscopio como un collar, y un pequeño maletín de cuero negro de donde sacaba unas linternas minúsculas para inspeccionar los oídos y gargantas de sus pacientes.

Gauchito, voy a llevarte al hospital, quiero hacerte una biopsia de ganglios, le dijo Albán a mi padre esa tarde de 1992 con una parsimonia cordial que hacía pensar que aquello no era grave. Pero lo era. Y mucho. La mañana siguiente a la intervención el doctor entró en el espacioso cuarto del hospital militar, donde mi padre había accedido a hospedarse, acompañado del doctor Zurita, el jefe del departamento de Oncología. Mi madre estaba presente y escuchó claramente cada una de las palabras que allí se dijeron: en un momento sintió la necesidad de pararse, acercarse a la cama de mi padre y tomar su mano. Fue entonces cuando ambos oyeron de boca del doctor Zurita la frase que determinaría todo cuanto ocurriría en adelante: «General, lo que usted tiene es un cáncer de próstata». Los ojos de tu padre, me diría años después Cecilia Zaldívar, eran los de un niño perdido.

Albán y Zurita indicaron a continuación que había que empezar un tratamiento de inmediato, pero antes de

355

que proporcionaran los detalles mi padre ya había decidido no empezar nada. El miedo, o el susto o el impacto, le duró unos segundos. No hizo explícita su posición, pero tenía claro que viviría con el cáncer adentro. No quería quimioterapias ni inyecciones ni tubos ni vómitos ni cirugías. No quería perder el cabello ni inspirar la pena de nadie. Quería seguir con su vida, sus rutinas, y tomar sus whiskies, y fumar sus cigarros y sus puros, y dar declaraciones que remecieran los debates públicos, y proyectar una energía que disimulase su verdadero estado de salud. Uno no tiene por qué llorar sus miserias delante de los demás, decía. Con los días pasó a actuar como si hubiese sabido de antemano qué clase de enfermedad crecía en su interior y estuviese perfectamente aclimatado a ella. Mi madre recuerda que un año antes del diagnóstico, una noche en que se apareció de madrugada, ebrio, cantando *Somos los mozos de Caba,* mientras ella le reprochaba haberse excedido con el trago una vez más, mi padre se sentó en las escaleras que comunican el *hall* de ingreso con los dormitorios de Monterrico y le dijo: «No te preocupes, pronto te librarás de mí porque voy a morirme y sé muy bien de qué». Mi madre no le hizo caso, lo tomó como un delirio de borracho y fue a la cocina a prepararle un café. «¡Voy a morirme de cáncer de próstata!», gritó él enredándose la lengua. «Cállate, que vas a despertar a los chicos», contestó Cecilia.

Quizá era cierto. Quizá lo sabía y por eso cuando recibió el diagnóstico oficial no se deprimió ni buscó segundas opiniones ni se puso en manos de la ciencia ni de la religión, sino que aceptó marcialmente su destino. Quienes no lo aceptábamos éramos los demás, que no entendíamos su egoísmo y queríamos sacarlo a empujones de los rieles de esa tragedia por temor a que nos abandonase antes de tiempo. Lo escribo en plural, pero mientras lo escribo pienso que tal vez hayan sido únicamente mi madre, mis tíos y mis hermanos mayores quienes comprendieron la magnitud de los hechos, los únicos que trataron de frenarlos. Yo no.

356

Yo no entendía la gravedad de la salud de mi padre. Recuerdo muy bien el día en que se sentó a mi lado para contarme que estaba con cáncer. Lo hizo mientras mirábamos la televisión. Lo hizo hablando como el hombre que daba el parte climatológico en el noticiero. Con monotonía, con algo de sorna. No sé si estaba asustado, pero consiguió que yo no le prestara importancia a ese cáncer, que diera por hecho que la tenaza de algún médico lo sacaría de allí. Cuán indiferente y seco fue el tono que utilizó para comunicármelo que, cuando yo consigné el hecho en el diario personal que llevaba por esa época, lo referí con una frialdad que hoy juzgo patética: «Ayer mi papá me contó que está con cáncer. Pero dice que va a recuperarse», resumí en una página en la que casi todos los párrafos están dedicados a reseñar mis desastres en la academia preuniversitaria y mis correrías detrás de chicas que me ignoraban. Mi padre me había hecho sentir durante todos esos años que era un ser tan superior, tan irrompible, tan incorruptible, que la idea de su muerte o desaparición ni siquiera constituía una posibilidad. Mi padre no podía morirse. Era inmortal. Era el Gaucho Cisneros. Estaba hecho de hierro, de titanio, de metralla. Nada lo mataría. Ni las balas del terrorismo ni las bombas de Montesinos. Menos el cáncer. Si él decía que iba a recuperarse, no había ninguna razón para pensar que no sería así.

Por esos días, Estrella, mi hermana, la segunda de las hijas de mi padre con Lucila Mendiola, logró persuadirlo de irse quince días con ella a Cuernavaca, México, a la casa de mi tía Carlota. Allí recibió un tratamiento de medicina no convencional inventado por un gurú chino. Solo comía verduras, dormía y se dejaba aplicar unos baños calientes en unas tinas naturales llenas de una arcilla milenaria supuestamente curativa. El tratamiento le dio o pareció darle un poco más de aire y ánimo, pero no detuvo el avance del cáncer.

En enero de 1994, mi madre lo convenció de atenderse en un hospital de Estados Unidos, pero el comandante general del Ejército, el general Hermoza Ríos, le impidió hacer uso de su seguro de salud militar. Recién en julio de ese año —en una parada del viaje familiar que hicimos a Miami—, mi padre pudo hacerse un chequeo en el centro del cáncer de un hospital, cuyo nombre bíblico no he podido olvidar: Mount Sinai Hospital. El Monte Sinaí. Igual que la montaña donde Moisés recibió de parte de Dios los mandamientos para salvar al pueblo. En ese lugar los médicos confirmaron la gravedad del cáncer. Allí le dijeron que le quedaba un año y medio de vida. Allí le señalaron, punto por punto, lo que debía hacer si quería vivir con calidad el tiempo que le restaba. Los médicos le dieron los mandamientos para salvarse. Tampoco a ellos les hizo caso. Aquel mediodía, mientras él y mi madre conversaban con los médicos en el interior del hospital, Valentina, Facundo y yo permanecíamos afuera, en la playa de estacionamiento, tomándonos fotos entre las palmeras para distraernos del calor infernal. Yo creía que estábamos allí porque mi padre tenía que chequearse la miopía. Jamás relacioné ese hospital con el cáncer y por eso maldecía lo mucho que se demoraban en la consulta, y me deshacía en disfuerzos y contagiaba de mala vibra a mis hermanos, sin saber que en algún consultorio de ese enorme edificio de cientos de ventanas mi padre acababa de recibir un ultimátum.

Mi padre no quería hacer ese viaje, le parecía un gasto superfluo, innecesario e inadecuado considerando nuestra situación económica. Fue su amigo Juan del Polo quien le insistió en que se fuera. «No me jodas, Gaucho, déjate de cojudeces, estás enfermo, no sabes cuánto tiempo más vas a vivir, ándate con Cecilia y los chicos», le dijo Juan, y le entregó los pasajes y los itinerarios en la mano. Fue gracias a él que nos fuimos en ese crucero por las Bahamas y luego nos quedamos unos días en Florida y Orlando para visitar todos los parques de atracciones posibles. Universal. Magic Kingdom, Epcot, MGM, Wet'n Wild, Sea World, Disney. Pienso en esos lugares y veo a mi padre caminando con lentitud, haciendo esas colas serpenteantes e infinitas, subiéndose a las montañas rusas, esforzándose por seguirnos el ritmo, y a nosotros tachándolo de aguafiestas cada vez que pedía hacer una parada para aliviar un poco el dolor de sus piernas y su cintura. Lo veo con esas bermudas largas, esas medias hasta la rodilla, esos lentes que le agrandaban los ojos, tan lejos de los años de gloria militar, tan convertido en otro hombre. Y lo veo callado, silbando, mirando alrededor con curiosidad, entendiendo a medias las instrucciones en inglés. Mi padre. Podían hincarlo unos dolores demenciales en las articulaciones, podían rechinarle los huesos, podía tambalearse, pero no se quejaba, no quería parecer un anciano y ponía su mejor cara en las fotografías. No obstante, algunas noches, en la oscuridad del cuarto que los cinco compartíamos en el hotel, yo escuchaba sus dolores y su agitación y me preguntaba si acaso el cáncer en verdad no estaría acabando con él.

Ese viaje fue o debió ser nuestra luna de miel familiar. Mi mala actitud no colaboró mucho. Tenía diecisiete y el mundo me apestaba. Tenía diecisiete y no sabía que mi padre se estaba muriendo. En el barco, por ejemplo, encontraba tontísimas las actividades que la tripulación organizaba en la cubierta —esos bailes, esas coreografías, esos juegos y concursos que seguían el ritmo que marcaba una orquesta tropical—, así que en vez de participar con los demás buscaba pretextos para regresar a mi habitación y encerrarme a leer revistas, o a dormir o a mirar el océano. Y cada vez que desembarcábamos en alguna isla, ciudad-puerto o refugio turístico, huía del clan e improvisaba *tours* por mi cuenta. Mi padre ya estaba cansado de regañarme. Y aunque lo hizo en algunas oportunidades, optó por dejarme actuar. Y mi actuación fue detestable. Cuando mi padre murió un año después de ese viaje, me llené de remordimientos. Cada vez que veía las fotos o el vídeo del crucero me insultaba a mí mismo porque hasta en esas escenas puede notarse mi actitud ni siquiera rebelde, sino meramente displicente, apática. Muchísimos años después acompañé a una novia, Marisela, y a sus padres en un hermoso viaje por la Riviera Maya. En la primera noche el hotel organizaba un evento de integración para los huéspedes. Las actividades y canciones de tonito hawaiano me remitieron al viaje en crucero de 1994. Ya no era un chico de diecisiete, sino un hombre de treinta y cinco. Marisela, entusiasmada, se ubicó en la primera fila del *show*. A la primera oportunidad que tuve de salir al escenario como voluntario y hacer el ridículo lo hice. Bailé, salté, seguí instrucciones, sonreí, concursé, perdí. Marisela y su familia me aplaudían desde las sillas. No sé si quise rectificar o corregir el pasado, pero lo que haya sido fue completamente inútil.

* * *

A fines de ese 1994, el cáncer empezó a manifestarse. Mi padre llevaba ya unos meses sin poder orinar con tranquilidad. Meaba con dolor. Cada vez que íbamos juntos al baño de algún local, yo lo veía desde el urinario del costado: descargaba la vejiga, gota a gota, mirando el techo con impotencia. Pero poco después, no sé desde cuándo, simplemente empezó a mearse en los pantalones y a mojar el colchón como un niño incontinente. La única que se percataba de esos descuidos era mi madre, que un día lo conminó a ponerse unos pañales que ella le había comprado. Mi padre la miró con indignación, lanzó los paquetes de pañales por los aires y le aclaró a gritos que él no era ningún viejo de mierda y que se pegaría un balazo antes de usarlos. Una noche, al regresar de una reunión, mi padre no quiso bajar del auto. Qué te pasa, viejo, le preguntó mi madre. Él se quedó callado. Se había meado encima. Esta vez había orinado sangre. «Me da vergüenza que tengas que lavarme los pantalones», le dijo, y se echó a llorar sobre el timón. Mi madre lo abrazó diciéndole que no se angustiara, que estaban juntos en eso, que superarían la enfermedad y que todo volvería a ser como antes, pero mi padre sabía que no era cierto, sabía que tenía las horas contadas y lloraba sin consuelo mientras nosotros dormíamos allá adentro, sin saber que él se desmoronaba en medio de esos orines, hincado por una tristeza y una rabia que no se disiparían nunca, que en cierta forma continúan aquí, envolviendo estas palabras que durante años se han negado a salir, a ser escupidas.

A partir de esa noche mi padre se acostumbró a llevar bajo el asiento del auto un papagayo de metal para socorrerse a sí mismo ante las emergencias urinarias. Así pasó todo el verano de 1995 y así vivió la agotadora campaña al Congreso por Unión por el Perú, cuyos nefastos resultados lo abatieron, lo desmoralizaron, rematando sus ganas de pelear. Una noche, el líder del partido, Javier Pérez de Cuéllar, organizó en su casa una recepción para felicitar a los congresistas electos. Mi padre no quería acudir, pero asistió obligado por su sentido del deber y de camaradería. Lo único que Cecilia Zaldívar recuerda de aquella noche es que en un momento mi padre se paró de la mesa en que habían sido ubicados para ir al baño. Cuando regresó lo hizo pálido, sudando, al borde del desmayo. Me ha bajado la presión, le dijo al oído. Vámonos, vámonos, reaccionó ella, y se lo llevó discretamente, sin despedirse de nadie.

Todo en mi padre fue cambiando paulatinamente. Ya no era solo que se meaba encima, sino que también transpiraba en exceso y se quejaba de unos dolores insoportables en la pierna derecha y se crispaba con facilidad. A eso se sumaba el desagradable sabor de boca que le dejaban las pastillas, las pocas que mi madre consiguió que tomara. Yo no advertía esas transformaciones, pues muchas de ellas se daban en la intimidad. Para mí la enfermedad de mi padre era severa, pero estaba controlada y no había razones visibles para pensar que podía desencadenarse un cuadro crítico. Esa era mi teoría hasta la mañana del ataque. La mañana del 13 de mayo de 1995.

Como todos los sábados, mi padre se había levantado a tomar el desayuno y se había puesto indumentaria deportiva: buzo térmico azul, polo de franela blanco a rayas, zapatillas blancas. En su camino a la cocina nos había despertado a los demás. Siempre hacía eso: no toleraba que fuéramos dormilones ni siquiera los fines de semana y nos despojaba de las sábanas con la ternura tosca de un perro que muerde sin malicia. Mi madre estaba frente al fregadero, exprimiendo unas naranjas, cuando lo vio entrar. Se saludaron y mi padre se sentó a la cabeza de la mesa. Había un sol espléndido afuera. Todo transcurría con la normalidad acostumbrada. Unos minutos más tarde mi padre pidió los periódicos. Los tienes enfrente, viejo, le dijo mi madre sin dejar de exprimir las frutas. Dónde están, que no los veo. Allí, en la mesa. Pero dónde. ¡Al costado! No los veo, estoy viendo borroso. Qué te pasa, viejo. Veo todo borroso. ¡Viejo, viejo!

Yo llegué justo cuando mi madre se acercaba a la mesa para asistirlo y lo que vi me paralizó. Los ojos de mi padre estaban en blanco, su cuerpo temblaba con unos espasmos violentos y de su boca empezó a salir una espuma blanquísima. Su cara no era su cara. No sé en qué momento aparecieron Valentina, Facundo y el Zambo Garcés. Mi padre entonces se chorreó de la silla sin dejar de convulsionar en medio de una ola de gritos, o llantos o chillidos de alarma, de pavor, de no saber qué diablos hacer ni a quién recurrir. Nunca habíamos vivido nada parecido. Valentina —envuelta en una toalla porque acababa de escapar de la ducha al oír los gritos desaforados de mi madre— entró en crisis y empezó a darse de cabezazos contra el suelo. A pesar de eso fue la única que atinó a coger el teléfono y llamar a una ambulancia. Mi madre rezaba dando alaridos. El Zambo Garcés intentaba calmar el cuerpo indómito de mi padre, dándole aire con los periódicos, colocando cojines bajo su cabeza. Mi hermano Facundo se tapaba los ojos con el polo del pijama. Yo no podía dar un solo paso. Aquello era horrible. Era como si todas las enfermedades históricas de los Cisneros se hubiesen dado lugar de repente en el organismo de mi padre. La tisis de Nicolasa, el párkinson de Luis Benjamín, las arritmias cardíacas de Fernán. Cuando tu padre convulsiona, cuando sus pupilas se desenfocan y desaparecen, y su cuerpo está poseído, no te duele verlo así, te duele saber que de allí no va a volver. No igual al menos. Eso pasó con mi padre. La ambulancia llegó a tiempo, los paramédicos se lo llevaron en una camilla y unas cuadras después atravesaron con él la puerta de Urgencias de la clínica San Pablo. Y aunque le dieron de alta a los dos días, cuando volvió a la casa de Monterrico no era el mismo. Volvió dañado. Tocado. Hay días en que pienso que mi padre murió esa mañana y que el hombre que regresó en silla de ruedas, al que llamábamos papá, que hablaba incoherencias y que se quedó dos meses más entre nosotros era otro, acaso un impostor, un doble, un farsante. Por alguna razón he guardado estos veinte años la camiseta blanca a rayas que usó la mañana en que empezó a morirse. La tengo en un cajón y es casi como tenerlo a él allí escondido. A veces me la pongo y mi tórax adquiere la complexión del tórax de mi padre. Es como si la prenda fúnebre conservara el recuerdo —o la forma del recuerdo— del cuerpo que vistió, como si se hubiese quedado triste sabiendo que no volverá a ser tocada por su dueño originario, el hombre que le daba vida.

A raíz del ataque cambió la mirada que teníamos de mi padre y la mirada que él tenía de sí mismo. De invencible pasó a ser un viejo derrotado por la enfermedad. Dos meses atrás era uno de los candidatos estrella al Parlamento y aún mantenía el brillo de su fama; ahora era solo un desahuciado. No había sido elegido para el Congreso, pero sí para el cáncer; y lo destruyó verse dependiente, reblandecido, soltando frases que ya no intimidaban a nadie, inspirando pena cuando no compasión. Nosotros, que habíamos dependido de él en tantos sentidos, ahora pasábamos a ser su único bastón, su único contacto con la realidad. Pareció recuperarse el domingo que celebramos el que al cabo sería su último Día del Padre. Esa tarde fue mucha gente. Hermanos, tíos, primos. Al finalizar el almuerzo, nos separamos en tres grupos para jugar charada de películas. Cuando a él le tocó hacer mímicas desde el centro de ese círculo o semicírculo, se dio con que no sabía cómo convertir en gestos las palabras que alguien le había soplado en el oído. Se quedó quieto por un momento, mirando al suelo, y cuando nos asustamos pensando que podía sobrevenirle un *shock* o un infarto, empezó a reírse con todos los músculos de la mandíbula. Una risa atronadora que hizo temblar los muros, y ventanas y puertas y árboles. Se reía de sí mismo con unas carcajadas inmensas, contagiosas pero a la vez tristes, las carcajadas de alguien que sabe que muy probablemente nunca más volverá a reírse así. Una risa de despedida de parte de un hombre que desde su silla de ruedas no podía advertir lo desolador de ese momento porque la desolación estaba dentro de él.

Lo único beneficioso o sosegado de aquellas últimas semanas fue que mi padre finalmente soltó su careta de generalote intransigente y sacó a relucir su lado manso, pacífico y temeroso. Me dolía verlo postrado, pero a la vez había algo en su postración que me generaba alivio, era como si al perder su ferocidad mi padre hubiese abandonado el pedestal imaginario que ocupaba para convertirse por fin en uno de nosotros. Cada vez que me pedía empujar su silla de ruedas en alguna dirección por los pasillos de la casa de Monterrico, no podía evitar sentir muy dentro el gusto o placer de ver a mi padre por fin dependiente de mí, aunque solo fuera para trasladarlo de un dormitorio a otro. El cáncer le arrancó las cáscaras, los pellejos y cartones con que él había construido su personaje institucional, mediático y familiar. Mi padre moriría el 15 de julio, pero antes, días antes, el día del ataque, se había muerto oficialmente el Gaucho Cisneros Vizquerra, ese nombre compuesto que, hasta hoy, hasta este mismo instante y para toda mi vida, me estremecerá nada más escucharlo.

* * *

Cuando entró en Neoplásicas, tenía fracturadas la cadera y la pierna izquierda. Su fémur estaba tan débil que podía habérsele partido de un estornudo. Si no recuerdo mal, se le quebró en tres cuando se agachó en el baño para recoger un pomo de talco. En la clínica, junto a su cama, colocaron una polea para que su pierna colgara en el aire con el contrapeso de un saco de arena. Nunca lo vi tan maniatado.

Mi padre solo admitía la presencia de Cecilia Zaldívar en el cuarto. A nosotros nos recibía a las justas. No quería que nadie lo viese así, ni siquiera —o mucho menos— el expresidente Belaúnde, que fue a visitarlo una mañana. Al ser internado en el hospital mi padre había pedido ingresar por la puerta posterior para evitar ser fotografiado por la prensa. Dos días después, no obstante, apareció en una primera plana: «General Cisneros en Neoplásicas». Entonces todos recibimos la orden de no decir nada sobre mi padre a ninguno de los periodistas que llegaban a diario preguntando por él. A pesar de ello, las novedades continuaron publicándose en *Expreso, El Comercio, El Mundo, Ojo.* «Cisneros en cuidados intensivos.» «Leve mejoría experimenta general Cisneros.» «Auxiliado con oxígeno por insuficiencia respiratoria y cardiaca.» «Recibe baños de cobalto.» «Fractura en la cadera por metástasis.» «Embolia en la pierna.» «Penosa enfermedad.»

La operación de cambio de fémur duró siete u ocho horas. Pareció un éxito. El médico que lo fue a revisar, un tal doctor Castillo, le dijo: «General, ya puede usted sentarse al borde de la cama y tratar de ponerse de pie». Tu padre se alegró tanto, me dice Cecilia Zaldívar al recordar ese momento. Sin embargo, al intentar pararse algo ocurrió: las uñas de sus manos comenzaron a colorearse de morado y su respiración se interrumpió. Entró en un cuadro de asfixia y comenzó a ahogarse, a sacudirse, a botar espuma sucia por la boca. Se armó un alboroto en el cuarto. Los enfermeros entraron en estampida y se lo llevaron a la Unidad de Cuidados Intensivos, mientras mis hermanos mayores culpaban al doctor Castillo de haberle ordenado un esfuerzo inconveniente. Cuando más tarde ingresé a verlo al ambiente de la UCI, me pareció que entraba a una capilla lúgubre. Allí estaba mi padre, entubado, rodeado de un traumatólogo, un nefrólogo y un oncólogo. Ha tenido un enfisema pulmonar, dijo alguno de ellos. Yo me quedé dando vueltas, mirando a los otros dos pacientes de la unidad, cada uno agonizaba en su propio compartimento, rodeado de parientes o amigos que no dejaban de lagrimear. Ambos morirían en los días siguientes.

No recuerdo mi última conversación con mi padre. No recuerdo si llegamos a decirnos algo en esos días de hospital. Es más, no recuerdo nada de lo que mi padre dijo en la clínica ni si llegó a articular palabra alguna. Mi hermano Facundo tiene registro de algunas frases que intercambió con él. Yo no. Cuando evoco esas escenas en Neoplásicas son de una mudez escalofriante. Puedo oír los pasos de la gente por los corredores, el ruido de los zapatos de goma de las enfermeras, las ruedas chirriantes de los carritos de limpieza, el llanto convulsivo de grupos de familias. Pero no escucho a mi padre. Creo que lo había dejado de escuchar hacía mucho tiempo. Nuestra comunicación se había debilitado en los meses previos a su recaída. Lo que sí recuerdo es que, cuando era mi turno de cuidarlo, me le quedaba observando como se observa una pieza de galería, intentando advertir algún dato que me hablara solamente a mí. En qué pensaría mi padre en esa cama, rodeado de esos aparatos ruidosos. Todo el esfuerzo de su cuerpo estaba orientado a respirar, a hacer circular el escaso aire que llegaba a su sangre. ¿Y su mente? ¿Qué pasaba con ella? ¿Qué asuntos la ocupaban?, ¿a qué divagaciones se precipitaba? ¿Habría espacio en ella para algún pensamiento sereno o todo sería una marejada de miedo?

Tal vez porque no podíamos hablar, pero necesitaba comunicarme con él, fue por lo que me puse a cantarle al oído la última noche. La noche del viernes 14 de julio. De todos los temas posibles elegí *Cómo no creer en Dios,* la única canción de misa capaz de conmoverlo. Por entonces yo tenía una fe maciza y cultivaba mi catolicismo yendo al templo semanalmente y participando de la parroquia, así que eché mano de esa canción, le adjudiqué capacidades sanadoras y la canté creyendo que así podría salvar a mi padre, convencido de que todas las oraciones juntas no tendrían más fuerza que aquella letra, seguro de que podría invocar un milagro. Dios no será capaz de desoírme, pensé.

Esa noche canté en el oído de mi padre como quien canta en una concha y espera comunicarse con el mar. Canté mientras peinaba sus cabellos que ya habían empezado a amarillarse. Canté mientras él respiraba por medio de un tubo que parecía el de una aspiradora que succionaba su alma. Canté esperando que alguna sílaba llegara a su conciencia reducida y confié en el poder de esa única sílaba hasta que dieron las dos y veinte de la mañana del día 15, cuando mi madre entró para relevarme. Mi padre moriría pocas horas después. Mi odio hacia Dios fue el único efecto que tuvo esa canción. El último día que canté *Cómo no creer en Dios* fue el primero en que dejé de creer en Dios para siempre.

La mañana del 15 dejé Neoplásicas aliviado. Me había hecho bien pasar la noche allí. Antes de salir de cuidados intensivos un médico me dijo que mi padre había respondido bien a la hemodiálisis que se le practicó el día anterior luego de que uno de sus riñones se paralizara. Con esa noticia me fui al gimnasio del club a descargar toda la furia, y el estrés y el pánico. Allí estaba, echado en una banca roja, levantando con enojo una barra de metal sobre mi pecho, escuchando el chasquido de los pesados discos negros, pensando otra vez en si habría lugar en el cerebro de mi padre para alojar algún pensamiento liviano en esas horas trágicas. Y me pareció entonces una paradoja cruel, un acto involuntariamente irrespetuoso estar haciendo gala de energía corporal cuando a él apenas le quedaban fuerzas y latidos. Dejé caer la barra sobre el soporte con estrépito. El ruido hizo voltear a la gente. Alguien me preguntó si necesitaba ayuda. Dije que no. Entonces escuché por los parlantes la voz multiplicada de una operadora dirigiéndose a mí. «Socio Cisneros Zaldívar, acérquese a la central telefónica a atender una llamada urgente.» Y a mí esa voz me supo negra. Y me sentí débil. Y de pronto me pareció que todo el club escuchaba la misma voz que yo. Esa voz indiferente que anunciaba, como quien anuncia el programa de las actividades del día, que mi padre había dejado de existir.

Mientras manejaba a toda velocidad rumbo a Neoplásicas, pensaba en el desenlace de mi padre, en que él hubiese preferido mil veces que lo atacara un comando subversivo antes que un cáncer prostático. Se había preparado y aprovisionado durante años para embestidas externas de toda índole. Tenía un auto blindado, armas, sensores, guardaespaldas, cerco eléctrico en todos los muros de la casa. Lo que no esperaba era que el enemigo se alojara dentro de él, que la emboscada ocurriera en su organismo. En varias entrevistas de 1992 en adelante se refirió al terrorismo como un cáncer maligno, cuyas células se propagaban por las ciudades de la Sierra. Lo decía sin imaginar que a esas alturas su enfermedad venía copiando ese mismo procedimiento. El cáncer de mi padre, incubado en la próstata, fue avanzando por las noches de su cuerpo con el sigilo de una columna senderista, trepando relieves, expandiéndose, colonizando órganos como si fuesen poblados donde hubiese que dinamitar un puente, una torre de energía eléctrica, una edificación estatal y someter a la autoridad y fusilar a algunos campesinos para imponer el terror. Cuando mi padre hizo metástasis, cuando su sistema colapsó producto del efectivo cerco canceroso, ya no había nada que hacer. La guerra estaba perdida. La conquista del territorio finiquitada. Y el único soldado que lo defendía se hallaba muerto.

Llegué al hospital y todo era conmoción. Con el paso de las horas, cansado de llorar o de ver gente llorando, me senté al lado de mi tío Adrián, que estaba en una esquina apartada. Más que triste, lo noté molesto. A tu viejo lo han matado, me dijo apretando los dientes. No tenía manera de probar lo que decía, pero aseguraba que los agentes de Montesinos habían ingresado al edificio por la madrugada y habían apagado la máquina que oxigenaba a mi padre. Pensé que era una locura suya, pero luego mi hermana Estrella —que tiene un importante historial de premoniciones— me dijo que la noche anterior había soñado que una enfermera alta, rubia, con peinado bombé, le colocaba a mi padre una inyección mortífera en las venas. Ambas teorías sonaban delirantes, pero un elemento más las hizo atendibles: el famoso doctor Castillo, cuyo nombre de pila ignorábamos, el mismo que involuntariamente provocó en mi padre el enfisema que lo mandó a cuidados intensivos, desapareció de pronto, sin siquiera firmar el acta de defunción. La mano negra que algunos quisieron ver podría haber sido la suya. Sin embargo, no tenía sentido dar crédito a una posible conspiración médica contra mi padre. Yo lo había visto la noche anterior. Era un moribundo. La vida ya se había desprendido de él. No había necesidad de que lo eliminasen.

También pude ver su cadáver cuando mi madre me dijo que entrara a despedirme de él, como si los muertos pudiesen resucitar fugazmente para decir adiós. Ingresé queriendo abrazarlo con fuerza, en un intento desesperado por absorber su erudición, sus conocimientos, su temple, su paciencia, todo aquello aún caliente que también estaba desapareciendo con él. No obstante, ese que estaba allí ya no era mi padre. Era solo un cuerpo abatido. Pensé: ¿adónde se ha ido? Y le di un beso burocrático en la frente que solo sirvió para confirmar que estaba frío como una cueva de hielo.

Con los años me ha tocado volver a esos mismos pasillos para atestiguar muertes ajenas que sentí como propias. A través del desconsuelo de otros renové mi dolor. Y abracé la incertidumbre que sentí a los dieciocho, y volví a ser —para desgracia mía y de aquellos a quienes acompañaba y, se suponía, debía consolar— un adolescente herido, pasmado, incapaz de reaccionar con propiedad y madurez.

* * *

Mi padre fue velado en la casa de Monterrico, rodeado de una cuadrilla de Húsares de Junín. Así lo había pedido. Deseaba que su muerte estuviese colmada de signos de dignidad militar. Nadie se lo discutió. Nadie le discutía nada ni siquiera en los días en que la enfermedad no le dejaba pensar con claridad. Recién ahora me impresiona que lo hayamos velado en la casa, que hayamos acatado esa petición que revela un último deseo autoritario: el de seguir dominando el territorio familiar. Fue macabro tenerlo muerto durante dos días, a pocos metros de las habitaciones donde intentábamos conciliar algo parecido al sueño, pero que no podía ser el sueño. Las noches siguientes a su muerte, debajo de las frazadas, la única imagen que yo podía consentir en la cabeza era la de mi papá encerrado en un cajón en el fondo de la casa, pudriéndose con su uniforme de gala, llevando en las manos un rosario y una foto en cuyo dorso escribí unos versos imposibles de recordar. Mientras su cuerpo se velaba y fermentaba, yo sentía que él no estaba tan muerto, que nos seguía acompañando, que también desde la muerte era capaz de ejercer su protectorado, y lo imaginaba cantando y embriagándose con bloody marys bajo las pinturas ecuestres de la terraza, y tenía que hacer un gran esfuerzo para decirme a mí mismo que mi padre ya no estaba vivo, que ahora era un cuerpo corrompido que yacía dentro de un ataúd; un organismo que se había apagado como un electrodoméstico que los años descomponen.

Durante el velorio había reporteros y gráficos de diarios y canales de televisión. Algunos de ellos se acercaron a mí para tomarme declaraciones sobre las circunstancias de la muerte de mi padre y pidiéndome detalles del lugar del entierro. Les proporcioné toda la información que buscaban, abundando en detalles que no venían al caso. No pude contenerme: nunca había tenido delante de mí un micrófono interesado en recoger mis impresiones. Nunca me había entrevistado nadie. Nunca había sentido que mi opinión o testimonio mereciera ser divulgado. Llevaba encima una pena real, una pena franca y jodida, pero en ese instante me invadió por debajo un garrotazo de vanidad. Traté de erradicar de mi corazón ese sentimiento oscuro y a la vez embriagador. Me parecía egoísta, indecente e injusto. Me parecía traidor. Sin embargo, el pensamiento negro y desagradable me acechaba como un buitre, como una voz que en medio de la multitud me decía al oído: ahora que tu padre ha muerto por fin se fijarán en ti.

Puedo verme ese día ya no solo dando declaraciones a la prensa, sino riendo con amigos, saliendo a comer unas pizzas al centro comercial de Chacarilla. Me veo manejando rumbo al centro, perdiendo el control del auto y subiéndome a un sardinel, y luego pidiendo disculpas a los ocupantes que seguro pensarían que estaba drogado o nervioso. Me veo recibiendo el abrazo de Lorena Antúnez, la chica de la que me había enamorado en el inicio de la secundaria o quizá antes; ya había pasado mucho tiempo de aquello, pero igual me remeció que se presentara en mi casa, bellísima dentro de un sastre negro, y me impactó luego verla sentada con sus hermanas en el centro de mi sala, llorando a mi padre; recuerdo que eso me dio alegría y vergüenza, y pensé con resignación que esa sería toda la intimidad que nos tocaría compartir en la vida.

Mientras iba de un lado a otro, porque había decenas de cosas por hacer, todo el tiempo fui consciente de que mi madre, mis hermanos y yo éramos el centro de atención. No mi papá, sino nosotros, la viuda y los huérfanos. Las luces de las cámaras seguían encendidas detrás de nosotros como libélulas. Mi dolor era genuino, pero había una instancia cerebral en la que algo de mí disfrutaba con todo aquello. No entiendo por qué, pero me excitaba que nuestro dolor fuera televisado. Y cuando más tarde, en el entierro, en medio del toque de silencio de la trompeta, un oficial del Ejército me entregó un cojín sobre el que descansaban el quepí y el sable de mi padre, me sentí observado por los cientos de asistentes. Sentí la compasión de esas personas a mi alrededor, sus ganas de consolarme, sus lamentos acongojados. Me gustaba ser el punto donde se reunían todas las miradas. Mis lágrimas eran las más sinceras que he derramado jamás, la amargura era un tirabuzón que jalaba por dentro, pero por algún misterio no quería que aquella ceremonia tan triste terminase pronto. Era horrible sentirlo, y es horrible escribirlo, pero no me habría molestado si el entierro de mi padre se hubiese prolongado unas horas más.

Hay un vídeo que documenta las dos horas que pasamos esa mañana de domingo en el cementerio. El chisporroteo de la lluvia se siente claramente en la filmación. No sé quién grabó esas escenas —¿acaso mi primo Pipo, que iba con una videocámara a todas partes?—, pero quien fuera hizo unos primeros planos sobrecogedores de los rostros de quienes estábamos al pie de la tumba. La grabación está allí, digitalizada, pero no he querido volver a verla nunca. Es una película breve y muda, cuyo guion conozco al dedillo; no obstante, se me hace imposible destruirla o echarla a la basura. La tengo ahí, arrimada, esperando que los hongos hagan con ella lo mismo que los gusanos con mi padre.

Lo que sí he revisado son las portadas del día posterior al entierro. «Adiós, mi general», dice *Expreso*. «Murió pobre, fiel a sus ideas, paz en su tumba, sus restos ya descansan», se añade en la bajada. Leo esos periódicos amarillentos y me siguen pareciendo actuales. En sus fotos veo a varios tíos que ya han muerto en las últimas décadas, pero que esa mañana de julio de 1995 estuvieron allí, y de pronto, de tanto recordar, vuelvo al lugar, a la primera fila del entierro, al lado de mi madre, y el miedo y la incredulidad de entonces se filtran a través de los años y llegan hasta donde estoy, me alcanzan, me rasgan y me dejan saber que la muerte sigue ejerciendo su tenebrosa superioridad. «Falleció el Gaucho Cisneros.» *La República,* lunes 17 de julio. En *El Nacional:* «La viuda y los seis hijos del extinto, sumamente afectados por la muerte de su progenitor, recibieron el pésame de quienes acudieron al velatorio». *El Comercio:* «El penúltimo de sus hijos comentó que el sepelio se postergó un día porque los honores militares no pueden rendirse en domingo por reglamento de las Fuerzas Armadas». Yo soy el penúltimo hijo de mi padre. O era.

En otras notas informativas leo: «Con honores militares sepultan restos del general Cisneros Vizquerra». «Los cadetes de la escuela militar montaron guardia hasta el final.» «Hubo banda de música, formación de tropa, salva de trece cañonazos y toque de silencio.» «Sus restos fueron colocados en la sección Los Pinos de Jardines de la Paz.»

Veo esos recortes y me doy cuenta de que yo nunca me había planteado la vida sin mi padre. De chico, el mundo sin él era inconcebible. Cuando me hice grande, continuó siendo así. Mi padre se había encargado de que todos orbitáramos alrededor suyo, y esa dependencia era tan absoluta y crucial que nadie se tomó nunca el trabajo de pensar en el desastre que significaría su desaparición. Yo asociaba mi futuro con su presencia física y tenía asumido que seguiría viviendo junto con mis padres y hermanos en la casa de Monterrico hasta el fin de los siglos. Su muerte marcó el fin de los siglos. Y cuando sucedió, cuando nos cayó el mazazo sin que estuviésemos preparados, el dolor fue posterior al desconcierto. Bastó con mirarnos al regreso del entierro, cuando todos los parientes y amigos ya habían desaparecido, para descubrir en el rostro del otro la misma aterradora pregunta: ¿Y ahora qué? El mundo que teníamos desapareció, llevándose todo su sedimento de certezas. La muerte barrió con él y con la vida tal cual la conocíamos. Nosotros mismos desaparecimos o más bien mutamos en tiempo récord, ya que eso hace la muerte con la gente: los cambios interiores que te tomaría una década asumir te son implantados de golpe: envejeces de un tirón, tus facciones oscurecen.

Cuánto del predicamento de mi padre se ha desvanecido desde el 15 de julio de 1995. Cuánto puedo realmente recuperar en este ejercicio ansioso y quizá improductivo de ir preguntándoles a los demás lo que saben o recuerdan. Ese material jamás alcanzará para reconstruir a mi padre y, sin embargo, sigo buscando las piezas desperdigadas, como si fuese posible restituir el modelo original. Aunque más que «restituir», la palabra sería «engendrar». Aquí he engendrado al Gaucho, dándole su nombre a una criatura imaginada para convertirme así en su padre literario. La literatura es la biología que me ha permitido traerlo al mundo, a mi mundo, provocando su nacimiento en la ficción.

12

Hoy no eres un recuerdo, sino el fragmento de un recuerdo que me ataca en suaves ráfagas. Que graniza sobre mí.

Mi madre te ve en sueños, dice que conversa contigo. Yo envidio esa comunicación. No he soñado contigo una sola vez en estas décadas. Si te presentas ante mí, es en las ideas que surgen en mi cabeza durante una lectura o una proyección de cine. Esos libros y películas son los sueños que no puedo soñar.

Querías entrar en el Congreso, pero no pudiste. Yo entré sin pretenderlo. Querías hacer un programa de televisión, pero no te resultó. Yo hago uno sin habérmelo propuesto. Querías escribir sobre tu vida, pero la vida no te dio tiempo. Aquí me tienes escribiendo acerca de ti. ¿Me has trasladado tus afanes incompletos? Mi herencia es algo que no reclamé, sino que cayó sobre mis hombros; algo que me fue implantado. Desde que me di cuenta de eso, desconfío de ciertas metas o propósitos: muchos de ellos son viejos objetivos tuyos, solo que encubiertos.

Te gustaba ser reconocido, ser popular. Detrás del afán de servicio que te llevó a querer incursionar en el Parlamento o la televisión estaba el deseo de mantenerte en la escena pública, detentar algún poder. Eso nos diferencia. A mí el poder no me interesa. No *ese* tipo de poder. Si hay alguno que me conmueve es este: el poder de revelar todo aquello que concierne a nuestro carácter.

* * *

Hay gente que afirma que nos parecemos físicamente.
No veo por dónde. Tu nariz era respingada. Tus orejas eran
enormes y grumosas. Tu bigote de escobillón crecía distinto
del mío. Tu frente era ancha. Tu cráneo redondo. Nuestro
único rasgo compartido es un lunar en la mejilla. Eso y
quizá los ojos: no por el color ni la temperatura, sino por
lo que ocurre dentro de ellos, en las pupilas.

Reviso álbumes con mi madre y Valentina, mi hermana.
Hay una foto en la que pareces estrangularme, pero en la
mayoría rehúyes el contacto físico. Viviste sesenta y nueve
años. Nací antes de que cumplieras cincuenta y uno. Te
conocí —es un decir— solo dieciocho años de tu vida.
Supongo que empecé a tener una idea consciente de tu
presencia muy temprano; sin embargo, las fotos no ayudan
a determinar cuándo empezó a generarse nuestro vínculo.
Algunas ni siquiera dan pruebas de que haya existido uno.

Mientras más hermético eras, más endemoniadamente
fuerte y seguro de ti mismo te sentías. Tal vez por oposición
a eso, yo me adhiero a lo débil, lo vulnerable, lo errático,
lo que parece estar destinado al traspié.

Mi madre no era el problema. Ella siempre estuvo allí.
Su amor estaba garantizado. Nunca me abandonaría. Tú
no. Tú eras el mítico. El utópico. El que salía en los diarios.
El que usaba ese uniforme que también era una envoltura.
Tú eras al que yo necesitaba conquistar. Mi madre era real,
de carne y hueso, no aparecía en la televisión. Era un trozo
tangible del mundo. Una roca. En cambio, tú eras, ya desde
entonces, una luz titilante, veloz e inasible.

Los doce años que trabajé en el periódico fueron
un entrenamiento para este libro. ¿Qué hacía de lunes a
viernes? Revisar notas antiguas, seleccionar datos, con-
trastar artículos, anotar fechas, detenerme en la información subliminal de las fotografías, entrevistar fuentes
cara a cara o por teléfono, viajar en busca de personas,

grabar conversaciones, trascribir esas grabaciones. Elegí ser periodista no por el periodismo, sino para cubrir una emergencia inconsciente: la llegada del día en que me tocara desclasificar tus archivos.

Todo lo que ahora sé es producto de cientos de horas de conversación con mi madre, mis hermanos, mis tíos y una treintena de personas que te conocieron. Tenía más personas por entrevistar, pero desistí. Una mañana entendí que no quería hacer un perfil ni una biografía ni un documental; que necesitaba llenar espacios blancos con imaginación porque tú también estás hecho —o sobre todo estás hecho— de aquello que imagino que fuiste, de aquello que ignoro y que nunca dejará de ser pregunta. La literatura penetra en los hechos que nos afectan. Yo necesitaba eso: penetrar tu memoria, intervenirla como un órgano que precisa cirugía.

Cuando moriste, apenas habíamos empezado a conocernos. ¿En quiénes nos hemos convertido durante los veinte años que siguieron a tu fallecimiento? ¿Por qué se me hizo tan primordial descubrirlo, escribirlo y convertir este relato en una especie de ofrenda? ¿Para qué escribo sobre ti? ¿Para qué leo tanta literatura del duelo? ¿Para qué todos esos libros sobre padres muertos, todos esos subrayados y esas anotaciones en las últimas páginas? ¿Para qué esas películas y documentales de hijos perdidos o negados? ¿Para qué viajar hasta Buenos Aires, Mar del Plata o París, como si en esas ciudades quedaran auténticos restos tuyos? ¿Para qué internarme en Huácar, ese poblado detenido en los siglos donde mi tatarabuela se enamoró de un sacerdote? ¿Para qué peregrinar y forzar una épica? He viajado a lugares donde sé que fuiste feliz, buscando pruebas de esa felicidad, tratando de imaginar cómo respirabas esos climas, cómo caminabas esas calles, cómo alternabas con las personas, cómo te veías a ti mismo de cara al porvenir. He viajado a tu pasado conociendo tu futuro, y eso me ha permitido sopesar los aciertos y desaciertos de las muchas decisiones que tomaste. Quedarte o volver, seguir o renunciar. Y a pesar de que he recuperado valiosos puñados de la arena que dejaste, me sigues pareciendo una playa inabarcable.

* * *

También he buscado a mi padre a través de otros. Mi tío Juvenal, el primero de todos. En las ocasiones en que salíamos juntos de la quinta de General Borgoño en Miraflores y caminábamos por toda la avenida Pardo en busca de algún restaurante discreto, sentía que él era mi padre, o más bien que yo era su hijo o que debía haberlo sido. Juvenal me preguntaba cómo me sentía, escudriñaba mis temores, me hablaba distinto, me hablaba de la importancia de la poesía como una forma de darle sosiego al espíritu. Luego volvíamos y tomábamos el té en su biblioteca; y cuando él desaparecía para hacer una siesta, repasaba los infinitos volúmenes de esos anaqueles, y sentía que aquello era una especie de nave, o de útero o de bóveda o de arca perdida; y pensaba que era injusto que yo no fuese hijo suyo. En las fotos de su biblioteca, Juvenal aparecía al lado de Borges, de García Márquez, de Cortázar, de Ribeyro, de Vargas Llosa, de Cabrera Infante. En cambio, mi padre, el Gaucho, aparecía con Videla, con Pinochet, con Kissinger, con Bordaberry.

Durante años busqué distintas prótesis de padre. Modelos que resultaban opuestos al original. Uno de ellos fue Guillermo Rosas, un periodista argentino que me contrató para trabajar a su lado en la radio cuando él ya era un ídolo radial y yo solo un huérfano tímido. Nos hicimos grandes amigos. Guillermo había nacido en Rosario, al borde del río Paraná, era peronista y vino a Lima —o escapó de la Argentina— luego de ver morir a sus amigos dirigentes del Movimiento Montonero a manos de los milicos. No podría enumerar las veces en que Guillermo —con lágrimas tórridas que lo obligaban a orillar el auto— me contó cómo se vivían los días de la represión durante la dictadura llevada a cabo por los amigotes de mi padre. Una mañana, en la cabina de radio donde nos encontrábamos a diario, me enseñó a hacer el nudo de la corbata. Fue un momento tan íntimo, y docente y afectuoso, que luego, en el bus, ya lejos, sentí como si le hubiera puesto los cuernos a mi padre muerto.

Aquel sentimiento, sin embargo, no se pareció en nada a la oleada de traición que experimenté la vez que acepté ser jurado de un concurso de poesía carcelaria y acabé premiando a un terrorista del MRTA y a una excabecilla de Sendero Luminoso. Incluso me fotografié con ellos al final de la ceremonia, y sonreí a la cámara, y solo más tarde, al cotejar sus nombres con mis archivos, capté que ambos habían estado al frente de sus organizaciones criminales cuando mi padre aún era ministro de Guerra o en los años inmediatamente posteriores a su retiro, cuando proponía en los medios la pena de muerte para los dirigentes terroristas, y deduje que el nombre del Gaucho Cisneros había tenido que figurar en sus listas negras de secuestros o aniquilamientos. Me sentí desleal por fallar a favor de esos terroristas, por dejarme llevar por la contundencia de sus poemas escritos en la prisión, por premiar la poesía de gente que pensó matar a mi padre. Mi padre los hubiese fusilado. Yo les colgué medallas.

* * *

La edad, pienso, no está definida por los años que uno lleva vivo, sino por las cosas que le ocurren. Son los hechos, no los calendarios, los que definen el crecimiento. Yo cumplí dieciocho años en enero de 1995, seis meses antes de que muriera mi padre, pero siempre he sentido que el documento que verdaderamente acreditó mi adultez no fue mi DNI, sino su acta de defunción. El acta número 040495. El médico legista me dio ese papel la tarde que me tocó volver a la clínica por sus pertenencias. Si la muerte de un hijo entumece al padre, la muerte del padre despierta al hijo. Cuando mi padre murió, desperté, me sentí grande, mayor. A la fuerza.

* * *

De niño inventé un juego. Descolgaba el espejo ovalado del baño de visitas y lo colocaba horizontalmente frente a mí, apretándolo ligeramente contra mi abdomen, con el cristal hacia arriba, de modo que se reflejaran los techos si me encontraba dentro de la casa, y los cielos infinitos si el juego se desarrollaba en el jardín.

Una vez que me encontraba en esa posición, comenzaba a caminar, llevando el espejo como quien lleva una pesada fuente de comida o un diario cuya lectura exigiera redoblada concentración. Con la mirada enterrada en el vidrio, me convencía a mí mismo de que el suelo estaba hecho de las cosas que iban apareciendo en la superficie del reflejo: una explanada de cemento pintada de blanco, estructuras de concreto, vigas de madera, arañas de cristal que colgaban hacia arriba sin gravedad y todo cuanto había en el cielorraso de las habitaciones. Por el contrario, si el juego se llevaba a cabo en un ambiente exterior, me tocaba tener cuidado de no pisar las nubes, las copas de los árboles abiertas al revés como alcachofas, de no chancar al lejano pájaro que cruzaba y que en la lógica del juego parecía un insecto rapaz. Era un divertimento solitario, escapista, discordante, invertido.

Los recuerdos persistentes no son el síntoma de una memoria saludable, sino el de una memoria dañada. Lo que más recuerdas es lo que más te afecta.

* * *

Quiero que me toque algo de eso inmaterial que eres. Quiero soñar contigo como hace mi madre y escuchar lo que tengas que decirme o creer que aún tienes algo que decir. No soporto la indiferencia de tu muerte. Me siento menos hijo tuyo por no poder soñarte. Me siento harto de sondear tu muerte desde la vida, y que tú, desde la muerte, no hagas nada por mí, o lo hagas sin manifestarte, sin pronunciarte, igual a cuando estabas vivo.

A veces me pregunto si no tengo idealizada la época que compartimos. ¿En verdad querría que estuvieras vivo? ¿En qué te habrías convertido? ¿En un anciano intratable? ¿O acaso más respetuoso de nuestras elecciones? Hoy tendrías ochenta y nueve años. Me cuesta ajustar el rostro que llevabas al morir con el que te correspondería en esa figurada actualidad. No hubieras tolerado envejecer más. Por eso, no creo que te murieras sino que te dejaste morir. Controlaste hasta tu propia muerte. Te moriste en el momento adecuado: cuando yo todavía podía descubrir mis talentos y reeducar mi manera de ser. Si te hubieses muerto después, quizá ya habría estado hecho muy a tu medida, y habría sido imposible o más difícil cobrar autonomía. Las cosas que hice, que no viste y que hoy por hoy me definen, ¿las hubieses tolerado, las hubiese podido llevar a cabo contigo vivo? ¿Habría tomado las mismas decisiones luego de oír tus puntos de vista usualmente conservadores y a menudo carentes de riesgo? Si hubieras vivido más tiempo, habría crecido más influido todavía. Lo mejor que hiciste por mí fue dejarte morir.

* * *

Del mismo modo en que hay incomodidad y dolor en el relato de los hijos de los perseguidos, los deportados, los desaparecidos, cuyas historias sintetizan la frustración e indefensión de millones y activan una rebeldía colectiva ante la impunidad, también hay incomodidad y dolor en el relato del hijo de un militar represor que hizo aseveraciones telúricas y no tuvo reparos en ordenar el encarcelamiento o el secuestro o la tortura de gente que después contaría su historia con la dosis de heroicidad que corresponde. Aunque no parezca, los villanos también están hechos de heridas. Mi padre fue un villano uniformado. Su uniforme era una costra. Debajo estaban las llagas que nadie veía, que nunca mostró. Si expongo esas llagas es para cicatrizar a mi padre. Porque mi padre es cicatriz, no es herida. Ya no.

Así como un padre nunca está preparado para enterrar a un hijo, un hijo nunca está preparado para desenterrar a un padre. Para la mayoría de huérfanos no es fácil desenterrar ni rebuscar. Remover una tumba, una biografía, les parece un sacrilegio imperdonable, un acto chueco, profano, una innoble traición a la paz que requieren los muertos. Se olvidan esos huérfanos de que los vivos también merecemos cierta paz, una paz que muchas veces solo puede conseguirse a expensas de la paz de los muertos. Quizá es una equivocación creer que los muertos esperan que los dejemos tranquilos. A lo mejor esperan lo contrario: que busquemos la manera de interpelarlos, de preguntarles aquello que nunca se atrevieron a decirnos, de exigirles que nos deslicen esa información clave que nos faltaba pero que no sabíamos que nos faltaba, y de cuya existencia jamás nos hubiésemos enterado si no dábamos oportuno crédito a la suspicacia y al dolor remanentes. Tal vez para descansar, los muertos necesiten pronunciarse, dar detalles, confesar.

Si tus muertos te eligen, si te siguen, es porque buscan que les pongas voz, que rellenes los espacios vacíos, las grietas; que acopies, administres y compartas sus mentiras y verdades que, en el fondo, no son tan distintas de las tuyas.

Quizá escribir sea eso: invitar a los muertos a que hablen a través de uno.

Este libro se terminó
de imprimir en
Móstoles, Madrid,
en el mes de
mayo de 2021

«Para viajar lejos no hay mejor nave que un libro.»

Emily Dickinson

Gracias por tu lectura de este libro.

En **penguinlibros.club** encontrarás las mejores
recomendaciones de lectura.

Únete a nuestra comunidad y viaja con nosotros.

penguinlibros.club